D1375272

UN MANIAQUE DANS LA VILLE

Jonathan Kellerman

UN MANIAQUE DANS LA VILLE

roman

Traduit de l'anglais (États-Unis)
par Frédéric Grellier

RETIRÉ DE LA COLLECTION
DE LA
BIBLIOTHÈQUE DE LA VILLE DE MONTRÉAL

BIBLIOTHÈQUE
PÈRE-AMBROISE
VILLE-MARIE

ÉDITIONS DU SEUIL
25, bd Romain-Rolland, Paris XIVe

COLLECTION DIRIGÉE
PAR MARIE-CAROLINE AUBERT

Titre original : *Victims*
Éditeur original : Ballantine Books, Random House, New York
© Jonathan Kellerman, 2012
ISBN original : 978-0-345-50572-9

ISBN : 978-2-02-119086-1

© Éditions du Seuil, mars 2015, pour la traduction française

Le Code de la propriété intellectuelle interdit les copies ou reproductions destinées à une utilisation collective. Toute représentation ou reproduction intégrale ou partielle faite par quelque procédé que ce soit, sans le consentement de l'auteur ou de ses ayants cause, est illicite et constitue une contrefaçon sanctionnée par les articles L.335-2 et suivants du Code de la propriété intellectuelle.

www.seuil.com

Pour Libby McGuire

1

Ce n'était pas une affaire comme les autres. Première indication, le message que Milo me laissa à huit heures du matin, voix crispée et zéro détail.

– J'aimerais ton avis sur un truc. Voici l'adresse.

Une heure plus tard, je présentai une pièce d'identité à l'agent de faction devant le ruban jaune.

– Là-haut, docteur, dit-il en grimaçant.

Il pointa l'étage de l'immeuble bleu ciel, huisseries et finitions chocolat, puis porta la main à son ceinturon marron, comme en position de self-défense.

C'était un bâtiment relativement ancien et plutôt réussi, de style hispanico-californien classique, mais le coloris était suspect. De même que le silence qui régnait dans la rue, barricadée aux deux extrémités. Trois véhicules de police et une Ford lie-de-vin étaient garés en travers de la chaussée. Pas de fourgonnette de la police scientifique ni du coroner, pour l'instant.

– Pénible ? m'enquis-je.

– Il existe sans doute un meilleur terme, mais on peut dire ça.

Milo attendait sur le palier extérieur, parfaitement immobile. Pas de cigarillo à la bouche, pas de calepin à la main, pas d'ordres grommelés. Les bras ballants, il fixait une lointaine galaxie. Son coupe-vent en nylon bleu renvoyait les rais de soleil en de curieux angles. Encadré de mèches noires qui pendaient mollement, son visage grumeleux avait la teinte et la consistance du fromage blanc. Les froissures conféraient un aspect crêpé à sa chemise blanche, et son pantalon en velours côtelé beige clair s'était avachi sous sa bedaine. Sa cravate de polyester était toute chiffonnée. On aurait dit qu'il s'était habillé les yeux bandés.

Aucune salutation tandis que je gravissais les marches. Quand je fus à un ou deux mètres de lui, il dit :

– Tu as fait vite.

– Ça roulait bien.

– Désolé.

– Pourquoi ?

– De t'impliquer.

Il me tendit des gants et des surchaussures en papier. Je lui tins la porte, mais il me laissa entrer seul.

La femme gisait dans la pièce principale, sur le dos. Derrière elle, un coin cuisine vide ; rien sur les étagères, frigo vert avocat d'un modèle ancien et dépourvu de photos, de magnets ou de pense-bêtes. À gauche, deux portes closes et barrées de ruban jaune, ce que j'interprétai comme un panneau « interdit ». Les voilages des fenêtres étaient tirés. L'éclairage au néon de la kitchenette produisait une aube crue et factice.

La victime avait la tête complètement tournée à droite. Entre ses lèvres bouffies et retroussées pendait une langue gonflée. Le cou était flasque. Une posture grotesque, qu'un légiste qualifierait probablement d'incompatible avec la vie.

Une femme corpulente, large d'épaules et de hanches. Petite soixantaine, menton volontaire, cheveux gris, courts et rêches. Jogging marron. Pieds nus, ongles sans vernis et coupés ras. À en juger d'après les plantes crasseuses, elle marchait pieds nus chez elle.

Au-dessus de la ceinture élastique, le haut du corps, ou ce qu'il en restait, était dénudé. Une incision horizontale avait été pratiquée sous le nombril, sorte de césarienne rudimentaire. Une deuxième ouverture, verticale celle-ci, traversait la première en son centre, produisant une plaie en croix. Le résultat évoquait ces porte-monnaie dont les trésors sont retenus par un simple jeu de pression : il suffit d'appuyer sur les bords pour créer l'ouverture et se servir. Ici, le réceptacle avait recelé un collier d'intestins que l'on avait déployé sur le buste de la femme en l'arrangeant comme le foulard extravagant d'une fashionista. Un cordon bilieux partait de la clavicule droite et serpentait sur le sein droit et la cage thoracique. Le reste des viscères reposait en tas à côté de la hanche gauche, sur une serviette de toilette pliée en deux, autrefois blanche. Un autre drap de bain marron était soigneusement positionné en dessous, tandis que quatre autres constituaient une bâche de fortune destinée à protéger la moquette beige des affronts du biologique. Une installation minutieuse, les bords se chevauchant régulièrement sur deux centimètres. Près de la hanche droite était placé un tee-shirt bleu pâle, plié et immaculé. La double épaisseur d'éponge blanche avait absorbé une bonne partie des fluides corporels, mais une petite quantité avait transpercé le tissu marron. La décomposition entamée ne faisait qu'ajouter à l'odeur déjà nauséabonde en soi. L'une des serviettes sous le corps comportait une inscription. « *Vita* » brodé en blanc sur le drap de bain gris perle. Vie, en italien et en latin. La touche d'ironie d'un monstre ?

D'un brun verdâtre, les intestins étaient tachetés de rose par endroits, de noir ailleurs. L'enveloppe présentait quelques rides et une finition mate, signe que le tout séchait depuis un certain temps. Il faisait frais dans l'appartement, quelques degrés de moins que la douceur printanière extérieure. D'ailleurs, impossible de faire abstraction du cliquetis et du sifflement du climatiseur fixé à l'une des fenêtres. Un appareil bruyant aux écrous rouillés, mais encore en état de pomper l'humidité ambiante et de ralentir l'inévitable. La putréfaction viendrait néanmoins et le visage de la victime avait déjà pris une teinte comme on en rencontre seulement dans les morgues. Incompatible avec la vie.

Je me penchai pour examiner les plaies. Les deux incisions avaient été pratiquées d'un geste sûr, sans aucune hésitation apparente, la lame ayant tranché la peau, la graisse sous-cutanée et le tissu musculaire du diaphragme. Pas d'abrasions au niveau des parties génitales et étonnamment peu de sang pour une telle sauvagerie. Pas la moindre éclaboussure, pas le moindre morceau, pas la moindre tache. Et aucun signe de résistance. Toutes ces serviettes, d'une compulsion effrayante.

Avec les hypothèses, ma tête s'emplit d'images épouvantables. Une lame extrêmement aiguisée, sans doute lisse. La torsion du cou avait entraîné une mort rapide, la victime n'était donc plus vivante pour l'opération chirurgicale – forme radicale d'anesthésie.

L'assassin, qui avait longuement épié sa proie, savait qu'il avait du temps devant lui. Après la neutralisation, il s'était occupé de la mise en scène : placer les draps de bain, les aligner soigneusement, selon une symétrie satisfaisante. Puis il avait disposé la femme et lui avait retiré son tee-shirt pour veiller à ne pas le salir. Il avait contemplé le résultat de ses préparatifs. Plus qu'à s'emparer de la lame et s'atteler au plus jouissif, l'exploration anatomique.

Malgré la boucherie et le cou tordu, la victime affichait une expression paisible. Bizarrement, cela rendait encore plus intolérable ce qu'elle avait subi.

J'inspectai le reste de la pièce. La porte d'entrée était intacte, aucun signe d'effraction. Les murs blanc cassé étaient nus et le mobilier tapissé d'une étoffe ocre plissée, pâle imitation de brocart. Les lampes ruches de céramique blanche paraissaient trop fragiles pour survivre à une simple pichenette. Le coin repas comptait deux chaises pliantes et une table de bridge sur laquelle était posé un emballage cartonné de pizza à emporter. Quelqu'un – sans doute Milo – avait placé à côté une pastille de plastique jaune servant à signaler les indices. Du coup, je m'y intéressai de plus près. Pas de nom de marque, seulement « pizza » inscrit en belles cursives rouges au-dessus d'une caricature de chef bedonnant et moustachu. Autour de son sourire joufflu, une nuée d'inscriptions arrondies en plus petites lettres : *Pizza fraîche ! Extra-succulente ! Mamma mia ! Miam ! Bon appétit !*

Le carton était impeccable, aucune tache de gras ou empreinte de doigt. J'en approchai mon nez et le humai, mais ne repérai pas de relent de pizza. Cela dit, les narines envahies par l'odeur de décomposition, j'en aurais pour un bon moment à ne sentir que la mort.

Sur une scène de crime banale, l'un des policiers se serait peut-être permis des plaisanteries macabres sur l'aubaine d'un déjeuner gratuit. Alors qu'ici le lieutenant chargé de l'enquête, qui avait pourtant connu des centaines de meurtres, si ce n'est des milliers, éprouvait le besoin de se tenir à l'écart un instant.

Je fis défiler d'autres images mentales. Le monstre sonne à la porte, coiffé de sa casquette ridicule de livreur, et convainc sa proie de le laisser entrer. Il la guette tandis qu'elle prend son portefeuille. Au moment opportun, il s'approche dans son dos et lui attrape la tête à deux mains. Un mouvement de rotation éclair. Lésion de la moelle épinière et c'est réglé. Un geste qui requérait force et confiance. Ajoutez-y l'absence d'indices laissés par le coupable – même pas une empreinte de pas sur la moquette – et tout ici clamait l'expérience. Pourtant, si un meurtre semblable avait été commis à L.A., je n'en avais pas entendu parler.

Pour méticuleux qu'il soit, le tueur avait pu laisser des traces d'ADN parmi la chevelure au niveau des tempes ; les psychopathes sont rarement sujets aux sueurs froides, mais on ne sait jamais.

Je parcourus à nouveau les lieux du regard. Où était le

sac à main de la victime ? Vol en bonus ? Plutôt une collecte de souvenirs qui s'inscrivait dans le plan. Je m'écartai doucement du cadavre et me demandai quelles avaient pu être les ultimes pensées de la victime. La pâte croustillante et la mozzarella fondue qui la faisaient saliver ? Avec le timbre de la sonnette pour dernière musique ?

Je m'attardai dans l'appartement, m'obstinant à rechercher des indications. L'assassin pourrait bien pratiquer les arts martiaux, s'il avait su lui rompre le cou avec un effroyable savoir-faire. La serviette brodée m'intriguait. *Vita,* la vie. L'avait-il apportée et pris les autres dans le placard à linge ? Miam. Bon appétit. Vive la vie !

La pestilence se fit plus prégnante et mes yeux s'embuèrent. Le collier de viscères se métamorphosa en serpent. Boa terne, repu et alangui après un gros repas. Soit je restais là en feignant que tout ça avait un sens, soit je me précipitais à l'extérieur en tentant de réprimer la nausée qui montait en moi. Pas très compliqué comme choix.

2

Milo n'avait pas bougé. Il semblait redescendu sur terre et contemplait la rue en contrebas. Cinq agents assuraient le porte-à-porte ; à en juger par la rapidité du quadrillage, beaucoup de gens étaient absents. La rue était située dans l'angle sud-est du secteur de West L.A. – trois blocs plus loin et un autre aurait hérité du problème. Quartier de zonage mixte, on y trouvait aussi bien des maisons individuelles que des bâtiments composés de deux appartements comme celui où la femme avait été mutilée. Les psychopathes étant souvent attachés à leurs petites habitudes, je me demandai si l'assassin se cantonnait à l'étroit territoire de la voie barrée. Je retins mon souffle et m'employai à refouler la nausée tandis que Milo faisait mine de ne pas s'en apercevoir.

– Oui, je sais, finit-il par dire.

Il en était à s'excuser pour la deuxième fois quand la fourgonnette du coroner arriva. Une femme, cheveux foncés et tenue décontractée, en descendit et gravit rapidement les marches.

– Salut, Gloria. À toi de jouer.

– Bon. Si moche que ça ?

– Je pourrais te dire que j'ai déjà vu pire, mais ce serait mentir.

– Venant de toi, Milo, ça me fait froid dans le dos.

– À cause de mon grand âge ?

– Allons, fit-elle en lui tapotant l'épaule. Tu es l'expérience personnifiée.

– Il y a des expériences dont je me passerais.

Les gens s'habituent à peu près à tout. Toutefois, même quand le psychisme est réparé, ce n'est souvent qu'un répit. Peu de temps après l'obtention de mon doctorat, j'ai travaillé comme psychologue dans une unité d'oncologie pédiatrique. Il m'a fallu un mois pour ne plus rêver d'enfants malades, mais à la longue j'ai été capable d'accomplir ma tâche avec une apparence de professionnalisme. Je me suis ensuite installé à mon compte, mais des années plus tard les circonstances m'ont ramené dans le même service. À voir les enfants sous un regard nouveau, j'ai eu envie de pleurer et j'ai perçu combien était illusoire la distanciation que je pensais avoir maîtrisée. De retour chez moi, j'ai longtemps rêvé d'eux.

À la brigade des homicides, on est accoutumé aux blessures psychologiques. Les inspecteurs, sensibles et réfléchis pour la plupart, ne se découragent pas pour autant, mais la nature du métier demeure tapie sous la surface, comme un champ de mines. Certains finissent par demander leur transfert, d'autres restent et se trouvent un exutoire. Il y a ceux qui embrassent la religion, pour d'autres, c'est le vice. Milo est de ceux qui élèvent le ronchonnement au rang d'une forme d'art et ne prétendent jamais qu'il s'agit d'un métier comme un autre.

Malgré tout, la femme aux serviettes n'était pas un énième cadavre, ni pour lui ni pour moi. Les images resteraient à jamais logées dans mon cerveau comme dans le sien. Le silence se prolongea un long moment tandis que Gloria s'affairait à l'intérieur.

– Tu as signalé le carton à pizza comme indice, finis-je par dire. Ça te chiffonne.

– S'il n'y avait que ça.

– Aucune enseigne indiquée sur l'emballage. Y a-t-il

dans le quartier des pizzerias indépendantes qui livrent à domicile ?

Il sortit son mobile, un clic et une page s'afficha. Les numéros qu'il avait déjà chargés, une longue liste qu'il fit défiler.

– Vingt-huit établissements indépendants dans un rayon de quinze kilomètres. J'ai aussi contacté Domino's, Papa John's et Two Guys. Personne n'a livré à cette adresse hier soir et personne n'utilise ce type d'emballage.

– Si elle n'avait pas commandé de pizza, comment expliquer qu'elle lui ouvre ?

– Bonne question.

– Qui l'a découverte ?

– Le propriétaire. Venu à propos d'un problème qu'elle lui avait signalé il y a quelques jours. Des toilettes qui fuient. Ils avaient fixé un rendez-vous. N'obtenant pas de réponse, il était sur le point de repartir, agacé, mais s'est ravisé car sa locataire n'aimait pas que ça traîne. Il s'est servi de son passe.

– Où est-il ?

– La bicoque de style Tudor, dit-il en pointant l'autre côté de la rue. Il a dû prendre un remontant.

Je repérai l'endroit. La pelouse la plus verte du pâté de maisons, parterres fleuris, arbustes topiaires.

– Il t'a paru suspect ?

– Non, pour le peu que je l'ai vu. Pourquoi ?

– À voir son jardin, c'est un perfectionniste.

– Un défaut ?

– Peut-être, pour cette affaire.

– Eh bien, pour l'instant, il n'est que le propriétaire. Souhaites-tu en savoir plus sur la victime ?

– Oui.

– Elle s'appelait Vita Berlin. Cinquante-six ans. Vivait d'une allocation quelconque.

– Vita ? La serviette lui appartenait donc.

– *La* serviette ? Ce monstre a vidé l'armoire à linge !

– Vita veut dire « vie » en italien et en latin. J'ai pensé qu'il pouvait s'agir d'une plaisanterie de très mauvais goût.

– Rigolo. Quoi qu'il en soit, j'attends que M. Belleveaux, le propriétaire, se soit remis pour l'interroger et qu'il m'en dise un peu plus sur elle. D'après ce que j'ai rapidement observé dans la chambre et la salle de bains, elle n'a pas d'enfants ou n'est pas du genre à afficher leurs photos. Si elle avait un ordi, il a été fauché. Itou le portable. Mais à mon avis, elle ne possédait ni l'un ni l'autre. Cet appartement a quelque chose de figé. Comme si elle y avait emménagé il y a des années et n'avait jamais rien changé.

– Je n'ai pas vu de sac à main.

– Sur la table de nuit.

– Tu as condamné l'accès à la chambre. Pour m'empêcher d'y pénétrer ?

– Non, mais tu n'iras qu'après le passage des experts. Je ne veux pas risquer la moindre contamination de la scène de crime.

– Alors que ça ne posait pas de problème pour la pièce principale ?

– Je savais que tu ferais attention.

Sa logique me semblait douteuse. L'effet du manque de sommeil et d'une sale surprise.

– Des éléments pour laisser croire qu'elle se dirigeait vers la chambre au moment où il lui est tombé dessus ?

– Non, tout est impeccable. Pourquoi ?

Je lui livrai l'hypothèse du pourboire pour le livreur.

– Elle allait chercher son porte-monnaie ? Difficile à établir, Alex. L'essentiel, c'est qu'il s'est cantonné à la pièce principale. Il ne l'a pas entraînée dans la chambre pour des sévices sexuels.

– Les serviettes m'évoquent la scène d'un théâtre. Ou l'encadrement d'une photo.

– Mais encore ?

– Il met en valeur son travail.

– D'accord. Bon, que te dire d'autre ? Côté fringues, principalement des sweats et des baskets. Beaucoup de bouquins dans la chambre, des romans sentimentaux et des polars anglais, le genre où les personnages s'expriment tous comme le prince Charles et où les flics ne sont que des crétins empotés.

J'avançai l'idée que le tueur pourrait pratiquer les arts martiaux. Comme Milo ne réagissait pas, je lui décrivis la scène telle qu'elle ne cessait de défiler dans ma tête.

– Oui, pourquoi pas, convint-il.

Bienveillant, mais distrait. Lui comme moi évitions l'interrogation principale : Comment expliquer que quelqu'un puisse s'en prendre à son semblable avec une telle sauvagerie ?

Gloria ressortit, pâle et vieillie.

– Ça va ? s'enquit Milo.

– Oui… non, je mens. Quelle horreur ! Mon Dieu, quelle folie !

Elle tapota son front moite avec un mouchoir.

– Des observations, au débotté ?

– Probablement les mêmes que vous. Selon moi, le décès a été provoqué par la fracture du cou. Les incisions semblent avoir été pratiquées post mortem. Elles ont l'air très nettes, ce qui pourrait indiquer une expérience dans la boucherie ou le paramédical, mais je ne me focaliserais pas trop là-dessus : n'importe qui peut s'initier à la découpe. Le carton à pizza te paraît significatif ?

– Je n'en sais rien. Aucune pizzeria n'a livré ici.

– Une ruse pour qu'elle ouvre ? Pourquoi le ferait-elle entrer si elle n'avait rien commandé ?

– Bonne question, Gloria.

Elle secoua la tête.

– Le fourgon est en route. Veux-tu que je demande une autopsie prioritaire ?

– S'il te plaît.

– Il se pourrait même que le Dr J te l'accorde, vu comme elle t'a à la bonne. Et puis, un cas aussi tordu, sa curiosité sera forcément piquée.

Depuis que Milo avait élucidé le meurtre d'un enquêteur de la morgue, le docteur Clarice Jernigan, légiste en chef, lui rendait la pareille par des faveurs ponctuelles.

– Ce doit être mon charme irrésistible.

Elle sourit et lui tapota à nouveau l'épaule.

– Autre chose, messieurs ? Je suis à mi-temps du fait des restrictions budgétaires. J'espère avoir réglé la paperasse avant treize heures, après quoi je me viderai la tête avec un ou deux martinis. Ou trois.

– Pour moi, ce sera un double, dit Milo.

– Y a-t-il une quantité significative de sang accumulée dans la cavité abdominale ? demandai-je.

La mine de Gloria m'indiqua quel rabat-joie j'étais.

– Il est en grande partie coagulé, mais oui, la majeure partie se trouve là. Vous l'avez déduit de la propreté de la scène de crime ?

J'acquiesçai.

– Sinon, ça signifiait qu'il s'était débrouillé pour l'emporter.

– Des seaux de sang, dit Milo. Charmant. Une dernière question, Gloria : as-tu le souvenir d'un précédent chez vous ?

– Non, mais le coroner se borne au comté et nous vivons à l'ère de la mondialisation, n'est-ce pas ? Vous avez peut-être affaire à un tueur itinérant.

La mine sombre, Milo descendit les marches d'un pas traînant.

– N'a pas l'air radieux, nota Gloria.

– Et je ne vois pas d'éclaircie à l'horizon, ajoutai-je.

3

La demeure de Stanleigh Belleveaux était tenue avec le même soin méticuleux que le jardin. Intérieur cosy, moquette épaisse, mobilier comme miniaturisé, affublé de têtières et d'accoudoirs au crochet. L'étagère en laiton encombrée de figurines en biscuit de porcelaine ne faisait qu'ajouter à l'impression de maison de poupée. Sur un autre meuble trônaient les photos de deux beaux jeunes hommes en uniforme et un presse-papiers aux couleurs du drapeau américain.

– La collection de ma femme, dit Belleveaux. Ce sont des statuettes allemandes. Elle est à Memphis, en visite chez ma belle-mère.

Noir, la cinquantaine, enveloppé. Polo marine, pantalon kaki à pli et mocassins beiges. Un duvet blanc lui tapissait le crâne et la mâchoire inférieure. Son nez avait subi plusieurs fractures et ses poings étaient striés de cicatrices.

– Sa mère, dit Milo.

– Pardon ?

– Vous avez dit « ma belle-mère » et non « sa mère ».

– Parce que c'est comme ça que je la considère. La pire personne que je connaisse. Comme dans la chanson d'Ernie K-Doe, mais vous êtes trop jeune pour vous en souvenir.

Milo en fredonna quelques mesures. Belleveaux eut un vague sourire, se rembrunit et se frotta les mains.

– Je n'arrive toujours pas à croire ce qui est arrivé à Mme Berlin. Dire que je l'ai vue dans cet état…

Il ferma les yeux, les rouvrit. Pas d'alcool sur la table basse devant lui, rien qu'une canette de Coca Light.

– Vous avez changé d'avis pour le whisky ? dit Milo.

– Tentant, mais c'est un peu tôt. Qu'est-ce que je fais si on m'appelle et que je dois prendre le volant ?

– Qui pourrait vous appeler ?

– Un locataire. C'est mon lot, lieutenant.

– Combien de locataires avez-vous ?

– Les Feldman en dessous de Mme Berlin, les Soo, les Kim et les deux familles Park dans l'immeuble de trois étages que je possède vers Korea Town. Ma location la plus casse-pieds, c'est la maison que j'ai héritée de mon père à Willowbrook. Les Rodriguez l'occupent en ce moment, des gens très bien, mais les gangs sont un vrai problème. Ici, c'est mon meilleur quartier, soupira-t-il en se frottant les yeux. J'ai choisi d'y vivre, jamais je n'aurais imaginé y avoir… un souci. Je n'arrive toujours pas à croire ce que j'ai vu. C'était comme au cinéma. Un film d'horreur, vraiment épouvantable. Je voudrais bien changer de chaîne, mais ce que j'ai vu refuse de sortir de là.

Il se massa le front avec le pouce.

– Ça finira par s'effacer, dit Milo. Avec le temps.

– Oui, vous devez en savoir quelque chose. Combien de temps ?

– Difficile à dire.

– Ça doit être plus simple pour vous dont c'est le métier. Moi, le pire auquel je sois confronté, c'est une chauve-souris dans un garage, une canalisation qui fuit ou des souris qui rongent les fils électriques. (Il plissa le front.) Il y a bien les gangs à Willowbrook, mais je me tiens à l'écart. Ce matin, j'ai tout vu de près, de beaucoup trop près.

– Depuis combien de temps aviez-vous Vita Berlin comme locataire ?

– Sept ans et huit mois.

– Voilà qui est précis.

– Je suis un homme de détails, lieutenant. J'ai appris ça à l'armée. On m'y a enseigné des rudiments de mécanique, j'y ai acquis de solides connaissances même si je n'ai aucun diplôme. Par la suite, quand je réparais des lave-linge et des sèche-linge pour Sears, ce qu'on m'avait inculqué à l'armée m'a bien rendu service. La seule façon de faire les choses, c'est de les faire bien. Quand un appareil comporte trois vis, on n'en met pas deux.

– La boxe est aussi une bonne école, dis-je.

– Quoi ?

– Vos mains. J'ai pratiqué le karaté. On sait repérer ceux qui s'adonnent aux arts martiaux.

– Non, ce n'est pas trop mon truc, dit Belleveaux. J'ai découvert la boxe à l'armée, et j'ai un peu continué quand j'en suis sorti. En welter léger, j'étais maigre dans le temps. Trois fractures du septum nasal. Ma femme, qui n'était que ma petite amie à l'époque, m'a dit : « Stan, si tu continues la boxe et que ça t'amoche trop, je serai obligée de me trouver un joli garçon ! » Elle plaisantait. Je crois. De toute façon, j'avais envie d'arrêter. Vous trouvez que c'est une vie, prendre des coups plein la tronche à en avoir le tournis pendant des jours ? En plus, ça paye des clopinettes.

Il but une gorgée, s'humecta les lèvres.

– Alors, que pouvez-vous nous dire sur Vita Berlin ? demanda Milo.

– Qu'est-ce que je peux vous dire ? répéta Belleveaux. En voilà une question délicate.

– Pourquoi donc ?

– Elle n'était pas la plus facile… Bon, écoutez. Je ne veux pas médire d'une morte. Surtout quelqu'un qui… ce qu'elle a subi, personne ne mérite ça. Personne. Rien ne peut le justifier.

– Elle avait un caractère difficile, suggérai-je.

– Vous savez donc de quoi je parle ?

Aucune dénégation de ma part.

– Ce n'était pas toujours simple d'être son propriétaire, insistai-je.

Il s'empara de la canette.

– Ce que je vous dis sera versé au dossier ?

– Ça vous pose un problème ? demanda Milo.

– Je ne tiens pas à ce qu'on me fasse un procès.

– Qui ça ?

– Quelqu'un de sa famille.

– Eux aussi sont compliqués ?

– J'en sais rien. Je ne les ai jamais rencontrés. Mais je préfère être sur mes gardes. Vaut mieux prévenir que guérir.

– Vous n'avez donc aucune raison précise de craindre un procès.

– Aucune, mais un défaut comme la méchanceté, c'est souvent un trait de famille, non ? Il n'y a qu'à voir ma belle-mère Emmaline. Ses sœurs sont pareilles. De vraies teignes, toujours prêtes à en découdre. On a l'impression de se retrouver avec des blaireaux en cage.

– Vita Berlin vous avait menacé d'un procès ?

– Des dizaines de fois.

– À quel sujet ?

– Tous les prétextes étaient bons. Une fuite dans le toit ? Si je ne la rappelais pas dans l'heure, elle menaçait d'appeler son avocat. Une déchirure dans la moquette ? Je risque de trébucher et de me rompre le cou ! Dépêchez-vous de la réparer, sinon je vous traîne en justice ! Vous comprenez pourquoi je l'ai eu mauvaise qu'elle ne soit pas là à l'heure convenue quand je suis venu réparer les toilettes. Et pourquoi j'ai décidé de me servir de mon passe pour entrer et m'en occuper. Même si j'étais certain qu'elle m'appellerait pour râler parce que j'avais pénétré chez elle sans son autorisation. L'association des propriétaires m'a confirmé que j'en ai tout à fait le droit, dès lors qu'il existe une cause justifiée. Les réparations raisonnables à la demande du locataire en sont une. Et les toilettes ne fuyaient même pas.

– Vous avez pris le temps de vérifier ? s'étonna Milo.

– J'ai tendu l'oreille pendant que j'observais Vita Berlin. Même si ça peut paraître bizarre, je suis resté comme paralysé pendant quelques secondes. J'étais figé là, me retenant très fort pour ne pas rendre mon petit déjeuner. Tout était silencieux, alors que des toilettes qui fuient, ça s'entend. Je me suis fait la réflexion. En parfait état.

– Vita prenait plaisir à vous rendre la vie pénible, dis-je.

– Je ne sais pas si elle y prenait plaisir, mais elle ne s'en privait pas.

– Vous n'avez pas tenté de l'expulser ?

Belleveaux s'esclaffa.

– Pas de motif. La loi est comme ça. Pour se faire expulser, un locataire doit quasiment… j'allais dire, commettre un meurtre.

– Sept ans et huit mois, dis-je.

– J'ai acheté l'immeuble il y a quatre ans et cinq mois. Vita Berlin était vendue avec. Je me suis dit : tant mieux, une locataire fiable et durable. J'ai vite compris mon erreur. En gros, elle se prenait pour la propriétaire et me considérait comme son concierge.

– Elle était arrogante.

– Pour rester poli.

– Une harpie.

– Bon, autant dire les choses franchement : c'était un odieux personnage. Elle n'avait jamais la moindre gentillesse à dire sur personne. À croire qu'elle avait de la bile dans les veines et non du sang. À mon avis, vous ne trouverez pas grand monde pour verser une larme. Des gens effrayés et écœurés, oui. Mais personne en pleurs.

– Écœurés de quoi ?

– De ce qui lui est arrivé. Personne ne mérite ça.

Belleveaux ferma à nouveau les yeux. Ses paupières se contractèrent.

– Mais elle ne sera pas regrettée.

– Il existe peut-être de la famille qui sera peinée de sa mort, dit Belleveaux, mais vous ne trouverez personne qui ait eu affaire à elle pour pleurer sa disparition. Je vous le dis comme je le pense, et je suis sûr d'avoir raison, je serais même prêt à parier. Si vous voulez une confirmation, vous n'avez qu'à vous rendre au Bijou, un café dans Robertson où elle passait de temps en temps. Elle leur pourrissait la vie. Et aussi aux Feldman, les locataires du rez-de-chaussée. Un jeune couple charmant. Ils sont là depuis un an mais ils cherchent à déménager à cause d'elle.

– Problème de voisinage.

– Pas du tout. Elle les harcelait. Elle habitait au-dessus d'eux, mais elle trouvait le moyen de se plaindre des bruits de pas. Il a même fallu que je passe plusieurs fois chez elle pour le constater. Je n'ai entendu que les récriminations de Vita Berlin. « Alors, vous voyez, Stan ? On croirait entendre défiler une horde de barbares ! » Et la voilà qui s'allonge par terre et plaque son oreille contre la moquette, et elle m'oblige à en faire autant. Dans cette posture, peut-être que j'ai effectivement détecté un léger bruit, rien de bien méchant. Mais j'ai menti, je lui ai promis d'en parler aux Feldman. Pour qu'elle me fiche la paix, vous comprenez. Je n'en ai rien fait et elle ne m'en a jamais reparlé. Chaque fois, c'était quelque chose d'autre : ils bourrent trop la poubelle, leurs voitures sont mal garées, ils ont introduit un chat en cachette alors que l'immeuble est interdit aux animaux de compagnie. En fait, un chat errant miaulait devant la porte du fond, l'air affamé. Les Feldman lui ont mis un bol de lait, comme ferait n'importe qui avec un peu de cœur, non ? Mais bon, ils vont déménager et je me retrouve avec deux appartements vacants. J'aurais mieux fait d'investir ma pension dans un placement tranquille comme les lingots d'or.

– Il semblerait que Vita avait des penchants paranoïaques, dit Milo.

– C'est une manière de voir les choses. Moi, je dirais plutôt qu'elle voulait attirer l'attention et que la méchanceté était un moyen d'y parvenir.

– Avait-elle des amis ?

– Je n'ai jamais vu personne lui rendre visite.

– Et vous habitez en face.

– Une partie du problème. Elle savait où me trouver. Moi qui m'imaginais que c'était l'immeuble idéal, parfaitement situé, pas besoin de prendre la voiture. La prochaine fois, j'achète dans l'État voisin ! Cela dit, j'en ai fini avec l'immobilier. Si les prix n'étaient pas si bas, je vendrais tout.

– Que pouvez-vous nous dire de sa routine quotidienne ?

– D'après ce que je voyais, elle menait une existence assez solitaire. Elle sortait peu.

– Sauf pour aller au café.

– Oui, elle mangeait parfois au Bijou. Je le sais pour l'y avoir croisée. C'est bon et pas cher. J'irais plus souvent, mais ma femme aime cuisiner. Elle prend même des cours. En ce moment, son truc, c'est la cuisine française. Ce qui explique pourquoi je n'ai plus ma taille de jeune homme.

– À part le Bijou, elle fréquentait d'autres restaurants ?

– J'ai l'impression qu'elle prenait surtout des plats à emporter. Je dis ça à cause des emballages qu'elle jetait aux ordures. Je le sais parce que souvent elle ratait la cible et ça tombait à côté de la poubelle. Avec les camions à ordures automatisés, si c'est par terre ce n'est pas ramassé. J'y veille donc. Pas besoin d'attirer les rats.

– Quel genre de plats ?

– Surtout des cartons à pizza.

– Quelle enseigne ?

– Voyons… Domino's, il me semble. Leurs livreurs ont bien une casquette bleue, non ? Peut-être d'autres marques, je ne sais pas. Je n'étais pas non plus posté derrière mes rideaux à surveiller ses habitudes alimentaires. Moins j'avais affaire à elle et mieux je me portais.

– Hier soir, s'est-elle fait livrer une pizza ?

– Je ne peux pas vous dire. J'étais au Staples Center où les Lakers ont battu Utah. J'ai assisté au match avec mes fils. Ils sont tous les deux sergents-chefs dans l'armée et ont eu une permission la même semaine. On en a profité pour se faire un match, et après on a mangé un morceau au Philippe's. Je me suis un peu lâché sur le sandwich au rosbif, dit-il en caressant la ceinture de son pantalon. Mais ce n'est pas si souvent qu'on a l'occasion de passer une soirée avec ses fils, un moment sympa entre mecs. Je suis rentré tard et je ne me suis levé qu'à sept heures. Elle m'avait laissé un message sur le répondeur : Pourquoi je n'étais pas passé hier, dès son premier appel ? Les toilettes fuient, madame a droit à des toilettes en état de marche, tout le matériel est bas de gamme et vétuste, déjà que je refuse de le remplacer, je lui dois au minimum de le réparer avec diligence. J'ai intérêt à être chez elle à huit heures au plus tard, sans quoi elle porte plainte.

– À quelle heure avait-elle appelé ? demanda Milo.

– Je n'ai pas vérifié.

– Le message est toujours sur le répondeur ?

– Non, je l'ai effacé.

– Vous pourriez nous fournir une fourchette horaire ?

– Hum… je suis parti au match à seize heures parce que je suis passé en chemin chez les Soo pour vérifier un circuit électrique. Elle a donc appelé après seize heures.

– Et à quelle heure êtes-vous rentré ?

– Vers minuit. J'ai déposé Anthony et Dmitri au parking de la gare d'Union où ils avaient laissé leur voiture de location. Anthony est rentré à Fort Irwin après avoir conduit son frère à l'aéroport.

– À votre retour, était-ce allumé chez Vita Berlin ?

– Voyons… je ne me souviens pas vraiment. C'est elle

qui réglait la facture d'électricité, libre à elle de laisser toutes les lumières allumées.

– Où peut-on joindre les Feldman ?

– Des jeunes gens sympathiques. Ils ne sont pas encore au courant.

– Ah bon ?

– Tous deux achèvent leur spécialisation en médecine, lui à Cedar et elle ailleurs, peut-être bien à l'hôpital universitaire. Je ne sais pas trop.

– Leurs prénoms ?

– David et Sondra. Faites-moi confiance, ils n'ont rien à voir avec cette histoire.

– Des médecins, murmura Milo qui imaginait un bistouri pratiquant une incision.

– Exactement, dit Belleveaux. Des gens respectables.

4

La fourgonnette de la police scientifique était arrivée pendant que nous interrogions le propriétaire. Deux jeunes techniciens s'affairaient dans l'appartement, leur mallette posée sur le palier. Le corps n'avait pas bougé.

Milo leur adressa un signe de tête.

– Salut, Lance, salut, Kenny.

– Bonjour, lieutenant, lui renvoya le plus grand des deux, « L. Sakura » d'après son badge. C'est vraiment répugnant.

« K. Flores » ne réagit pas.

– Ça pimente l'existence, dit Milo. Surtout, ne vous interrompez pas pour moi.

– Vous souhaitez quelque chose de très poussé, lieutenant ? s'enquit Flores.

– Aussi poussé que vous le jugerez nécessaire.

– Je veux dire, lieutenant, que tout paraît en ordre dans le reste de la pièce, que ça semble vraiment se concentrer autour du cadavre. On va bien évidemment relever les empreintes et rechercher les fibres, mais jugez-vous indispensable de recourir au Luminol ?

– Je veux bien qu'on ait fait le ménage, renchérit Sakura, mais c'est d'une propreté inouïe. Même pas une odeur de détergent. On va inspecter les siphons, au besoin on fera venir un plombier expert si l'installation nous donne du fil à retordre, mais nous avons peu d'espoir de retrouver des traces de sang.

– Excepté celui de la victime, précisa Flores. Les petites taches sur la serviette en sont certainement. Même là, le meurtrier a procédé très soigneusement. Il a sans doute épongé au fur et à mesure, et il a emporté ce dont il s'est servi.

– Un vrai malade, dit Sakura.

– D'après l'enquêtrice du coroner, dit Milo, la majorité du sang s'est accumulée dans la cavité abdominale. Voyons ce que vous relevez comme empreintes et fibres. On décidera ensuite pour le Luminol.

– On a déjà repéré un truc, dit Flores. Ça n'est sans doute pas très important.

– Quoi donc ?

– Un mot dans la chambre. Nous l'y avons laissé.

Parés de gants propres et de nouvelles surchaussures, nous suivîmes Flores tandis que Sakura sortait du matériel de sa mallette. La chambre de Vita Berlin était rudimentaire, sombre et mal aérée. Les murs étaient du même beige anonyme que le reste de l'appartement et les tissus assortis. Lit double, simple sommier sans tête, aucune touche personnelle. Les livres dont avait parlé Milo étaient empilés sur une table de chevet en aggloméré blanc. L'armoire trois portes était vierge de toute décoration. Deux lampes ruches identiques à celles de la pièce principale. Vita Berlin n'était pas plus généreuse avec elle-même qu'avec les autres.

– Je l'ai trouvée en dessous, dit Flores en indiquant une feuille blanche froissée au pied du lit. Je l'ai photographiée avant de la déplacer.

Comme Milo, je me penchai pour en déchiffrer l'inscription. « Dr B. Shacker », d'une écriture soignée. Le nom était barré en diagonale. Un numéro de téléphone, indicatif 310, figurait en dessous. Et au bas de la feuille, en lettres plus grosses et plus foncées, un seul mot : « charlatan ».

– Il y a de la poussière et des miettes sous le lit, précisa Flores, mais rien de suspect.

Milo nota les informations dans son calepin.

– Merci, Kenny. Vous pouvez l'embarquer.

Sur le palier, il me glissa :

– On ne va pas se priver d'interroger ce médecin. Qui sait, ajouta-t-il en souriant, il est peut-être chirurgien. (Il sortit son portable et obtint l'adresse.) Bernhard Shacker, titulaire d'un PhD, cabinet dans North Bedford Drive, à Beverly Hills. Un collègue à toi, Alex. Voilà qui pique l'intérêt, non ? Vita avait visiblement des blocages à résoudre, comme on dit dans votre jargon. Elle a peut-être décidé de se faire aider, a entamé une thérapie puis s'est ravisée. C'est quoi, déjà, ta formule pour dire que les gens les plus atteints sont les plus réticents ?

– L'andouille qui redoute le tranchoir.

– Notre victime s'est tout de même fait charcuter. Shacker pourrait nous éclairer sur sa personnalité. Tu le connais ?

Je secouai la tête.

– Bedford Drive, reprit Milo. Du divan de luxe, un peu chic pour quelqu'un avec le train de vie de Mme Berlin.

Il composa le numéro de Shacker, écouta en plissant le front et raccrocha.

– De la parlote enregistrée. Je préfère ta façon.

J'en suis resté au secrétariat à l'ancienne, car le dialogue demeure l'essence de mon métier.

– Tu n'as pas laissé de message, relevai-je.

– Pour ne pas l'apeurer, au cas où il serait très à cheval sur le secret médical. Et puis, je me dis que toi tu pourrais lui parler. Une petite causerie entre spécialistes de la psyché humaine.

– Tant que nous y sommes, nous éluciderons la métempsychose.

– Ça ne m'étonnerait pas de ta part, *amigo*. Alors c'est d'accord ? (Je souris.) Génial. En attendant, direction le café.

Il laissa son véhicule banalisé devant le lieu du crime et nous prîmes ma Seville jusqu'à Robertson. L'enseigne du

Bijou, table de quartier, avait noirci à cause de la proximité de la voie express. La façade de brique n'était pas moins crasseuse, mais la vitrine étincelait. La spécialité du jour était les pancakes aux myrtilles. D'après les horaires affichés, on ne servait que le petit déjeuner et le déjeuner, fermeture à quinze heures. À en juger d'après l'intérieur, il s'agissait certainement d'un vieux *diner* que l'on avait rénové pour qu'il paraisse encore plus ancien. Pour preuve les sièges en vinyle vert éclatant et les tables dont le stratifié imitait le formica, ajouts récents. Aux murs, des gros plans de stars comme on en voit dans les pressings et des clichés en noir et blanc du L.A. d'antan.

Installé au comptoir devant une tasse de café et une viennoiserie, un vieil homme lisait le *Wall Street Journal.* Trois des sept box étaient occupés. Dans le plus proche, deux jeunes mères tentaient d'avoir une conversation tout en veillant sur leurs bambins affublés d'un bavoir et qui s'agitaient dans leur rehausseur. Derrière elles, un trentenaire joufflu et costaud partageait son attention entre un steak accompagné d'œufs brouillés et la grille d'un magazine qu'il complétait au crayon à papier. Dans le fond, un livreur en combinaison marron, menu comme un jockey, faisait un sort à une montagne de pancakes en se tortillant au rythme de son iPod. Les deux types levèrent la tête à notre arrivée, puis se remirent à manger. Les mères étaient trop accaparées par leur progéniture pour se soucier de nous.

L'unique serveuse était blonde, jeune et mignonne. Jolies formes et bras entièrement tatoués. Le cuisinier qui transpirait de l'autre côté du passe-plat avait le type inca. Milo attendit que la demoiselle termine de resservir du café au client du comptoir avant de s'approcher.

– Installez-vous où vous voulez, messieurs.

« Hedy ! » proclamait joyeusement son badge. Celui de Milo lui fit perdre son sourire. Le vieil homme posa son journal et tendit l'oreille.

– Je vais prévenir le patron, dit Hedy.

– Connaîtriez-vous une certaine Vita Berlin ?

– Oui, c'est une cliente.

– Une habituée ?

– Plutôt. Elle mange ici une ou deux fois par semaine.

– Qu'est-ce qu'elle a encore fait ? intervint le vieil homme.

Milo lui fit face.

– Elle est morte.

– Oh, mon Dieu ! lâcha Hedy.

– Comment ? s'enquit le client, imperturbable.

– Pas de cause naturelle.

– Mais encore ? Suicide ? Accident ? Pire ? fit l'homme, l'un de ses sourcils blancs broussailleux se contractant en arceau de croquet. Oui, si la police juge bon de se déplacer, c'est forcément pire.

– Voyons, Sam, lui dit Hedy.

Il la gratifia d'un regard compatissant.

– Vous la connaissiez ? lui demanda Milo.

– Suffisamment pour ne pas l'apprécier. Qu'est-ce qui lui est arrivé ? Elle s'en est pris à un violent, quelqu'un qui a mal réagi et l'a butée ?

– Oh mon Dieu, Sam, balbutia Hedy. Vous permettez que j'aille chercher Ralph, messieurs ? Il est à l'arrière.

– C'est le propriétaire ?

– Oui, de cet établissement pour gourmets, répondit le vieil homme.

– D'accord, convint Milo.

La jeune femme se précipita vers la sortie.

– Hedy et Ralph sont ensemble, confia le vieil homme.

– Vous, c'est Sam ?

– Samuel Lipschitz. Actuaire certifié. En retraite, Dieu merci.

Pull-over orange brûlée, chemise blanche boutonnée jusqu'au cou, pantalon gris en toile, chaussettes écossaises, cordovans à lacets.

– Que reprochiez-vous à Vita Berlin ?

– Vous confirmez donc qu'elle a été assassinée ?

Il haussa la voix sur le dernier mot, attirant l'attention des jeunes mères. Pas de réaction de la part du livreur ni de l'amateur de jeux de logique.

– Vous n'en seriez pas surpris, dit Milo.

– Oui et non, répondit Lipschitz. Oui, car un meurtre reste un événement à faible fréquence. Non, parce que c'était dans son caractère de provoquer, comme je l'ai dit.

– Qui provoquait-elle ?

– Personne n'était à l'abri. Cette peau de vache donnait sa chance à tout le monde.

– Elle faisait des siennes ici ?

– Elle entrait avec sa dégaine masculine, se laissait tomber sur une banquette et balayait la salle de son regard mauvais, comme si elle n'attendait que le premier prétexte pour faire un esclandre. Les habitués savaient à quoi s'en tenir, tout le monde l'ignorait. Elle boudait, passait commande, mangeait sans se départir de sa mine renfrognée, réglait l'addition et s'en allait. (Lipschitz pouffa.) Comme ça, elle a vraiment poussé quelqu'un à bout ? Comment l'a-t-on tuée ? C'est arrivé où ?

– Je ne suis pas en mesure d'en discuter.

– Dites-moi seulement une chose : ça s'est passé dans le quartier ? Je n'habite plus par ici, j'ai déménagé à Alhambra au moment de la retraite, mais je continue de fréquenter ce café parce que j'apprécie leurs viennoiseries. Ils se font livrer par un boulanger de Covina, pas la porte à côté. Si j'ai du souci à me faire, je préférerais être averti. J'ai soixante-quatorze ans et j'aimerais bien profiter de quelques années supplémentaires.

– Au vu de ce que nous savons, monsieur Lipschitz, vous n'avez rien à craindre.

– Une réponse aussi ambiguë n'a pas grande valeur, dit le vieil homme.

– Il ne s'agit pas de violence urbaine. Ça ne semble être ni un meurtre crapuleux ni le fait d'un gang.

– Quand est-ce arrivé ?

– Hier dans la soirée.

– Je ne risque rien à venir ici en journée ?

– Monsieur Lipschitz, avez-vous autre chose à nous apprendre sur Vita Berlin ?

– Mis à part son côté revêche et asocial ? J'ai entendu parler d'un incident dont je n'ai pas été le témoin. Une altercation ici-même, il y a quatre ou cinq jours. J'étais chez mon fils à Palm Springs. Privé de viennoiserie et d'un sacré spectacle.

– Qui vous en a parlé ?

– Ralph. Le voici, il va vous raconter ça lui-même.

Ralph Veronese, trente ans tout au plus, était un grand échalas d'une maigreur confinant au pathologique. Tignasse foncée, fossettes de rock star et posture voûtée. Il portait une chemise de bowling noire, un jean skinny taille basse et des bottes de chantier. Brillant au lobe gauche et un bras tapissé de motifs bleu clair. Mains rugueuses et voix douce. Il remercia Milo avec effusion quand celui-ci accéda à sa demande que l'entretien se déroule à l'extérieur. Il nous mena dans la venelle à l'arrière du café. Une camionnette rouge occupait l'unique place de stationnement.

– Hedy m'a dit pour Vita. Je n'arrive pas à y croire.

– Que quelqu'un puisse s'en prendre à elle ?

– Non. Enfin, je ne dis pas non plus que ça devait forcément arriver. C'est juste… on la connaissait, quoi. Elle était ici avant-hier.

– C'était une habituée ?

– Elle passait deux, trois fois par semaine.

– Une grande fan de votre cuisine. Quelque chose devait l'attirer ici, insista Milo comme Veronese ne réagissait pas.

– Le fait de pouvoir venir à pied. Elle me l'a dit une fois. « Vous n'êtes pas un grand chef, mais j'économise sur l'essence. » Moi, je lui ai répondu : « D'autant qu'ici on carbure au café ! » Ça ne l'a pas fait rire. Elle ne rigolait jamais.

– Plutôt ronchonne.

– On peut le dire.

– M. Lipschitz nous a parlé d'une altercation qui serait survenue ici il y a quelques jours.

Veronese fit tourner son diamant.

– Je suis sûr que ça n'a aucun lien avec ce qui lui est arrivé.

– Et pourquoi donc, monsieur Veronese ?

– Appelez-moi Ralph. M. Veronese, c'était comme ça que se faisait appeler mon grand-père. Oui, Vita n'était pas facile, mais je ne pense pas que ce qui s'est passé ici ait un rapport.

– Parlez-nous de cette altercation, Ralph.

Il soupira.

– Vita a eu un comportement injustifiable, mais je ne sais même pas comment ces gens s'appellent. C'était la première fois qu'on les voyait ici.

– Qu'est-il arrivé ?

– Une famille s'est présentée. Vita était déjà là, elle mangeait et lisait le *L.A. Times* qu'elle nous emprunte systématiquement.

– Combien de personnes ?

– La mère, le père et leur môme de quatre ou cinq ans, je ne suis pas très doué pour donner un âge. (Veronese se tripota une mèche et la ramena par-dessus sa paupière gauche.) La fillette était chauve et toute maigre, avec des yeux énormes, comme les enfants qui souffrent de la famine qu'on montre dans les campagnes publicitaires. Et elle avait un gros pansement là, dit-il en pointant le creux de son coude. Peut-être qu'on lui avait fait une piqûre.

– Une petite fille malade, on dirait bien, notai-je.

– Tout à fait, c'est ce que j'ai pensé, soupira Veronese. C'est tellement triste à voir, on en a les larmes aux yeux.

– Pas Vita Berlin, dis-je.

– Putain, lâcha-t-il d'un ton durci. Je savais que c'était une emmerdeuse, mais jamais je n'aurais imaginé qu'elle puisse en arriver là, sinon je les aurais installés loin d'elle. Alors que je les ai fait s'asseoir juste à côté, parce que c'était plus pratique pour Hedy, vous comprenez ?

– Ça n'a pas plus à Vita ?

– Au début, elle ne leur prêtait pas attention. Elle a continué de lire en mangeant, tout baignait. Puis la gamine s'est mise à faire des bruits. Pas de l'agitation, des sortes de gémissements. Comme si elle avait mal quelque part, des petits cris de douleur. Ses parents se sont penchés vers elle, ils lui ont murmuré des choses. Pour la réconforter, j'imagine. Les gémissements se sont poursuivis un petit moment, ensuite la fillette s'est tue. Puis ça a repris et là, Vita a posé son journal et lui a lancé un regard noir.

– L'air agacé.

– Pire que ça. Vraiment très dur. C'est quoi l'expression, déjà ? Oui, elle l'a fusillée du regard. Ma grand-mère me disait toujours : « Ne me regarde pas comme ça, je me sens obligée de lever les mains en l'air ! » Vita l'a carrément foudroyée du regard. Les parents ne remarquaient rien, ils étaient concentrés sur leur enfant. Hedy a profité d'une accalmie pour prendre leur commande et a proposé un donut à la petite, mais la mère lui a expliqué que son estomac ne le tolérait pas. Vita a marmonné quelque chose, le père s'est tourné vers elle, elle a pris l'air mauvais et s'est réfugiée derrière son journal. La gamine s'est remise à geindre. Le père est venu au comptoir et m'a demandé si j'avais de la glace à la vanille. Probablement qu'il cherchait un moyen de la calmer. Je lui ai répondu : « Bien sûr qu'on en a ! » et je lui en ai servi deux boules. Il l'a apportée à sa fille, lui en a proposé une cuillerée, mais elle n'en a pas voulu. Elle a commencé à pleurer, et à ce moment-là Vita a jailli de son box, comme ça… (Il se planta les poings sur les hanches.) Elle les a toisés comme si c'était d'horribles personnes, elle leur a dit quelque chose et le père s'est levé à son tour et tous deux y sont allés sans retenue.

– C'est-à-dire ?

– Une prise de bec. Je ne sais pas ce qu'ils se sont dit précisément, j'étais dans la cuisine avec Hedy. On a juste entendu du raffut. J'ai même cru qu'il était arrivé quelque chose à la fillette, un problème médical. Je suis donc revenu fissa et j'ai vu Vita et le père qui se criaient dessus, même que lui avait l'air prêt à… il était vraiment en pétard, mais sa femme l'a retenu par le coude. Vita lui a alors sorti quelque chose qui a fait qu'il s'est dégagé et a brandi le poing. Il s'est contenté de le tenir en l'air, il tremblait de tous ses membres. Puis il s'est calmé, il a pris sa fille dans ses bras et s'est dirigé vers la porte, suivi de sa femme. Le truc bizarre, c'est que l'enfant était redevenue toute calme, comme si rien n'était arrivé. (Nouvelle caresse à la boucle d'oreille.) Je me suis précipité dehors et je leur ai demandé si je pouvais faire quoi que ce soit. Une gosse malade, j'étais super embêté. Quand même, la pauvre petite n'y était pour rien si elle se sentait mal. Le père s'est retourné, il a secoué la tête et ils sont partis en voiture. Je suis rentré. Vita avait repris sa place, tout sourire. Elle m'a sorti : « Vraiment, il y a des gens qui manquent de savoir-vivre ! Je leur ai dit : Vous croyez que le reste du monde tient à se couper l'appétit en supportant les mouflets mal fichus des gens comme vous ? Les malades n'ont rien à faire au restaurant et feraient mieux de rester à l'hôpital ! »

– Décrivez-moi les parents, dit Milo.

– Trente-cinq, quarante ans. Bien habillés, ajouta Veronese en détournant le regard.

– Autre chose ? demandai-je.

– Noirs.

– L'expression « les gens comme vous » a dû les froisser.

– Oui, c'était odieux.

– Vita s'était-elle montrée raciste en d'autres occasions ?

– Non, elle détestait tout le monde. Je l'aurais volontiers mise à la porte, dit Veronese en se renfrognant, mais elle était capable de vous traîner en justice au moindre prétexte. Déjà qu'on s'en sort difficilement, je n'ai pas besoin d'un procès.

– Vous auriez des exemples de gens contre qui elle aurait porté plainte ?

– Son ancien employeur, une affaire de discrimination. Elle avait reçu un dédommagement qui lui suffisait pour vivre.

– Comment êtes-vous au courant ?

– C'est elle qui s'en est vantée.

– Pour en revenir aux parents de la petite, dit Milo. Dans les trente-cinq, quarante ans, tenues élégantes, noirs. Quoi d'autre ?

– Ils roulaient en Mercedes. Pas une très grosse, un break de petite taille. Gris métallisé, je crois bien, dit Veronese en se passant les doigts à la naissance des cheveux. Je suis sûr qu'ils n'ont rien à voir avec sa mort.

– Pourquoi donc ?

– Comment auraient-ils su qui c'était, où la retrouver ?

– Peut-être la connaissaient-ils d'avant.

– Ça ne donnait pas cette impression. Ils ne l'ont pas appelée par son nom.

– Vita a eu d'autres altercations au Bijou ?

– Non. Tout le monde lui fiche la paix.

– Parce qu'elle laisse toujours de gros pourboires ?

– Vous plaisantez ? Oui, je suis bête. Elle n'allait jamais au-delà de dix pour cent, et elle défalquait un pour cent pour tout ce qui lui avait déplu, en vous le faisant savoir. Hedy le prend à la rigolade, de toute manière elle ne bosse ici que pour me rendre service. Son truc, c'est la chanson. Elle est chanteuse dans un groupe. Je joue de la basse derrière elle. La vue n'est pas désagréable, lâcha-t-il avec un sourire.

5

Le temps que nous retournions à la scène de crime, le cadavre avait été évacué. Sakura et Flores s'affairaient toujours à racler, délayer, mettre en sachets et étiqueter les traces.

– Beaucoup d'empreintes, dit Sakura. Aux endroits attendus. Sauf sur la poignée qui a été manifestement essuyée. On a récupéré quelques cheveux sur les serviettes, gris comme ceux de la victime. Il y a aussi de minuscules taches de sang prises dans les poils. Et d'autres sur la moquette. On va en découper des carrés. S'il s'est blessé en la charcutant, vous pourriez être chanceux.

– Fasse que le dieu de la criminalistique vous entende ! dit Milo.

– Pour le siphon du lavabo, dit Flores, c'est compliqué. On va devoir faire appel à un plombier. Ça pourrait prendre quarante-huit heures.

– Employez tous les moyens nécessaires, messieurs. Autre chose ?

– Ce n'est pas à moi de vous dire comment faire votre métier, lieutenant, mais à votre place je demanderais une analyse toxico complète.

– Vous pensez qu'elle a été droguée ?

– Pour qu'elle ait offert si peu de résistance, il se pourrait que l'agresseur ait employé une substance, par exemple un anesthésiant. Quelque chose qui ne s'injecte pas, du chloroforme ou de l'éther, car nous n'avons relevé aucune marque d'aiguille. Ou bien elle prenait elle-même des trucs, ce qui aurait facilité la tâche. On a déniché de l'alcool sous le lavabo de la salle de bains quand on s'est intéressé à la plomberie. Dissimulé dans le fond, derrière les rouleaux de PQ.

Il attrapa un sachet à indices et en sortit deux grandes bouteilles de Jack Daniel's, l'une non entamée et l'autre remplie aux deux tiers.

– Pas d'autres bouteilles d'alcool ailleurs ? demandai-je.

– Non.

– Deux grandes bouteilles, nota Sakura. Sacrée quantité.

– Elle vivait seule, notai-je, pourtant elle dissimulait son vice.

– Ce n'est pas parce qu'elle vivait seule qu'elle picolait seule, objecta Milo.

– Dans ce cas, pourquoi les cacher ?

À court de réponse, il plissa le front.

– Si elle buvait en compagnie, poursuivis-je, ce n'était pas avec quelqu'un qui risquait d'ouvrir les placards.

– Où veux-tu en venir ?

– Pas un amoureux.

– Avant d'aller fouiner derrière le PQ… Et encore une fois, si elle pochetronnait seule, pourquoi s'en cacher ?

– Pour se voiler la face, dis-je. Elle avait besoin de penser qu'elle maîtrisait la situation. Et de se croire vertueuse.

Mon analyse ne convainquit personne.

– Et la fracture du cou, vous en pensez quoi, lieutenant ? demanda Flores.

– Vous me suggérez de contacter les dojos ? Leur demander s'ils ont des membres qui aiment aussi éventrer les gens et jouer avec leurs tripes ? Bon, fit Milo en se tournant vers le carton à pizza. Ça y est, on peut l'ouvrir ?

– Oui, dit Sakura. On l'a passé au peigne fin, pas d'empreinte ni aucune trace. J'ai l'impression qu'il n'y a pas eu de pizza dedans, ni quoi que ce soit.

– Allez, ouvrez-moi ça.

Flores souleva le couvercle. L'intérieur était vide, mais une feuille de papier blanc était scotchée au fond. Bords soigneusement alignés, comme les serviettes sous le cadavre. Au centre de la page figurait un point d'interrogation imprimé par ordinateur, en gras et en très gros.

Milo vira au cramoisi, un rouge foncé comme je ne lui en avais jamais vu. Une veine palpita sur son cou. Je craignis un instant pour sa santé, puis il sourit et son visage perdit un peu de sa couleur, comme s'il avait été victime d'une farce et tenait à se montrer bon joueur.

– Qu'est-ce que c'est que ça ? dit-il. Un défi à la con ? Parfait. Défi relevé, mon salaud. Vous allez me passer la moindre surface au peigne fin, ordonna-t-il aux techniciens. Cherchez à tous les endroits probables, là où quelqu'un serait susceptible d'avoir posé la main par erreur et oublié ne serait-ce qu'une empreinte partielle. Si ça ne donne rien, recommencez. Quitte à me dire qu'il n'y a rien, je tiens à ce que ce soit vraiment rien.

– Bien, lieutenant, dit Flores.

– Message reçu, renchérit Sakura.

Milo me raccompagna jusqu'à ma voiture. Comme il avançait en me précédant d'un pas, j'eus l'impression d'un départ sous escorte. Alors que je démarrais, il se pencha vers ma vitre baissée.

– Merci de t'être déplacé. Je vais être occupé par le basique. La ligne téléphonique de la victime, ses comptes bancaires, contacter les proches. Je vais aussi tenter de rencontrer *de visu* les deux voisins médecins. Avec un peu de chance, ce seront des émules de Jack l'Éventreur. En attendant, tu pourrais appeler le psy… ce Dr Shacker.

– Dès que j'arrive chez moi.

– Merci. Je suis d'accord avec ton hypothèse, que Vita voulait croire qu'elle contrôlait tout. Pour le vertueux, je suis moins convaincu. Tu en connais beaucoup, des honnêtes gens qui s'en prennent à une pauvre gosse malade ?

– La vertu, ça englobe beaucoup de choses. Elle se voyait peut-être comme la gardienne de la décence. Les restaurants sont faits pour y manger, les hôpitaux pour les malades, l'infirmité coupe l'appétit, donc n'y mettez pas les pieds. C'est un sentiment assez répandu. La plupart des gens sont plus subtils, mais tu serais étonné du nombre de fois où les malades sont stigmatisés. Quand je travaillais en oncologie, les familles abordaient souvent le sujet.

– Quelle que soit l'image qu'elle avait d'elle-même, dit-il en secouant la tête, Vita était une connasse de première catégorie. Autrement dit, la liste des suspects s'étend désormais à tout l'univers. Ou presque.

Je desserrai le frein à main.

– Existe-t-il d'autres maladies que le cancer dont le traitement provoque la calvitie ? demanda-t-il.

– Quelques-unes, mais je pencherais pour le cancer.

– Si la gosse en a effectivement un, il y a de grandes chances pour qu'elle soit suivie dans ton ancienne maison.

L'hôpital Western Pediatric, où j'avais suivi ma formation, appris quelles questions poser, lesquelles ignorer.

– Le meilleur centre de L.A., dis-je.

– Hum.

– Désolé, c'est non.

– Non, quoi ?

– Tu es mon ami, mais je refuse d'aller fouiner dans les dossiers des patients.

– Moi, te demander un truc pareil ? dit-il en se montrant du doigt. Eh bien, je sais maintenant ce que tu penses vraiment de moi !

– Je pense que tu te comportes comme d'habitude, en enquêteur hors pair.

Ses narines se retroussèrent.

– Putain, depuis le temps qu'on se connaît, on ne va

pas se raconter des salades. Oui, ça me simplifierait bien l'existence si tu pouvais y jeter un coup d'œil. Ça n'est vraiment pas possible, discrètement ?

– Non. Quand bien même, je ne me vois pas mettre sur la sellette une famille dans l'épreuve.

Il expira longuement.

– Oui, oui, je réfléchis en chasseur et non en être humain.

– Tu n'y perds même pas une piste, selon toute vraisemblance. Comme l'a souligné Veronese, mon grand, ces gens n'avaient aucun moyen de connaître l'identité de Vita et son adresse.

– À moins qu'ils ne vivent dans le quartier. Ils l'ont aperçue par hasard et, n'ayant toujours pas décoléré, ont décidé de passer à l'acte.

– Ils sonnent à sa porte et l'éviscèrent ? Sacrée rancune.

– Certes, mais le fort stress auquel ils sont soumis pourrait accroître le sentiment de révolte, non ? Supposons que la pauvre petite soit morte peu de temps après l'altercation. T'imagines le souvenir que ça laisserait dans la tête de papa et maman ? Papa ressasse cette histoire, ça le mine. Ça lui bouffe les tripes, si j'ose dire. Et voilà qu'il croise à nouveau Vita, peut-être même qu'elle en remet une couche. Il décide alors de… comment disent les psys, déjà ? Oui, il déplace sa colère.

C'était effectivement l'expression consacrée et j'en avais vu quantité d'exemples. Les familles qui se plaignent de la nourriture d'hôpital ou d'une remarque déplacée, tout plutôt que le sujet central car on ne peut pas tout assumer. J'avais été appelé plus d'une fois pour faire lâcher son arme à un père éploré, mais je n'avais jamais été confronté à rien qui approche de la sauvagerie infligée à Vita Berlin, comme je le fis remarquer à Milo.

– Donc, grommela-t-il, si je veux m'aventurer sur ce terrain-là, je suis seul.

– Moi, je vais appeler le Dr Shacker. S'il est disponible, je préfère autant le rencontrer.

– Merci.

– Pas de problème.

– Si, ce ne sont pas les problèmes qui manquent, mais tous pour ma pomme.

6

Sur le chemin du retour, je ne cessai de repenser à l'horrible crime. Chaque fois que je réglais mon cerveau sur une autre chaîne que celle de l'impensable, le cadavre réapparaissait aussitôt. J'allumai la radio et montai le volume à un niveau qui m'agressait les tympans. J'étais conscient qu'à chaque déflagration sonore c'étaient quelques filaments qui se détachaient de mon canal auditif, mais une légère perte d'audition me semblait un prix acceptable. Je zappai en vain de station en station ; la soupe insipide de tubes-jingles et de bavardages insupportables ne fut d'aucune efficacité.

Je m'arrêtai donc, ouvris le hayon et sortis une mallette en simili cuir esquintée à laquelle je n'avais pas touché depuis belle lurette. Mes cassettes audio. Pour quiconque a moins de trente ans, un article à remiser avec les cylindres de cire. Ma Cadillac Seville n'est pas de cet avis. C'est un modèle 1979, sorti des usines de Detroit quelques mois avant que le constructeur ne se spécialise dans la *fatmobile*. Vingt-quatre mille kilomètres au compteur pour son troisième moteur, suspension remarquable. Grâce aux vidanges régulières, elle se porte comme un charme. J'ai fait installer un lecteur de CD il y a des années et un kit mains libres plus récemment, mais j'ai résisté pour le MP3 et j'ai gardé l'autoradio à cassettes d'origine, car je dispose d'une belle collection, constituée à l'époque où je terminais mes études, quand les cassettes étaient un luxe que je ne pouvais m'offrir que d'occasion.

De retour au volant, la rumeur dans ma tête avait enflé jusqu'à devenir un grondement de tonnerre. Des horreurs, j'en ai vu d'autres et il est rare que ça me plonge dans un tel état, mais je pense savoir d'où provient le bourdonnement : ça date de mon enfance, quand je me cachais pour échapper à mon père qui avait trop bu et cherchait quelqu'un à punir. Le bruit blanc imaginaire qui recouvrait les battements de mon cœur agité.

Aujourd'hui, impossible de couper le son. De même que les amphétamines apaisent un esprit hyperactif, ma conscience réclamait un vacarme puissant et sombre, agressif et conquérant. Du thrash-métal aurait fait l'affaire, mais je n'en ai jamais acheté. Je passai en revue les cassettes et en choisis une qui me semblait prometteuse : ZZ Top. *Eliminator*. Je l'introduisis dans le lecteur, redémarrai et repartis. Au bout d'un bloc, je montai le volume de quelques crans. La guitare minimaliste, la batterie digne d'un moteur de poids lourd et le synthé omniprésent en fond sonore avaient un effet bénéfique.

Quand je quittai Sunset, la maison n'était plus loin. La beauté paisible de Beverly Glen, les lacets silencieux de l'ancienne piste cavalière menant jusqu'à ma belle demeure blanche, où m'attendait ma belle amie que j'allais embrasser, notre chienne adorable que j'allais caresser et de jolies carpes koï que j'allais nourrir… Voilà qui déclencha une petite voix narquoise : « Sympa comme vie, non ? » Ponctuée d'un ricanement maléfique.

La maison était déserte et baignée de soleil. Je gagnai mon bureau, mes pas résonnant comme un tam-tam sur le parquet, et laissai un message confraternel au Dr Shacker dont la voix douce, rassurante et enregistrée m'assura qu'il me contacterait dès que possible. Le genre de voix qui inspire confiance. Je préparai du café, en avalai deux tasses sans prêter attention au goût, sortis dans le jardin, jetai quelques granulés aux poissons, tirai une maigre satisfaction de leurs succions de gratitude et poursuivis vers le studio enveloppé d'arbres. Le bourdonnement d'une scie s'échappait par une fenêtre ouverte. Protégée par un masque et des lunettes, illuminée par les larges vasistas du toit mansardé, ma belle amie travaillait délicatement un morceau de bois de rose à la scie à ruban. Ses longues boucles auburn étaient ramenées sous un bandana rouge. Une poussière violacée lui recouvrait les mains. La chienne adorable se trouvait non loin, occupée à ronger un des os nappé de sauce barbecue que sa maîtresse lui prépare toujours avec attention. La belle amie me sourit, sans s'interrompre. La chienne vint à ma rencontre et planta sa truffe dans ma main. La lame grinçait en entamant le bois dur. Bruit intense et désagréable. Parfait.

Je m'assis, pris Blanche sur les genoux et caressai sa petite tête bosselée de bouledogue français. Quand elle eut terminé, Robin éteignit la scie, posa la pièce en forme de guitare sur l'établi, releva ses lunettes et abaissa son masque. Elle portait une salopette rouge, un tee-shirt noir et des Keds noir et blanc. Je posai Blanche par terre et elle me suivit jusqu'au banc. J'étreignis Robin et l'embrassai. Elle m'ébouriffa les cheveux, un geste qui m'est agréable.

– Comment ça s'est passé, mon chéri ?

– Joli grain, dis-je en caressant le bois de rose.

– Rude journée ?

Ma réticence à parler des affaires a toujours été un sujet délicat entre nous. Alors qu'avant je la tenais complètement à l'écart je lui confie désormais les éléments dont je pense qu'ils ne seront pas trop lourds à porter. Cela profite parfois à Milo : intelligente, Robin peut apporter un regard extérieur. Comme si mon propre regard n'était plus extérieur, au fond. Je ne sais pas très bien où je me situe.

– Très rude journée, dis-je.

– Tu es un peu pâle, dit-elle en me caressant la joue. As-tu mangé ?

– Un bagel. Avant.

– Veux-tu que je te prépare quelque chose ?

– Peut-être plus tard.

– Si tu changes d'avis…

– Pour la nourriture ?

– Ça et le reste.

– D'accord, dis-je en déposant un baiser sur son front.

– Bon, il faut que je m'y remette, dit-elle en contemplant le morceau de bois de rose.

– Le dîner me semble envisageable. Peut-être assez tard.

– Parfait.

– Si tu as faim avant, je suis flexible.

– C'est ça.

Comme je me détournai, elle me toucha à nouveau le visage. Ses yeux amande étaient empreints de compassion.

– Les mauvais jours, Alex, rien ne sert de trop programmer.

Je retournai à mon bureau. Le Dr Shacker n'avait pas rappelé. Je m'occupai de divers papiers, réglai quelques factures et me livrai à des recherches sur internet. Les mots-clés « éventrer » et « meurtre » donnèrent une montagne de résultats, près de cent mille. La plupart ne présentaient aucun intérêt, simple emploi des deux termes dans des phrases ampoulées, paroles de chanson produites par des groupes inconnus à juste titre, outrances politiques de blogueurs qui n'ont jamais rien subi de pire qu'une coupure avec une feuille de papier. « La présente administration éventre les droits civiques et s'attaque aux libertés individuelles avec la préméditation et l'appât sanguinaire d'un serial killer. »

Les quelques meurtres au sens propre répertoriés étaient le plus souvent des crimes isolés : en proie à des fantasmes sexuels ou à une rancœur longuement entretenue, l'assassin épiait et harcelait sa victime, puis basculait dans une explosion de violence et parfois même dans le cannibalisme. Le plus souvent, le coupable agissant sans précaution, l'affaire était rapidement élucidée. Il y avait plusieurs cas de psychotiques truculents qui s'étaient livrés eux-mêmes à la police. Par exemple, ce type qui avait balancé un foie humain sur le bureau d'un policier en suppliant d'être arrêté parce qu'il avait fait une bêtise. Les rares affaires non résolues étaient de l'histoire ancienne, dont l'illustre Jack l'Éventreur. Le monstre de White Chapel s'était adonné aux mutilations abdominales et au vol d'organes, mais les différences l'emportaient largement sur les similitudes avec les sévices méticuleusement infligés à Vita Berlin. Compte tenu de la personnalité odieuse de la victime, il pourrait s'agir d'un crime unique. Pourvu que cela n'ait rien à voir avec la fillette qu'elle avait humiliée.

Je continuai de surfer, tentai d'autres mots-clés – mutilations abdominales, viscères exposés, blessures intestinales. Cela n'avait rien donné quand mon secrétariat appela.

– Docteur Delaware ? C'est Louise. Un Dr Shacker vient de chercher à vous joindre.

– Merci.

– Un collègue, n'est-ce pas ? Psychologue ?

– Bonne intuition, Louise.

– En fait, c'est plus qu'une intuition. Depuis le temps que je suis dans le métier.

– Nous nous exprimons tous de la même façon ?

– Oui, en fait. Ne le prenez pas mal. C'est un compliment. En général, vous donnez l'impression d'être calmes et patients. On ne peut pas en dire autant des chirurgiens. En tout cas, il a l'air sympathique. Bonne fin de journée, docteur.

La voix qui me répondit était juvénile et agréable.

– Bern Shacker.

– Alex Delaware. Merci de m'avoir rappelé.

– Pas de problème. Vous disiez que c'était à propos de Vita Berlin ? Dois-je en déduire que vous êtes le chanceux qui la suit à présent ?

– Plus personne ne l'a comme patiente.

– Ah bon ?

– Elle a été assassinée.

– Mon Dieu ! Que lui est-il arrivé ?

Je le lui expliquai sans entrer dans les détails.

– C'est épouvantable, vraiment épouvantable. Assassinée… Et vous me contactez parce que… ?

Parce qu'elle l'avait traité de charlatan.

– Votre carte se trouvait chez elle, me contentai-je de répondre.

– Ah bon ? Ma carte était chez elle ? Euh… je suis un peu… vous êtes psychologue, vous dites ? Que faisiez-vous dans son appartement ? D'ailleurs, pourquoi êtes-vous mêlé à une enquête pour meurtre ?

– Je suis consultant auprès de la police et l'enquêteur en chef m'a demandé de vous appeler. Entre psys.

– Psy, le terme ne me plaît guère. Et puis, je ne… je n'ai pas vraiment mené de thérapie à long terme avec Vita Berlin. C'est assez compliqué. Je dois passer un ou deux appels avant de pouvoir m'en ouvrir à vous.

– Le secret médical après la mort du patient, dis-je. Les règles évoluent d'année en année.

– Vrai, mais ce n'est pas que ça. Vita n'était pas une patiente typique. Ce n'est pas pour faire le mystérieux, mais je ne peux pas vous en dire davantage avant d'avoir obtenu une autorisation. Si elle m'est accordée, nous pourrons discuter.

– Merci.

– Un meurtre. Incroyable. Où êtes-vous basé ?

– Dans le West Side.

– Moi, je suis à Beverly Hills. Si on se parle, vous ne

verriez pas d'inconvénient à ce que ce soit *de visu* ? Pour que je puisse enregistrer notre conversation.

– Pas du tout.

– Je vous rappelle.

Quarante-trois minutes plus tard, il tenait parole.

– Alex ? C'est Bern. J'ai l'accord des avocats de l'assureur, ainsi que du mien. J'ai une possibilité à dix-huit heures. Cela vous conviendrait-il ?

– Parfaitement.

– Parfaitement, répéta-t-il. Vous avez l'air d'être quelqu'un de positif.

Comme s'il venait de mettre le doigt sur une tare.

– J'essaye.

– Essayer, c'est tout ce qu'on peut faire.

7

Shacker avait son cabinet dans un immeuble de deux étages en brique chaulée, au cœur du quartier commerçant de Beverly Hills. La moquette d'un bleu marine lustré étouffait les pas. Chêne blanchi aux murs. Une pharmacie baptisée « boutique d'apothicaire » et décorée de sorte à évoquer l'Angleterre victorienne occupait un quart du rez-de-chaussée. Étaient également établis à cette adresse divers médecins et dentistes, ainsi que plusieurs psychologues. B. Shacker, PhD, n° 217.

Sa salle d'attente, exiguë et blanche, était équipée de trois fauteuils confortables et d'une pile de magazines. Des haut-parleurs dissimulés diffusaient de la musique new age. Deux voyants figuraient sur le panneau à côté de la porte intérieure – rouge pour « en consultation », vert pour « libre ». Le rouge était allumé, mais à peine m'étais-je assis qu'il s'éteignit. La porte s'ouvrit et une main me fut aussitôt tendue.

– Alex ? Bern Shacker.

L'homme mesurait un mètre soixante-cinq, maigre, épaules étroites. Poigne ferme, résolue et sèche. Shacker devait avoir la cinquantaine. Visage délicat aux joues roses, surmonté d'une chevelure châtain clairsemée et striée d'argent, coiffée d'un rapide coup de peigne. Des oreilles décollées et un nez camus en trompette lui donnaient un petit air de lutin. Yeux noisette, doux et vaguement tristes. Il portait un pull à col en V gris sur une chemise noire, un pantalon anthracite et des mocassins noirs. Les poignets de la chemise dépassaient légèrement des manches du pull, retroussées aux coudes.

– Merci de m'accorder de votre temps, Bern.

– Entrez, je vous en prie.

Les murs de la salle de consultation étaient d'un bleu canard adouci, la moquette du même coloris en plus soutenu. Ambiance tamisée du fait des voilages marron obturant la fenêtre donnant sur Bedford Drive. Pas le moindre bruit provenant de la rue, double, voire triple, vitrage. Au mur, derrière un modeste bureau en noyer, étaient affichés les diplômes requis : doctorat, stages, spécialisation, accréditation. Unique touche un rien singulière, un doctorat de l'université de Louvain, en Belgique.

– Ma période catholique, dit Shacker avec un sourire.

À gauche du bureau, la porte qui avait permis au patient de repartir sans être vu. Accroché à côté, dans un cadre en acier chromé, un tableau d'inspiration cubiste figurant du pain et des fruits. Shacker m'indiqua l'un des deux sièges en cuir, design scandinave, qui se faisaient face et s'installa dans l'autre. Il croisa les jambes et remonta son pantalon, dévoilant une chaussette écossaise.

– Au téléphone, j'ai mentionné les avocats de l'assureur. Ce sont eux qui m'ont adressé Vita.

– La thérapie faisait partie d'une transaction ?

– Vita a porté plainte contre son employeur, il y a trois ans. L'affaire a traîné, puis l'assureur de l'employeur a accepté de transiger, à condition qu'elle se soumette à un bilan psychologique. Je n'ai pas l'habitude de travailler pour ce genre de litige, mais il se trouve que j'ai eu comme patient quelqu'un qui est lié à l'assureur en question. Vous comprendrez que je ne puisse pas vous en dire plus. On m'a donc demandé de voir Vita.

– Quel était le but de l'évaluation ?

– Vérifier qu'elle ne simulait pas.

– Elle prétendait avoir subi un dommage psychologique ?

– Elle aurait été harcelée au travail et son employeur n'aurait pas veillé suffisamment à lui garantir un environnement non hostile.

– De quelle société s'agit-il ?

Shacker décroisa les jambes.

– Désolé, je ne peux pas vous le dire. L'une des stipulations de l'accord était que les parties s'interdisaient d'évoquer publiquement le litige. Je peux seulement vous dire que c'est une compagnie d'assurances. De l'assurance-maladie, pour être précis. Vita travaillait au filtrage.

– Elle décidait qui avait droit à tel soin et qui n'y avait pas droit ?

– La compagnie parlerait du traitement des requêtes des affiliés.

– Elle avait une formation d'infirmière ?

– Après deux années en école de secrétariat, elle avait occupé divers postes administratifs, mais c'était sa première expérience dans le secteur de la santé.

– Voilà qui la qualifiait pour décider qui devait consulter un médecin ?

– Qui devait voir une infirmière. Elle était affectée au prétriage. Cela s'appelle l'orientation diagnostico-rationalo-spécifique. Je sais, c'est épouvantable. Vita m'a parlé de la centrale d'appel, des scripts qu'on lui fournissait. Certaines affections sont purement ignorées, pour d'autres elle devait conseiller un remède en vente libre en pharmacie. Il existe des consignes précises pour le délai au bout duquel l'affilié doit rappeler, une semaine pour tel symptôme, un mois pour d'autres. Pour les pathologies vraiment aiguës, on les adresse au service d'urgences le plus proche. Quant aux diagnostics les plus délicats, elle les mettait en attente sous le prétexte fallacieux de chercher une infirmière disponible.

– Le télémarketing à l'envers, dis-je. Surtout, ne recourez pas à nos services.

– Voilà où on en est arrivé, convint Shacker. Sauf que Vita, elle, adorait son travail. « Lutter contre les fraudeurs et les faiblards », pour la citer.

– Pour les symptômes dus à son harcèlement, c'était une autre histoire, soulignai-je.

– Que voulez-vous que je vous dise, lâcha-t-il en souriant.

– De quel type de harcèlement s'agissait-il ?

– Pas d'agressivité physique. Elle était simplement en butte aux moqueries et plaisanteries de certains collègues. Selon Vita, elle s'en était plainte régulièrement à son supérieur, mais on l'ignorait. Elle réclamait cinq millions.

– Ça fait cher la raillerie. Quels étaient ses symptômes ?

– Troubles de la concentration, insomnies, perte d'appétit, problèmes digestifs, petites douleurs ici et là. Des phénomènes équivoques, peu susceptibles d'être confirmés par un examen médical, mais difficiles à réfuter. Comme la cause première alléguée était un trauma émotionnel, l'assureur de l'employeur a souhaité un avis autorisé sur son état psychologique.

– Quelles ont été vos conclusions ?

– Que ses allégations ne pouvaient être ni prouvées ni réfutées, et qu'elle présentait une certaine agressivité. Je n'ai pas fourni de diagnostic car ce n'était pas le but. Si on m'en avait demandé un, j'aurais pu dénicher quelque chose dans le répertoire des troubles mentaux, mais je ne suis pas de ces thérapeutes pour qui la méchanceté est une pathologie.

– En quoi était-elle méchante ?

Il croisa les bras.

– Puis-je vous livrer quelque chose en toute confidence, Alex ? Je ne tiens pas à ce qu'il y en ait une trace officielle.

– Absolument.

– Merci.

Il se mordilla la lèvre, tripota sa manche droite.

– Je pense que je n'ai jamais rencontré personne d'aussi désagréable que Vita. Je sais bien que nous ne sommes pas censés juger, mais inutile de se voiler la face, ça nous arrive à tous. Et puis Vita n'était pas du tout coopérative et ne cachait pas son mépris pour notre profession, ce qui n'arrangeait rien. Elle passait la plupart de nos séances à se plaindre que je lui faisais perdre son temps, qu'il ne fallait pas être bien futé pour constater qu'elle avait subi un lourd traumatisme. C'est tout juste si elle ne m'a pas traité de charlatan. Vous m'apprenez qu'elle a été tuée. Y a-t-il des signes d'une fureur assassine ? Car je l'imagine volontiers poussant quelqu'un à bout, au-delà du point de non-retour.

– Je suis moi aussi soumis à une obligation de réserve, Bern.

– Je vois. D'accord. Eh bien, je n'ai pas grand-chose de plus à vous dire.

– J'aimerais revenir au procès. A-t-elle précisé quel genre de moqueries et de plaisanteries elle subissait ?

– On lui collait le tiroir de son bureau, on cachait son casque-micro, on lui chipait ses friandises. Selon elle, ses collègues la surnommaient « la vache folle » et « miss Teigne ».

– Selon elle ? Vous pensez qu'elle en rajoutait.

– Je suis certain qu'elle était impopulaire, mais je n'ai pas d'autre élément que ses allégations. La question que j'avais en tête était la suivante : Dans quelle mesure l'hostilité a-t-elle été suscitée par son comportement ? Toutefois, ce n'était pas ma tâche d'y répondre. On m'a demandé mon avis sur une éventuelle simulation. Je n'ai pas pu me prononcer, mais il semblerait que ça leur ait suffi, vu qu'il y a eu transaction.

– Combien a-t-elle obtenu ?

– Pas cinq millions en tout cas. Je n'ai pas su les détails, mais l'avocat m'a confié qu'elle avait touché moins d'un million.

– Joli pactole, pour s'être fait coller le tiroir.

Shacker réprima un rire qui projeta son corps frêle en avant, comme si on l'avait poussé dans le dos.

– Veuillez m'excuser. C'est un drame horrible, mais ce que vous venez de dire… coller le tiroir. Je ne suis pas freudien, mais c'est une image parlante, non ? D'autant qu'on peut tout à fait décrire Vita comme quelqu'un de fermé. À tous points de vue.

– Pas de sexualité ?

– Vie sociale et amoureuse inexistante, d'après elle. Elle a même ajouté que ça lui convenait mieux ainsi. Vérité ou simple rationalisation ? Je ne sais pas. D'ailleurs, je ne peux rien affirmer sur elle avec certitude car je n'ai jamais eu le temps de rompre ses barrages. Au bout du compte, ça n'a pas eu d'importance : elle a obtenu ce qu'elle voulait. Voilà dans quel monde nous vivons, Alex. Des personnes vraiment malades tombent sur une Vita qui les empêche de se faire soigner, tandis qu'on verse de grosses sommes pour des dommages exagérés car c'est moins cher de transiger.

– Comment s'appelle l'avocat qui la représentait ?

– J'avais réclamé les documents officiels, mais je ne les ai jamais obtenus. J'ai dû me contenter d'un résumé de l'affaire fourni par l'assureur de l'employeur.

– Pourquoi tant de mystère ?

– Leur position était qu'il était nécessaire de garantir mon objectivité, au cas où mes conclusions seraient contestées. (L'expression de regret s'accentua dans son regard.) Avec le recul, je suis bien évidemment conscient qu'on s'est servi de moi. Je ne renouvellerai pas l'expérience.

– Quels renseignements personnels Vita vous a-t-elle fournis ?

– Pas grand-chose. Il a fallu lutter pour obtenir sa biographie. J'ai réussi à lui faire admettre, non sans peine, qu'elle avait eu une enfance difficile. Mais, là encore, on ne peut que se demander dans quelle mesure elle n'en était pas responsable.

– Une enfant pénible.

– Je mesure de plus en plus l'importance du tempérament. Chacun se voit distribuer certaines cartes, le tout est de savoir comment on les joue. Après avoir observé Vita Berlin, femme mûre, j'ai peine à imaginer une enfant heureuse et épanouie. Mais je peux me tromper. Peut-être que quelque chose l'a rendue amère.

– A-t-elle été mariée ?

– Elle a reconnu un mariage de jeunesse, mais a refusé d'en parler. Elle avait une sœur. Elles ont passé leur enfance aux environs de Chicago. Vita s'est installée à L.A. il y a dix ans parce qu'elle ne supportait plus le climat du Midwest. Mais elle ne se plaisait pas ici, où « les gens sont bêtes et superficiels ». Voyons, quoi d'autre ? Ah, oui : elle n'a pas eu d'enfants, détestait la marmaille. Un gâchis de sperme et d'ovule, pour reprendre son expression. Dites-moi, ça fait longtemps que vous travaillez pour la police ?

– Je ne suis pas salarié, plutôt un expert ponctuel.

– Cela doit être intéressant, un aperçu de la face sombre. Mais, avouons-le, je ne suis pas certain que j'arriverais à supporter ça. Pour dire la vérité, je ne suis pas très attiré par l'horreur. Ces épouvantables déséquilibres.

– Moi non plus, mentis-je. C'est la solution qui est gratifiante.

– J'ai l'impression que le profilage n'est qu'une fumisterie.

– La recette miracle, ça n'a jamais fonctionné. Je peux vous poser quelques questions supplémentaires sur Vita ?

– Comme ?

– Avait-elle des amis ou des centres d'intérêt ?

– J'ai l'impression qu'elle était très casanière.

– Avez-vous repéré des signes de dépendance ?

– Non. Pourquoi ?

– La police a retrouvé deux grandes bouteilles de bourbon chez elle. Dissimulées.

– Vraiment ? Comme quoi nul n'est infaillible, Alex.

Je n'ai rien repéré. Cela dit, au vu des réticences de Vita, cela ne peut pas m'être reproché. Si c'est tout… dit-il en consultant sa montre.

– Combien de séances avez-vous eues ensemble ?

– Quelques-unes, six ou sept.

– Vous avez son dossier ?

– L'assureur a tout récupéré.

Le téléphone sonna sur le bureau. Il se leva pour décrocher.

– Dr Shacker… Ah, bonjour… Voyons, je peux vous caser aujourd'hui, si vous souhaitez… Oui, volontiers… C'est bien normal. Oui, nous verrons tout cela. (Il raccrocha.) Il y a une dernière chose, Alex. Je ne devrais sans doute pas vous le dire, mais elle a mentionné le nom d'une des collègues qui la harcelait. Samantha. Pas de nom de famille. Ça pourrait vous être utile ?

– Peut-être. Merci.

– Pas de problème. Maintenant, il faut retourner à notre vocation première, n'est-ce pas ? Ravi d'avoir fait votre connaissance, Alex.

8

En regagnant la Seville, je repensai au point d'interrogation dans le carton à pizza et cela m'évoqua un cas ancien qui m'était sorti de la tête. Alors que Milo avait cru à une provocation, peut-être s'agissait-il d'une véritable question. Je le joignis au poste.

– T'as pu arranger un rendez-vous avec le psy ?

– Je sors à l'instant de son cabinet.

Je lui résumai notre conversation.

– Des séquelles bidon dues à un harcèlement, une collègue prénommée Samantha. C'est un début. Merci, docteur.

– Malheureusement, Shacker est tenu par une clause de confidentialité. Il n'a pas pu me révéler pour quel assureur travaillait Vita.

– Well-Start, assurance-maladie et prévoyance. Votre bien-être commence chez nous.

– Ah.

– J'ai trouvé des papiers rangés dans un placard de la cuisine, dont ses déclarations d'impôts pour les cinq dernières années. Deux passées chez Well-Start. Avant, des boulots de secrétariat en intérim. En moyenne, elle gagnait dans les trente mille par an. L'an dernier, elle a déposé cinq cent quatre-vingt-trois mille dollars sur un compte titres. J'étais intrigué, mais tout s'explique : un bon gros chèque, dommages et intérêts. Investi en actions privilégiées qui rapportent peu ou prou du six pour cent.

Soit trente-trois mille dollars par an. Elle touchait plus qu'en bossant.

– Une situation qui n'était pas pour lui déplaire.

– Pouvoir consacrer ses journées à tourmenter les gens ? Ça correspond à ce que nous savons d'elle. Je vais tenter de retrouver cette Samantha et tous ceux que Vita accusait de l'avoir harcelée. En attendant, Reed et Binchy font le tour des pizzerias situées dans un rayon de dix kilomètres, au cas où l'une d'elles utiliserait ce type d'emballage. J'ai aussi contacté le fabricant. Avec un peu de bol, ils vendent aux particuliers et je vais découvrir qu'ils en ont livré à un type louche.

– À propos du point d'interrogation. Je ne suis pas certain qu'il s'agisse d'une provocation.

– Quoi, alors ?

– Notre méchant y voit peut-être une référence à lui-même. Genre, je suis d'une nature curieuse.

– À quel sujet ?

– Les mystères du corps humain.

– Leçon d'anatomie en autodidacte ? J'ai eu davantage l'impression qu'il avilissait la victime.

– C'est possible.

– Tu y vois vraiment une exploration gore ?

– Le côté ordonné, l'attention à la propreté, tout cela me rappelle un patient que j'ai vu il y a des années, quand j'étais en post-doc. Un garçon de dix ans, très intelligent, poli et bien élevé. Pas le moindre problème si ce n'est une cruauté assez monstrueuse envers les animaux. Les psychopathes sadiques commencent souvent par torturer de petites créatures, mais lui ne semblait pas retirer du plaisir à dominer ou infliger de la douleur. Il capturait des souris et des écureuils dans des pièges qui ne les faisaient pas souffrir, il leur plaquait un chiffon imbibé d'essence sur le museau jusqu'à ce que mort s'ensuive, en veillant à ne pas les mutiler. Je ne les serre pas plus qu'il faut, m'a-t-il confié. Je ne leur fais pas mal, ça serait méchant. Les convulsions de l'agonie le perturbaient. Il a frissonné quand je l'ai interrogé à ce sujet. Mais il voyait ce hobby comme une expérience scientifique légitime. Il disséquait méticuleusement les cadavres, prélevait les organes, en observait l'anatomie et réalisait des croquis. Les deux parents travaillaient à plein temps et ignoraient tout de son hobby. La baby-sitter l'a découvert qui jouait les chirurgiens derrière le garage et elle a paniqué. Les parents eux aussi étaient dans tous leurs états. Effrayé de la réaction des adultes, il a refusé de parler de ses agissements. On l'a envoyé à Langley Porter et c'est moi qui ai hérité du dossier. J'ai fini par obtenir qu'il s'exprime, mais cela a pris plusieurs mois. Il ne comprenait pas qu'on en fasse toute une histoire. On lui avait toujours répété que la curiosité était une qualité et il était curieux de comprendre comment fonctionnait un animal. Papa était physicien, maman microbiologiste, la science était la religion familiale. Il ne voyait pas en quoi il était si différent d'eux. En vérité, les deux parents avaient une personnalité assez particulière, ce qu'aujourd'hui l'on qualifierait de syndrome d'Asperger, et Kevin entrait aussi dans cette catégorie-là.

– Qu'as-tu proposé ?

– J'ai chargé un de nos pathologistes de lui donner des leçons d'anatomie, j'ai conseillé à ses parents de lui acheter des livres sur le sujet et je lui ai demandé de s'engager à cantonner son intérêt à la lecture. Il a accepté à contrecœur, en soulignant que dès qu'il en aurait l'âge il s'adonnerait à la biologie en laboratoire et tout le monde se féliciterait alors de son intelligence.

– On devrait peut-être chercher ce qu'est devenu ce petit génie.

– Je peux te le dire. À dix-sept ans, il a fait une chute mortelle pendant une randonnée dans les Sierras, à la recherche de spécimens. Sa mère a tenu à me prévenir car j'étais l'une des rares personnes dont son fils parlait de façon positive.

– J'ai peut-être affaire à un Kevin qui, lui, n'a pas été aidé.

– Un Kevin adulte mais prisonnier d'une enfance se situant quelque part entre le hautement excentrique et le pathologique. Les pulsions sont durables, or il dispose désormais de la force physique et de la maturité pour des expérimentations d'envergure. La précision que j'ai observée me dit qu'il n'en est pas à son coup d'essai, mais je n'ai relevé aucun précédent sur internet. Peut-être s'en est-il tenu jusqu'ici à la stratégie la plus optimale : dissimuler le cadavre ou s'en débarrasser.

– Pourquoi il déciderait soudain avec Vita de dévoiler ses prouesses au grand jour ?

– Il s'est lassé, il a besoin de pimenter la chose. Ou bien ce meurtre visait spécifiquement Vita. L'ex-mari ou la sœur auront peut-être un éclairage à fournir.

– Oui, mais nous allons commencer par écouter les explications de cette chère Samantha.

Sachant que Vita avait travaillé chez Well-Start, il ne fut pas difficile d'identifier celle qui l'avait tourmentée. En moins de temps qu'il n'en fallut à Robin pour se doucher, je repérai plusieurs photos sur le site consacré à la vie de l'entreprise, dont un cliché de groupe pris lors du dernier repas de Noël du service contrôle de qualité. Vingt-deux personnes d'allure quelconque, dont le travail consistait à compliquer l'existence des malades. Aucune n'arborait des cornes de diable. Aucune trace de culpabilité pour entamer l'esprit festif. À la tête du comité chargé d'organiser les réjouissances, Samantha Pelleter figurait sur trois photos. Quadragénaire blonde, petite et boulotte, large sourire. Si on l'avait choisie pour orchestrer la fête, c'est qu'elle démontrait des qualités de leadership, ce qui s'accordait avec un rôle de premier plan dans le harcèlement. Toutefois, elle n'avait pas du tout la carrure pour neutraliser une femme du gabarit de Vita. Mais un leader s'entoure souvent de subordonnés. Je rappelai Milo.

– Je viens moi-même de l'identifier, dit-il. J'ai rendez-vous avec elle demain à onze heures. J'imagine que tu n'as pas envie de rater ça ?

– Où dois-tu la rencontrer ?

– Chez elle. Elle a des horaires réduits pour cause de contraintes budgétaires. Je l'ai sentie morte de frousse d'avoir la police au bout du fil, mais elle n'a pas rechigné. Peut-être par curiosité. En tout cas, j'ai peine à contenir la mienne.

9

Il passa me prendre le lendemain matin.

– J'espère que tu as de quoi te boucher les oreilles. Elle habite à côté de l'aéroport. Carrément dans l'enfer des couloirs aériens. Voici sans doute l'explication.

Il me tendit deux documents. Le premier détaillait la solvabilité de Samantha Pelleter : deux banqueroutes au cours des dix dernières années, maison saisie à San Fernando, multiples cartes de crédit retirées. La deuxième feuille comportait des notes prises de la main de Milo : pas d'antécédents judiciaires, aucun bien immobilier, divorce enregistré auprès du comté six mois avant la perte de sa maison.

– Elle a un titre ronflant, dit Milo. Consultante en qualifications. C'est comme organiser la fête de Noël : bon pour l'orgueil, pas tant pour le portefeuille. Voilà une femme sur la pente descendante et je me demande si cela serait lié à de graves problèmes mentaux.

– J'ai trouvé une photo. Elle est petite.

– Je sais, j'ai vu le signalement physique. On peut en déduire qu'elle a un pote costaud. Par exemple, un autre collègue chez Well-Start que Vita aurait accusé.

– Meurtre par vengeance ?

– On ne fait pas plus classique comme mobile.

– Faut voir.

– Tu ne penses pas ?

– J'en sais trop peu pour penser.
– Comme si le vent pouvait ne pas souffler ! s'esclaffa-t-il.

Samantha Pelleter vivait dans un immeuble à un étage qui occupait la totalité d'un bloc, à proximité de Sepulveda Boulevard. Le stuc défraîchi avait la couleur du poulet congelé. Les avions à l'atterrissage projetaient une ombre terrifiante et rendaient la conversation illusoire, à se demander si l'angle d'approche avait été correctement calculé. L'odeur de kérosène imprégnait l'air et il n'y avait pas le moindre arbre à l'horizon. L'appartement de Pelleter était au rez-de-chaussée, dans la partie la plus à l'ouest du bâtiment. Milo venait à peine d'appuyer sur l'interphone que la porte d'entrée grésilla, signe qu'elle nous attendait. Pas dans la sérénité, à en juger d'après son expression et le pouce dont l'ongle venait d'être rongé. Milo se présenta.

– Bien sûr, bien sûr. Entrez, je vous en prie.

Intérieur modeste et mal éclairé, mobilier passe-partout. Assez semblable au domicile de Vita Berlin. La femme que celle-ci avait accusée d'avoir fomenté le harcèlement s'exprimait d'une voix tremblotante et se tenait recroquevillée, les épaules serrées, résignée comme une enfant s'attendant à recevoir une gifle. Ses yeux bleus étaient délavés, de même que son expression. Ses cheveux blonds avaient viré au gris ; courts et irréguliers, sans doute coupés par ses propres soins. Elle tripotait nerveusement le bord de son sweat rouge élimé. Un pendentif de verre d'une curieuse forme, ébréché et accroché à un lacet noir, était l'unique touche de coquetterie. Elle épousseta les chaises pliantes qu'elle nous désigna et se précipita dans la kitchenette encombrée dont elle rapporta un plateau – pichet, deux tasses, café instantané, sachets de thé, vrai et faux sucre.

– L'eau est chaude. Comme ça, vous pouvez choisir entre thé et café, selon votre goût. Désolée, je n'ai que du déca.

– Merci, madame Pelleter, dit Milo.

Comme lui, je ne pris rien.

– Oh, j'ai oublié les cookies, fit-elle en pivotant.

Milo posa doucement la main sur son avant-bras, geste qui suffit à la pétrifier. Les yeux bleus devinrent gigantesques.

– Inutile de vous déranger. Merci bien. Asseyez-vous, que nous puissions discuter.

Elle tira sur son index, comme pour en retirer une bague inexistante, et s'exécuta.

– Parler de Vita ? Tout ça remonte à l'an dernier, je croyais que c'était terminé.

– Le procès.

– Il m'est défendu d'en parler. Désolée.

– Ça a dû être une épreuve, dis-je.

– Pas pour elle. Elle a touché le pactole. Nous, par contre… non, je ne peux rien dire.

– Ses accusations étaient fausses ?

– Totalement. Tout était faux. Je ne lui ai jamais rien fait.

– Et d'autres personnes chez Well-Start ?

– Je… mes collègues… Vita est vraiment quelqu'un de… je suis désolée, je n'ai pas le droit d'évoquer l'affaire.

– D'après ce que nous avons appris, dis-je, Vita s'entendait mal avec un peu tout le monde.

– Faut voir la garce que c'est ! lâcha-t-elle, rougissant aussitôt. Pardonnez-moi l'expression, c'est que Vita… m'exaspère.

– Vous dites « m'exaspère », au présent. Vous la voyez encore ?

– Hein ? Ah, non. Pas du tout. Je ne l'ai pas revue. Et je ne peux vraiment pas vous en dire plus. L'avocat nous a clairement signifié qu'on serait viré à la première incartade. Cette histoire a déjà trop coûté à la boîte. (Elle porta l'index à ses lèvres.) Je ne sais pas ce que j'ai, je n'arrête pas d'y repenser.

– Cela vous a perturbée, dis-je.

– Oui, mais excusez-moi, je ne peux… j'ai besoin de ce

boulot. Vraiment très besoin. Déjà qu'on nous a réduits à vingt-cinq heures par semaine. Je suis navrée si vous avez perdu votre temps, mais je ne peux vraiment pas.

– Et si nous parlions de Vita en dehors du procès ? proposai-je.

– Je ne sais rien d'elle à part sa plainte. Et puis, que se passe-t-il ? Elle a sorti de nouvelles allégations ? Elle ne se satisfait pas de ce qu'elle a obtenu ? C'est quand même dingue ! Elle seule y a gagné quelque chose.

– Quelqu'un a-t-il été renvoyé par sa faute ?

Samantha Pelleter secoua la tête.

– La compagnie d'assurances ne voulait pas s'exposer à un nouveau procès. Mais nous y avons tous perdu nos primes.

– Alors que Vita s'est enrichie.

– La salope. Je ne comprends toujours pas ce qui vous amène.

Je fis signe à Milo.

– Vita s'est attiré des ennuis, dit-il.

– Ah bon ? Super.

Elle afficha un sourire convaincant, passa dans la kitchenette dont elle rapporta un paquet d'Oreo. Elle prit un biscuit et le grignota.

– Vous voulez dire qu'elle a tenté une nouvelle entourloupe avec des accusations bidon, mais cette fois elle s'est fait pincer ? reprit-elle. Vous cherchez à me faire dire qu'elle est un escroc ? Je ne demande pas mieux que vous aider, mais je ne peux pas.

– Une menteuse de première ?

– Vous n'avez pas idée.

– En dehors du procès, elle mentait à quel sujet ?

– On nous fournit des scénarios que nous sommes censés respecter. Vous croyez que Vita en tenait compte ? Pas le moins du monde.

– Elle improvisait.

– C'est le moins qu'on puisse dire ! Prenez par exemple

tout ce qui s'apparente à une grippe. Pour commencer, on demande à l'assuré de lister ses symptômes. On est censé prendre notre temps, comme ça, si ce n'est rien de grave, le simple fait d'en parler fait comprendre à la personne que ce n'est pas bien méchant et elle peut renoncer à demander un rendez-vous. Si elle insiste, on lui conseille des médicaments sans ordonnance et de beaucoup boire. Soyons francs, cela suffit dans la plupart des cas. Quand l'assuré s'entête ou rappelle, on doit d'abord lui demander s'il a de la fièvre. S'il répond que non, on lui dit qu'il est sur la bonne voie, que le temps est le meilleur des remèdes. S'il insiste pour avoir un rendez-vous, on lui en propose un pendant les heures de bureau, et à condition d'obtenir l'accord de l'infirmière. Si cela ne suffit pas à le décourager, on l'inscrit sur la liste de rappel de l'infirmière. Vous voyez, il y a toute une procédure.

– Mais Vita ne s'en contentait pas.

– Non, elle y ajoutait ses propres idées, des conseils bien à elle. Comme essayez de ne plus penser à vos problèmes. De vous focaliser sur autre chose. Le stress est la cause de la plupart des symptômes, réfléchissez à votre cas personnel. Une fois, je l'ai entendue sortir à quelqu'un : « Allons, du nerf ! Un petit rhume, ce n'est pas grand-chose ! », ce genre-là.

– Comment réagissaient les gens ? demandai-je.

– Ils n'étaient pas contents. Des fois, Vita raccrochait avant qu'ils aient le temps de se plaindre, d'autres fois elle les laissait protester, mais en tenant le combiné comme ça, dit-elle en tendant le bras. Loin de son oreille. Un vague gazouillis sortait de l'écouteur, Vita souriait et les laissait parler dans le vide.

– Elle y prenait plaisir.

– Vita est l'une des personnes les plus méchantes que j'aie jamais rencontrées.

– Les assurés ne se plaignaient pas ?

– Je suis certaine qu'ils essayaient, mais ce n'est pas si simple. Nous ne communiquons jamais notre nom, et les numéros de poste sont réaffectés en permanence pour que les affiliés ne tombent pas deux fois sur le même conseiller.

– Le service au client avant tout, dis-je.

– Le but est de réduire les coûts, pour que les personnes vraiment malades puissent se faire soigner.

– Si vous avez entendu Vita improviser, c'est que votre poste était proche du sien.

– Nous étions l'une à côté de l'autre. Si j'étais plus maligne, je me serais tue. Mais je la trouvais gonflée de n'en faire qu'à sa tête, alors je me suis permis une remarque.

– Que lui avez-vous dit ?

– Vous savez, Vita, vous devriez vous en tenir au scénario.

Elle grimaça.

– Ça ne lui a pas plu, dis-je.

– En fait, elle m'a ignorée, comme si je n'existais pas. Genre, cause toujours. Mais quelques jours plus tard, elle était très remontée. C'est donc qu'elle l'a su.

– Su quoi ?

– J'ai été stupide, murmura-t-elle en détournant le regard. Parce que le travail me tient à cœur.

– Vous en avez parlé à quelqu'un.

– Pas à un chef, à un consultant, mais cette personne a dû la dénoncer, car Vita a été convoquée par un superviseur et quand elle a regagné son box, elle avait le regard fou, bouillant de rage. Rien ne s'est passé jusqu'à la première pause. À la reprise, la voilà qui s'en prend à moi, qui nous accuse, moi et d'autres collègues, de la martyriser. Soi-disant qu'on ne l'a jamais traitée humainement, que notre seul but est de la persécuter.

– Comment avez-vous réagi ?

– Je n'ai rien fait, j'étais estomaquée. Non, je ne dois pas vous en parler. S'il vous plaît, plus de questions.

Milo s'approcha d'elle.

– Je vous promets, Samantha, que ce que vous nous dites n'arrivera pas aux oreilles des avocats.

– Comment voulez-vous que j'en sois sûre ? Je n'ai jamais mouchardé sur Vita, mais elle était persuadée du contraire et c'est ce qui a tout déclenché.

Il avança un peu plus, ses genoux n'étaient plus qu'à un ou deux centimètres de ceux de Samantha.

– Nous savons garder un secret.

– Si vous le dites. Alors, à quel genre d'escroquerie s'est-elle livrée cette fois-ci ?

– Je sais que vous ne l'avez pas harcelée, Samantha, mais avait-elle des problèmes avec un autre consultant ?

– Personne ne l'appréciait. On récolte ce que l'on sème.

– Aucun collègue avec qui l'incompatibilité astrologique était totale ?

– Les gens prenaient soin de l'éviter, mais personne ne la harcelait. Vraiment personne. Qu'a-t-elle fait pour que vous vous intéressiez tant à cette histoire ?

– Rien.

– Rien ? Vous m'avez pourtant dit qu'elle s'est attiré des ennuis.

– Tout à fait. Les pires ennuis qui soient.

– Je ne comprends pas.

– Vita est morte, Samantha.

– Quoi ? Comment ?

– Quelqu'un l'a tuée.

– Qu'est-ce que vous dites ? Mais c'est impensable…

Milo resta muet. Elle se précipita dans la kitchenette, contempla le frigo, revint et se malaxa les mains.

– Elle a été tuée ? Oh mon Dieu, oh mon Dieu, oh mon Dieu ! Tuée ? Quelqu'un l'a tuée ? Vraiment ? Qui ça ? Quand ça ?

– Nous ignorons qui, Samantha. Le crime a été commis avant-hier soir.

– Dans ce cas, pourquoi ?… Oh mon Dieu, non… pas

ça ! Vous ne pouvez pas croire que je… jamais je ne… enfin, elle m'est… m'était… insupportable, mais jamais je ne… non, non, non ! Jamais de la vie !

– Nous interrogeons tous ceux qui ont un lien avec le passé de Vita.

– Je n'appartiens pas à son passé. Je vous en supplie. Je n'en peux plus.

– Désolé de vous perturber, Samantha…

– Il y a de quoi ! Forcément que je suis perturbée, très perturbée. Que vous puissiez penser ça ? Que vous puissiez imaginer…

– Rasseyez-vous, s'il vous plaît. Que nous puissions clarifier ces choses au plus vite et vous laisser tranquille.

Il indiqua la chaise qu'elle occupait auparavant. Elle la fixa, s'y laissa tomber.

– J'ai eu plus de stress qu'il ne m'en faut. Je suis à bout. Pour commencer, mon ordure de mari m'a trompée avec celle qui se prétendait mon amie. Ensuite, le fumier m'a quittée en me laissant quantité de dettes dont j'ignorais tout. J'y ai perdu ma maison et ma solvabilité. Vous voulez savoir quel était mon train de vie ? J'avais une maison de trois chambres à Tujunga, un cheval que je montais à Shadow Hills, un Jeep Wagoneer. Et vous voilà qui débarquez ici en imaginant d'horribles choses sur mon compte. Si vous en parlez à mon employeur, je vais aussi perdre mon travail.

– Personne ne vous soupçonne, Samantha, dit Milo. C'est une simple visite de routine. Même si la question peut paraître insensée, je dois vous la poser. Où avez-vous passé la soirée d'avant-hier ?

– Où ça ? Ici, forcément. Je ne sors jamais. Ça coûte de l'argent de sortir. Donc je regarde la télé. Avant, j'avais un écran plat de cinquante pouces. Maintenant, je me contente du tout petit moniteur de mon ordinateur, dans ma chambre. Tout est devenu petit. Je mène une petite vie de rien du tout.

Elle se plaqua la main sur la bouche et se mit à pleurer. Une peine dont Vita Berlin était la cause, à défaut d'en être l'objet. Milo alla remplir un verre d'eau dans la cuisine. Quand les larmes cessèrent, il posa une grosse paluche sur le bras de Samantha et lui présenta le verre. Elle but et s'essuya les yeux.

– Merci.

– C'est nous qui vous remercions de votre patience, Samantha. Maintenant, il faut nous donner les noms des collègues que Vita Berlin a accusés de l'avoir harcelée.

Alors que je m'attendais à une certaine résistance, Samantha Pelleter afficha un rictus, sourire difficile à qualifier.

– Tout de suite. Je vais vous noter ça. Le moment est venu de me soucier de moi. Les problèmes des autres, je m'en moque.

Elle prit un papier et un stylo dans un tiroir, griffonna rapidement la liste de noms et tendit la feuille à Milo, telle l'élève rendant sa copie :

1. *Cleve Dawkins*
2. *Andrew Montoya*
3. *Candace Baumgartner*
4. *Zane Banion*

– Merci, Samantha. Parmi ces personnes, certaines ont-elles une force physique hors du commun ?

– Oui. Zane est grand et costaud. Il est gros, mais il a été footballeur. Andrew est à fond dans le fitness. Il vient au travail à vélo. Il dit que les gens tomberaient moins malades s'ils prenaient mieux soin d'eux.

– Cleve et Candace ?

– Ils sont dans la norme.

– Eux s'en tiennent au scénario imposé.

– Comme nous tous. Sinon, à quoi bon en avoir un ?

Milo prit Sepulveda en direction du nord.

– Muette comme une carpe. Mais dès que la dame

s'est sentie menacée, elle n'a pas hésité à balancer ses petits camarades. Des signaux d'alerte ?

– En tant que psychologue, sa fragilité m'interpelle. En tant que ton larbin, je ne vois pas en elle un suspect.

– Larbin ? Moi qui te voyais plutôt comme un sage ou un expert.

– Tu connais l'histoire du coq insupportable qui n'arrêtait pas d'embêter les poules de la basse-cour ? Le fermier a été obligé de prendre des mesures : il a châtré le coq, qui de ce fait est devenu expert.

Il gloussa.

– Va pour sage, alors. À moins que tu n'aies une autre histoire…

– Tu connais l'histoire du coq qui embêtait les poules ?

– Je vois que monsieur est en forme. De toute manière, je suis d'accord avec toi. S'il y en a une qui n'a ni le cran, ni la force, ni la ruse dont a fait preuve l'assassin de Vita, c'est bien cette chère Samantha. Mais peut-être que nous trouverons notre bonheur parmi les autres lascars qui bossent chez Well-Start.

Il contacta Moe Reed, lui livra les quatre noms et demanda les vérifications d'usage.

– Parfait, chef. Pour l'instant, j'ai fait chou blanc avec le carton à pizza, mais Sean est toujours sur le terrain. Les services du coroner vous ont appelé. Les résultats des analyses de Berlin sont dispos.

– Ça me semble un peu rapide pour la toxico.

– Ils ont dû la traiter en priorité.

– Non, je parle d'un point de vue strictement technique, Moses.

– Oui, en effet. Bon, je vais me pencher sur ces zozos. Je vous rappelle si je tombe sur quoi que ce soit.

Milo raccrocha et appuya sur la touche d'un numéro mémorisé.

– Oui, Milo ? fit le Dr Clarice Jernigan.

– Les résultats sont déjà là ?

– Qui vous a dit ça ?

– C'est le message qu'on m'a transmis.

– Génial, grommela Jernigan. J'ai une nouvelle secrétaire qui regarde un peu trop les séries policières. Elle abuse du jargon. Désolée pour les faux espoirs. La toxicologie prendra plusieurs semaines. En fait, j'appelais à propos du taux d'alcool dans le sang de votre victime. Vous pourrez peut-être vous passer des analyses complètes. Elle était à 2,6 grammes, plus de trois fois le taux légal. Elle avait beau être une grande alcoolique, l'état de son foie en témoigne, elle était hautement vulnérable. Donc, inutile de recourir à une autre substance pour la neutraliser.

– Elle était soûle.

– Comme le proverbial mammifère rose à queue en tire-bouchon.

– Si vous avez vu le foie, c'est que vous avez pratiqué l'autopsie ?

– Pas encore, mais j'ai pu examiner à l'œil nu certains organes, grâce au tueur. Après avoir retiré le sang coagulé, dont j'estime qu'il correspond à peu près entièrement au volume présent au départ. Votre meurtrier a agi avec beaucoup de minutie, il n'a pratiquement répandu aucune goutte.

– Peut-on en déduire une formation médicale ?

– Ce n'est pas exclu, mais non, pas besoin d'un tel niveau de compétence.

– Besoin de quoi, alors ?

– La force et la confiance pour pratiquer deux incisions avec une lame aiguisée, et les tripes bien accrochées pour tailler les intestins. À la portée du premier boucher venu, ou d'un chasseur. Ou encore n'importe quel esprit tordu avec le savoir-faire. Il suffit de chercher sur le net, les cinglés y trouvent leur bonheur. Quoi qu'il en soit, je n'ai pas eu à découper le foie pour savoir qu'il était fortement cirrhotique. Gris et graisseux, pour l'essentiel. Pas joli à voir. Mais bon, comme je vous l'ai déjà dit, même pour une éponge, à 2,6 grammes dans le sang ses facultés devaient être sérieusement entamées : jugement, temps de réaction, coordination, force. Simple comme bonjour de la neutraliser. Interrogez le Dr Delaware la prochaine fois que vous le voyez, il pourra vous fournir des éléments de comportement.

– Je suis là, Clarice, me manifestai-je.

– Ah, bonjour. Vous confirmez ?

– Entièrement.

– Tant mieux. Un peu d'harmonie ne nuit pas ! Milo, je vais faire tout mon possible pour que l'autopsie soit réglée d'ici demain. Comme je suis en déplacement, un de mes adjoints s'en chargera, mais je resterai vigilante.

– Merci.

– Cela dit, ne vous attendez pas à des conclusions fracassantes. Elle est morte d'une fracture du cou, longtemps avant d'être charcutée.

– C'est-à-dire, longtemps ?

– Le temps que le sang stagne. Une affaire de minutes, pas d'heures. J'imagine votre cinglé qui attend à côté du cadavre. Il a dû trouver ça jouissif. Qu'en pensez-vous, Alex ?

– Une analyse très sensée.

– Si seulement mes ados pouvaient vous entendre ! Maman n'a pas toujours tort ! Salut, messieurs.

10

Milo ne se manifesta pas les trois jours suivants. Le matin du quatrième, il se présenta à la maison, attaché-case en vinyle à la main, vêtu d'un costume de polyester noir dont la veste était affublée de revers comme on en faisait il y a vingt ans, et d'une cravate couleur citrouille.

– Oui, oui, joyeux Halloween, marmonna-t-il en tripotant le rabat à bouton d'une poche. Tout finit par revenir à la mode, à condition de vivre assez longtemps.

Difficile de décrypter ses émotions. Il fila vers la cuisine où il se livra aux opérations de reconnaissance habituelles. Comme Robin et moi étions beaucoup sortis au restaurant ces derniers temps, il y avait peu de restes dans le frigo. Milo se contenta de ce qu'il put dénicher : une bière, du pain de mie, divers pots de condiments – mayonnaise, sauce barbecue, Tabasco, moutarde, raifort – et trois saucisses d'agneau depuis longtemps oubliées dans le fond du congélateur et dont le micro-ondes eut raison. Il prit quelques bouchées du sandwich de fortune qui en résulta, suivies d'une longue gorgée de Grolsch.

– Bonjour, mes chers élèves. Le verbe du jour est « piétiner ». Qui saurait me le conjuguer ? (Nouvelle lampée.) Aucune *pisséria* des environs n'utilise ce type d'emballage et les prétendus bourreaux de chez Well-Start ont tous un alibi. De toute façon, aucun n'était franchement prometteur. La femme approche de la soixantaine et gardait son petit-fils.

Le dingue de fitness faisait une cyclo-randonnée nocturne dans Griffith Park, les membres de son club attestent sa présence. Quant au type décrit comme grand et costaud, il est franchement obèse – près de cent trente kilos – et surtout il se déplace avec une canne et doit recourir à un inhalateur. Le soir du meurtre, il participait au dîner d'anniversaire de sa grand-mère, comme l'a confirmé le serveur affecté à sa table. Le dernier lascar est un gringalet, soixante kilos tout habillé, qui porte des culs de bouteille et se trouvait aux urgences pour sa gamine le soir en question. Une sorte de réaction allergique après avoir mangé des crevettes. L'infirmière et l'interne de garde certifient que lui et son épouse n'ont pas quitté le chevet de la gosse, laquelle a été gardée une nuit en observation. (Goulot à ses lèvres.) J'ai résisté à la tentation de demander si papa avait donné son feu vert pour les soins. Tous les quatre m'ont soutenu que le procès les avait pris de court et ils ont refusé d'en parler. J'aurais bien voulu joindre quelqu'un au siège de Well-Start, mais on m'a fait lanterner. Quelle surprise ! J'ai mis Sean sur le coup, car lui ne se décourage pas facilement, même quand ça devient frustrant et rébarbatif, ou qu'il faut se farcir des connards robotisés.

Il édifia un nouveau sandwich branlant et l'engloutit.

– J'ai reçu ce matin les conclusions de l'autopsie. Sans surprise, comme l'avait annoncé Clarice.

Il déchira une tranche de pain en deux, la roula en boule et la goba.

– Où est Robin ?

– Elle travaille dans son atelier.

– Je l'envie d'être productive. J'ai pu localiser la sœur de Vita en épluchant les appels. Il a fallu que je remonte un mois en arrière pour en trouver un en provenance de l'Illinois. Autant dire qu'elles ne se parlaient pas très souvent. La sœur s'appelle Patricia et vit à Evanston. Elle avait appelé pour l'anniversaire de Vita et a pris soin de souligner que ce n'était pas sa sœur qui lui souhaiterait le sien.

– Elle te l'a dit avant ou après avoir appris que Vita était morte ?

– Après.

– Pas bouleversée. Comment a-t-elle réagi à la nouvelle ?

– Stupéfaite au début, mais ça lui a vite passé. Capable d'y réfléchir froidement. Genre : hum, qui serait capable d'en arriver là ? Et elle m'a vite fourni la réponse. Si j'avais à parier, je dirais Jay. Il ne pouvait pas supporter Vita.

– L'ex-mari ?

– Bingo. Voilà pourquoi tout le monde te donne du « docteur » et se prosterne bien bas dès que tu pénètres dans une pièce. Il se trouve que le monsieur a un casier, notamment des faits de violence. Vita et Jackson Junius Sloat, dit Jay, ont divorcé il y a quinze ans, mais d'après Patricia le litige financier s'est éternisé. Il habite L.A., à Los Feliz, soit à quarante minutes en voiture de l'appartement de Vita.

– Ils se détestent, divorcent et trouvent le moyen de s'installer dans la même ville ?

– Curieux, non ? Il pourrait s'agir d'une de ces histoires obsessionnelles, amour et haine entremêlés. En tout cas, la prochaine étape est une petite visite à ce brave Jay. Mais, si c'est lui le coupable, il doit être retors et manipulateur, et en tant qu'ex il doit s'attendre à notre venue. Je me suis donc dit que je ferais appel à ton cerveau colossal pour mettre au point une stratégie.

– Quand penses-tu l'interroger ?

– Dès que tu auras terminé de pontifier. Il bosse à Brentwood. J'espère le trouver au travail ou chez lui.

– Que fait-il dans la vie ?

– Vendeur dans une boutique de fringues de luxe. (Il prit son calepin dans l'attaché-case.) Domenico Valli.

– C'est pour ça que tu t'es fait chic.

– Tout le contraire, dit-il en caressant un revers de sa veste, des bouts de fibre restant collés à ses doigts. Il me prendra de haut du fait de mon accoutrement, baissera peut-être la garde.

J'eus un petit rire.

– Comment se présente son casier ?

– Quelques broutilles au volant, conduite sans permis, plusieurs dépassements du taux légal d'alcoolémie comme tout bon marginal qui se respecte. Plus sérieux, coups et blessures aggravés à deux reprises, dont une fois avec un pied-de-biche.

– À qui s'en est-il pris ?

– Un client dans un bar. Ils ont eu des mots. Sloat l'a suivi dehors et lui a mis une raclée, mais lui aussi a été sérieusement blessé. Ce qui lui a permis d'alléguer qu'il se défendait et peut-être y avait-il une part de vérité car les charges ont été abandonnées. L'autre incident s'est déroulé à l'intérieur d'un bar et à poings nus. Sloat a bénéficié d'un plaider coupable, peine de quatre-vingt-dix jours à la prison du comté, libéré au bout de vingt-six.

– Un tempérament violent qui interroge. Deux fois dans des bars, signe qu'il a peut-être un problème d'alcool. Un point commun avec Vita. Surtout, il était bien placé pour connaître ses habitudes, savoir qu'elle buvait le soir, ce qui la rendait vulnérable. Et s'ils alternaient entre haine et amour, il a pu la persuader de lui ouvrir.

– Oui, il se pointe avec ce qui ressemble à une pizza. « Tu m'as manqué, chérie. Tu te rappelles le bon vieux temps, quand on partageait une pizza extra-large, saucisse et pepperoni ? » (Il fit tourner la bouteille de bière entre ses paumes.) Pourtant, tout semble indiquer que Vita était méfiante, limite parano. Tu penses qu'elle se laisserait avoir par une telle ruse ?

– Avec l'incitation du Jack Daniel's et des bons souvenirs ? Peut-être.

– Le bon vieux temps commence à dater. Les relevés téléphoniques que j'ai obtenus portent sur dix-huit mois et le numéro de Jay n'y figure pas.

– Il existe d'autres moyens de renouer, dis-je. Vita a recouru aux tribunaux au moins une fois en s'en voyant récompensée.

– Elle persiste à le traîner en justice ? Oui, voilà qui pourrait attiser la colère.

Il appela le procureur adjoint John Nguyen et lui demanda si l'on avait la trace d'une procédure judiciaire entre une certaine Vita Gertrude Berlin et un certain Jackson Junius Sloat.

– Je peux déjà lancer une recherche rapide sur les cinq dernières années.

– Parfait, John.

– Une seconde… non, rien du tout. Berlin, c'est ton affaire sordide ? Qu'est-ce que ça donne ?

– Rien de très probant.

– On en a discuté au bureau. Un crime aussi tordu, il pourrait s'agir du coup d'essai d'un serial killer frappadingue.

– Je croyais que tu étais un ami, John.

– Je ne te souhaite pas que ça en arrive là, je me contente de te répéter ce que j'ai entendu. Et s'il y a des fuites, ça ne vient pas de chez nous. Les flics ne savent pas tenir leur langue.

– J'aimerais pouvoir te contredire, soupira Milo. Autre chose qu'il serait préférable que je sache ?

– Il y en a chez nous qui croisent les doigts pour que ce soit un serial killer. Ça se positionne déjà pour récupérer le dossier, le genre d'affaire qui peut lancer une carrière.

– Mais si tu le réclames, c'est pour toi.

Nguyen pouffa.

– Comme Bob Ivey a pris sa retraite, je suis premier adjoint. Autrement dit, même si c'est le patron qui s'en charge officiellement, le vrai boulot sera pour moi. Donc, tiens-moi au courant.

– À condition que tu pries pour moi, John. Je me contenterai même d'une petite offrande à Bouddha.

– Je suis athée.

– Je ne vais pas faire la fine bouche.

11

Pendant qu'il finissait de manger puis faisait la vaisselle, je livrai à Milo quelques suggestions pour aborder Jay Sloat. Inutile de le menacer, commencer par souligner, avant de lui apprendre le meurtre de Vita, qu'il n'était pas un suspect, plutôt quelqu'un susceptible de lui fournir de précieux renseignements. Quelles que soient ses réponses verbales, être particulièrement attentif à la gestuelle de Sloat. Les psychopathes sont certes moins sujets à l'angoisse que la moyenne, mais leur absence totale d'émotions n'est qu'un mythe. Les êtres asociaux les plus intelligents et froidement calculateurs évitent tout bonnement la violence, stratégie bien trop stupide. Leur visage orne souvent les affiches électorales. Ceux qui ont un QI légèrement inférieur ne peuvent assouvir leurs pulsions qu'après s'être motivés grâce à l'alcool ou la drogue, ou en se répétant les mantras haineux qui leur tiennent lieu de justification. Ainsi, si Jay Sloat avait effectivement trucidé son ex et à moins qu'il ne soit le plus imperturbable des assassins, la simple évocation du meurtre pourrait provoquer un signe physique : palpitations sur le cou, contraction des pupilles, tension musculaire, légère transpiration à la naissance des cheveux, accélération des battements de cils.

– En gros, je suis le détecteur de mensonges.

– Comme toujours, non ?

– Et si Sloat n'a aucune réaction ?

– Ça aussi, c'est une indication.

Je ne lui avais rien dit qu'il ne sache déjà, mais il parut plus détendu pendant le trajet vers Brentwood. Peut-être l'effet des sandwichs. Domenico Valli Mode masculine était situé dans 26th Street, au sud de San Vicente Boulevard, pile en face du marché couvert de Brentwood. La boutique était flanquée d'un côté d'un restaurant dont le chef était la coqueluche du moment et de l'autre d'un magasin de vêtements à dix mille dollars et plus pour fils et filles à papa. La déco était pensée, boiseries d'érable d'un grain qualité lutherie et parquet de fines lattes de chêne noir. La sono diffusait de la techno feutrée. L'éclairage était dispensé par des rampes de spots en inox. La marchandise était proposée avec parcimonie, telles des œuvres d'art. Quelques costumes, une sélection choisie de vestes décontractées, des articles de cachemire et de brocart disposés sur de petites tables métalliques dignes d'une morgue, à la manière d'offrandes sur un autel. Un présentoir mural arborait chaussures et bottes luisantes, rien que du cousu main, et des chaussons de satin noir ornés d'une couronne dorée. Aucun client pour profiter de tout ce chic. Installé à un bureau en acier, un homme se livrait à des tâches administratives. La cinquantaine, grand, large d'épaules. Visage au bronzage artificiel, dominé par un gros nez épaté. Cheveux gris, frange à la Jules César qui ne parvenait pas entièrement à dissimuler une calvitie naissante. Lèvres contractées en un trait d'union, touffe de poils blancs dans le renfoncement en dessous, pointue comme une stalactite.

– Je peux vous aider ? dit-il en relevant les yeux.

– Nous cherchons Jay Sloat.

Il se renfrogna, se leva et contourna le bureau. À peine plus petit que Milo et son mètre quatre-vingt-cinq, même carrure. Chemise en chambray délavé à boutons de nacre, portée par-dessus un jean moulant noir, santiags en daim gris, diamant au lobe de l'oreille gauche. Beaucoup de muscle, mais aussi les bourrelets qui viennent avec l'âge.

– Vous fatiguez pas, je devine que vous êtes flics. J'ai rien fait. Qu'est-ce qui me vaut cette visite ?

Accent prononcé du Midwest, marqué de légères intonations slaves.

– Lieutenant Sturgis. Bonjour, monsieur.

Sloat observa la main que Milo lui tendait, la serra brièvement avant de retirer sa grosse paluche.

– Parfait, on a fait copain-copain. Maintenant, vous pouvez m'expliquer ce qui se passe ?

– Désolé de vous avoir inquiété, monsieur. Ce n'était pas notre intention.

– Je ne suis pas inquiet. Enfin, pas pour moi, vu que j'ai rien à me reprocher. C'est juste que je comprends pas pourquoi les flics viennent m'embêter au boulot. Merde, fit-il en plissant le front. Me dites pas que vous êtes là à propos de George. Je n'ai rien à vous dire. Je bosse pour lui, c'est tout.

Milo resta muet. Sloat joignit les mains, comme en prière.

– S'il vous plaît, dites-moi que vous n'êtes pas ici pour George. Alors ? J'ai vraiment besoin de ce boulot.

– Non, nous ne sommes pas là pour lui. George est le propriétaire ?

Sloat expira, se détendit.

– Tant mieux si c'est pas pour lui. Parfait. Alors, c'est quoi le problème ?

Milo répéta sa question.

– Oui, George Hassan est le patron. Un type réglo.

– Quelle raison aurions-nous de nous intéresser à lui ?

– Aucune raison.

– Aucune ? Pourtant, vous avez tout de suite pensé à lui.

Les yeux marron de Sloat s'étrécirent à la taille de ceux d'un cochon tandis qu'il détaillait Milo, puis moi, et Milo à nouveau.

– George est en train de divorcer et ça se passe mal. Sa femme est persuadée qu'il cherche à l'avoir. Elle le menace d'obtenir la fermeture du magasin s'il ne lui montre pas les comptes. La semaine dernière, elle nous a envoyé un privé qui s'est fait passer pour un client. Ce nul me sort : « Vous n'auriez pas d'autres costumes en laine peignée, comme ceux dans le fond là-bas ? » De la laine peignée ! Non mais, je rêve ! Je lui ai renvoyé : « Hé, Sherlock, si tu veux vraiment essayer quelque chose, parfait. Mais si t'es là pour faire mumuse, alors va jouer ailleurs ! » Le gars a blêmi et il a filé sans demander son reste !

Sourire aux lèvres, Sloat fit un clin d'œil. Son visage bronzé était plus détendu qu'à notre arrivée – il avait retrouvé de l'assurance à nous raconter ce fait d'armes.

– Entendu, fit Milo. Notre affaire n'a rien à voir avec George.

– Quoi, alors ?

– Nous sommes ici au sujet de votre ex-femme.

Les muscles des maxillaires de Sloat s'étirèrent, ses pupilles se dilatèrent.

– Quel est le problème ?

– Elle est morte.

– Vita est morte ? Si les flics s'en mêlent… merde. Qu'est-il arrivé ?

– Elle a été assassinée.

– J'avais pigé. Qui ? Quand ? Comment ?

Milo décompta les réponses sur ses doigts.

– On n'en sait rien. Il y a cinq jours. Pas jojo.

– Ça alors, fit Sloat d'une petite voix presque enfantine, en caressant la touffe de poils sur son menton. Quelqu'un s'est enfin fait la connasse.

Nul commentaire de notre part.

– J'ai besoin d'une clope, dit-il. Allons dehors.

– D'accord, convint Milo.

Sloat prit un paquet de Nat Sherman sur le bureau et

nous précéda à l'extérieur. Il se posta devant la vitrine et alluma sa cigarette avec un briquet plaqué or.

– C'est défendu de fumer à l'intérieur. George ne veut pas que la marchandise prenne l'odeur.

Milo patienta pendant quelques bouffées avant de s'exprimer.

– Quelqu'un s'est enfin fait la connasse. Pour vous, ce n'est donc pas une mauvaise nouvelle.

– Ça fait un bail qu'on est séparés, Vita et moi.

– Quinze ans.

Milo lui cita la date précise du jugement. Sloat eut un mouvement de recul.

– Quoi ? Vous fouillez dans mon passé ?

– Nous nous intéressons à la vie de Vita, monsieur. Votre nom est apparu.

– Alors, vous êtes au courant pour mes arrestations ?

– Oui.

– Et vous avez compris que c'était bidon, des crétins qui me cherchaient des noises et qu'ont pas été déçus du voyage.

Aucune contestation de notre part.

– Je m'y connais grâce aux émissions que je regarde, fit Sloat. Compris, c'est moi l'ex. Vous me soupçonnez de l'avoir tuée.

– Quelles émissions ?

– Les séries policières, aussi les trucs sur les faits divers… Ça m'aide à m'endormir. (Petit sourire.) Quand j'ai personne pour me border.

– Vous avez souvent de la compagnie ?

– La foufoune, je prends tout ce qui se présente ! C'est bon pour le teint ! pouffa-t-il. La semaine dernière, j'y ai eu droit tous les soirs, y compris il y a cinq jours.

– Avec qui ?

– Une meuf qui m'a chevauché comme un étalon de rodéo et c'était carrément le pied.

– Un nom ?

– La dame est mariée.

– Nous savons être discrets, Jay.

– Je n'en doute pas. À la télé, les flics n'arrêtent pas de rompre leurs promesses. De toute façon, pourquoi me faudrait-il un alibi ? Comme vous l'avez dit vous-même, ça remonte à quinze ans. Vita vivait sa vie et je n'avais plus rien à voir avec elle.

– Le divorce date d'il y a quinze ans. Mais d'après nos recherches, la guerre s'est poursuivie.

– Okay. Elle a continué à me faire chier pendant quelque temps, puis ça s'est tassé. Ça fait un bail que je l'ai pas revue.

– Vous pourriez préciser combien a duré le quelque temps, Jay ?

– Voyons… la dernière fois que la salope m'a traîné en justice… je dirais que c'était il y a six ou sept ans.

Cohérent avec le fait que Nguyen n'ait rien trouvé pour les cinq dernières années.

– Que voulait-elle ?

– À votre avis ? Encore du pognon.

– A-t-elle obtenu gain de cause ?

– Elle a eu droit à une petite rallonge. Je ne suis pas Crésus.

– La dernière fois que vous l'avez vue, c'était quand ?

– Juste après, peut-être un mois. La garce me fait un procès et elle a le culot de débarquer en pleine nuit.

– Pourquoi ?

– À votre avis ? Un bon coup, ce vieux Jay !

– Elle vous poursuit en justice, puis elle vous propose un plan cul, dit Milo.

– Une vraie folle. Et puis les vieilles habitudes ont la vie dure. (Il bomba le torse.) Quand on a connu Jay, pas facile de décrocher !

Il rit et tira goulûment sur sa clope. Aucune trace de

sueur à la naissance des cheveux, aucun tremblement des mains ou des lèvres.

– Vita a tout de même réussi à décrocher pendant six ou sept ans, notai-je.

Sloat se rembrunit.

– C'est moi qui ai rompu, pas elle. Le soir où elle est passée, j'ai refusé de la faire entrer et je lui ai dit que si jamais elle recommençait j'obtiendrais une ordonnance lui interdisant tout contact et je la baiserais quelque chose de bien devant les tribunaux !

– Comme les deux types dans les bars.

– Exact et j'en ai pas honte. À Chicago, je bossais comme dispatcheur pour un transporteur. Ils m'ont entubé, on a filé les meilleurs horaires à un minable qui avait graissé la patte au responsable, et moi je me retrouvais à bosser de nuit alors que j'avais dix ans d'ancienneté. Je leur ai fait un procès et j'ai gagné. Une autre fois, un de nos frères de couleur a embouti ma carrosserie. J'avais une Mercedes décapotable, un petit bijou gris métallisé, très agréable à conduire. L'autre bronzé regardait pas la route et pan ! Tout le monde m'a dit de laisser tomber, que ces gens-là ne sont jamais assurés, que c'était peine perdue. Moi, j'ai dit pas question ! et je lui ai collé un procès au cul. Mon avocat a découvert que sa mère avait acheté une bicoque qu'elle lui avait en partie léguée. On a engagé la saisie de la baraque et le type a casqué.

– Vous aimez les procès.

– J'aime surtout défendre mes droits. Là, tout de suite, je sais quels sont mes droits. Rien ne m'oblige à vous parler. Mais c'est cool, vous m'embêtez pas. Je suis totalement innocent du meurtre de Vita. Faites-moi confiance, cette garce était largement capable d'y veiller toute seule !

– Vous pensez qu'elle a organisé son propre meurtre ?

– Non, pas du tout. Je dis juste qu'il n'y avait pas pire salope qu'elle. Pareille que Cruella machin chose… vous voyez, dans le dessin animé ? Elle s'est forcément mise à dos un tas de gens. Vita n'avait qu'à être elle-même. Tôt ou tard, quelqu'un en aurait sa claque.

– Des noms à nous souffler ?

– Non. Vita ne faisait plus partie de ma vie, je n'ai aucune idée de qui elle fréquentait.

– Revenons en arrière, dis-je. À l'époque où vous vous voyiez encore, avait-elle des ennemis ?

– Des ennemis ? lâcha Sloat. Promenez-vous dans la rue et prenez n'importe qui au hasard. Il suffisait de connaître cette salope pour la détester.

– Vous l'avez épousée.

– Quand on s'est mariés, je l'avais dans la peau. Puis je l'ai haïe.

– Elle était différente avant.

– Non. Je croyais juste qu'elle l'était. Mais elle m'a eu, vous pigez ?

– Elle était gentille, dis-je.

– Non, Vita n'était jamais gentille. Elle cachait son côté salope en la jouant profil bas, vous comprenez ?

– C'est-à-dire ?

– Par sa froideur. Elle était hyperglaciale. Elle avait cette façon de vous regarder, genre : « Je suis une salope, mais je veux bien te sucer quand même. » Rien à dire, elle assurait. À l'époque, elle était bonne et pas mal foutue. Grande, froide et anguleuse. Miss Everest, que je l'appelais. Puis elle a cessé de jouer la comédie. Pourquoi se faire chier quand on peut être une salope sur toute la ligne ?

– L'attirance est retombée.

– J'aimais ses seins. Elle avait aussi un joli visage. Elle prenait soin d'elle : elle s'épilait les sourcils, elle se maquillait, elle se teignait en blond platine. Comme l'actrice, Kim Novak. Les gens qui avaient l'âge de s'en souvenir disaient qu'elle ressemblait à Kim Novak. J'ai vu *Vertigo* au cinéma. Novak était bien plus canon. Échangez-moi dix Vita pour une Kim Novak et vous me devrez encore une ristourne ! Vita était quand même mignonne, je lui accorde ça. Et douée là où ça compte. Même que ça a continué après notre séparation. Je dois le reconnaître.

– Sexy, dis-je.

– Surtout, elle n'était jamais rassasiée. Quand elle en avait envie, elle vous sautait dessus. Le problème, c'est qu'elle est devenue vieille et grosse, elle a arrêté de se teindre et elle ne s'entretenait plus. Et elle buvait de plus en plus. (Il tira la langue.) Toujours bourrée, avec une haleine de chacal. Ça coupait l'envie, même si elle ne demandait qu'à se faire sauter. J'ai fini par lui dire non merci. La vie est trop courte, vous comprenez ?

– Tout à fait, dit Milo.

– Oui, vous êtes des mecs normalement constitués. Écoutez, je ne vais pas jouer la comédie et faire semblant d'avoir de la peine quand c'est pas le cas. La salope a voulu récupérer la moitié de ce que je possédais, y compris la décapotable que je m'étais démerdé pour faire réparer, et la moitié de mon salaire. Je me suis retrouvé à poil et j'ai même arrêté de bosser pour qu'elle me lâche les basques, tellement j'étais fauché. Comme je vous l'ai dit, ça doit bien faire sept ans que je ne l'ai pas revue. Malgré tout, j'ai toujours eu cette petite crainte de la voir réapparaître. Comme le méchant masqué dans les films d'horreur. Ça tombe sous le sens que je l'ai pas tuée. Pourquoi j'irais bousiller ma vie pour elle ?

– Vous aviez un point en commun, dis-je. Vita n'hésitait pas non plus à faire des procès.

– Seulement à moi.

– Elle ne poursuivait personne d'autre ?

– Non, une vraie mauviette. Par exemple, la fois où j'ai attaqué le Noir, elle m'a passé un savon. Et s'il appartient à un gang ? C'est trop risqué pour une simple voiture ! La Mercedes, elle ne s'est pas privée de la faire saisir quelques années plus tard. Même cirque avec le transporteur. Ne leur fais pas un procès, Jay. Ils sont peut-être liés à la Mafia, ça ne vaut pas le coup. Je lui ai renvoyé : Parle pour toi. Moi, j'y tiens. Les droits, c'est pas rien. On a fait des guerres pour les défendre.

– Vous êtes un ancien militaire ? dit Milo.

– Mon père. Il s'est battu trois ans en Europe. C'est bon, je peux retourner travailler ?

Toujours pas le moindre signe d'angoisse.

– Votre discours se tient, Jay, dit Milo. Cela dit, vous haïssiez Vita, sa mort ne vous chagrine pas et vous ne pouvez pas étayer votre alibi.

– Je peux l'étayer, mais je ne veux pas.

– Pourquoi ?

Sloat jeta un coup d'œil en arrière, par la vitrine à l'intérieur du magasin.

– Ne vous inquiétez pas, dit Milo. Pas de client.

– Je sais. Il n'y a jamais personne.

– La cow-girl a un lien avec la boutique, suggérai-je.

Contraction rapide des pupilles, palpitation de la carotide. Milo le nota.

– Il nous faut un nom, Jay. Sinon, je sens que je vais me prendre d'un vif intérêt pour la mode masculine.

Sloat expira, l'haleine âcre de tabac.

– Putain, les gars…

– Il s'agit d'un meurtre, Jay…

– Je sais. Bon, d'accord, mais vous devez jurer de garder ça secret.

– Nous ne jurons jamais rien, Jay. Pas de promesse non plus. Mais nous ne dévoilons rien sans une bonne raison.

– Quel genre de raison ? Je n'ai pas tué Vita.

– Dans ce cas, vous n'avez rien à craindre.

Sloat alluma une nouvelle cigarette, en fuma un bon centimètre.

– Okay, okay. C'est Nina. Nina Hassan.

– L'ex de George.

– S'il l'apprend, il me virera et me coupera les couilles pour les faire rôtir sur un machin à kebab.

– Je veux bien le numéro de Nina, dit Milo en sortant son calepin.

– Vous êtes obligé de le noter ?

– Son téléphone, Jay.

– Vous êtes obligé de l'appeler ?

Sloat ploya sous le regard de Milo, communiqua le numéro.

– N'allez pas lui répéter que je l'ai comparée à une cow-girl.

– Ça, je vous le promets.

– Une vraie bombe. Vous comprendrez quand vous la verrez.

– Je m'en fais une joie, Jay.

– J'ai besoin de ce boulot, les gars.

– Et qu'on vous raye comme suspect.

– Suspect de quoi ? J'ai rien fait à Vita.

– Espérons que Nina le confirme, Jay. Et qu'on la croie.

– Pourquoi vous ne la croiriez pas ?

– Si elle est vraiment dingue de vous, elle serait peut-être prête à mentir.

– Je lui plais, mais elle ne mentirait pas pour moi.

– Il est essentiel que vous ne lui parliez pas avant nous, Jay. Sa ligne téléphonique sera vérifiée, nous le saurons.

– C'est bon, j'ai compris.

La veine sur le cou palpita de plus belle. Le regard fuyant laissait penser que Milo venait de déjouer ses plans.

– Combien de temps avez-vous été marié à Vita ? m'enquis-je.

– Six ans.

– Pas d'enfants.

– Nous n'en voulions pas, ni elle ni moi.

– Ce n'est pas votre truc.

– Les gosses, c'est une plaie. Alors, quand comptez-vous voir Nina ?

– Dès que nous en déciderons, répondit Milo.

– Elle va confirmer ce que je vous ai dit. Vous allez être impressionnés. Nina ne laisse personne indifférent.

– Salut, Jay.

– Vous devez absolument lui parler ?

Nous nous éloignâmes sans lui répondre. Milo trouva l'adresse de Nina Hassan ; elle habitait dans la partie la plus à l'ouest de Bel Air, à deux minutes en voiture.

– On peut se féliciter que Jay et Vita ne se soient pas reproduits, grommela Milo. Alors, t'en penses quoi ?

– Je ne crois pas que ce soit lui le coupable, ou alors il mérite l'oscar.

– D'accord avec toi.

Le silence se prolongea un moment.

– N'en déplaise à ces goules de procureurs adjoints, finit-il par lâcher, je ne crois pas une seconde au tueur en série. C'est certainement un acte isolé. Vita aura fini par agacer qui il ne fallait pas. D'ailleurs, j'ai mis Reed sur la piste du Western Pediatric. À la pêche aux parents dont les enfants sont traités en oncologie et qui auraient sale caractère. Plus précisément, des parents noirs.

– Tu m'en parles pour quelle raison ?

– Dans un esprit de transparence.

– Fais ce que tu dois faire.

– Personne n'a accepté de lui dévoiler quoi que ce soit.

– Tant mieux.

– Je m'attendais à ce que tu réagisses ainsi.

12

Située sur les hauteurs de Bel Air, la maison de Nina Hassan était moderne, rutilante et splendide. À l'image de la maîtresse des lieux. Celle-ci ouvrit délicatement l'une des portes jumelles en cuivre brossé et nous détailla comme si nous étions des représentants de commerce. Elle portait un haut mauve qui laissait voir quelques centimètres de ventre ferme, un jean blanc moulant et des sandales argentées dont dépassaient des orteils impeccablement laqués d'un vernis lavande. La trentaine avancée, elle avait une peau de velours un peu plus foncée que le métal des portes et un visage en forme de cœur surmonté d'un nuage de vagues et de boucles noires. Nez puissant et légèrement retroussé – sans doute refait, mais joli résultat. Oreilles en forme de coquillage, auxquelles pendaient d'énormes créoles blanches. Long cou immaculé dont la courbe parfaite prenait naissance entre deux clavicules haut de gamme.

Milo lui montra son badge.

– Oui ? Qu'est-ce ?

Impossible de scruter ses pupilles car ses yeux étaient uniformément noirs.

– Nous souhaitons vous parler de Jay Sloat.

– Pourquoi ? Il lui est arrivé quelque chose ?

Du même ton qu'elle s'enquerrait de la météo.

– Pourquoi lui serait-il arrivé quelque chose ?

– À cause de mon mari, répondit-elle. Un monstre qui n'a rien d'humain.

– Non, il n'est rien arrivé à Jay. Vous permettez qu'on entre, madame Hassan ?

Elle ne bougea pas.

– Appelez-moi Nina. Je me débarrasse de son nom dès que le divorce est prononcé. Que souhaitez-vous savoir sur Jay ?

– La dernière fois que vous l'avez vu.

– Pourquoi ?

– Son ex-femme a été assassinée.

– Ex-femme ? Jay a été marié ?

– Il y a un certain temps, madame.

– Jay m'a affirmé le contraire.

– C'est de l'histoire ancienne.

– N'importe, fit-elle en tranchant l'air de sa main. Je ne tolère pas le mensonge. Vous le soupçonnez de l'avoir tuée ?

– Non, madame. Ce ne sont là que des questions de routine.

– Nina. Je n'aime pas « madame ». Ça fait vieux.

Un coupé Maserati apparut dans un ronronnement. La conductrice ralentit pour nous observer. Blonde, svelte, fuselée comme l'automobile. Nina Hassan lui adressa un salut jovial.

– Il serait préférable qu'on passe à l'intérieur, dit Milo.

Au tour de Nina de nous détailler.

– Qu'est-ce qui me dit que vous êtes vraiment de la police ?

– Souhaitez-vous revoir mon… ?

– N'importe qui peut se fabriquer un badge.

– Qui d'autre voulez-vous que nous soyons ?

– Des fumiers au service de George.

– George étant votre ex ?

– Mon fumier d'ex. Il n'arrête pas de m'envoyer des connards qui cherchent des trucs à utiliser contre moi. Je couche avec Jay ? Et alors ? Lui, il se tape des jeunes filles. Il dit qu'elles sont majeures, mais allez savoir, vous devriez enquêter. Je suis censée faire quoi, moi ? s'emporta-t-elle en tapotant le pied sur le sol. M'ennuyer à longueur de journée, comme sa mère qui ne fait rien d'autre que ressasser les souvenirs du bon vieux temps en Europe ?

– J'ai l'impression que ce George n'est pas une grande perte, Nina. Quoi qu'il en soit, nous avons à enquêter sur un meurtre. Si vous pouviez vous rappeler quand vous avez vu Jay pour la dernière fois, ça nous rendrait service.

– Son ex-femme, fulmina-t-elle. Sale menteur. Elle était canon ?

– Dans l'état où nous l'avons retrouvée, pas vraiment. Alors, vous vous rappelez ?

– Bien sûr que je me rappelle. Je ne suis pas une vieille qui perd la mémoire. C'était avant-hier soir. (Sourire.) Tous les jours d'avant aussi, mais pas depuis, je lui ai dit que j'avais besoin de me reposer.

– Il y a cinq soirs aussi ?

– Je viens de vous le dire. Tous les jours.

– À quelle heure ?

– Jay passe après le travail. Vers cinq heures et demie, six heures moins vingt.

– Il reste combien de temps ?

– Aussi longtemps que j'en ai envie ! (Elle ramena la tête en arrière, s'esclaffa.) En voilà une question indiscrète !

– Pardon ?

– Vous voulez savoir si on le fait toute la nuit. En quoi est-ce que cela vous regarde ?

– Désolé pour le malentendu. Je cherche simplement à confirmer l'emploi du temps de Jay il y a cinq soirs.

– Cinq soirs ? fit-elle. Attendez.

Elle revint au bout d'un instant, un reçu à la main.

– Tenez, des plats à emporter achetés chez le Chinois.

Je garde une trace de toutes mes dépenses. Pour que ce fumier me verse ce qu'il doit.

– Des plats à emporter…

– Pour deux personnes, Jay et moi. Il a tenu à me faire goûter aux pattes de poulet. Beurk !

– Il a passé la nuit ici ?

– Bien obligé ! répondit Nina Hassan avec une œillade. Il n'était pas en état de repartir !

– Okay. Merci.

– Je lui ai rendu service ? Dommage. Je ne peux pas souffrir les menteurs. (La tignasse noire voleta.) Mais bon, je suis comme ça, je dis les choses telles qu'elles sont. C'est la seule manière pour tenir les hommes. Au revoir, messieurs.

Elle recula d'un pas et poussa la porte d'un ongle lavande irréprochable.

Milo roula tranquillement en direction de Sunset Boulevard. Demeures imposantes, chiens miniatures tirant sur leur laisse tenue par des soubrettes en uniforme, jardiniers chassant la poussière au pistolet à air comprimé.

– On peut rayer l'ex, dit Milo. Pourquoi faudrait-il que tout soit logique dans la vie ? Mais bon, ce doit être quelqu'un d'autre que Vita a sérieusement irrité. Dommage qu'elle n'ait pas laissé une liste d'ennemis.

– Ça, c'est pour les présidents.

– Des enregistrements compromettants seraient aussi les bienvenus ! lâcha-t-il avec un grognement amusé. Je te dépose chez toi. Tu pourras savourer l'existence tandis que nous autres fonctionnaires nous nous échinons. Je ne dis pas ça pour te faire culpabiliser.

À l'approche de Beverly Glen, son portable émit une mélodie de Mahler. Il activa le kit mains libres.

– Lieutenant ?

C'était Sean Binchy.

– Tu tiens un tordu amateur de pizza ?
– Non, malheureusement. Mais il y a du neuf…
– Quoi donc ?
– Une nouvelle victime.

13

Plié soigneusement, le polo était posé à côté de son propriétaire. Celui-ci avait le pantalon et le slip baissés à mi-cuisse, sans le moindre pli ni bouchon. Le cadavre gisait à trois mètres d'un sentier, dans une trouée au cœur d'un laurier-rose. Arbuste vénéneux. La couverture idéale pour celui qui avait brisé le cou à la victime. Point de serviettes cette fois-ci, mais une bâche bleue méticuleusement déployée. Quelques taches de sang sur le plastique et la terre, un peu plus que dans l'appartement de Vita Berlin, mais cela restait limité et il n'y avait pas davantage d'éclaboussures ni de coulures. On avait pris soin d'effacer les empreintes sur le sol autour de la bâche. Les sévices étaient identiques à ceux de Vita : cou brisé, double incision évoquant un certain type de porte-monnaie, viscères retirés.

Le meurtre avait eu lieu à Pacific Palisades sur la route de Temescal Canyon, dans le parc d'une colonie de vacances désaffectée, qui ne servait plus qu'à de rares tournages de film. Située à cinq cents mètres de la scène de crime, l'entrée était constituée d'une grille en travers de l'asphalte défoncé. Des deux montants en bois auxquels avaient été fixées les charnières du portail, un seul était toujours debout, l'autre était pourri et tombé en morceaux. Ainsi, n'importe qui était libre de s'y introduire. La sécurité inexistante était un sujet de plaisanterie pour les riverains, nous informa le premier agent arrivé sur place.

– Quelques-uns s'en plaignent, lieutenant, mais la plupart sont ravis d'avoir un parc de plus à leur disposition. Vous imaginez le genre de personnes qui habitent par ici.

Elle s'appelait Cheryl Gates, une grande blonde aux épaules carrées et au regard acéré. En apparence, pas affectée par ce qu'elle avait découvert à l'occasion d'une ronde de routine. Ce que nous contemplions par l'ouverture dans le laurier-rose.

– Des gens riches, dit Milo.

– Riches, suffisants et pistonnés. Si vous voulez tout savoir, comme la sœur du chef adjoint Salmon habite par ici, j'ai pour consigne de venir au moins une fois par jour. Ça prend un peu de temps, mais le paysage est assez joli. Et puis, c'est toujours tranquille. Une fois, je suis tombée sur deux ados, un garçon et une fille de seize ans. Complètement faits à l'ecstasy et à la tequila. Ils avaient passé la nuit là-haut, à côté des barbecues, à poil et défoncés. Plus étonnant, aucune des deux familles n'avait signalé leur disparition. La plupart des parents des environs sont toujours fourrés en Europe. Je ramasse des bouteilles vides, des joints, des capotes et des emballages alimentaires, rien de bien méchant.

Malgré le calme apparent, elle s'exprimait d'un débit rapide et un peu trop fort.

– L'emplacement où vous avez repéré la victime fait partie de votre circuit habituel ? demanda Milo.

– Oui, inspecteur. Je me dis que c'est le genre d'endroit où un SDF pourrait choisir de se poser. Ce serait tout de même navrant que les gens du quartier qui viennent promener leur caniche se retrouvent nez à nez avec un déséquilibré.

– Vous avez eu à en déloger récemment ?

– Non. Quand ça m'arrive, et c'est assez rare, ils sont plutôt du côté des barbecues. Ils aiment bien se faire cuire quelque chose. Je leur demande de circuler, à cause du risque d'incendie. Jamais aucun n'est revenu. Mais bon, partant du principe qu'il est toujours préférable de vérifier, oui, je passe quotidiennement. Et c'est ainsi que j'ai découvert votre victime.

– Vous pensez à un déséquilibré précis auquel je devrais m'intéresser ?

– Ça m'étonnerait fort. Ce ne sont pas des types agressifs, tout le contraire. Passifs, déconnectés, hors du coup physiquement. Sans être une experte, dit-elle en observant le cadavre, ça me semble assez méthodique. La terre qu'on a pris soin d'aplanir, vous voyez ce que je veux dire ? Enfin, ce n'est que mon avis.

– Judicieux, dit Milo. Merci d'avoir surveillé les lieux.

– Je ne fais que mon devoir, inspecteur. Une fois les renforts arrivés, je suis restée postée ici pendant que les agents Ruiz et Oliphant faisaient le tour du parc. Ils s'en sont tenus à une inspection sommaire, pour préserver les indices, et n'ont rien relevé. Comme il n'y a pas d'autre accès que celui par lequel vous êtes arrivés, je ne crois pas qu'un suspect caché ait pu nous échapper.

– Bon travail.

– Alors, vous en pensez quoi ? Un crime sexuel, vu qu'il a le pantalon baissé ? Peut-être une histoire entre pédés qui aurait dérapé ?

– C'est une possibilité.

– D'un autre côté, si c'était sexuel, insista-t-elle, on s'en serait pris aux parties génitales, non ? Alors que là…

– Il n'y a pas de règle, dit Milo.

Gates ramena une mèche blonde derrière son oreille.

– Bien entendu, inspecteur. Bon, je vais vous laisser opérer. À moins qu'on ne puisse faire autre chose pour vous ?

– Tout est parfait.

Elle se tint plus droite.

– En fait, lieutenant, et pardonnez-moi si le moment

vous semble inopportun, mais j'envisage de postuler pour passer inspecteur. Qu'en pensez-vous ?

– Vous avez le sens de l'observation, agent Gates. N'hésitez pas et bonne chance.

– Pareil à vous, lieutenant ! Je veux dire, bonne chance pour l'enquête !

Sean Binchy et Moe Reed surveillaient l'entrée du parc en compagnie de trois policiers en tenue. En attendant l'enquêteur du coroner, nous en étions réduits à scruter la scène et la victime sans pénétrer dans la trouée. Un homme d'âge mûr, plus proche de cinquante-cinq ans que de quarante-cinq. Épaisse chevelure, anthracite au sommet du crâne et tempes argentées ; bouclettes si finement serrées qu'elles n'étaient en rien bouleversées. Contrairement au visage et au cou, incompatibles avec la vie. Un individu quelconque à tous points de vue : taille et corpulence moyennes, aucun signe particulier. Pantalon en coton beige avec pli et revers. Polo marron clair, plié d'une manière qui dissimulait un éventuel logo. Nike blanches aux semelles bien usées. Un adepte du jogging ou de la marche ? L'absence de véhicule garé à l'entrée allait dans ce sens. Un seul détail détonnait : les chaussettes bleues. Le malheureux ne pouvait pas imaginer qu'il subirait une inspection.

Au moment de m'en approcher, j'avais cru que ce cadavre susciterait chez moi une réaction plus marquée que celui de Vita Berlin. En fait, ce fut le contraire : la vue de cette boucherie libéra en moi une curieuse et purifiante bouffée de calme qui m'apaisa les nerfs. On finit par s'habituer ? Peut-être bien le pire aspect de cette histoire.

– Pas de carton à pizza, nota Milo. Ça ne fait donc pas partie de la signature. Le monstre a dû tomber dessus par hasard et s'en servir pour Vita, tant pis si l'on n'a pas pu remonter la piste. Pauvre bougre. Je croise les doigts pour qu'il ait été un vrai salopard, le frère spirituel de Vita.

– Me revoici, malheureusement, lança une voix féminine.

L'enquêtrice prénommée Gloria se faufila entre nous et jeta un coup d'œil.

– Oh, mon Dieu…

Elle se ganta, enfila des surchaussures en papier, s'approcha et se mit au travail. Portefeuille dans la poche arrière droite du pantalon. Le permis de conduire fournit une identité : Colin Quigg, cinquante-six ans, domicilié Sunset Boulevard à deux ou trois kilomètres du parc, avec un numéro d'appartement. En chemin, nous avions croisé quelques belles résidences joliment entretenues, dont certaines avaient vue sur l'océan. Un mètre soixante-dix, soixante-seize kilos, cheveux gris, yeux marron, verres correcteurs. Gloria inspecta les pupilles.

– Il a toujours ses lentilles. Assez étonnant, compte tenu de la force déployée pour lui rompre le cou.

– Peut-être qu'elles sont tombées mais que le tueur les lui a remises, suggérai-je. C'est quelqu'un de très ordonné.

Elle y réfléchit, préleva les deux pastilles transparentes au moyen d'une pince et les déposa dans un sachet qu'elle étiqueta.

Grâce au nom, Milo se renseigna sur la victime. Quigg conduisait une Kia assez récente. Pas de casier, aucun mandat à son encontre. Le portefeuille contenait soixante-treize dollars en espèces et trois cartes de crédit. Deux photos sous pochette plastifiée : sur l'une, Quigg en compagnie d'une brunette qui avait environ le même âge, sur l'autre, le couple et deux jeunes femmes d'une vingtaine d'années, elles aussi brunes. L'une des filles était le portrait de Quigg, jusqu'aux cheveux frisés très serrés ; l'autre n'avait aucun air de ressemblance, mais le bras posé autour des épaules de la femme laissait penser qu'il s'agissait de la sœur. Deux clichés pris dans le studio d'un photographe, faux marbre vert en toile de fond. Sujets habillés pour l'occasion, la pose un peu figée, mais souriants.

– Il ne porte pas de montre, souligna Gloria. Pas de cercle de peau plus claire au poignet non plus. Peut-être qu'il n'était pas à cheval sur les horaires.

– Ou bien il la retirait pour se promener, objecta Milo.

– L'usure des semelles indique qu'il parcourait de longues distances à pied, dis-je.

– En effet, convint Gloria. Mais je le vois mal courir ici le soir. Plutôt craignos, non ?

– Les locaux considèrent un peu que c'est leur parc privatif, dit Milo. Il s'y sentait peut-être en sécurité.

– D'accord, dit-elle, gênée, mais peut-être qu'il avait rendez-vous... enfin, vu qu'il a le pantalon baissé...

– Tout est possible, Gloria.

– Cela dit, si c'était un truc sexuel, on s'attendrait à des mutilations aux parties génitales, non ?

Elle m'interrogea du regard.

– Même réponse, dis-je.

Elle inspecta le pantalon au moyen d'une loupe.

– Tiens donc, des poils ou des cheveux qui ne sont pas les siens... beaucoup, assez longs, blonds...

Milo s'accroupit à côté d'elle, attrapa plusieurs filaments de ses doigts gantés et qui paraissaient bien trop gros pour cette tâche minutieuse. Il en tendit un à la lumière, plissa les paupières et le huma.

– Peut-être que Marilyn Monroe est sortie de sa tombe pour le trucider, mais ça m'a l'air assez épais et je crois déceler une odeur canine.

– J'ai le nez bouché, dit Gloria qui renifla malgré tout. Désolée, je ne sens rien, mais, en effet, l'aspect pourrait correspondre. Ou bien la personne ferait mieux de changer d'après-shampoing ! Je sais que votre labo s'occupe en général des poils et des cheveux, sauf s'il faut les tester pour d'éventuelles traces de drogue, dit-elle en sortant un sachet, mais j'ai en ce moment un stagiaire de la fac qui effectue des analyses ADN comparatives sur toutes sortes de bestioles. Si tu veux, j'emporte l'échantillon. Il pourra peut-être vous indiquer l'espèce et la race.

– Volontiers.

Elle jeta un nouveau coup d'œil à Quigg.

– Le pauvre gars sort le chien et ça se termine ainsi… (Froncement intrigué.) Dans ce cas, où est passé le toutou ? Il est peut-être resté à la maison ?

– Ou bien l'assassin est reparti avec un trophée vivant, dit Milo.

– Rex garde les pattes croisées pendant que son maître se fait tuer, puis suit le coupable sans broncher ? Pas vraiment une race de chien de défense, alors ! (Elle se mordit la lèvre.) Ou bien la pauvre bête gît quelque part, ayant subi le même sort.

– Les agents ont inspecté les environs, mais nous remettrons ça dès que les techniciens seront là.

Gloria scruta le sol.

– Je ne vois aucune empreinte, ni humaine ni animale.

– Notre meurtrier a fait le ménage.

– Comme la première fois, dit-elle. Pour moi, ça rend la chose encore plus répugnante.

– Je le vois mal nettoyer chaque centimètre carré de terrain d'ici à Sunset, dis-je.

Milo joignit Reed sur son portable.

– Moses, tu vas me boucler l'endroit. Personne n'entre tant que toi et les bras disponibles n'aurez pas terminé de passer au peigne fin la zone entre Sunset et le portail. Relevez la moindre empreinte, quelle qu'elle soit : pneu, chaussure, patte.

Il raccrocha sans attendre la réponse.

Gloria se baissa et fit les autres poches de Colin Quigg. Vides. Elle se redressa et photographia le cadavre sous plusieurs angles, terminant par un gros plan du polo. Elle en inspecta l'étiquette.

– Macey's, taille M.

Aucune tache de sang, le vêtement avait été retiré avant la découpe. Comme Gloria se penchait et commençait de retourner le corps, elle se figea, passa la main en dessous et retira quelque chose. Une feuille de papier pliée plusieurs fois, les coins parfaitement alignés. Elle la photographia telle quelle, puis la plaça sur une toile stérile et la déplia.

Du papier à lettres standard, sans lignes. Au centre, un message des plus simples :

?

14

Colin Quigg habitait l'une des belles constructions que j'avais remarquées en arrivant. Il y avait un feu rouge à proximité, pratique pour traverser Sunset. La promenade était certainement agréable entre son domicile et Temescal Canyon. La résidence avait été conçue à l'image d'une énorme hacienda, dotée d'un toit aux tuiles d'un rouge trop prononcé, d'un clocheton et d'une loggia à l'ombre de laquelle se découpaient des arcades. Le parking abrité, également surmonté de tuiles, était séparé du bâtiment principal par une vaste cour pavée. Huit places, la Kia de Quigg occupait la numéro deux. « B. et C. Quigg » inscrit sur la boîte aux lettres de l'appartement numéro deux, situé au centre et au rez-de-chaussée. Je reconnus la femme qui nous ouvrit, pour l'avoir vue en photo quelques instants auparavant.

– Madame Quigg ? demanda Milo.

– Oui, oui, c'est moi, Belle. Vous les avez retrouvés ?

– Les ?

– Colin et Louie.

– Nous avons retrouvé M. Quigg.

– Pas Louie ? Colin est sorti le promener hier soir, ils ne sont pas rentrés. Je suis paniquée. Quand j'ai appelé la police, on m'a répondu que ça ne serait pas considéré comme une disparition avant… (Elle se tut, porta la main à sa bouche.) Colin est sain et sauf ?

– Non, soupira Milo. Je suis sincèrement navré.

– Il est blessé ?

– Malheureusement, je…

– Oh non… balbutia Belle Quigg. Non, non, non…

– Je suis vraiment désolé, madame Quigg…

Elle leva les poings et les abaissa vivement, comme pour arracher les nuages à un ciel cruel et dégagé. Puis elle nous décocha un regard noir, poussa un petit cri et se mit à cribler le torse de Milo de coups de poing. Un petit bout de femme ne peut guère faire mal à un grand gaillard. Milo attendit qu'elle s'essouffle et laisse retomber ses bras.

– Madame Qui…

Son teint avait viré au grisâtre et sa tête bascula sur le côté. Les yeux révulsés, elle émit un râle et tomba en arrière. Nous la rattrapâmes d'un même mouvement réflexe, chacun un bras, et la transportâmes à l'intérieur de l'appartement. Elle revint à elle alors que nous nous dirigions vers le fauteuil le plus proche. Milo resta auprès d'elle pendant que j'allais chercher de l'eau. Quand j'approchai le verre de sa bouche, elle entrouvrit les lèvres comme par réflexe. Je pris son pouls, lent mais régulier. Je la fis encore boire. Elle bava et laissa retomber sa tête en arrière en roulant de nouveau les yeux. Après une trentaine de secondes, son pouls redevint normal et elle reprit des couleurs.

– Quoi ? fit-elle en nous dévisageant.

– Je suis le lieutenant Sturgis, dit Milo en lui prenant la main.

– Ah, vous… Alors, où est passé Louie ?

La stupeur induite par le choc s'installa au bout de quelques minutes. Milo continua de lui tenir la main et moi de la faire boire. Quand elle indiqua qu'elle n'en voulait plus, je rapportai le verre à la cuisine. Une pièce spacieuse et lumineuse, inox et granit poli. Le reste de l'appartement était tout aussi agréable, mobilier intemporel, quelques antiquités qui semblaient authentiques, des marines quelconques mais honorables. La porte-fenêtre coulissante offrait une vue de biais sur la piscine dont l'eau bleue était prolongée par le coloris encore plus intense du Pacifique à l'arrière-plan. Azur immaculé, pelouse impeccable aux abords du bassin. Des oiseaux voletaient ici et là, un écureuil grimpait au tronc d'un superbe pin des Canaries.

Colin Quigg s'était ménagé une vie sympathique dans sa maturité. Il existait au moins une personne qui le chérissait. Je n'avais pas à juger, et pourtant sa fin épouvantable me paraissait pire encore que celle de Vita.

– Oh, mon Dieu, bredouilla Belle Quigg. Louie est probablement… mort lui aussi.

– Louie est votre chien, dit Milo.

– Plutôt le chien de Colin. Ces deux-là étaient inséparables. Louie venait d'un refuge. Il aimait tout le monde, mais Colin par-dessus tout. Moi aussi, j'aimais Colin. Britt et Sarah aussi. Tout le monde aimait Colin. (Elle agrippa la manche de Milo.) Qui pourrait lui vouloir du mal ? A-t-il été détroussé ?

– Apparemment pas.

– Quoi, alors ? Qui ferait une chose pareille ? Qui ?

– Nous allons tout mettre en œuvre pour le découvrir, madame. Je suis sincèrement désolé d'avoir à vous faire part d'une nouvelle si terrible, et je me doute bien que ce n'est pas le meilleur moment, mais puis-je vous poser quelques questions ?

– Quel genre de questions ?

– Plus nous en saurons sur Colin et plus la tâche nous sera facilitée.

– Je l'aimais tant, mon Colin. Notre anniversaire de mariage tombe la semaine prochaine, vingt-six ans. J'ai déjà réservé… Mon Dieu, que vais-je devenir ?

Après deux crises de sanglots, Milo lui demanda :

– Colin travaillait-il ?

– Travailler ? s'insurgea Belle Quigg. Bien sûr, qu'il

travaillait ! Mon Colin n'était pas un fainéant. Pourquoi ? C'est un des clochards qui l'a tué ?

– Vous pensez à quelqu'un de précis ?

– On a beau les appeler des sans-abri, moi je les appelle des clochards parce qu'ils ne sont rien d'autre que ça. Ils sont toujours là à mendier, au croisement de Sunset et du California Pacific Highway, complètement ivres. Le feu est long, ils ont tout leur temps pour faire la manche. Je ne leur donne jamais rien, même pas un *dime*. Mais Colin ne pouvait pas s'en empêcher.

– Pourquoi les soupçonnez-vous ?

– Parce que ce sont des fainéants. Je n'arrêtais pas de le répéter à Colin, inutile de les encourager, mais il a bon cœur.

– Le meurtre a eu lieu vers Temescal Canyon.

– Le parc des petits Indiens. J'ai toujours dit à Colin de ne pas s'y promener la nuit. Preuve que j'avais raison. N'importe qui est libre d'y entrer, pourquoi voulez-vous que les clochards s'en privent ? Si vous voulez mettre la main sur eux, il suffit de vous rendre au carrefour de Sunset et du California Pacific Highway.

– Nous ne manquerons pas d'explorer cette piste, madame. Pensez-vous à quelqu'un d'autre ?

– C'est-à-dire ?

– Des personnes avec qui Colin aurait eu un différend. Des collègues de travail, par exemple.

– Non, jamais.

– Quel était son métier ?

– Colin était expert-comptable.

– Où ça ?

– Chez Peterson, Danville et Shapiro, un cabinet de Century City. Il gérait exclusivement un gros client, la chaîne de supermarchés Happy Boy. Colin était consciencieux, il était très bien noté.

– Depuis combien de temps était-il chez eux ?

– Quinze ans. Avant, il a travaillé à la mairie, à la paierie, en attendant d'être certifié. Encore avant, il était enseignant, il s'occupait d'enfants handicapés, mais c'était trop mal payé.

– Avant Happy Boy, il ne se serait pas occupé de compagnies d'assurances ?

– Non, les supermarchés ont été sa première mission. C'est une grosse chaîne, Colin ne chôme pas pour leur déclaration fiscale.

– Donc, aucun problème au travail.

– Pourquoi y aurait-il un problème ? Mais non, voyons, Colin n'y est pour rien. Colin est formidable.

– Et je devine que tout est parfait côté vie de famille.

– Mieux que parfait. Notre vie est… merveilleuse. (Belle Quigg garda les lèvres entrouvertes et pâlit à nouveau.) Il va falloir que je prévienne Britt et Sarah… Oh mon Dieu, comment vais-je m'y prendre ?

– Quel âge ont-elles ?

– Britt a dix-huit ans, Sarah vingt-deux.

– Elles habitent dans les environs ?

Elle secoua la tête.

– Britt vit dans le Colorado, et Sarah… comment ça s'appelle, déjà ? C'est juste en dessous du Colorado… (Ses traits se crispèrent.) Je l'ai sur le bout de la langue…

– Le Nouveau-Mexique, avançai-je.

– C'est ça, le Nouveau-Mexique. Elle habite à Gallup. Ça me fait penser à des chevaux qui se promènent, c'est comme ça que j'arrive à m'en souvenir. Elle s'y trouve parce que son copain est là-bas. Avant elle se déplaçait en voiture, maintenant elle ne fait plus que monter à cheval. Ils ont beaucoup de chevaux. Elle vit dans un ranch, comme ça se fait par là-bas. Britt n'est pas mariée. J'espère que ça viendra. Elle est serveuse dans le Colorado, à Vail. Elle travaille beaucoup pendant la saison des sports d'hiver. Elle aime skier. Sarah, c'est le cheval, et Britt le ski. Ce sont de superbes jeunes femmes. Mon Dieu, comment voulez-vous que je leur annonce ça ?

– Si vous voulez, nous pouvons rester le temps que vous les appeliez…

– Non, non, non. Prévenez-les, vous.

– Vous êtes sûre, madame ?

– C'est votre métier, dit Belle Quigg. Chacun ses responsabilités.

Elle sombra dans un silence à la limite de la stupeur pendant qu'on appelait ses filles. Conversations brèves, déchirantes, dont chaque seconde entamait Milo. Si Belle Quigg tendait l'oreille, elle ne manifesta aucune réaction.

– Sarah voudrait vous parler, l'informa Milo en se rasseyant.

– Et Britt ?

– Britt vous rappellera dès qu'elle se sera éclairci les idées.

– Éclairci ? Elle a toujours eu le souci de la clarté. Britt a toujours été bonne en expression écrite.

– Vous acceptez de prendre Sarah ?

– Non, non, non… dites-lui que je la rappellerai. J'ai besoin de dormir. Dormir et ne plus jamais me réveiller.

– Y a-t-il quelqu'un, une voisine ou une amie, qu'on puisse prévenir pour qu'elle vous tienne compagnie ?

– Pendant que je dormirai ?

– Pour vous soutenir, madame.

– C'est bon, je veux juste mourir en paix.

Je retournai dans la cuisine, à la recherche d'un répertoire téléphonique. J'aperçus un portable. Parmi les derniers appels passés, une certaine Letty dont le numéro disposait d'une touche attribuée. Je le composai.

– Belle ? répondit une voix de femme.

– Je vous appelle de sa part.

Lui expliquer la situation exigea un peu de temps, et il me fallut ensuite attendre qu'elle retrouve sa voix. Letty

Pomeroy accepta sans hésitation de venir s'occuper de son amie.

– Vous habitez loin ?

– Cinq minutes en voiture.

– Nous vous en sommes reconnaissants, madame.

– C'est tout naturel. Colin est vraiment…

– Oui, malheureusement.

– Dingue… Connaît-on le coupable ?

– Pas encore.

– C'est arrivé où ?

– À Temescal Canyon.

– Où Colin promenait son chien.

– C'était de notoriété publique ?

– N'importe qui connaissant Colin sait qu'il promène son chien là-bas. Pas besoin de ramasser les crottes, tellement c'est sauvage. Enfin, j'imagine qu'il le faisait quand même… Louie est aussi… ?

– Louie a disparu.

– Pas surprenant, dit Letty Pomeroy. Enfin, qu'il n'ait pas défendu Colin.

– Poltron ?

– Crétin.

– Quelle race ?

– Golden retriever. Peut-être un mélange. Et c'est surtout dans sa tête que ça s'emmêle. Je crois bien que je n'ai jamais vu d'animal plus stupide. Vous pouvez lui marcher dessus, il vous regardera avec un grand sourire, comme l'idiot du village. D'ailleurs, il ressemble en ça à son maître. Non, ce n'est pas ce que je voulais dire. Je ne dis pas que Colin était stupide. Pas du tout. Colin était intelligent, intéressant, un esprit très mathématique.

– Mais c'était quelqu'un de facile à vivre.

– Tout à fait. Un homme très accommodant. Je n'arrive pas à croire qu'on ait pu s'en prendre à lui. Colin, assassiné ? Si quelqu'un était une bonne âme, c'était bien Colin.

C'est comme ça qu'il s'est retrouvé avec Louie. Personne ne voulait adopter ce chien, sans doute parce qu'il est si peu futé. Mon mari et moi, on lui a donné un surnom : crétin poilu. Une vraie carpette, avec sa langue pendante et son regard couillon. Il faut être encore plus con que ce chien pour l'avoir volé. Désolée, je suis mauvaise langue. Je n'arrive toujours pas à y croire. Quelqu'un a agressé Colin. Pas possible.

– Mme Quigg est assez traumatisée. Si vous pouviez venir tout de suite…

– Je fais au plus vite.

Dans le salon, Belle Quigg avait la tête posée sur l'épaule de Milo et les yeux fermés ; peut-être assoupie, ou bien retirée en un refuge plus profond que le sommeil. La posture n'était pas confortable, mais Milo ne cillait pas. Je lui fis part de la venue d'une amie. Belle Quigg bougea.

– Madame ? dit Milo.

– Hum ?

– Si vous pouviez répondre à quelques questions supplémentaires.

– Quoi ?

– Le nom de Vita Berlin vous est-il familier ?

– Comme la ville ?

– Tout à fait.

– Non.

– Vita Berlin, ça ne vous dit vraiment rien ?

– On dirait un complément alimentaire.

– Et l'assurance-maladie Well-Start ?

– Hein ?

Il répéta le nom.

– Nous sommes chez Allstate.

– Allstate, c'est pour votre assurance tous risques. Qu'avez-vous comme couverture santé ?

– On est chez Blue Cross ou Blue Shield, je crois. C'est Colin qui s'en occupait.

– Donc, Vita Berlin et Well-Start ne vous évoquent rien.

Moment soudain de lucidité. Elle se redressa, sans pour autant s'écarter de Milo.

– Non, ni l'un ni l'autre. Pourquoi ?

– Ce ne sont que des questions de routine.

La nouvelle veuve sourit, posa la main sur le torse de Milo et se blottit contre lui.

– Comme vous êtes baraqué…

15

Deux femmes pénétrèrent dans l'appartement des Quigg. La première à franchir le seuil était une grande rousse plantureuse. Cheveux courts en dégradé, gilet vert, body noir, mules chinoises rouges. Elle déclina son prénom, Letty, et présenta la femme plus petite, accoutrée d'un sweat, qui l'accompagnait.

– Sally Ritter, une amie.

Belle Quigg n'afficha aucune réaction. Ses yeux étaient ouverts mais dépourvus de la moindre expression depuis un quart d'heure. Une main continuait d'agripper le poignet de Milo, l'autre posée sur sa poitrine.

– Ma pauvre chérie ! dit Letty Pomeroy en se précipitant vers elle.

Milo en profita pour se dégager et s'étirer.

– Qu'est-il arrivé au juste ? demanda Sally Ritter.

– J'ai expliqué la situation à Mme Pomeroy, dis-je.

– Vous ne lui avez pas dit grand-chose, d'après ce qu'elle m'a raconté en chemin.

– Nous n'en savons guère plus, dit Milo. D'où le besoin d'enquêter. Merci, mesdames.

Comme il se dirigeait vers la porte, Belle Quigg l'interpella.

– Attendez…

Tous les regards se tournèrent vers elle.

– Quelque chose vous est revenu, madame ?

Elle secoua la tête.

– Non, mais je veux que tout le monde reste.

Milo mit le contact avant même d'avoir claqué sa portière et démarra en trombe. Coups de klaxon et injures quand il traversa le premier croisement en brûlant quasiment le feu.

– Faites-moi un procès ! grogna-t-il en présentant son majeur, avant d'appeler Moe Reed. Tu as trouvé des empreintes de chaussures vers l'entrée du parc ?

La voix de Reed sortit des haut-parleurs, crachotante mais distincte.

– Quelques-unes vers le portail, comme vous l'aviez supposé. Les techniciens sont arrivés juste après votre départ, je leur ai demandé de les mouler. Malheureusement, aucune n'est très précise. Ils n'ont pu en tirer qu'une taille approximative.

– À savoir ?

– Il y a cinq paires différentes, minimum. Du trente-six au quarante-huit.

– Et pour les traces de pneus ?

– Vous tenez à l'entendre de ma bouche ?

– Si déprimant que ça ?

– Pas la moindre trace. Celui qui a trucidé le pauvre bougre est arrivé à pied ou il s'est garé dans le quartier. Le stationnement est interdit après vingt heures. Quelqu'un aurait forcément remarqué la voiture et se serait plaint. J'ai appelé les gars de la circulation, rien ne leur a été signalé hier soir et aucun PV n'a été dressé dans les environs.

– Demande aux agents de ratisser encore une fois le parc.

– Ils viennent de terminer une deuxième fouille. Rien.

– Qu'on en fasse une troisième. Sous ta direction. Que Sean s'y mette aussi. Il a parfois le coup d'œil.

– Il s'occupe du porte-à-porte dans le voisinage.

– Je compte sur toi, alors. Veille à ce que ce soit fait sérieusement.

– Bien, chef.

– Je ne parle pas simplement des bons gros indices bien juteux, Sean. Tout et n'importe quoi, une bouteille, un papier de bonbon. Tout mis à part les buissons, les cailloux et les arbres que Dieu a mis là.

– La seule chose que l'on a relevée lors de la deuxième inspection est un bébé serpent mort, à côté d'une poubelle. Un adorable petit roi-de-Californie, rayé jaune, bleu et rouge. Mais je ne pense pas que sa présence puisse être considérée comme anormale.

– J'ignorais tes talents de zoologue amateur, Sean. Déniche-moi un cobra et là tu commenceras à m'intéresser.

– C'était vraiment un joli serpent, dit Sean d'un ton amusé. Dommage.

Milo venait à peine de raccrocher que son portable entonna un air de Brahms.

– Ah, bonjour. Merci de me rappeler... Ne vous en faites pas, je sais ce que sont les horaires des médecins. J'ai un bon ami qui est lui aussi à Cedar, Richard Silverman... Vraiment ? En effet, il est réputé. Alors, quand puis-je vous rencontrer tous les deux ? Le plus tôt sera le mieux... Je vois, très bien. Indiquez-moi le numéro de la chambre. Parfait. À dans vingt minutes.

Il accéléra, sans ralentir dans les virages. Les suspensions du véhicule banalisé protestaient. Le campus arboré de l'université défila en un éclair.

– Les voisins du rez-de-chaussée de Vita ? dis-je.

– Les docteurs Feldman. C'était monsieur. Ils viennent de terminer leur service. Après ce qui est arrivé à Vita, ils ont trop peur pour rester chez eux. Ils ont pris une chambre au Sofitel en face de Cedar.

– Peur parce qu'ils savent quelque chose ou bien simplement de l'angoisse par réaction ?

– Nous le saurons d'ici peu. J'y file. Des réflexions sur ce pauvre M. Quigg ?

Je lui rapportai les commentaires de Letty Pomeroy.

– Une crème de bonhomme, grommela-t-il comme si c'était là le pire des défauts. Peut-être trop confiant ?

– Pour Louie, ça ne fait aucun doute. Un chien qui n'a pas l'instinct de se défendre.

– Maintenant, il gît probablement au fond d'un fossé, étripé lui aussi. Qu'est-ce que c'est que cette histoire, Alex ? La première victime est la femme la plus détestée de Californie, la seconde pourrait bien être canonisée. En voilà une suite logique.

– Le seul point commun que je vois, c'est qu'ils ont à peu près le même âge.

– Un cinglé qui s'en prend aux baby-boomers sur le retour ? Génial, je n'ai plus qu'à protéger plusieurs millions de macchabées en puissance. S'il faut prévenir tous les titulaires de la carte vermeil… Je m'étais persuadé que Vita était visée personnellement, mais ça commence à sentir mauvais. Une odeur de hasard. Ou de folie telle que ça revient au même. Dis-moi que j'ai tort, s'il te plaît.

– Un tueur qui frappe au hasard ne s'imposerait pas de tels préparatifs. De même qu'il ne nettoierait pas si méticuleusement et n'attendrait pas que ses victimes soient bien mortes pour les mutiler.

– J'ai donc affaire à un cinglé. Super !

– Un crime calculé, pas irréfléchi. À mon avis, Berlin et Quigg ont été épiés avant d'être tués. Vita était casanière, elle ne sortait que pour faire ses courses ou déjeuner au café. Quigg promenait son chien tous les soirs au même endroit.

– Ils avaient leurs petites habitudes. Parfait. Mais pourquoi ont-ils été pris pour cibles ? Vita qui tape sur le système à un cinglé, je peux le concevoir. Par contre, cette crème de Colin !… Mais bon, Quigg était peut-être moins parfait que ne l'imaginait sa femme. Tu aurais le temps de retourner la voir ? Peut-être qu'elle laissera échapper quelque chose.

– J'ai le temps, mais elle semblait se plaire contre ton puissant torse masculin.

– Navré de la décevoir, tu seras la parfaite doublure.

Quelques minutes plus tard, il ajouta :

– Le chien me chiffonne. Je veux bien que ça ne soit pas un pitbull, mais regarder passivement pendant que son maître se fait étriper ?

– Le tueur n'a eu qu'à neutraliser Quigg, puis attacher la laisse à une branche ou la coincer sous une pierre. Et si Louie a réagi aux sévices atroces que subissait son maître, peut-être que le plaisir en a été accru.

– Un sadique.

– Avec un public captif.

– À ton avis, toutou est un trophée mort ou vivant ?

– Les deux sont envisageables.

– T'as décidé de m'énerver ?

16

David et Sondra Feldman étaient assis au bord du lit, si proches qu'ils semblaient collés l'un à l'autre. La chambre d'hôtel était petite et ordonnée, glaciale du fait de la climatisation. Le mari avait la trentaine. Grand échalas doté d'une chevelure noire ondulée, il avait la noblesse tourmentée des princes peints par Vélasquez. Sa jolie épouse, mine grave et cheveux noirs raides, se tripotait nerveusement les mains. Elle aurait pu passer pour sa sœur.

Avant de nous ouvrir, ils avaient exigé que Milo glisse une pièce d'identité sous la porte. La chaîne était restée en place tandis que deux paires d'yeux nous examinaient par la fente. À peine fûmes-nous entrés que Sondra remit le verrou et la chaîne, David s'assurant de la solidité du matériel.

Tous deux portaient la même tenue : jean, basket et polo – Ralph Lauren rose pour madame, Lacoste bleu ciel pour monsieur. Les deux blouses blanches reposaient sur les dossiers de deux chaises. Sur une table de chevet, une coupe de fruits et une bouteille de Merlot bue à moitié. Sondra Feldman remarqua que j'observais le vin.

– On pensait que ça nous détendrait, mais ça nous est resté sur l'estomac.

– Merci de m'avoir appelé, dit Milo.

– Nous espérons que vous pourrez nous protéger, dit le mari. À moins que ça ne soit irréaliste de notre part ?

– Vous pensez être en danger ?

– La voisine du dessus retrouvée assassinée, ça ne vous suffit pas ?

– Notre appartement n'a pas de système d'alarme, renchérit la femme. Ça m'a toujours embêtée.

– Vous avez eu des soucis de sécurité ?

– Non, mais mieux vaut prévenir… On en a parlé à Stanleigh… M. Belleveaux, mais il rechigne à faire la dépense pour un bail d'un an.

– En l'absence de données indiquant le contraire, dit le mari, nous estimons être en danger. Nous déménagerons dès que nous aurons trouvé un nouvel appartement, mais il nous faudra bien récupérer nos affaires. Serait-il envisageable de bénéficier d'une escorte policière ? Je sais bien que nous ne sommes pas des *people* et que la municipalité réduit les dépenses, mais nous ne demandons rien d'extraordinaire, un seul policier suffirait.

– Vous comptez rester ici en attendant ?

– C'est horriblement cher, reconnut Sondra Feldman, la mine soucieuse. Et pour quoi, dix-huit mètres carrés ?

– Nous avons tous les deux un tas d'emprunts à rembourser. L'appartement de Stanleigh était parfait, c'est quelqu'un d'honnête et de sympathique, et ce n'est pas trop loin de nos deux boulots. Mais après ce qui est arrivé, c'est juste impossible.

– Vous êtes interne à Cedar ?

– Et Sondra à l'hôpital universitaire.

Ils parurent se détendre à l'évocation de leur travail.

– Quelles sont vos spécialisations ? demandai-je.

– Moi, je m'oriente vers la gastro-entérologie. Sondra est en pédiatrie.

– Faut-il interpréter votre silence pour l'escorte comme un refus ? s'enquit Sondra Feldman.

– Pas du tout. Le moment venu, contactez-moi. Si je ne suis pas disponible pour vous accompagner, je vous enverrai quelqu'un d'autre.

– Vous feriez ça ?

– Bien sûr. De toute manière, je vais devoir retourner plusieurs fois sur la scène de crime.

Les Feldman échangèrent un regard furtif.

– Merci, dit Sondra.

– Un voisin assassiné, c'est du costaud. Ce n'est pas moi qui vais vous reprocher d'être sur les nerfs. Malgré tout, avez-vous une raison précise de vous sentir visés ?

Nouvel échange de regards fébriles.

– Peut-être qu'on est paranos, dit le mari, mais on pense avoir vu quelque chose.

– Quelqu'un, précisa la femme. La première fois, c'était il y a environ un mois. David a aperçu quelqu'un. Raconteleur, chéri.

Il acquiesça.

– Je ne peux pas vous dire quelle heure il était précisément. À force de dormir à des heures irrégulières, on finit par perdre la notion du temps. On rentre chez soi, on avale un somnifère et on s'écroule. J'ai seulement remarqué ce type parce que le quartier est très calme. On ne voit personne dehors après dix-sept heures. C'était autre chose à Philadelphie, on habitait dans le centre et c'était toujours animé.

– Il y a eu une deuxième fois il y a plus d'une quinzaine de jours, enchaîna la femme. Là, c'est moi qui ai vu l'homme, mais je n'en ai rien dit à David, d'autant que lui-même ne m'en avait pas parlé. Nous nous sommes confiés l'un à l'autre seulement après ce qui est arrivé à Vita.

– Quel homme ?

– Avant d'y venir, dit-elle, nous voulons être certains de bien agir.

– Croyez-moi, docteur, vous agissez bien.

– Ce n'est pas le point de vue moral qui nous préoccupe, mais notre sécurité physique. Et s'il découvrait notre rôle dans son arrestation et s'en prenait à nous ?

– On n'en est pas encore là, dit Milo.

– Nous disons simplement, insista la femme, que dès lors que nous fournissons des renseignements, nous sommes impliqués dans le processus.

– Je comprends vos craintes, mais je conduis des enquêtes depuis des années et jamais je n'ai connu quelqu'un dans votre cas qui subisse des représailles.

– Pardon, dit le mari, mais voilà qui ne suffit pas à nous rassurer. Il y a toujours une première fois.

– Si vous avez rappelé le lieutenant Sturgis, soulignai-je, ce n'est pas seulement pour récupérer vos affaires sous escorte policière.

– En effet, reconnut le mari. Ça nous semblait être notre devoir. Depuis, on y a réfléchi.

– Une enquête criminelle est un processus complexe. Avant que quiconque soit arrêté, sans parler d'être mis en examen et jugé, quantité de renseignements seront ajoutés à la pile. Votre contribution ne sortira pas du lot.

– On croirait entendre mon père ! dit Sondra. Il enseigne la psychologie. Toujours à disséquer les choses avec logique.

– Et comment vous conseille-t-il d'agir ?

– Je ne lui en ai pas parlé. Nous n'avons rien dit à personne.

– S'il l'apprenait, dit David, il sauterait dans le premier avion. Il voudrait tout régenter, nous dirait : « Vous voyez ? J'avais raison ! Vous auriez mieux fait de rester à Philadelphie ! »

– Et ce serait pareil avec ta mère, dit-elle en souriant.

– Elle nous en rebattrait les oreilles !

Ils se prirent la main.

– Qui avez-vous aperçu ? demandai-je.

– Si notre contribution est si minime, vous pouvez sans doute vous en passer, non ? dit la femme.

– Discrète plus que minime. C'est un peu le cas en médecine, non ? On ne sait jamais à l'avance ce qui marchera.

– Nous préférons croire que la médecine est une pratique plutôt scientifique, objecta le mari.

– Et nous pensons la même chose du travail de la police, mais la réalité n'est pas toujours conciliante. Votre information ne sera pas forcément pertinente, mais tout ce qui permet de mieux cibler les investigations est bon à prendre.

– Bien, d'accord, fit la femme.

– T'es sûre, chérie ?

– C'est la chose responsable à faire. Autant en terminer.

David Feldman inspira en caressant le crocodile agressif sur sa poitrine gauche.

– Il y a environ un mois, en rentrant du travail, j'ai remarqué un homme sur le trottoir d'en face. Il faisait nuit, mais le type était visible. Sans doute que le ciel était étoilé, je ne sais pas. J'ai tout de suite pensé qu'il observait notre bâtiment. L'étage.

– L'appartement de Vita, dis-je.

– Je ne peux pas en jurer, mais à voir comment il inclinait la tête en arrière, ça donnait vraiment cette impression. J'ai trouvé ça curieux car, tout le temps que nous avons vécu là, nous n'avons jamais vu personne rendre visite à Vita. Elle recevait peut-être des gens dans la journée, pendant que nous étions absents. Mais bon, quand ça nous arrivait d'être là de jour, personne ne venait.

– Une vraie solitaire, renchérit sa femme. Pas surprenant.

– Pourquoi ?

– Sa personnalité.

– Caustique, querelleuse, odieuse, dit le mari. À vous de choisir le qualificatif. Elle habite à l'étage et nous en dessous, si quelqu'un risque d'être gêné par les bruits de pas, c'est nous, non ? Pourtant, on ne s'est jamais plaints et, faites-moi confiance, elle avait le pied lourd ! Vita n'avait rien d'un mannequin. Certains soirs, quand on rentrait après de longues gardes, c'était franchement pénible d'être réveillé par ses déplacements bruyants.

– D'ailleurs, elle faisait souvent du bruit quand on rentrait.

– Vous pensez qu'elle cherchait à vous embêter ? demanda Milo.

– On s'est posé la question.

– Mais on n'a jamais abordé le sujet avec elle, précisa le mari. À quoi bon ? Et elle a trouvé le moyen de se plaindre de nous à Stanleigh !

– Comment pourrait-elle entendre nos pas au rez-de-chaussée ? Et puis, on se met toujours pieds nus à la maison et on fait attention au bruit. Stanleigh a été adorable, il s'est même excusé. On sentait qu'il nous en parlait pour la forme. Après, chaque fois qu'on croisait Vita, elle nous lançait un regard mauvais.

– Mais bon, revenons-en au sujet qui nous intéresse, dit le mari. Alors qu'on ne lui a jamais vu aucun visiteur, voilà qu'un type observe son appartement.

– Depuis le trottoir d'en face, dis-je.

– Il a détalé dès qu'il a vu que je l'avais remarqué.

– Vous pourriez le décrire ?

– Blanc, dans les un mètre quatre-vingts. J'ai surtout été frappé par son accoutrement. Alors que le temps était doux, il était en manteau. Qui porte un manteau à L.A. ? Celui que j'ai apporté de Philadelphie n'est jamais sorti de sa housse.

– Quel genre de manteau ?

– Assez large. Ou bien ce n'était qu'une impression parce que lui-même est costaud. Sachant ce qui s'est passé, on peut s'interroger : aurait-il choisi un vêtement ample pour dissimuler un revolver ? Vita a-t-elle été tuée par balle ?

– Non, poignardée, répondit Milo.

– Mon Dieu, fit l'épouse en agrippant l'avant-bras de son mari. Même si on avait été présents, cela aurait pu se passer sans qu'on n'entende rien. C'est répugnant !

– Que pouvez-vous nous dire de plus sur cet individu ? demandai-je au mari.

– C'est tout.

– Quel âge ?

– Je n'en ai aucune idée.

– Quand il s'est éloigné, comment décririez-vous sa manière de se déplacer ?

Il réfléchit.

– Il ne boitait pas, si c'est à ça que vous pensez. Pas une allure de vieillard, donc sans doute pas très âgé. J'étais trop loin pour le détailler. Je me suis surtout demandé ce qu'il faisait là. D'ailleurs, je n'étais pas vraiment inquiet, plutôt curieux. C'est seulement quand il a détalé que j'ai trouvé ça louche.

– Vous diriez qu'il avait moins de cinquante ans ? s'enquit Milo.

– Hum… sans doute.

– Moins de quarante ?

– Là, je ne peux pas vous dire.

– Si je vous demandais une estimation ?

– Entre vingt et trente ans, mais je ne sais pas ce qui me fait répondre ça.

– Bien, dit Milo en se tournant vers Sondra Feldman.

– Moi, c'était il y a trois semaines. Je le sais parce que j'étais affectée à une clinique de Palmdale, trop loin pour faire l'aller-retour, donc la plupart du temps je dormais sur place. Mais ce soir-là, je suis sortie plus tôt et je voulais profiter de ce que David était de garde pour faire le ménage dans l'appartement. C'était donc une ou deux semaines après que lui l'a aperçu. Le soir, autour de neuf heures. J'étais rentrée vers huit heures, je m'étais douchée et j'avais dîné. Je m'occupais à des bricoles, ça me détend. En particulier, j'ai vidé les poubelles dans un grand sac que j'ai sorti pour le mettre aux ordures. (Elle se mordit la lèvre.) Maintenant que j'y repense, ça me fait froid dans le dos.

– Il y avait quelqu'un dans la venelle, dis-je.

Elle acquiesça.

– Vers les poubelles de l'immeuble voisin. J'ai dû lui faire peur, car je l'ai entendu s'enfuir avant même de le voir. Quand j'ai aperçu la silhouette en train de courir, j'ai vraiment paniqué. Le fait qu'il se soit trouvé là sans que je le sache, et qu'il détale ainsi. Pourquoi fuirait-il s'il n'avait rien à se reprocher ? Il est parti à toute allure, dans la venelle en direction de l'ouest. Certains bâtiments disposent d'un éclairage de service, ce qui m'a permis de distinguer sa silhouette quand il passait devant. Son manteau tout gonflé. C'est pour ça que je sais… enfin, je pense que c'est le même type que David a vu. Il faisait tiède ce soir-là, pas du tout un temps à porter un manteau. Je ne peux pas vous donner un âge, ne l'ayant aperçu que de dos et de loin. Vu sa manière de se déplacer, davantage ours que cerf, je dirais qu'il est assez corpulent. Ce n'était pas simplement son vêtement qui le grossissait. Vous pensez que Vita était visée spécifiquement ?

– Quelle serait l'autre éventualité ? s'enquit Milo.

– Un psychopathe qui frappe au hasard.

– Nous préférerions bien évidemment qu'il s'en soit pris à elle pour une raison personnelle plutôt qu'il s'agisse d'un prédateur sexuel susceptible de s'attaquer à n'importe quelle femme, précisa le mari.

– Le soir où je me suis rendue à la poubelle, dit Sondra Feldman, il faisait vraiment doux. J'étais en short et débardeur. Je me demande même si j'avais tiré les rideaux.

Ses yeux s'embuèrent de larmes.

– Rien n'indique qu'il ait envisagé de s'en prendre à un autre habitant de l'immeuble que Vita, dit Milo.

– Okay, fit-elle d'un ton qui ne respirait pas la confiance.

– De toute façon, on déménage.

– Qu'avez-vous fait après avoir vu l'homme s'enfuir ? demandai-je.

– Je me suis dépêchée de rentrer.

– La seule réaction raisonnable, dit David.

Sa femme détourna vivement le regard.

– Vous n'avez pas jeté un coup d'œil alentour ? insistai-je.

– Pourquoi aurait-elle fait ça ? dit le mari.

– En fait… murmura-t-elle.

Son mari la dévisagea.

– Ça m'a pris juste une seconde, David. J'avais peur, mais j'étais aussi curieuse de savoir ce qu'il fabriquait là. J'ai voulu vérifier s'il avait laissé quelque chose, un indice. Pour avoir un élément à fournir à la police, si jamais il revenait.

– Quoi ? lâcha le mari. T'es folle ?

– Ne sois pas inquiet, chéri. Il était loin, je ne courais aucun danger. J'ai jeté un rapide coup d'œil, puis je suis rentrée.

– Qu'avez-vous relevé ? demandai-je.

– Pas grand-chose. Il y avait un emballage par terre. J'en ai déduit qu'il faisait les poubelles, sans doute un sans-abri qui cherchait de la nourriture. Ce qui expliquerait le manteau. En psycho, on nous a appris que les schizophrènes portent parfois plusieurs épaisseurs de vêtements.

– Quel genre d'emballage ?

– Un carton à pizza. Vide. Je le sais parce que je l'ai ramassé pour le remettre dans la poubelle et qu'il ne pesait pas lourd.

– Beurk ! fit le mari. T'avais plus qu'à te désinfecter !

Elle lui lança un regard agacé.

– Tu me prends pour qui ?

– Je plaisantais !

– Le carton comportait-il une inscription ? demanda Milo.

– Je n'ai rien remarqué. Pourquoi ? Est-il question d'une pizza à propos de Vita ?

– Pas du tout, fit Milo.

– Alors, ce n'était peut-être qu'un clochard perturbé qui faisait les poubelles, dit la femme. Rien d'inquiétant.

– Autre chose à nous dire ?

Mari et femme secouèrent la tête d'un même mouvement.

– Bon, merci. Voici ma carte, appelez-moi quand vous aurez besoin de l'escorte.

Les Feldman se levèrent. Lui mesurait un bon mètre quatre-vingt-dix, elle dix centimètres de moins. Si jamais ils décidaient un jour de se reproduire, cela donnerait un basketteur doté d'un beau cerveau. Comme nous nous dirigions vers la porte, je demandai :

– Vous avez mentionné Philadelphie. Vous avez étudié à l'université de Pennsylvanie ?

– J'y ai fait tout mon cursus, répondit Sondra. David a d'abord étudié quatre ans à Princeton.

Le mari eut un sourire figé.

– On a le genre naïfs de l'Ivy League ?

– Plutôt le genre qui réfléchit sérieusement.

– Merci. Je crois.

– Réfléchir n'est pas toujours de tout repos, ajouta sa femme.

17

Nous n'étions pas encore repartis que Milo était déjà au téléphone. Il commença par appeler Moe Reed pour savoir ce que donnaient les investigations au parc.

– Toujours rien, chef. Mais Sean a du nouveau pour vous.

Il passa l'appareil à son collègue.

– Une voisine aurait vu quelqu'un de louche traîner dans les parages, il y a trois jours. Blanc, âge indéterminé. Chaudement vêtu, ce qui l'a intriguée car il faisait tiède ce soir-là.

– Quel genre de vêtement ?

– Je n'ai pas demandé. C'est important ?

– Peut-être.

Milo lui rapporta le témoignage des Feldman, l'hypothèse avancée par Sondra d'une arme dissimulée sous le vêtement.

– Ah bon, dit Binchy. Je vais l'interroger à nouveau.

– Pas la peine. Dis-moi où elle habite.

Nous filâmes vers Temescal Canyon. L'adresse en question était située légèrement au nord de l'entrée du parc, un terrain de belle taille orienté plein ouest. Demeure de style Craftsman, façade en bois, séparée de la rue par un talus à l'épaisse végétation. Quantité d'arbres et de buissons derrière lesquels se dissimuler.

Pas idéal pour une femme vivant seule, comme c'était le cas de l'informatrice. La quarantaine, silhouette d'athlète, ravissante. Devant le badge de Milo, elle dit :

– Enchantée, Milo B. Sturgis. Moi, c'est Erica A. Vail.

Elle s'avança sur la pelouse et se pencha pour arracher le bouton fané d'une azalée. Elle portait un haut noir très décolleté, des leggings dont la teinte verte prenait d'étonnants reflets roses sous les rayons du soleil et des Vans fuchsia. Et un diamant à la narine gauche.

– Je ne vois pas ce que je pourrais ajouter à ce que j'ai raconté à votre jeune collègue. Dites-moi, je ne savais pas que vous étiez aussi branchés, dans la police ! Les cheveux en pétard, le look surfeur, les Doc Martens. Si je relevais ça dans un scénario, je reprocherais à l'auteur un manque de vraisemblance. Apparemment, c'est moi qui n'ai pas les idées assez larges.

– Vous êtes réalisatrice ?

– Productrice.

Elle cita, l'air de rien, une série comique dont la diffusion avait cessé depuis cinq ans. Précisa qu'elle n'avait pas moins de trois projets à l'étude pour différentes chaînes.

– Ravi que l'inspecteur Binchy vous ait éclairée sur ce point. Je suis son supérieur.

Erica Vail afficha un large sourire. Denture d'un blanc aveuglant.

– Le chef se déplace rien que pour moi ? Je suis flattée ! Peut-être serez-vous plus disert. Qui a été assassiné au juste ?

– Quelqu'un des environs.

– Un voisin ?

– La victime habitait à trois kilomètres d'ici.

– Habiter au sens propre ? Elle avait un domicile ? Vous ne parlez pas d'un de ces sans-abri qui traînent le long du California Pacific Highway ?

– Non, il avait un domicile. Un certain Colin Quigg.

– Jamais entendu parler. Je pensais que la victime était un sans-abri. On en a qui s'aventurent dans le parc de temps à autre, mais ils ne font pas d'histoires quand on leur demande de s'en aller. C'est l'un d'entre eux qui a tué votre M. Quigg ?

– Trop tôt pour le dire, madame Vail.

– Le type que j'ai aperçu ne m'avait pas l'air d'un clochard. En trop bonne santé. Même un peu enrobé.

– Racontez-nous ça.

– D'accord, dit-elle d'un ton enjoué, le regard pétillant. C'était il y a trois jours, vers dix heures du soir. Je suis sortie et il se trouvait là, dit-elle en pointant le talus. Je me tenais à peu près au même endroit et j'ai pu le distinguer grâce à la lune qui était assez grosse et créait une sorte de halo autour de lui. (Sourire.) Ça donnait un côté effets spéciaux. Désolée, c'est plus fort que moi, j'envisage toujours les choses en termes de plan et de cadrage.

– Vous ne semblez pas bouleversée, nota Milo.

– À cause du meurtre ou du type que j'ai surpris ?

– Les deux.

– Le crime ne me touche pas car c'est trop abstrait, et puis dans une autre vie j'étais infirmière en chirurgie. J'ai même été en poste en Afghanistan, il en faut plus pour me secouer. Quant au type l'autre soir, je n'ai pas eu peur parce que j'ai Bella.

– Qui est Bella ?

Elle retourna à l'intérieur à petites foulées et ressortit au bout d'un instant, un monstre en laisse. Une impressionnante créature d'un gris bleuté, soixante kilos de muscles parfaitement dessinés, tête massive au museau aplati. Quelques taches jaunes parsemées sur la saillie arquée au-dessus des yeux vigilants, ainsi qu'à l'extrémité des pattes. Une robe de rottweiler dont on aurait trafiqué le coloris, sauf que c'était là une bête plus imposante et plus haute sur pattes, à laquelle le scalpel n'avait laissé qu'un vague bout de queue et de minuscules oreilles en pointe. Autour du cou épais comme un tronc était passé un collier étrangleur relié à une robuste laisse de cuir.

– Dis bonjour aux gentils policiers, Bella.

L'animal écarta les babines, dévoilant des crocs dignes d'un lion. Un grondement sourd et menaçant, monté des entrailles, s'échappa de son gosier.

– À part moi, Bella n'aime personne.

Comme s'il avait reçu un signal, le chien bondit vers nous. Malgré le collier, Erica Vail dut y mettre toutes ses forces pour le retenir.

– Surtout pas les hommes ! s'amusa-t-elle. Je me suis fait ce cadeau quand j'ai divorcé.

– Quelle race ? demandai-je.

– Cane corso. Un croisement entre le chien des cohortes romaines et le limier sicilien. Au vieux pays, ils gardent les propriétés des mafieux et chassent le sanglier.

Bella grogna.

– Une séduction toute féminine, dit Milo.

– Vous comprenez pourquoi le rôdeur ne m'a pas embêtée ! s'esclaffa Erica Vail. Bella a flairé sa présence depuis la maison. C'est ce qui m'a décidée à sortir, elle geignait et s'agitait devant la porte. À peine dehors, elle a foncé droit vers lui. Si je ne l'avais pas tenue en laisse, elle n'en aurait fait qu'une bouchée.

– Comment a-t-il réagi ?

– De manière étonnante. La plupart des gens n'ont qu'à la voir pour changer de trottoir. Ce crétin, lui, n'a pas bougé. Peut-être jouait-il les machos. Idiot de sa part. Si Bella tire trop fort, pas question que je me bousille l'épaule.

Elle agita ses cheveux et relâcha sa poigne sur la laisse. La chienne se rapprocha de nous. Je lui souris, lèvres closes ; certains chiens se sentent agressés si on leur montre les dents. L'animal pencha la tête de côté, un peu comme Blanche quand elle réfléchit. Après un long regard, il me gratifia d'une fierté dédaigneuse.

– J'étais sur le point d'avertir cet idiot, reprit Erica Vail, quand il a eu l'intelligence de s'en aller.

– Dans quelle direction ? demanda Milo.

– Par là-bas, il a pris la rue vers le sud. S'il avait disparu dans les fourrés, j'aurais appelé la police.

– Vous avez précisé qu'il était chaudement vêtu.

– Oui. C'est ce qui m'a fait penser à un pervers. Il avait la tenue pour, un genre de pardessus qui s'ouvre en grand.

– Un exhibitionniste.

– Les exhibitionnistes, je connais. J'en croise tous les jours sur les plateaux de tournage ! Vous le soupçonnez d'être l'assassin de votre Quigg ?

– L'enquête n'en est qu'à ses débuts. Vous diriez que l'homme faisait quelle taille ?

– Dans la moyenne. Plus proche du gabarit de monsieur, dit-elle en me tapotant l'épaule, que du vôtre.

– Vous sauriez décrire le pardessus ?

– Il n'était pas fermé et lui arrivait presque aux genoux.

– Comment avez-vous su qu'il était ouvert ?

– La silhouette que ça lui faisait. Trop large pour que la fermeture soit remontée. Et c'était assez volumineux, donc pas de la microfibre. J'espère que vous pincerez le meurtrier de ce pauvre homme. Bella et moi devons vous laisser. Nous avons des scripts qui nous attendent.

Je me permis une petite caresse sur la tête de la chienne. Celle-ci ronronna. Sa maîtresse me dévisagea.

– Incroyable ! Bella ne s'entend jamais avec aucun homme. (Sourire.) Vous êtes marié ?

– Quel genre de scénario apprécie Bella ? demanda Milo.

– Elle a des goûts éclectiques, mais sûrs. Quand une page de dialogue ne la fait pas geindre, cela retient mon attention. Pour les projets qu'on me soumet ces derniers temps, elle gémit souvent.

18

Au cours des jours suivants, les éléments d'enquête s'ajoutèrent au compte-gouttes. Les deux filles de Colin Quigg ne voyaient pas qui aurait pu en vouloir à leur père. Idem pour les amis de la famille que Moe et Sean interrogèrent. Quant à Belle Quigg, dans les brumes des sédatifs, elle s'en tenait au même mantra : tout le monde adorait Colin, donc c'était forcément l'œuvre d'un maniaque.

Les services vétérinaires du comté avaient collecté trente-trois dépouilles canines depuis la mort de Quigg. Milo et ses jeunes adjoints prirent le temps de toutes les vérifier : aucune n'était celle de Louie. Il s'agissait pour la plupart de chiens abandonnés, morts de malnutrition, de maladie ou écrasés par une voiture. Un golden retriever croisé avait été retrouvé dans une rue de Canoga Park, tué d'une balle dans la tête, manière d'exécution. Milo prit le temps de contacter ses propriétaires. Les deux étudiantes à qui Maximilian avait appartenu étaient en proie au chagrin et à la culpabilité : elles soupçonnaient l'ex-petit ami de l'une d'elles. Renseignements pris, le gaillard de trente ans avait un casier, quelques violences et écarts de comportement. Milo s'emballa, mais vérification faite, le type était en mer depuis sept mois, matelot sur un cargo à destination du Japon.

Le foyer dont provenait Louie n'employait personne correspondant au signalement du type costaud aperçu aux abords des deux scènes de crime. Hormis un lycéen d'origine vietnamienne et deux retraités octogénaires, le personnel était entièrement féminin. La femme qui avait réglé la paperasse se souvenait très bien de Colin Quigg, un monsieur vraiment très gentil. Elle convint qu'il avait semblé le maître idéal pour Louie, un homme tranquille, pas compliqué et détendu. À mes yeux, cela en faisait aussi la victime idéale. Binchy et Reed visitèrent d'autres chenils, sans plus de succès.

Les lignes téléphoniques et les comptes bancaires de Quigg ne recelaient rien de suspect. Une nouvelle fouille du parc s'avéra aussi vaine que les nombreux interrogatoires de sans-abri habitués du carrefour Sunset-California Pacific Highway. L'une des mendiantes, une certaine Aggie, édentée et le regard fou, était toutefois certaine d'avoir vu passer Quigg et d'en avoir obtenu cinquante dollars.

– Joli coup, dit Milo.

– Ouais. Un grand seigneur.

– Quel genre de voiture conduisait-il ?

– Une super Rolls-Royce, quoi d'autre ? Je vous dis, il y a des riches sympas.

Milo reçut le rapport d'autopsie de Colin Quigg et les résultats des analyses toxicologiques. Une forte contusion à la nuque indiquait qu'il avait probablement été neutralisé d'un coup par-derrière. L'enquêteur du coroner ne l'avait pas repéré sur la scène de crime car l'épaisse chevelure de Quigg dissimulait la trace. Sans être fatal, le coup avait été suffisamment puissant pour le sonner. Les seuls poils d'origine humaine étaient ceux de la victime. On avait relevé quelques poils supplémentaires de Louie sur le polo de son maître, ainsi que trois fibres qui se trouvaient être du synthétique imitant la peau de mouton.

– Il se pourrait que notre rôdeur porte une canadienne à doublure bas de gamme, suggérai-je.

– Tenue de chasse… comme ils en ont dans le Montana… À voir, dit Milo en griffonnant dans son calepin. Que t'inspire la blessure à la tête ?

– Classique. Coup de poing en traître. Avec Vita, il n'y a pas eu besoin d'une attaque éclair car elle était ivre et s'est laissé abuser par la ruse de la pizza. Si c'est le meurtrier qu'Erica Vail a aperçu, il repérait les lieux trois jours avant de supprimer Quigg. Colin s'en tenait toujours au même itinéraire, pas compliqué de jouer soi-même les promeneurs. Le tueur croise sa cible, lui sourit avec un petit geste de la main. Peut-être même qu'il s'arrête et prend le temps de caresser Louie.

– Filature amicale. Jusqu'au jour où ça cesse de l'être.

– Moi, je demanderais à Belle Quigg si son mari lui avait parlé de quelqu'un qu'il aurait rencontré en promenant le chien.

Nouvelle prise de notes.

– Ajouté à ma liste. Nous avons donc une idée assez précise du déroulement des deux meurtres. Mais reste la grande question : Pourquoi ont-ils été choisis comme victimes ? Il doit bien y avoir un point commun, qui m'échappe pour l'instant. Le procès de Vita me semblait une piste prometteuse, mais ça n'en prend pas le chemin. Les costard-cravate chez Well-Start se sont montrés bien plus coopératifs que je ne m'y attendais. Pas par gentillesse : ils redoutent que la clause de confidentialité ne soit écartée et de subir une publicité négative dommageable. J'ai même eu droit à la visite d'une avocate hier, qui m'a montré quantité de documents : les conclusions des diverses parties, les interrogatoires des collègues mis en cause, l'expertise de Shacker, où je n'ai vu qu'un verbiage fumeux de psy, sans vouloir t'offenser. Au total, rien de nouveau et la baveuse m'a certifié que Well-Start n'avait jamais eu aucun rapport avec Quigg. Je ne l'ai pas crue sur parole, j'ai adressé un mail au bras droit du P-DG, basé à Hartford, Connecticut. Il m'a rappelé en personne, m'a fourni le nom de leur cabinet d'expertise comptable et a graissé les rouages pour que j'obtienne des réponses à mes questions. Quigg n'a jamais travaillé pour ce cabinet ni même posé sa candidature. Ce que m'a confirmé sa veuve : Colin n'avait pas de plan de carrière, il était satisfait de son sort et comptait prendre sa retraite d'ici quelques années. J'ai tout de même contacté le supérieur de Quigg à qui j'ai demandé si celui-ci avait eu des dossiers dans l'assurance-maladie. Ils ont quelques clients du secteur, mais pas Well-Start, dont l'assureur n'est pas non plus chez eux. De toute manière, Quigg était bien assez occupé avec sa chaîne de supermarchés. Son chef m'a dressé le même portrait que tout le monde : un homme plaisant, souple, d'humeur égale. La question demeure donc : Pourquoi le choix s'est-il porté sur Vita et Colin ? Ou bien il n'existe aucun critère : le salaud se balade en voiture, repère une proie au hasard, qu'il traque et observe avant de frapper.

Ce genre de meurtre n'avait jamais rien d'aléatoire, mais ce n'était pas le moment de le souligner.

– En attendant, poursuivit-il, les deux affaires refroidissent à vitesse grand V. Si ce monstre en reste là, il pourrait bien nous échapper.

Une crainte infondée, comme l'avenir le démontra.

19

Le lendemain, l'humeur de Milo remonta légèrement : de noire, elle vira au gris foncé. Belle Quigg s'était souvenue d'un charmant jeune homme dont Colin avait fait la connaissance lors d'une promenade nocturne. Louie s'était montré affectueux envers l'inconnu, preuve pour son maître d'une moralité irréprochable.

– Nous savons toi et moi ce que vaut le jugement d'un chien, grommela Milo.

Il versa une cuillerée de lentilles sur un monticule de riz basmati, suça l'une des pinces de langouste empilées devant lui, tableau terrifiant pour peu que l'on s'y attarde. Nous occupions sa table d'angle habituelle au Café Moghol, le restaurant indien situé à deux pas du poste et qui lui tient lieu de bureau annexe. Au fil des ans, il avait eu l'occasion d'éconduire quelques marginaux égarés de Santa Monica Boulevard qui dérangeaient la clientèle. Du coup, il était devenu une sorte de dieu protecteur aux yeux de la propriétaire qui le nourrissait en conséquence, une femme douce à lunettes qui ne portait jamais deux fois le même sari. Ce jour-là, il avait droit aux pinces de langouste, à l'agneau tandoori et à une montagne de légumes cuits à l'étuvée et apprêtés au beurre clarifié. Il avait déjà englouti six verres de thé glacé au girofle. Comme la journée promettait d'être calme, l'enquête sur les meurtres étant au point mort, j'en étais à ma deuxième bière.

– Colin n'a rien dit de plus sur le type sympa ?

– Pas que Belle se souvienne. Au fait, un expert en fibres m'a confirmé que les fils retrouvés sur Quigg correspondent à une peau synthétique bas de gamme. Ce qui me fait une belle jambe.

– J'en reviens à la remarque de David Feldman dont le manteau n'est pas sorti de sa housse. Si notre type porte des vêtements d'hiver, c'est peut-être qu'il vient d'une région froide.

– Pourquoi pas. Ou tout simplement qu'il s'est déniché une aubaine dans une friperie. Si je tombe sur un traîneau à chiens et des moufles, je retiendrai ton hypothèse. Quand je pense que Quigg a peut-être été épié pendant plusieurs jours, ça me fait froid dans le dos. Comme ces guêpes qui paralysent les chenilles avant d'y planter leur dard.

– Le ciblage remplit peut-être une fonction supplémentaire, dis-je. Nous avons là une guêpe qui aime jouer avec sa nourriture.

– Le plaisir de la traque.

– Les chasseurs portent des peaux de mouton.

– Préliminaires à la mort, lâcha-t-il avec un rire amer.

Dame Sari s'approcha d'un pas feutré. Le vêtement du jour mariait superbement le turquoise, le corail et le safran. La monture des lunettes était d'un rouge assorti.

– Vous vous régalez ?

– Comme toujours.

– Je vous remets de la langouste ?

– Je ne peux plus rien avaler, dit Milo en tapotant sa bedaine. Et j'ai déjà une barrière de corail tout entière sur la conscience.

Elle sourit pour masquer sa confusion à cette assertion.

– N'hésitez pas si vous souhaitez quelque chose d'autre, lieutenant.

– N'ayez crainte, mais je suis vraiment rassasié.

– Allons, vous avez bien un peu de place pour un dessert ?

– Hum… va pour une part de gâteau au sirop de rose.

– Parfait…

Elle s'éloigna, mais je parvins à distinguer les deux mots qu'elle ajouta du bout des lèvres : « Honoré lieutenant. »

Milo, lui, avait déjà la tête ailleurs, son portable s'étant mis à vibrer sur la table. Ses épaules se voûtèrent quand il lut le nom affiché à l'écran.

– Sturgis. Ah, c'est toi, Maria… Ah bon ? Merde. Où ça ?… D'accord. De suite.

Il s'écarta de la table, y lança quelques billets et s'essuya rageusement le menton avec sa serviette. Comme je lui emboîtais le pas vers la sortie, la patronne revint de la cuisine avec une assiette de boulettes nappées d'un glaçage rose et un bol de riz au lait.

– Je vous ai apporté une petite douceur supplémentaire…

– Malheureusement, grogna Milo, la vie a opté pour l'amertume.

Je rattrapai de justesse la porte qu'il ne me tint pas. Le souffle crispé et le teint cramoisi, il enfila Butler d'un pas soutenu, en direction du poste. Avec force grincements de dents et caresses nerveuses aux joues.

– Qu'est-ce qui se passe ? lui demandai-je.

– À ton avis ?

– Maria Thomas est une bureaucrate. Ces gens-là savent se montrer bornés. Elle te reproche de sécher une réunion ?

Il s'arrêta soudain et se plaqua la main sur le visage, presque une gifle.

– Notre méchant a frappé de nouveau. Au lieu de me contacter, l'officier de permanence s'est adressé directement à Sa Splendeur, lequel a refilé le dossier à Maria car il n'avait pas envie d'entendre ma voix. À l'évidence, on surveille de près ma prestation sur ces meurtres et je n'inspire pas confiance. Je me dirige de ce pas vers la scène de crime. Ne sois pas étonné si on me retire le dossier.

Il reprit sa marche au pas de course.

– Qui est la victime ?

Mâchoires serrées, il me répondit d'une voix étranglée et rauque.

– Victimes au pluriel. Cette fois-ci, le salaud a doublé la mise.

Basse et large, la maison était de style ranch comme toutes les autres dans cette rue d'un quartier anonyme de West L.A. L'homme avait été retrouvé dans le jardin, sur le ventre, vêtu d'un peignoir de soie noire. Il avait reçu plusieurs coups de couteau en plein torse, des blessures profondes et concentriques. Deux coups de grâce portés à la gorge avaient tranché la jugulaire droite, la carotide et la trachée. Pas d'éviscération comme pour Vita et Quigg. Je restai silencieux tandis que Milo observait le cadavre.

La victime avait les cheveux foncés, longs et ondulés. Moustache soigneusement taillée. Entre trente et quarante ans, grande taille, belle musculature. Cette fois-ci, l'assassin ne s'était pas embêté pour le sang : sous le corps, l'herbe était tapissée d'un glacis peu ragoûtant, brun et luisant. Pas de gazon arraché ni de buissons abîmés, ni aucun autre signe de lutte. Pas de coup porté par-derrière : l'enquêteur du coroner avait immédiatement vérifié sous les cheveux, sans y relever de bosse ou d'ecchymose. Le tueur s'était attaqué de face à un adversaire de taille et l'avait aisément défait. Peut-être à la faveur de la nuit.

Milo fit le tour du cadavre pour la quatrième fois. Leur travail terminé, les techniciens attendaient de s'entretenir avec lui avant de quitter les lieux. Le chef adjoint Maria Thomas avait tardé à le convoquer. Garée devant la maison, la fourgonnette du coroner repartirait dès qu'on y aurait placé le corps.

Belle journée ensoleillée dans le West Side. Le jardin était enclos d'un mur en béton tapissé de bignonias. Dans le Missouri où j'ai grandi, personne ne songeait à dresser des barrières et un enfant pouvait jouer à être le maître du monde. Dans l'épaisse et sombre forêt à l'arrière du taudis que nous habitions apparaissaient parfois des bêtes mortes, et même à deux reprises un cadavre humain. Le premier fut un chasseur abattu accidentellement par un de ses amis, le second une fillette de cinq ans, mon âge à l'époque. Je conçois que la liberté puisse être source de cauchemars, mais là cet espace clos et confiné me semblait oppressant. Pourquoi de telles pensées ? Parce que je n'avais rien de constructif à dire.

Milo accomplit un nouveau cercle, puis rejoignit Maria Thomas. Elle s'était postée au milieu de l'allée de la maison bleue, derrière les deux véhicules garés là. À l'abri du spectacle épouvantable, elle cajolait son mobile. Élégante blonde qui affectionnait les tailleurs sur mesure, elle avait le grade de capitaine quand je l'avais croisée deux ans auparavant. Décorative, prudente et à l'aise à l'oral, elle était la parfaite bureaucrate. L'unique fois où je l'avais vue à l'œuvre, elle avait commis une sacrée bévue : parce qu'elle avait outrepassé son rôle en voulant jouer les inspecteurs, une prévenue était morte en salle d'interrogatoire. Curieusement, ce fiasco lui avait valu une promotion. Elle poursuivit sa conversation sans se soucier de Milo, finit par indiquer la porte arrière de la maison, sans pour autant raccrocher.

Milo me précéda à l'intérieur. C'était lumineux et ordonné. Tout semblait en ordre dans la buanderie, la cuisine et le salon, aucune trace de sang rapporté du jardin. Une odeur de cannelle flottait dans la cuisine. Tout était propre, rangé, normal.

Dans la chambre conjugale, c'était une autre histoire. La femme gisait sur le dos au centre du lit. Cheveux courts et ondulés, jeu subtil de plusieurs nuances de caramel. Le poignet droit était attaché à la tête de lit en laiton avec une cravate bleue dont l'étiquette était visible. Gucci. Pas de bâche ou de serviette disposée sous le corps nu. Les draps bleu pâle n'avaient subi ni flot artériel, ni coulure, ni rejet, ni éclaboussure, rien que de minuscules taches rubis. Le meurtrier avait attendu que tous les organes s'arrêtent avant de se mettre au travail.

Il avait réservé à cette victime le même sort qu'à Vita Berlin et Colin Quigg. Elle avait les yeux grands ouverts, peut-être le meurtrier lui avait-il écarté les paupières post mortem, ou bien elles avaient été prises d'un spasme et s'étaient figées. Des yeux gris expertement maquillés, ombre à paupières et mascara pour les cils, et dont l'aspect vivant déconcertait, alors que le cou rompu formait un angle impossible et que les entrailles putrides étaient empilées en une décoration grotesque.

Une nuisette rose transparente traînait sur la moquette. Vernis nacré aux ongles des mains, bordeaux aux orteils. Une feuille blanche était placée sous le talon gauche :

?

– Tu commences à être lassant, connard, grommela Milo.

– Pardon ? fit l'agent en tenue posté devant la porte.

Milo l'ignora et balaya la chambre du regard. J'en étais déjà à ma deuxième inspection et j'observais la table de chevet côté gauche. Une culotte rose à froufrous reposait sur la lampe. Le fatras comprenait un tube de lubrifiant intime parfumé à l'abricot, une boîte de préservatifs nervurés, une bouteille de sauvignon non débouchée, un tire-bouchon et deux verres. Sur l'autre table de nuit, une lampe similaire, la petite culotte en moins, et une photo dans un cadre en argent. Beau couple, smoking et robe de mariée. Tout sourire, ils découpaient un gâteau à quatre étages orné de roses en sucre jaune. Ils n'avaient pas l'air beaucoup plus jeunes. Mariage récent ?

Le plafonnier diffusait une douce lueur orangée, le variateur près du lit réglé au minimum. Éclairage tamisé, romantique.

La scène défila dans mon cerveau, comme si je l'avais écrite. Le mari et la femme se retirent dans la chambre, prêts pour une nuit d'amour. L'un ou l'autre, voire les deux, entend un bruit dans le jardin. Ils choisissent de l'ignorer, on ne va quand même pas se soucier du moindre bruissement de feuille ou de chaque intrusion imaginée. Cela recommence. Quelqu'un ou quelque chose rôde à l'extérieur ? Inutile de paniquer, c'est sans doute un raton laveur, un opossum ou un putois. Un chat ou un chien errant, comme cela est déjà arrivé. Ils l'entendent à nouveau. Un léger grattement, un frémissement de végétation. Encore et encore. Trop insistant pour l'oublier. Tu penses que c'est quoi, chéri ? Ne t'inquiète pas, je vais jeter un coup d'œil. Sois prudent. Je suis sûr que ce n'est rien du tout.

Il enfile son peignoir pour aller vérifier. Tel est le rôle de l'homme. Elle patiente, soulagée d'être mariée, d'avoir quelqu'un pour écraser les araignées et jouer les protecteurs. Elle se rallonge et se détend, songe aux délices qui l'attendent. L'absence se prolonge davantage que d'ordinaire. Les minutes défilent. Elle sent le doute qui revient. Allons, ne sois pas idiote… il a très bien pu surprendre un animal qu'il a dû chasser. Pourvu que ça ne soit pas un raton laveur, ils ont la rage et deviennent méchants quand on les accule. Mais elle n'entend pas d'agitation, peut-être qu'il y va prudemment. Elle sourit en imaginant son chéri qui affronte une bête sauvage. Comme un homme préhistorique ! Il sera vigilant, à son habitude, et l'épisode fournira une anecdote amusante qu'ils raconteront à leurs petits-enfants.

Mais le temps passe. Cela commence à faire long. Elle l'appelle. Silence. Puis elle entend la porte du jardin qui se referme. Parfait, c'est réglé. Il sera bientôt là, peut-être lui rapportera-t-il une surprise gourmande. La dernière fois, c'était du chocolat Godiva. Allez savoir à quelle gâterie, culinaire ou non, il songera aujourd'hui… Elle ferme les yeux, adopte une position qui plaît à son homme. Elle est rassurée d'entendre son pas masculin se rapprocher. Un son dont elle ne se lasse point. Elle susurre son prénom. Silence. Non, elle distingue un grognement viril. Chéri joue à l'homme des cavernes. Super, la nuit promet d'être coquine. Ceci, on ne le racontera pas aux petits-enfants. Elle sourit et ronronne. S'essaye à une posture un peu plus osée, invite sublime.

Le voilà qui pénètre dans la chambre. Elle entend sa respiration s'intensifier. Chéri… murmure-t-elle. Pas de réponse. Parfait, s'il veut jouer à ce petit jeu-là. Il est tout proche d'elle, elle perçoit sa présence et sa chaleur. Mais quelque chose est différent. Elle ouvre les yeux. Et tout bascule.

Les renseignements sur divers documents rangés dans le bureau attenant à la chambre recoupaient ceux de la base de données du permis de conduire. Barron et Glenda Parnell. Lui avait vécu trente-six ans et deux mois. Elle treize mois de plus. D'après son badge de la clinique de jour de North Hollywood, elle était le « Dr G.A. Usfel-Parnell, médecine nucléaire ». Sur la photo qui y figurait, elle affichait un air grave et portait de grandes lunettes non cerclées qui n'entamaient en rien sa beauté. Milo les trouva dans un tiroir de la table de chevet.

Je m'interrogeai quant à l'acuité visuelle du Dr Glenda Parnell. Qu'avait-elle vu en ouvrant les yeux ? Avait-elle distingué nettement son assassin, tremblé d'horreur avant de se maîtriser suffisamment pour négocier avec lui ? Les craintes quant au sort de son mari l'avaient certainement secouée, mais peut-être avait-elle pu en faire abstraction, poussée par l'adrénaline à se soucier de sa propre survie. Le tueur avait-il fait mine de jouer le jeu, la laissant se ligoter elle-même au montant ? Ou bien avait-il recouru d'emblée à la terreur et à l'intimidation ? Avait-elle senti que c'était perdu dès qu'il avait franchi le seuil ? S'était-elle soumise tant par intérêt que par amour pour Barron, dans l'espoir de les sauver l'un et l'autre par sa coopération ? Si oui, elle n'était pas sur la même longueur d'ondes que le tueur. Pour lui, Barron n'était qu'un obstacle à surmonter. Il l'avait attiré dans son piège, préliminaire mené de main de maître. La partie de plaisir pouvait commencer.

Milo enfila des gants et inspecta consciencieusement les tiroirs du bureau. Glenda Parnell était à jour de ses primes d'assurance contre les erreurs médicales, ainsi que de ses abonnements à diverses revues professionnelles. Pour le courrier adressé à Barron Parnell, le nom était souvent suivi de l'abréviation « GFC ». La lettre d'information d'un agent de change nous en précisa le sens : gestionnaire de fortune certifié. Ainsi que la missive d'un avocat représentant le fonds en fidéicommis d'une famille Cameron, remontant à dix-neuf mois et alléguant « des malversations et des investissements hasardeux ». Milo nota les renseignements et poursuivit son exploration. Apparemment, Parnell travaillait à domicile et n'avait d'autres clients que lui-même et son épouse. Il se débrouillait bien : un peu plus d'un million sur un compte titres, deux cent mille dollars en obligations, un peu moins de dix mille sur leur compte joint. Les deux voitures garées à l'extérieur étaient une Porsche Cayman jaune de trois ans immatriculée au nom de Barron et un Infinity QX gris au nom de Glenda. Les deux carrosseries étincelaient et ne semblaient pas avoir subi de dégâts.

On n'avait pas davantage touché au matériel informatique

onéreux dans le bureau, aux bijoux de grande valeur dans un coffret en cuir à peine dissimulé derrière des couvertures au fond du placard à linge, au service Christofle dans la salle à manger ni au home cinéma du salon, dont un écran plasma soixante pouces.

De retour dans la chambre, Milo trouva un cadre en argent dans le tiroir à chaussettes de Barron. Une photo de charme de Glenda : flou artistique, nudité suggérée, décolleté généreux, dents étincelantes.

À Barry chéri, de la part de sa belle doctoresse. Notre amour est éternel. Pour notre anniversaire. XXXX

Datée de quarante-deux jours plus tôt.

Maria Thomas glissa la tête par l'embrasure.

– Des pistes ?

Milo secoua la tête.

– Vous avez une seconde ? demanda-t-elle.

– Ouep.

Il aurait pris le même ton pour consentir à s'arracher une dent tout seul.

La réunion à trois se déroula dans la cuisine immaculée des Parnell. Question déco, on n'avait pas regardé à la dépense : luxueux placards noir mat aux poignées en laiton, plans de travail en marbre blanc qui semblaient n'avoir jamais servi, batterie de casseroles en cuivre suspendues à un rail en fer forgé au plafond, robots en acier brossé.

– Le marbre, ça va à la rigueur pour étaler une pâte, dit Maria Thomas en tapotant un ongle sur le comptoir. Point de cuisine sérieuse ici.

– Je ne savais pas que vous vous y connaissiez en art culinaire, Maria.

– Pas moi, ma fille. Traduction : elle est accro à *Top Chef* et ça me donne le droit de lui payer une scolarité exorbitante dans un institut new-yorkais. Et voilà qu'elle s'est mis en tête de passer l'été prochain en France pour y apprendre à bien émincer les oignons. Je vous parle d'une gamine qui a tenu les quatre premières années de sa vie en se nourrissant exclusivement de hot-dogs et de lait chocolaté.

Elle caressa le revers impeccable de sa veste en tweed. Ses cheveux étaient laqués sans pour autant donner l'impression d'un casque, grâce à un fixatif haut de gamme qui leur conférait du soyeux. Elle tenait dans l'autre main un téléphone qui paraissait fort coûteux.

– Eh bien, sacré carnage, fit-elle.

– Ça progresse, dit Milo.

– Par rapport à quoi ?

– Je parle du point de vue du coupable. Il a pris un risque avec le mari afin de se farcir la femme. Il s'est offert un doublé, une dose de frisson supplémentaire. Mais vous le savez déjà, vu que vous êtes ici depuis un certain temps.

Elle le dévisagea.

– Vexé ?

Il lui tourna le dos. Osé, devant une femme nettement plus gradée que lui. Présent lors de son fiasco, il n'en avait jamais tiré parti. Maria jugeait peut-être que cela lui conférait un certain pouvoir sur elle. Jusqu'au jour où elle le lui ferait payer.

– Okay, dit-elle. Si on dissipait tout de suite le malaise afin que nous puissions nous atteler à nos missions respectives ?

– Je pensais que nous avions la même.

Les prunelles de Maria Thomas s'assombrirent, deux petits cailloux au fond d'une mare.

– Je me trouve ici parce que le chef suit cette affaire depuis le second meurtre, celui de… (Coup d'œil au portable.) Quigg. Si le chef a été averti assez tôt, c'est que quelqu'un a jugé qu'il pourrait s'agir d'un tueur en série et que les circonstances sortaient suffisamment de l'ordinaire pour justifier qu'il soit tenu informé. Ne me demandez pas qui l'a renseigné, ça n'a aucune importance.

– Je me fiche éperdument de ces intrigues, Maria. Mon seul but est d'élucider quatre meurtres.

– C'est notre but à tous, Milo. Et pensez-vous qu'il y ait la moindre chance pour que vous y parveniez dans un avenir proche ?

– Bien sûr, patron ! Je soumettrai ça à votre approbation, dans un joli paquet-cadeau, d'ici… (Il consulta sa montre.) vingt et une heures quarante-trois, dernier délai. Vous ne chipoterez pas si je dépasse d'une nanoseconde ? J'ai aussi au programme l'arrestation de l'équipe d'Oussama au grand complet. En attendant, prévenez Sa Magnificence de n'ouvrir aucun colis en provenance du Pakistan.

– Voyons…

– La moindre chance ? Vous êtes sérieuse, Maria ? Vous vous imaginez que c'est aussi simple que de mettre un PV ?

– Nous y voilà, votre fichu caractère, dit-elle avec un clin d'œil. Un sale caractère d'Irlandais, et si je me permets cette image, c'est que la moitié de ma famille est originaire du comté de Derry.

– Bravo pour votre généalogie, Maria. Cette conversation a-t-elle le moindre intérêt ?

Elle caressa le marbre, laissa courir l'index sous le rebord du comptoir.

– Lâchez-vous, Milo. Continuez de râler. Videz votre sac, que nous puissions l'un et l'autre faire notre boulot en adultes responsables.

Elle se tourna vers moi, en quête d'une confirmation quelconque. Je continuai d'observer le réfrigérateur extralarge. Aucun magnet n'y figurait, aucune photo ni pense-bête. Rien de tel qu'un panneau d'acier pour vous captiver.

– Je suis tout à fait sérieuse, dit-elle en faisant face à Milo. Avez-vous jamais eu affaire à pareil tueur en série ? Une cravate de boyaux ! Mon Dieu, c'est au-delà du répugnant. (Il resta muet.) Je ne vois rien pour relier les victimes entre elles, poursuivit-elle, si ce n'est que toutes sont blanches. Et vous ?

– Rien pour l'instant.

– Pour l'instant, répéta-t-elle. Et vous, docteur ? Avez-vous déjà rencontré un psychopathe sexuel qui ratisse aussi large ?

– Ce n'est pas nécessairement sexuel, dit Milo.

– Quoi, alors ?

– Une affaire de rancune. La première victime a été impliquée dans un gros procès, elle réclamait des dommages-intérêts pour harcèlement, et je viens de tomber sur une plainte financière dans le bureau de Parnell.

– Oui, j'ai vu ça. Vous ne pensez pas sérieusement que ces crimes ont été commis pour une histoire d'argent ? Et Quigg ? Il a poursuivi quelqu'un ou vice-versa ?

– Je n'ai rien trouvé pour l'instant.

– Vous auriez dû éplucher ses comptes.

– C'est fait.

– Et ça n'a rien donné. La réponse est donc « non », pas « pour l'instant ». Autrement dit, pas de lien. Et le mobile du fric est plus qu'improbable. Vous croyez à cette théorie, docteur ? Vous ne pensez pas qu'il s'agit d'un psychopathe sexuel ?

– Je ne saurais dire.

– Vous préférez ne pas vous prononcer ?

– Je ne vois pas l'intérêt de se livrer à des suppositions.

– Moi, je n'entends que ça. Bon, trêve de plaisanteries. Le chef attend que je lui fasse mon rapport. Des idées, Milo ?

– Dites-lui que chaque fois que le tueur frappe, les chances augmentent d'obtenir une piste. En attendant, je vais me concentrer sur les Parnell.

– Chaque fois ? Quand on en sera à une dizaine de victimes, tout baignera, alors ? Très rassurant.

Milo eut son sourire de loup, les babines qui s'écartent pour dévoiler des dents avides de déchiqueter la chair fraîche.

– Il n'y a que vous pour vous amuser dans ces cas-là, soupira-t-elle. Quand comptez-vous en appeler aux médias ?

– Sa Perfection estime que je devrais le faire ?

– Un conseil, Milo : arrêtez de lui donner des surnoms ridicules, un jour ça finira par lui revenir.

– Ça lui déplaît d'être parfait ?

– Les médias. Quand ça ?

– Je n'y ai pas songé.

– Vraiment ? Dommage, car le chef pense que ça pourrait être utile. (Regard par-dessus son épaule, en direction de la chambre.) Compte tenu des cadavres qui s'accumulent. Et quelque chose me dit que votre lassitude ne sera pas pour le rassurer.

Encore une fois, il lui tourna le dos. Les traits de Maria Thomas se figèrent de colère, mais il pivota avant qu'elle ne s'exprime.

– Bon, voici ce que vous pouvez lui dire. Si j'avais la certitude d'être en présence d'un psychopathe au mobile sexuel, un violeur qui en serait venu à commettre des meurtres, j'aurais appelé le service des relations avec la presse dès le deuxième cadavre, dans l'espoir qu'une victime précédente, toujours vivante, se présente. Idem si c'était un tueur en série à la con qui cible une catégorie particulière, les prostituées ou les caissières de supermarché ou Dieu sait qui. Dans ce cas, outre l'intérêt de l'enquête, il y aurait une obligation morale : prévenir les cibles à haut risque afin qu'elles puissent se défendre. Mais là, sur quoi voulez-vous communiquer, Maria ? Un croquemitaine qui traque des citoyens choisis au hasard et se livre à une boucherie ? Nous risquons de déclencher la panique sans en tirer grand bénéfice.

– Vous suggérez quoi à la place ? Qu'on collectionne des rapports d'enquête ?

– Je n'ai même pas entamé les investigations pour ces deux nouvelles victimes. Peut-être vais-je découvrir un élément qui change tout. À condition que vous me laissiez faire mon fichu boulot.

– Parce que c'est moi qui vous freine ?

– Perdre mon temps à me justifier, voilà ce qui me freine.

– Vous voudriez peut-être un traitement de faveur ? (Elle se tourna vers moi.) Que peut bien signifier ce point d'interrogation, docteur ?

– Il y en avait aussi un pour les deux premières victimes.

Elle cilla.

– Oui, bien sûr… Comment l'interpréter ?

– Il pourrait s'agir d'une provocation.

– Ou bien notre méchant exprime sa curiosité, lâcha Milo, narquois.

– Sa curiosité de quoi ? grogna Maria Thomas.

– Des mystères de l'anatomie humaine.

– Ridicule. Vous savez à quoi ça m'a fait penser ? Une sorte de symbole mystico-philosophique, comme les lettres qu'adressait le tueur du Zodiaque. Vous avez creusé la piste de la sorcellerie ?

– Je suis ouvert à tout, Maria.

– Autrement dit, non. Et vous refusez de recourir aux médias. Combien de cadavres faudra-t-il avant que vous ne vous montriez flexible ?

– Si ces deux victimes n'apportent rien de nouveau…

– Parfait. Vous savez faire preuve d'ouverture d'esprit quand on vous y contraint. Le chef sera ravi de l'entendre. Il a du respect pour vous, vous savez.

– J'en suis fort touché.

– Vous devriez l'être réellement. Appelez-moi dès que vous aurez du nouveau. Le plus tôt sera le mieux.

– Vous êtes le gant, dit Milo.

– Pardon ?

– Pour ne pas se salir les mains, le chef enfile des gants.

Maria Thomas inspecta ses doigts immaculés et manucurés.

– Vous avez le sens de la formule. Libre à vous de me voir comme un gant. Mais n'oubliez pas qu'un toucher rectal peut se révéler douloureux.

20

Maria Thomas s'éloigna en répondant sèchement à un appel sur son portable et repartit au volant d'une berline de fonction bleue et rutilante.

– Avant qu'elle ne vienne fourrer son nez dans l'enquête, dit Milo, j'envisageais de rendre l'affaire publique tôt ou tard. Mais je ne vois pas ce qu'on en tirerait dans l'immédiat, et le facteur panique n'est pas à négliger.

– Si tu choisis de dévoiler certains éléments, je te conseille les points d'interrogation. C'est une particularité propre à notre coupable, cela pourrait évoquer quelque chose pour quelqu'un.

Il s'approcha des voitures des Parnell, jeta un coup d'œil à l'intérieur.

– Si l'enquête ne progresse pas d'ici peu, la décision ne m'appartiendra plus. Tu comprends le sens de la présence de Maria Thomas ?

– Gare à toi si tu ne files pas droit.

– Pire que ça. Le chef flaire que cette affaire pourrait virer au fiasco, donc il garde ses distances. Où ai-je noté les coordonnées de l'avocat qui a menacé Barron Parnell ? fit-il en feuilletant son calepin. Voici : William Leventhal, représentant le fonds en fidéicommis de la famille Cameron. Je flaire une affaire de gros sous, voyons si notre homme de loi a touché sa commission.

William B. Leventhal, avocat indépendant, avait son cabinet dans Olympic Boulevard, à proximité de Sepulveda. En chemin, Milo réfléchit à voix haute :

– Alcool plus effet de surprise pour Vita, coup en traître pour Colin. Et voilà maintenant qu'il s'en prend à deux victimes qui n'étaient pas amoindries.

– La méthode de base reste la même : cette fois-ci, la surprise a été facilitée par l'obscurité. Barron, qui constituait la menace principale, a été attiré dehors, attaqué et poignardé. Mais il n'a pas été éviscéré, alors que le coupable aurait pu s'en occuper tranquillement après coup. Cela signifie que Glenda était la cible principale. Dès lors que Barron avait déverrouillé la porte, elle devenait une proie facile. Qui plus est, elle avait retiré ses lunettes en prévision d'une soirée romantique et la lumière était tamisée dans la chambre, diminuant son acuité visuelle. Avant qu'elle puisse comprendre ce qui se passait, il maîtrisait déjà la situation. Sachant que le tueur avait épié ses deux premières victimes, il a dû en faire autant pour elle.

– Tu ne crois pas qu'il a doublé la mise pour augmenter le plaisir ?

– Le cadavre supplémentaire était un bonus, mais je pense que Barron constituait surtout un obstacle à franchir pour atteindre Glenda.

– Je perds donc mon temps avec Leventhal.

– Une seule solution pour en avoir le cœur net.

À la réception, une septuagénaire siégeait derrière un bureau plus que centenaire. « Mlle Dorothy Band, secrétaire de direction de Me W.B. Leventhal » d'après la plaque de cuivre. Une machine à écrire IBM occupait la moitié du bureau. À côté, deux piles bien nettes – une d'un élégant papier à en-tête beige, une de carbones – et un interphone en bakélite datant d'avant la présidence Truman. Nullement déconcertée par notre arrivée à l'improviste, elle appuya sur un bouton et annonça :

– Des policiers sont là pour vous, monsieur L.

Le haut-parleur crachota la réponse aboyée :

– J'ai réglé toutes mes contraventions !

– C'est au sujet du dossier Cameron.

– Comment ça ?

– Ces messieurs préfèrent vous en parler en personne.

– Une affaire au civil. Ça ne les regarde pas.

– Mais…

– C'est bon, faites-les entrer.

Pour atteindre le sanctuaire de l'avocat, il nous fallut traverser une vaste bibliothèque d'ouvrages de droit. L'homme qui nous accueillit avait au moins dix ans de plus que Dorothy Band. Petit et trapu, il avait des yeux pétillants chocolat foncé et des cheveux blancs encore tachetés de roux.

– La police ? fit-il d'une voix de basse déconcertante. Suivez-moi.

Son bureau spacieux, boiseries et moquette à poils longs vert olive, fleurait le cornichon, les vieux papiers et l'après-rasage musqué. L'air chaud que soufflait une bouche d'aération au sol créait une atmosphère tropicale. William B. Leventhal portait un costume trois-pièces en gros tweed à motif pied-de-poule, une chemise blanche amidonnée et une cravate lacet en cuir retenue par une grosse améthyste. Pas la moindre trace de sueur sur son visage. Farfadet dandy, il prit place dans un fauteuil de cuir capitonné qui aurait pu accueillir un panda.

– Dorothy me dit que vous êtes là à propos de Cameron ?

Milo se livra à une rapide explication.

– Un meurtre, vous dites ? Vous ne trouverez pas la solution ici. Je n'ai jamais rencontré Parnell, même pas pris sa déposition. Hi ! Hi !

– Vous lui avez adressé un courrier.

– Il a été cité comme tout le personnel de la société. Nous sommes parvenus à une transaction. Dossier clos. Salut.

– Quelle société, maître ?

– Maître ? Un jeune bien élevé, voilà qui me plaît. Si vous tenez à savoir de quelles fripouilles nous parlons, il s'agit de Lakewood, Parriser et DiBono, de soi-disant gestionnaires de fortune. Parnell y travaillait comme spécialiste des rentes. Pour parler simplement, jeunes gens, il achetait des obligations pour des gens riches.

– Le fonds en fidéicommis de la famille Cameron étant…

– Un dispositif ingénieux grâce auquel deux générations de Cameron pas bien futés ont pu se passer d'un emploi rémunéré.

– Parnell a mal investi ?

– Pas du tout. Cela dit, un perroquet savant aurait pu s'en occuper. Il s'agissait de placements de bon père de famille, tout ce qu'il y a de plus raisonnable. Il suffit quasiment de prendre la liste et de pointer l'index au hasard. Enfin, j'imagine qu'un perroquet utiliserait le bec ! Hi ! Hi !

– Dans ce cas, pourquoi ?…

– Afin d'agir de façon optimale contre les principales fripouilles, il m'a fallu citer tous ceux entre les mains desquels avait circulé l'argent des Cameron. (Il frotta ses paumes potelées.) J'ai poursuivi leur directeur administratif, le service des ressources humaines au grand complet et même les comptables. L'équipe de ménage peut s'estimer heureuse de ne pas avoir été mise en cause. Hi ! Hi !

– Les fripouilles étant… ?

– Lakewood, Parriser et DiBono, répondit l'avocat en décomptant sur ses doigts. Pas dans cet ordre obligatoirement.

– Je cherche surtout à connaître la nature de l'escroquerie…

– Pas une escroquerie, dit Leventhal. Ne me faites pas dire ce que je n'ai pas dit. Rien à voir avec une escroquerie. Une fraude à part entière, voilà qui n'aurait pas été compliqué à débusquer. Non, ces génies-là agissaient subtilement. Alors qu'ils promettaient verbalement des investissements prudents, ils se livraient à toutes sortes d'opérations déraisonnables :

contrats à terme sur les matières premières, produits dérivés, emprunts immobiliers aux contreparties insuffisantes. Un vernis de solidité, mais en y regardant de plus près, un château de cartes. (Clin d'œil.) J'ai même poursuivi leur expert-comptable. Je les ai tous mis à genoux.

– Les Cameron n'ont donc pas perdu d'argent.

– La médecine préventive, jeunes gens. Les fripouilles soutenaient que l'argent leur était confié *ad vitam aeternam* en vertu des dispositions du fonds en fidéicommis. J'ai mis à mal cette thèse. (Rictus à la commissure gauche des lèvres.) Ainsi, les Cameron sont-ils toujours en mesure de s'épargner un labeur honnête.

– Félicitations.

– La vertu est sa propre récompense, jeune homme. Non, en vérité, une grosse commission est nettement plus gratifiante ! Alors, qui a assassiné ce pauvre M. Parnell que je n'ai jamais eu le plaisir de rencontrer ?

– C'est ce que nous cherchons à découvrir.

– Eh bien, vous ne trouverez pas la solution ici. Son épouse est-elle impliquée ?

– Pourquoi cette question ?

– Parce que c'était une vraie harpie. Je dis ça parce qu'elle a insulté la personne chargée de présenter l'assignation à Parnell. Ladite personne l'a même qualifiée d'un terme commençant par « sa » et rimant avec « interlope », mais je m'en tiendrai à harpie car le souvenir ne s'est pas effacé des fois où ma chère mère me lavait la bouche au savon.

– Vous le tenez directement de la personne qui a présenté l'assignation ?

– C'est mon arrière-petit-fils qui s'en est chargé et oui, il me l'a rapporté.

– Nous souhaiterions lui parler.

– Libre à vous, dit Leventhal qui débita un numéro de téléphone. Le portable de Brian, indicatif en Angleterre. Brian Cohn. Il a obtenu une bourse pour étudier à Cambridge.

Les relations internationales, et ne me demandez pas ce que c'est. Il est au Jesus College. Un juif chez Jésus. Hi ! Hi ! Si vous pouviez lui rappeler qu'il me doit dix heures de travail ? Vous subodorez donc que l'épouse est impliquée ?

– On peut dire ça. Elle est morte elle aussi.

– Je vois. Son décès est-il survenu dans la même fourchette horaire que le mari ?

– Oui, monsieur.

– Les deux cadavres présents sur la même scène de crime ?

– Monsieur…

– Je prends ça comme une réponse affirmative. Ne croyez-vous pas que l'explication évidente soit un meurtre suivi d'un suicide ?

– Qu'est-ce qui vous fait penser ça ?

– Dès lors qu'un couple décédait de manière quasi simultanée, nous retenions l'hypothèse du meurtre avec suicide et nous avions presque toujours raison. Je parle d'autrefois, de l'époque où j'étais procureur adjoint à Brooklyn, au pénal. Deux cadavres, une seule arme ? Nous cherchions à établir que l'un des conjoints, pris d'un accès de folie, avait agressé sa tendre moitié. À coup sûr. Il nous arrivait même de parier un peu d'argent, entre collègues.

– Ce n'est pas le cas ici, maître.

– Vous en êtes certain ?

– Tout à fait.

– Bon. Hum… L'épouse avait-elle un amant ? Le mari une maîtresse ? A-t-on dérobé de l'argent ? Des bijoux ? D'autres objets de valeur ? Les proches suggèrent-ils que l'un d'eux a perdu pied mentalement, sous l'effet d'une sorte de désintégration de la personnalité ? Comment ont-ils été tués ? Arme à feu ? Arme blanche ? Objet contondant ? Aucun des trois ?

– Désolé, dit Milo, nous ne pouvons pas…

– Bien sûr, lâcha Leventhal. À évoquer l'affaire à tort et à travers, vous risqueriez de tomber sur quelqu'un de plutôt intelligent, avec soixante-deux ans d'expérience du monde judiciaire, dont un tiers du côté de l'accusation. Pourquoi vous simplifier la vie ? (Il se leva d'un bond et nous indiqua la porte.) Malgré votre réticence, jeunes gens, je vous livre un dernier conseil avisé : penchez-vous sur la femme. Même si l'on écarte l'angle du meurtre suivi d'un suicide, les gens s'en prennent toujours à ceux qu'ils aiment. Et une femme caractérielle comme elle ne pouvait que susciter l'animosité. Cherchez si elle ne se serait pas brouillée avec quelqu'un ces derniers temps. Si vous dénichez un amant, vous tiendrez là votre dynamite psychologique.

– Merci du tuyau, maître.

– De rien. Je ne vous le facture même pas !

Milo appela Cambridge de la voiture. À en juger d'après sa voix, Brian Cohn avait la gueule de bois.

– Merde, vous savez quelle heure il est en Angleterre ? geignit-il quand Milo se fut expliqué. (Il toussa, s'éclaircit la gorge. Petit rire graillonnant.) Il est infernal.

– Qui ça ?

– Ce sacré Bill. Alias arrière-très-grand-père. Parce que lui se lève à quatre heures du matin, faudrait qu'on en fasse tous autant.

– Un vrai personnage. Il nous a prié de vous rappeler que vous lui devez…

– Dix heures de boulot, bla-bla-bla. D'après ses calculs, qu'il a probablement faits au boulier ! (Nouveau rire. Voix féminine à l'arrière-plan.) Une seconde, chérie. (Bâillement.) C'est bon, je suis quasi réveillé. Que voulez-vous savoir sur la folle mégère ?

– Racontez-nous l'incident.

– Pourquoi ?

– Elle est morte.

– Triste, même pour quelqu'un comme elle.

– C'est-à-dire ?

– Une personne agressive. Ce n'est jamais agréable de

se voir signifier une assignation, mais en général les gens se contentent d'une moquerie ou d'une grossièreté. Quand elle m'a ouvert en blouse blanche, je me suis dit : Tant mieux, un médecin, quelqu'un de rationnel. On a souvent affaire à des rustres. Là, je n'étais pas tenu de remettre l'assignation à Parnell en main propre, il fallait juste que quelqu'un la prenne, et m'assurer de l'adresse à laquelle il résidait. J'ai recouru à la ruse des fleurs, un bouquet pas cher acheté au supermarché. En les voyant, elle a dit : « C'est de la part de Barry ? Un instant, je vais vous donner quelque chose… » J'ai répondu que ça n'était pas nécessaire, je lui ai remis le document en l'informant qu'elle venait d'accepter l'assignation et j'ai filé. Elle m'a poursuivi sur la chaussée, m'a traité de minable. Puis elle m'a attrapé par l'épaule et a tenté de me rendre les papiers. C'était la première fois qu'on s'en prenait à moi physiquement, mis à part un ivrogne, mais là j'avais prévu le coup, j'étais accompagné d'un copain de fac sportif et baraqué. De la part d'une femme, et médecin de surcroît, je ne m'y attendais pas du tout. J'ai tenté de me dégager, cette folle me plantait ses ongles dans les bras, les formulaires s'envolaient partout. J'ai fini par m'échapper, sans demander mon reste. Qu'est-il arrivé ? Elle a énervé quelqu'un qui l'a butée ?

– Rien n'est sûr pour l'instant.

– Moi, dit Brian Cohn, je me pencherais sérieusement sur cette hypothèse.

Dans la voiture, Milo me dit :

– Caractère difficile. Des similitudes avec Vita. Sans Quigg qui vient s'intercaler, je dirais qu'on tient notre petite logique : les femmes acariâtres.

– Il serait intéressant de savoir si les collègues de Glenda la percevaient ainsi.

– Certes, mais du concret serait mieux.

21

La clinique de jour de North Hollywood ressemblait à un gros morceau de sucre blanc cassé, posé en une partie excentrée de Lankershim Boulevard. Les fenêtres étaient munies de barreaux. Un vigile en uniforme au physique d'ours fumait devant l'entrée. Alentour, c'était une succession de devantures d'avocats spécialisés dans l'indemnisation des dommages corporels, de médecins, de chiropracteurs pour la rééducation des accidents du travail et de fournisseurs de matériel médicalisé. L'enseigne la plus importante, deux fois plus large que les autres et signalée par un néon, proposait : « Kinésithérapie et ergothérapie, sans rendez-vous. » Bienvenue dans l'univers merveilleux de la rente à vie !

– Ouille, mon articulation sacro-iliaque se réveille, grogna Milo.

Il se gara sur une place livraison et posa sur la plage avant une autorisation « scène de crime » périmée depuis belle lurette. Le vigile nous observa à travers les volutes de fumée de sa cigarette. À notre approche, il se planta devant la porte et croisa les bras.

– Vous plaisantez ? dit Milo.

– Hein ?

– Un professionnel comme vous n'est pas fichu de flairer un gros indice ?

– Quel indice ?

– Nous ne sommes pas là pour vendre des cathéters, shérif.

Présentation du badge. Le vigile s'écarta juste assez pour nous laisser passer.

– Monsieur apprend vite, grommela Milo.

La salle d'attente était lumineuse et surchauffée. Bondée, beaucoup de gens debout. L'humeur dominante oscillait entre désespoir et ennui. Quantité de fauteuils roulants, déambulateurs et bouteilles d'oxygène. Quand ce n'était pas le physique qui était entamé, les gens avaient l'air atteints psychologiquement. Joyeuse ambiance digne du couloir de la mort.

Une bonne dizaine de personnes faisaient la queue au guichet. Milo se fraya un passage et frappa au carreau. La femme de l'autre côté continua de pianoter sur son clavier d'ordinateur. Nouvelle tentative. Yeux rivés sur l'écran. La troisième fois fut la bonne.

– Une seconde ! lança-t-elle d'un ton cinglant.

Le haut-parleur de l'hygiaphone conférait un aspect métallique et désagréable à sa voix. À moins que ce ne fût son timbre naturel. Milo frappa si fort que le verre trembla. La réceptionniste pivota sur son siège, dents exposées, prête à en découdre. Le badge la réduisit au silence. Elle se défoula en appuyant méchamment sur le bouton placé sous son bureau. Une porte située au fond de la salle d'attente émit un cliquetis bruyant.

– Pourquoi qu'il passe devant ? se plaignit un malade.

– Grâce à mon charme ! lança Milo.

Un second vigile rondouillard nous attendait de l'autre côté. Derrière lui, un couloir beige et une enfilade de portes assorties. Coloris identique pour le lino au sol et la signalétique plastifiée dirigeant les infirmes vers la salle d'examen numéro un, deux… Même les patients avaient le teint terreux. L'impression d'avoir atterri sur une planète en pâte à pain.

– La police ? fit le vigile. Qu'est-ce qu'il y a ?

– Je souhaite parler au supérieur du Dr Usfel-Parnell.

L'homme hésita, articulant le nom du bout des lèvres.

– Trouvez-moi le chef du service de médecine nucléaire, insista Milo.

Un papier fripé fut sorti d'une poche.

– Hum… C'est le Dr G. Usfel.

– Plus maintenant. Qui est son supérieur ?

– J'en sais rien.

– Depuis combien de temps travaillez-vous ici ?

– Ça fera trois semaines demain.

– Vous connaissez le Dr Usfel ?

– On voit pas trop les docteurs. Ils arrivent et repartent par là.

Il pointa une porte au bout du couloir.

– Qui est le grand chef ?

– Ma foi, c'est M. Ostrovine.

– Ma foi, allez le chercher.

L'homme qui franchit précipitamment la porte du fond portait un costume gris étriqué coupé dans une étoffe indéterminée, une chemise bleue au col raide, et une cravate à motif cachemire dont la soie rose avait été fabriquée sans le moindre ver. La même tenue dans des matières plus nobles eût été ridicule. Chez lui, le côté outré faisait partie du personnage. D'autant que s'y ajoutaient un après-rasage fruité, un bronzage à faire peur et une perruque tout sauf crédible.

– Mick Ostrovine. En quoi puis-je vous aider ?

– Nous sommes ici à propos du Dr Usfel.

– Que lui voulez-vous ?

– Elle est décédée.

Le teint hâlé d'Ostrovine vira au beige environnant.

– Glenda ? Elle a enchaîné deux rotations hier, tout allait bien. Qu'est-il arrivé ?

– Quelqu'un s'est introduit chez elle et l'a tuée.

– Mon Dieu, c'est insensé. Chez elle, vous dites ? Un cambriolage ?

– Nous en sommes encore à démêler les choses, monsieur Ostrovine.

Une porte s'ouvrit à proximité, silencieuse comme une fente branchiale de requin. Un fauteuil roulant apparut, poussé par une grosse femme en blouse. Le malade, un vieillard avachi qui avait perdu tous ses cheveux et dont les veines bleues saillaient, semblait à peine conscient.

– C'est bon pour les analyses, Mister O ! lança la femme. Je l'emmène à la kiné pour ses exercices.

– Oui, oui, répondit Ostrovine.

Son ton brusque la fit ciller. Comme le fauteuil nous dépassait, un patient émergea d'une autre salle d'examen. Un type corpulent muni d'une seule béquille glissée négligemment sous le bras. Après un ou deux pas sans s'y appuyer, il remarqua notre présence, pesa de son poids sur l'ustensile et adopta une claudication exagérée.

– Je vais en hydrothérapie, Mister O.

– Bien, bien.

Ce fut alors une troisième porte qui s'ouvrit et en sortit d'un pas sautillant une jeune fille d'une vingtaine d'années, qui faisait tournoyer sa canne à la manière d'un bâton de majorette.

– Serait-il possible de s'installer dans un endroit tranquille pour discuter ? suggéra Milo.

J'eus droit à un discret coup de coude. À moi l'initiative, en habitué des hôpitaux.

Rectangle beige, le bureau d'Ostrovine donnait sur le parking. Divers services occupaient l'arrière du bâtiment : orthopédie, médecine nucléaire, médecine physique et réadaptation, anesthésie, radiologie. Pas le moindre lit à l'horizon.

– Vous dispensez les soins en ambulatoire, dis-je.

– Nous intervenons en appoint, dit Ostrovine.

Hormis un ordinateur, le bureau devant lui était vide. La pièce ne devait pas servir souvent.

– C'est-à-dire ?

– Nous occupons un marché niche.

– Lequel ?

Il soupira.

– Nous sommes mieux équipés qu'une clinique ordinaire, mais spécialisés et donc plus efficaces qu'un établissement plus important. N'ayant pas de service d'urgences, nous pouvons nous consacrer à d'autres offres de soins. Notre principale spécialité est le suivi : gestion de la douleur, évaluation de l'incapacité, adaptation fonctionnelle du mode de vie.

– Dans quel secteur intervenait le Dr Usfel ?

– Glenda dirigeait la médecine nucléaire. Une technologie de pointe permettant d'évaluer l'état de fonctionnement réel des parties du corps. Là où la radiologie traditionnelle est principalement statique, en médecine nucléaire on recourt à des colorants et des radio-isotopes qui fournissent un diagnostic sur le métabolisme lui-même.

Un hochement de tête eut pour effet malencontreux de faire glisser la perruque vers l'avant. Il la rajusta sans paraître le moins du monde gêné.

– Glenda était fantastique. C'est épouvantable.

– Comment s'entendait-elle avec les patients et le personnel ? demandai-je.

– Tout le monde s'entend bien ici.

– Avait-elle un caractère facile ?

La mâchoire d'Ostrovine effectua une rotation et se figea, légèrement décalée sur la gauche.

– Où voulez-vous en venir ?

– On nous a confié qu'il lui arrivait de s'emporter.

– Je ne sais pas ce qu'on vous a raconté, mais ce n'était pas son comportement chez nous.

– N'importe lequel de vos employés nous décrira une femme avenante ? intervint Milo.

Il déboutonna sa veste, relâcha une petite bedaine qu'il rentra aussitôt.

– Glenda était professionnelle.

– Efficace, mais pas dans l'affect, dis-je.

– Elle n'a jamais eu le moindre problème avec quiconque.

– Vous ne voyez personne qui lui en aurait voulu ?

– Personne.

– Avait-elle sympathisé avec certains collègues ?

– Glenda n'était pas du genre à mêler loisir et travail. Et puis nos services sont assez cloisonnés. Beaucoup de nos employés fonctionnent de manière autonome.

– Avec qui était-elle le plus en contact ?

– Ses techniciens.

– Nous souhaiterions leur parler, dit Milo.

Ostrovine releva le capot de l'ordinateur et pianota au clavier.

– Aujourd'hui, c'est Cheryl Wannamaker qui est présente. Elle est chez nous depuis peu de temps, je doute qu'elle puisse vous renseigner.

– Nous tenterons malgré tout notre chance, et vous serez aimable de nous fournir les autres noms.

– Qu'est-ce qui vous fait penser que ce drame a quelque chose à voir avec le travail de Glenda ?

– Il nous faut envisager toutes les pistes.

– Sans doute, mais en l'espèce je vous assure que vous perdez votre temps sur son lieu de travail. Les rebondissements, très peu pour nous. Notre affaire, c'est le soin, pas le cinéma.

– Vous traitez forcément avec les assureurs.

– Le secteur du bien-être implique souvent un tiers payeur.

– Vous travaillez avec Well-Start ?

– Comme avec toutes les compagnies d'assurances.

– Si je vous fournis quelques noms, vous pourriez vérifier si vous les avez eus comme patients ?

– Impossible, répliqua Ostrovine. La confidentialité est notre premier devoir.

– Si les noms ne figurent pas dans vos fichiers, cela nous épargnerait de revenir avec un mandat.

– Désolé, cela m'est impossible.

– Je comprends. Nous reviendrons donc avec les documents requis et tant pis si vos offres de soins s'interrompent brusquement.

Il dévoila un sourire composé de couronnes surdimensionnées.

– Est-ce bien nécessaire, messieurs ? Je suis certain que le malheur de Glenda n'a rien à voir avec son travail.

– Vous pourriez envisager une reconversion comme enquêteur, lança Milo.

– C'est bon, donnez-moi ces noms. Mais s'ils figurent dans nos fichiers, je ne pourrai pas vous fournir le moindre détail.

– Vita Berlin.

Arpège au clavier. Soupir de soulagement.

– Non. Ensuite ?

– Colin Quigg.

– Pas davantage. C'est tout ? Bon, si vous n'avez rien de…

– Les noms des techniciens du Dr Usfel.

– Ah, oui. Je vais vous appeler Cheryl.

Jeune femme stoïque aux longues dreadlocks, Cheryl Wannamaker s'exprimait avec un léger accent jamaïcain. L'entretien se déroula sur le parking, devant la Mercedes noire garée sur l'emplacement au nom de M. Ostrovine. Dans un premier temps, elle parut ne pas accuser le coup à la nouvelle de la mort du Dr Usfel-Parnell. Au bout d'un instant, ses yeux se mouillèrent et son menton s'agita de tremblements.

– Ça n'arrête pas, murmura-t-elle.

– Pardon ? dit Milo.

– J'ai perdu mon neveu il y a quinze jours. Renversé par un chauffard ivre.

– Je suis sincèrement désolé.

– DeJon avait douze ans, dit-elle en se frottant les yeux. Et maintenant le Dr U. Mon Dieu, la vie est dure.

– Depuis combien de temps travailliez-vous avec le Dr U ?

– Cinq semaines.

– Y avait-il des collègues qui s'entendaient mal avec elle ?

– Pas que je sache.

– C'était quel genre de personne ?

– Quelqu'un de normal.

– Sympa ?

– Oui… Pas tant que ça, en fait, se reprit-elle en souriant. Avec elle, on était là pour bosser, puis chacun rentrait chez soi.

– Pas très causante.

– Même pas du tout.

– Est-ce qu'il en résultait de la tension ?

– Pas pour moi. Je n'aime pas gaspiller mon temps.

– Et pour les autres ?

– Je n'ai rien remarqué.

– On nous a raconté qu'elle n'avait pas toujours bon caractère.

– C'est pas faux, admit la jeune femme.

– Avec qui se fâchait-elle ?

– Elle ne se fâchait pas vraiment, elle devenait plutôt grognon. Quand on prenait du retard, quand les gens ne faisaient pas ce qu'elle leur demandait.

– Comment ça se manifestait ?

– Elle devenait muette, dit-elle en s'humectant les lèvres. Trop silencieuse. Comme une bouilloire qui va déborder.

– Et quand ça débordait, il se passait quoi ?

– Ça n'arrivait jamais. Elle se murait juste dans son

silence. Vous aviez beau l'interroger, elle ne vous répondait pas, alors qu'elle vous avait parfaitement entendu. Il fallait deviner ce qu'on devait faire, en espérant que c'était bien ça qu'elle voulait.

– Vous ne l'avez jamais vue s'emporter contre quelqu'un ?

– Jamais, mais j'ai entendu dire que ça lui était arrivé qu'on s'en prenne à elle.

– Qui ça ?

– Un patient, avant que je travaille ici. On m'en a parlé.

– Racontez-nous.

– Le malade a piqué sa crise en salle de scan.

– Qui vous en a parlé ?

– Margaret, Margaret Wheeling. Elle occupe le même poste que moi, les jours où je ne travaille pas.

– L'incident s'est produit combien de temps avant qu'on ne vous embauche ?

– Je ne sais pas.

– Mais les gens en parlaient encore quand vous êtes arrivée.

– Non, juste Margaret. Pour faire mon éducation.

– À quel sujet ?

– À propos du Dr U. Pour me la décrire, comment elle savait faire preuve de fermeté. Quand le patient s'est énervé, elle n'a pas reculé, elle lui a tenu tête et lui a dit : « Calmez-vous ou bien sortez d'ici. » Et le gars est parti. Margaret soutenait qu'on devait tous faire preuve de la même autorité, car on ne sait jamais qui va se présenter.

– A-t-on revu ce malade ?

– Je n'en ai pas la moindre idée.

– Margaret vous a-t-elle fait part d'autre chose à propos du Dr Usfel ?

– Elle m'a dit : « Quand le Dr U devient silencieuse, surtout laisse-la tranquille. »

– Où peut-on joindre Margaret ?

– Facile, répondit Cheryl Wannamaker en sortant son mobile. J'ai son numéro.

Margaret Wheeling habitait à un quart d'heure de son travail, une maison jumelée dans Laurel Canyon au nord de Riverside. Elle vint nous ouvrir, un verre d'eau fraîche à la main. Milo lui annonça la nouvelle avec ménagement.

– Oh, mon Dieu…

– Je suis sincèrement désolé.

– Le Dr U ? Glenda est morte ? Entrez…

Cheveux gris bouclés et yeux gris-jaune pas maquillés, traits émaciés et rougeauds, elle nous précéda dans un salon qui marquait une prédilection pour l'érable blond et les coussins au crochet. Une vitrine abritait des chopes décoratives et dans une autre s'entassaient les cendriers-souvenir, principalement des parcs nationaux et des casinos du Nevada. Un homme joufflu somnolait dans le canapé, les pages sport déployées sur les genoux.

– Mon mari, annonça Margaret Wheeling non sans fierté, déposant un baiser sur le front de l'heureux élu. Ils sont là, Don…

Don Wheeling cilla, se leva et nous serra la main. Elle lui annonça ce qui était arrivé au Dr Usfel.

– Tu plaisantes ?

– C'est atroce.

– Tu vas tenir le coup, Meg ? dit-il en lui prenant le menton dans sa paume.

– C'est bon, Don. Installe-toi dans la chambre, fais la sieste.

– Si tu as besoin de moi, Meg, tu sais où me trouver.

Quand il eut disparu, elle nous dit :

– Don a été policier, un an comme motard à Tulsa après avoir quitté l'armée, mais quand je l'ai connu, il travaillait déjà dans le béton et l'asphalte. Asseyez-vous, je vous en prie. Je vous sers du café ou du thé ? Un soda ? Un biscuit ?

– Non, merci.

– Le Dr U, assassinée… je n'arrive pas à y croire. Vous soupçonnez quelqu'un ?

– Non, malheureusement. Cheryl Wannamaker nous a parlé d'un patient qui a fait des siennes.

– Cette broutille ? Allons bon, personne n'irait commettre un meurtre pour si peu !

– Racontez-nous.

– C'était vraiment rien du tout, une bêtise. Le Dr U exige que la température soit maintenue assez basse dans la salle d'examen, pour les appareils. Le patient a fait une scène parce qu'on n'avait pas de couverture. La blanchisserie ne nous avait pas livrés, nous n'y étions pour rien. J'ai tenté de lui expliquer, mais il est devenu grossier.

– C'est-à-dire ?

– Il s'est mis à jurer et m'a traitée d'idiote. Comme si j'étais responsable du loupé de la blanchisserie !

– Comment avez-vous réagi ?

– J'ai prévenu le Dr U. C'est à elle de prendre les décisions, moi je me contente de les appliquer.

– Et après ?

– Il s'en est pris à elle. « J'ai froid ! J'exige une couverture ! » Un adulte qui se comportait en enfant gâté. Elle lui a dit : « Calmez-vous, ce n'est pas la fin du monde, on va se dépêcher de pratiquer l'examen et vous pourrez sortir d'ici. » Il l'a insultée, comme moi. C'en était trop pour le Dr U. Elle s'est approchée de lui et l'a remis à sa place, sans élever la voix mais avec fermeté.

– Que lui a-t-elle dit ?

– Que son comportement était inadmissible et qu'il pouvait partir. Immédiatement.

– Pas de deuxième chance, fis-je observer.

– Il n'avait qu'à saisir la première, dit Wheeling. La

salle d'attente est toujours bondée, nous ne sommes pas à un patient près. L'imbécile s'imaginait sans doute qu'elle se laisserait intimider, étant une femme. D'accord, il y faisait un peu frais, mais ce type ne manquait pas franchement de protection.

– C'est-à-dire ?

– Une belle couche de graisse. Et puis il n'avait pas toute sa tête, vu qu'il est arrivé vêtu d'un manteau alors qu'il ne faisait pas du tout froid. Au contraire. Cela dit, de prime abord, il n'avait rien d'un barjo, sinon j'aurais tout de suite averti la sécurité. Un monsieur normal, très discret. Soudain, il a comme disjoncté.

– Vous faites souvent appel à la sécurité ?

– Quand je ne peux pas faire autrement. On voit toutes sortes de gens.

– Mais lui, rien ne vous a mis la puce à l'oreille.

– J'imagine que j'aurais dû me méfier en le voyant arriver si chaudement vêtu, mais je ne passe pas mon temps à observer les patients, je suis occupée à régler les appareils.

– Il a disjoncté.

– Il est passé de normal à furieux comme ça, dit-elle en faisant claquer ses doigts.

– Inquiétant, mais le Dr Usfel s'en est occupé.

– Elle est coriace. Elle a fait sa médecine au Mexique, à Guadalajara. Elle m'a raconté qu'on y voit des choses inimaginables, impensables ici. Vous ne croyez quand même pas que c'est lui ? Enfin, comment s'y serait-il pris pour la retrouver ? C'était il y a deux mois, on ne l'a jamais revu.

– Vous pourriez nous le décrire ? dis-je.

– Blanc, allure normale, trente, trente-cinq ans.

– Rasé ?

– Ouep.

– Cheveux ?

– Châtains, courts. Plutôt soigné de sa personne. Si l'on

excepte le manteau. Un vêtement d'hiver, une canadienne doublée de mouton.

– Quelle couleur ?

– Marron, il me semble.

– Aucun signe distinctif, par exemple une cicatrice ou un tatouage ?

Elle réfléchit.

– Non, il avait l'air normal.

– Pour ses examens, il a dû présenter des documents. Les avez-vous eus en main ?

– Non. La paperasse, ça se règle entièrement aux admissions. Les patients nous arrivent avec une simple fiche journalière où ne figure que leur numéro, même pas le nom.

– Pour quel examen était-il là ?

– Vous croyez qu'on s'en souvient ?

Je lui laissai le temps d'y penser. Elle secoua la tête.

– Je ne suis même pas certaine d'avoir regardé.

– Vous seriez prête à passer du temps avec un dessinateur pour réaliser un croquis ? demanda Milo.

– Vous pensez donc que c'est lui ?

– Pas du tout, madame, mais nous ne devons négliger aucun détail pour avoir toutes les chances d'élucider le meurtre du Dr Usfel.

– Mon nom y figurera, sur votre dessin ?

– Bien sûr que non, madame.

– Vous allez perdre votre temps, vraiment. Je lui répéterai ce que je viens de vous dire.

– Vous accepteriez, pour nous rendre service ?

– Personne ne saura mon rôle ?

– Promis.

Elle croisa les jambes, gratta un mollet nu.

– Vous pensez que ça vaut la peine ?

– Sincèrement, madame, nous n'en savons rien. Mais à moins que vous ne voyiez quelqu'un d'autre avec qui le Dr U aurait eu maille à partir, nous devons suivre cette piste.

– Qui irait commettre un meurtre pour une bêtise pareille ?

– Pas quelqu'un de normal.

– C'est sûr. Un dessinateur ? Je ne sais pas…

– Quand Don était dans la police, dit Milo, je suis certain qu'il appréciait qu'on se montre coopératif.

– Oui, sans doute. Bon, je veux bien essayer. Mais vous perdez votre temps, il ressemblait à M. Tout-le-monde.

22

La porte des Wheeling se referma derrière nous et je suivis Milo jusqu'au véhicule banalisé.

– Le costaud à la canadienne, marmonna-t-il. Usfel l'a sérieusement froissé. Ainsi que Vita Berlin, à coup sûr. (Froncement de sourcils.) Même le gentil M. Quigg s'est débrouillé pour se retrouver dans le collimateur.

– La confrontation avec Usfel s'est limitée à un unique incident et qui n'a pris une importance disproportionnée que dans son seul esprit. Les disputes avec les autres n'ont peut-être pas été plus remarquables.

– Un garçon susceptible.

– Ce qui accroît l'effet de surprise, dis-je comme je m'installais côté passager. Pour Usfel, il y a une différence : elle a été ligotée. Peut-être parce qu'il l'avait vue à l'œuvre, savait qu'elle avait suffisamment de répondant pour constituer une menace.

– Pas tant que ça, Alex. Elle s'est laissé neutraliser facilement, il n'y avait aucun signe de lutte dans la chambre.

– Il a pu la tenir en respect avec un revolver. Elle a cru qu'elle allait être violée, qu'elle pourrait avoir la vie sauve, sans se douter de ce qui l'attendait réellement.

– S'il avait une arme pour elle, peut-être était-ce aussi le cas avec les autres. Toc, toc, c'est le livreur de pizza, avec mon gentil couteau. Vita étant bourrée, ça simplifiait la tâche. Et un agneau comme Quigg ne chercherait jamais à résister. Bon, mettons un visage sur cet enfant de chœur.

Il tenta de joindre Alex Shimoff, un inspecteur d'Hollenbeck dont les talents de dessinateur lui avaient déjà rendu service. Pas de succès sur le fixe, ni sur le portable. Il laissa un message et tenta de joindre Petra Connor au central d'Hollywood. Nouvel échec.

– Éviscérée pour avoir refusé une couverture, dit-il en mettant le contact. En voilà un mobile raisonnable.

– Les gens qui fréquentent ce genre de clinique intentent souvent une action en responsabilité, dis-je, un peu comme Vita. Elle et l'homme à la canadienne auraient pu se croiser dans ce type d'établissement. Cela dit, le dommage allégué par Vita était psychologique : nul besoin d'un scan dans son cas, et puis je vois mal Well-Start financer des examens aussi coûteux.

– L'avocat de Vita a peut-être un accord avec Ostrovine ou un autre gus du même acabit. Problème, je n'arrive pas à savoir qui la représentait : Well-Start refuse de me le dire et, comme une transaction a été conclue avant d'en arriver au tribunal, aucune plainte n'a été déposée. Je vais peut-être insister auprès de Well-Start.

Il prit la direction du poste. Une nouvelle idée me vint au bout de quelques kilomètres.

– Exiger une couverture pourrait dénoter un problème psychiatrique. Ou peut-être souffre-t-il d'un véritable dysfonctionnement de sa régulation thermique. De nature physiologique.

– C'est-à-dire ?

– La première hypothèse qui vient à l'esprit, c'est un dérèglement de la thyroïde. Pas au point d'être incapacitant, mais entraînant une prise de poids et la sensation de toujours avoir froid. L'hypothyroïdie peut aussi provoquer une certaine agressivité.

– Génial. Si jamais on le coince, son avocat pourra

plaider le dérèglement glandulaire comme circonstance atténuante. Ton autre suggestion m'intéresse aussi. Lui et Vita se croisent à l'occasion d'un examen médical. Bisbille en salle d'attente. Compte tenu de la courtoisie de la dame, je la vois bien se moquer de sa canadienne et il n'en faudrait pas davantage.

– Il était question d'une expertise médicale dans les documents que Well-Start t'a montrés ?

– Non, mais qui sait ? Bigre, comme ce lascar a manifestement un grain, la rencontre a pu se produire chez Shacker.

– Il a deux entrées séparées pour que les patients ne se croisent pas, mais tout est possible.

– Pourquoi tu ne l'appelles pas pour lui demander s'il connaît le gars à la canadienne ?

– Déjà qu'il était réticent à me parler de Vita, ce serait une entorse à l'éthique que de lui demander de nous dévoiler le nom d'un patient, à moins d'établir qu'une personne spécifique court un danger imminent.

– Ben oui, la prochaine victime. Tu as entièrement raison, mais je veux bien que tu le déranges quand même. Faut tenter quelque chose.

Je composai le numéro de Shacker, laissai un message sur le répondeur.

– Merci. Une autre idée ?

– Ostrovine a cédé quand tu as menacé de fermer sa boutique. S'il ment pour Vita, peut-être qu'un peu de pression supplémentaire suffira à lui faire cracher le morceau.

– On y retourne, décréta-t-il en faisant brusquement demi-tour. S'il rechigne, je lui pique sa ridicule moumoute et je la garde en otage !

Cette fois, Ostrovine nous fit attendre vingt minutes. Divers documents s'étalaient sur son bureau ; des feuilles de calcul réalisées sur tableur, à en juger d'après les colonnes de chiffres. Il posa son stylo en or, l'air agacé.

– Qu'est-ce maintenant, lieutenant ?

Milo lui présenta sa requête.

– Vous êtes sérieux ?

– Le meurtre du Dr Usfel n'a rien d'une plaisanterie, monsieur.

– Bien entendu, mais je ne peux rien faire pour vous. Primo, je n'ai jamais eu vent d'une altercation entre Glenda et un patient. Deuzio, je reste persuadé que son meurtre n'a rien à voir avec son travail ici. Et tertio, comme je vous l'ai déjà dit, je n'ai aucune trace de cette Vita Berlin.

– Nous savons qu'un incident est survenu, insista Milo. Comment se fait-il qu'il n'y ait pas eu de rapport ?

– À l'évidence, le Dr Usfel n'a pas jugé nécessaire d'informer la sécurité parce que ça lui paraissait anodin. Je suis du même avis, pour être franc.

Ostrovine posa les deux paumes sur le bureau. Milo approcha son siège. La perruque était à sa portée.

– Qui vous a adressé ce patient ?

– Comment voulez-vous que je le sache sans connaître son nom ?

– Vous n'avez qu'à consulter la liste des patients pour le jour en question.

– Il n'y figurera pas car seules sont notées les interventions accomplies.

– Même pas le médecin traitant ?

– Ni ça ni rien d'autre. Pourquoi voudriez-vous qu'on s'encombre de renseignements superflus ? Nous avons déjà du mal à stocker les données.

– Le patient aurait pu vous être adressé pour d'autres examens effectivement subis.

– Vous me demandez d'éplucher la totalité de mon fichier.

– Il ne s'agit que des hommes blancs soignés il y a deux mois, à quinze jours près dans un sens ou dans l'autre.

– C'est énorme. Et je suis censé chercher selon quel critère ? Habillement inapproprié ? Les données vestimentaires ne figurent pas dans nos fichiers.

– Contentez-vous d'extraire les patients masculins blancs d'une certaine tranche d'âge. Nous nous en accommoderons.

– Impossible, lieutenant. Quand bien même nous aurions le personnel nécessaire pour ce genre d'investigation, la loi nous l'interdit.

– Pour ce qui est des effectifs, je peux vous envoyer deux de mes hommes.

– C'est très généreux à vous, lieutenant, mais cela ne résout pas le problème principal : il est illégal de fouiner dans les dossiers des patients sans justification sérieuse.

Milo attendit. Ostrovine posa son stylo, tripota sa perruque comme s'il pressentait l'attaque.

– Écoutez, messieurs. Glenda faisait partie de la maison et sa mort est pour nous un vrai drame. Si je pouvais vous aider, je le ferais sans hésiter, mais je ne peux vraiment rien pour vous. Il faut que vous le compreniez.

– Dans ce cas, vous nous voyez contraints de recourir à un mandat judiciaire, ce qui entraînera les contretemps dont nous avons discuté.

Ostrovine eut un claquement de langue.

– Nous n'avons discuté de rien, lieutenant Sturgis. Vous m'avez menacé. Je conçois que vous ayez une tâche importante à accomplir, mais toute intimidation supplémentaire restera sans effet. J'en ai parlé à nos avocats qui me certifient que les choses en resteront là.

– Nous verrons bien, déclara Milo en se levant.

– Nous ne verrons rien du tout, lieutenant. Les règles sont claires. Croyez-moi, j'en suis désolé. Ce qui s'est passé dans la salle de scanner n'était qu'un incident.

– Dans la nature des choses.

– Plutôt dans la nature humaine, dit Ostrovine. Dès que plusieurs personnes sont réunies, il y a forcément de petits accrochages. Mais on est loin d'un meurtre.

– Vous tirez votre connaissance de la nature humaine des nombreuses fraudes à l'assurance que vous cautionnez ?

Le sourire d'Ostrovine s'évertua à la sincérité, échoua loin du compte.

– Je la tire de la vraie vie, lieutenant.

Bern Shacker rappela tandis que nous étions en route vers le poste. Dix minutes avant l'heure, il profitait d'une pause entre deux patients. Je le remerciai de sa promptitude.

– La police a arrêté quelqu'un ?

– Ils tiennent peut-être une piste.

Je lui décrivis l'individu à la canadienne. Silence au bout du fil.

– Docteur Shacker ?

– Si personne n'a été arrêté, vous me contactez pour ?...

– Nous nous demandons si Vita Berlin n'aurait pas croisé cet homme, peut-être à l'occasion d'une évaluation psychologique. Sans vouloir vous infliger un dilemme, il se pourrait que ce soit une situation de type Tarasoff[1].

– Danger imminent ? Pour qui ?

– Il a commis deux meurtres supplémentaires.

– C'est épouvantable, mais les deux personnes en question ne courent donc plus aucun danger, à l'évidence.

– La situation est délicate, Bern.

– Je sais, je sais. Quel drame. Par chance, ce n'est pas un de mes patients. Je n'ai personne qui porte ce genre de manteau.

– Merci quand même.

– Le fait de s'entourer de multiples couches de vêtements, dit-il, pourrait faire penser à la schizophrénie, non ?

– Ou un problème physiologique.

1. Célèbre jurisprudence de la Cour suprême de Californie selon laquelle un psychothérapeute a le devoir de protéger toute personne qu'un de ses patients est susceptible d'agresser physiquement.

– Du genre ?

– De l'hypothyroïdie, par exemple.

– Hum… intéressant. Oui, c'est une hypothèse. Mais je penche plus pour la dimension psychologique. Au vu de ce qu'il a commis. Et puis il donne l'impression de réagir à la menace. Au fond, les psychotiques sont démunis, non ? Ils mordent davantage par peur qu'ils ne sont des chiens d'attaque ?

– Vrai.

– Quel gâchis, se lamenta Shacker. Pauvre Vita. Elle et les autres.

Nous allions rejoindre Butler quand ce fut au tour d'Alex Shimoff de rappeler.

– Besoin d'un nouveau chef-d'œuvre, lieutenant ?

– Vous êtes l'homme de la situation, inspecteur.

– La dernière fois, c'était facile. L'amie du Dr Delaware a l'œil pour les détails, elle m'a fourni beaucoup d'éléments à partir desquels travailler.

– Rien de tel qu'un défi, dit Milo.

– Marié et père de famille, les défis ça me connaît ! Bon. Quand ça ?

– Je vous rappellerai pour fixer le lieu et l'heure.

– Demain m'arrangerait. J'ai un jour de congé et ma femme insiste pour que je l'accompagne faire du shopping. Ce serait l'excuse parfaite pour me défiler !

Au bureau, Milo appela Maria Thomas pour l'avertir qu'il comptait diffuser un portrait-robot et l'information sur les points d'interrogation, et lui demander d'intervenir auprès du service des relations avec la presse.

– Vous mettez la charrue avant les bœufs, Milo.

– Pardon ?

– Occupez-vous du croquis, mais rien ne sera facilité tant que la décision officielle ne sera pas entérinée. Pour parler plus simplement et être certaine que vous compreniez, tant que le chef n'aura pas accordé son feu vert.

– La consigne vient de lui ?

– C'est lui qui a le dernier mot, non ?

Elle raccrocha. Milo pesta et appela Margaret Wheeling. Elle s'était ravisée, n'était plus du tout partante pour nous apporter son aide. Elle n'avait qu'entraperçu l'homme à la canadienne, trop rapidement pour nous être utile. Milo argumenta quelques minutes et la persuada de se soumettre à une séance de travail avec Shimoff. Il tendait la main pour prendre un cigarillo quand le téléphone sonna.

– Homicides. Sturgis.

– Encore heureux, vu que c'est votre numéro de poste ! lança une voix rauque mâtinée d'un léger accent de Brooklyn.

– Bonjour, monsieur.

– Quand tout le reste échoue, dit le chef, on tente le coup du croquis.

– Si ça peut fonctionner…

– Vous avez de quoi obtenir un dessin approchant ? Sachant que nous n'aurons probablement qu'une seule occasion de croquer dans la pomme, je ne tiens pas à la gâcher sur un truc approximatif.

– Moi non plus, monsieur, mais à ce stade…

– Tout le reste a échoué, vous patinez et vous redoutez des victimes supplémentaires. J'ai bien compris, Sturgis. C'est pourquoi j'ai ravalé mon amour-propre et consulté une connaissance au FBI. Un gros con de technocrate, mais avant il était l'un des grands pontes des sciences comportementales à Quantico. Cela dit, si vous voulez mon avis, leur profilage tient de l'attraction pour fête foraine. Aussi, j'ai préféré l'appeler, je lui ai dit : « Oublie votre crétinerie de questionnaire, dis-moi ce que t'inspire au débotté un cinglé qui brise le cou à ses victimes, puis leur retire les tripes pour s'amuser avec. » Il m'a fait part de ses profondes lumières de chercheur, et je vous les livre telles quelles.

Mâle blanc, entre vingt-cinq et cinquante ans, sans doute solitaire, sans doute une vie sentimentale peu épanouissante, sans doute logé dans un cadre étrange, sans doute s'adonne-t-il à la masturbation en repensant à ses forfaits. Est-ce pire que le portrait que vous en a fait Delaware ? À quoi ressemble ce suspect dont vous souhaitez livrer le visage aux téléspectateurs névrosés ?

– Homme blanc, entre trente et quarante ans.

– Tiens, tiens ! dit le chef. Le pouvoir de la science.

– Il porte un manteau par tous les temps.

– La belle affaire. Il dissimule une arme en dessous.

– Peut-être bien, monsieur, mais le Dr Delaware pense que cela pourrait être un signe de déséquilibre mental.

– Vraiment ? s'esclaffa le chef. Quel génie ! Il me semble que ce point est suffisamment établi par le fait d'arracher les boyaux à ses victimes.

– Tout à fait, dis-je.

Silence.

– Je me doutais que vous étiez là, docteur. La vie est-elle douce pour vous ?

– Oui.

– Vous êtes bien le seul. Charlie vous transmet son bon souvenir.

Charlie était son fils et je n'en croyais rien. Jeune homme brillant et tourmenté, il m'avait demandé une lettre de recommandation pour l'université, puis m'avait adressé deux courriels un mois avant d'entrer au séminaire, choix qui lui permettait de retarder le début de ses études. Son père lui inspirait un mélange de haine, d'amour et de crainte – jamais il ne lui confierait le moindre message.

– J'espère qu'il va bien, dis-je.

– Avec Charlie, vous savez… Au fait, nous n'avons toujours pas réglé vos honoraires pour le dernier dossier.

– Vrai.

– Vous n'avez pas harcelé ma secrétaire à ce sujet.

– Cela aurait-il favorisé les choses ?

– Autant pisser dans un violon. Votre loyauté en dépit des manquements de notre bureaucratie est fort louable, docteur. Vous convenez donc que ce serait une bonne idée de diffuser le portrait de ce cinglé ?

– À condition de verrouiller l'information, je pense que cela pourrait se révéler fructueux.

– C'est-à-dire, verrouiller ?

– Cela doit se limiter au croquis et aux points d'interrogation, et il ne faut surtout pas laisser entendre que n'importe qui, en théorie, pourrait être ciblé comme victime.

– Oui, on imagine la panique et tout le monde qui mouille sa culotte. Parlant des points d'interrogation, qu'est-ce que ça peut bien signifier ? Mon contact au FBI n'a jamais rien vu de pareil. Aucun cas similaire dans leurs archives. Pour la découpe des boyaux, le seul précédent est Jack l'Éventreur, mais notre affaire présente trop de différences pour que cette piste donne quoi que ce soit.

– Je ne sais pas.

– Qu'est-ce que vous ne savez pas ?

– Quel sens donner aux points d'interrogation.

– Et ça a fait des années d'études ! Et vous ne pensez pas qu'on devrait évoquer le manteau ? Ça pourrait dire quelque chose à un honnête citoyen.

– Ou pousser le coupable à s'en débarrasser et vous perdriez alors de précieux indices.

Une pause.

– Oui, ses frusques ont peut-être reçu des éclaboussures, du jus de tripes ou Dieu sait quoi. Bon. D'accord. Verrouillez l'info. Mais ça pourrait quand même se retourner contre vous. C'est à vous que je parle, Sturgis. S'il se voit au journal télévisé, il décampera.

– Ce risque existe toujours, monsieur.

Nouveau silence, plus long.

– Docteur, quelles sont les chances, selon vous, qu'on ait une nouvelle victime plus tôt qu'on ne souhaiterait ?

– Difficile à dire.

– Vous n'êtes bon qu'à ça, éluder les questions ?

– C'est bien la question.

– Humour de psy. Ne comptez pas trop décrocher un engagement comme comique dans un avenir proche. Toujours éveillé, Sturgis ?

– Tout à fait, chef.

– Que ça continue.

– Dieu me garde de m'assoupir, chef.

– Moi, je vous le défends et c'est déjà ça !

23

Alex Shimoff déposa son dessin au bureau de Milo le lendemain après-midi.

– Surtout, ne dites pas que c'est moi qui l'ai pondu. C'est vraiment nul !

La première fois que Milo avait recouru à ses talents, Shimoff était parvenu à reconstituer le portrait d'une jeune femme défigurée par une arme à feu et le résultat était d'une ressemblance sidérante. Cette fois-ci, il avait produit un disque pâle et incertain, aux traits masculins et anodins. Colorié en jaune, cela aurait donné le frère réservé de M. Smiley.

Pourtant, l'image activa une synapse de ma mémoire, dans les profondeurs de mon cerveau. L'avais-je déjà vu quelque part ? Je me creusai la tête, en vain. Milo remercia Shimoff.

– Ne me remerciez pas pour ce machin, lieutenant ! Margaret Wheeling n'a pas été d'un grand secours. Je n'aime pas le logiciel de portrait-robot, mais j'ai été obligé d'y recourir. Elle s'est plainte que ça l'embrouillait encore plus, trop de choix. Elle n'était pas fichue de répondre à mes questions : Plus large ? Plus rond ? Plus haut ? Rien. Elle prétend qu'elle a à peine vu le type.

– Elle vous a donné l'impression d'avoir peur ? demandai-je.

– Peut-être, dit Shimoff, ou bien c'est juste qu'elle est bête et incapable d'analyser visuellement.

Milo observa le croquis.

– C'est déjà bien.

Shimoff eut une grimace écœurée.

– Allons, ça pourrait être n'importe quel mec blanc à face ronde.

– Mais peut-être que ça lui ressemble effectivement, mon petit. Ça me rappelle un dessin humoristique : un enfant de maternelle dessine sa famille, rien que des bonshommes têtards, et le jour de la réunion avec les parents, l'instit voit débarquer deux bonshommes têtards.

Cela ne fit pas rire Shimoff. Je cherchai de nouveau à comprendre pourquoi le dessin m'évoquait quelque chose. Écran vide.

– Quand j'étais aux beaux-arts, dit Shimoff, j'arrivais à en rire. Dans la vraie vie, ça me rend malade de pondre un truc aussi nul. Par-dessus le marché, je dois me farcir une soirée de shopping avec ma femme.

Il s'en alla, les poings serrés.

– Ah, les créatifs… murmura Milo.

Il se rendit en salle des inspecteurs et remit le dessin à Moe Reed qui se chargerait de le scanner avant de le transmettre à Maria Thomas.

Le portrait-robot fut diffusé au journal télévisé de dix-huit heures, en illustration d'une allusion elliptique à un assassin qui s'introduisait dans des demeures du West Side, rompait le cou à ses victimes et laissait un point d'interrogation en guise de carte de visite. Le flou attisant l'angoisse, les lignes téléphoniques se mirent à sonner dès la publicité qui suivit. Dans le quart d'heure, Milo réquisitionna Moe Reed et Sean Binchy pour l'aider à gérer les appels. Lui-même abandonna son cagibi au profit d'un grand bureau en salle des inspecteurs, dont l'occupant habituel était en congé maladie. Il se chargea de trois lignes, appuyant sur les touches avec la dextérité d'un joueur de concertina. Il restait bref et prenait des notes : « salades » revenait le plus souvent, suivi de « schizo », « médium » et « canular ». Reed griffonnait une majorité de « négatif », Binchy « RAD ». Devant ma mine intriguée, Sean plaqua la main sur le micro, sourit et me souffla :

– Rien à dire.

Je les écoutai tous les trois un moment.

Reed : « Je vous comprends bien, madame, mais habitant à Bakersfield, vous n'avez rien à craindre… »

Binchy : « Pas du tout, monsieur. Rien n'indique que la communauté des Samoans soit ciblée. »

Milo : « Oui, je connais les cartes "chance" au Monopoly. Non, il n'en a pas laissé… »

Je finis par m'éclipser et rentrer chez moi, des victimes plein la tête.

– Privé de couverture ? dit Robin. Il n'en faut pas beaucoup pour provoquer ce maniaque.

Assis devant le bassin, nous lancions des granulés aux carpes koï. Blottie entre nous, Blanche ronflait doucement. J'avais terminé mon verre de Chivas dont j'agitais les glaçons. Robin n'avait guère touché à son riesling. La nuit sentait le jasmin et l'ozone. Le ciel était une toile de feutrine anthracite sans le moindre pli, dans lequel un pic à glace semblait avoir percé quelques étoiles.

– Elle le met à la porte de la clinique et il la tue deux ou trois mois après ? fit Robin, incrédule.

– Peut-être qu'il a temporisé pour accroître l'excitation. Je n'exclus pas non plus qu'il ait provoqué l'incident à dessein.

– Pour se donner une excuse ?

– Même les psychopathes ressentent le besoin de se justifier et je ne pense pas que son unique mobile soit de venger les affronts subis. Cela s'inscrit certainement dans des fantasmes qu'il nourrit depuis l'enfance, mais en donnant un rôle de méchant à ses victimes, il rend son geste légitime. Glenda Usfel maîtrisait son monde en se comportant en femelle dominante, sauf que là ça s'est retourné contre elle. Idem sans doute pour Berlin : semer la mauvaise humeur était son passe-temps, jusqu'à ce qu'elle choisisse le mauvais type. Ce qui ne colle pas, c'est l'agression de Colin Quigg, que tout le monde s'accorde à décrire comme l'homme le plus doux.

– Peut-être qu'il n'a pas toujours été comme ça.

– Un teigneux repenti ?

– Les gens changent, dit-elle en souriant. J'ai le souvenir d'avoir entendu ça quelque part. Quigg travaillait dans quel secteur ?

– La comptabilité.

– Il n'était pas inspecteur du fisc, à tout hasard ?

– Pas du tout. Un expert-comptable lambda au sein d'un gros cabinet, chargé de jongler avec les chiffres pour le compte d'une chaîne de supermarchés.

– Si quelqu'un était mécontent des tomates, ce n'est pas à lui qu'on s'en prendrait. Avait-il d'autres centres d'intérêt ?

– Personne n'y a fait allusion. Un homme casanier qui aimait promener son chien et menait une existence tranquille. Autrefois, il avait enseigné à des enfants handicapés. Un vrai gentil, Robin. Très différent des autres victimes.

– Intéressant comme changement.

– Quoi ?

– Quitter un métier centré sur l'humain pour un autre où l'on passe ses journées à éplucher des bilans.

– Sa femme m'a dit qu'il avait changé de secteur parce que c'était mal payé.

– Oui, c'est certainement ça.

– Tu en doutes ?

– Ça me semble juste un peu radical, Alex. Mais l'argent n'est pas à négliger.

J'y réfléchis.

– Quelque chose serait survenu à l'époque où Quigg enseignait, provoquant un virage chez lui ?

– Tu viens toi-même de dire que le mobile du meurtrier devait remonter à l'enfance. Les gamins handicapés, ça englobe beaucoup de choses.

– Un élève atteint de graves troubles psychiatriques qui se vengerait d'un enseignant ? Parle pas de malheur…

– Il se pourrait que Quigg ait changé de profession après avoir été confronté à un enfant vraiment terrifiant, remettant en cause sa vocation… Même si ça peut paraître invraisemblable, tu viens toi-même de souligner que l'assassin prend plaisir à la traque. Imagine une seconde que, devenu adulte, il entreprenne de retrouver d'anciens ennemis.

Le ciel sembla s'assombrir et ployer, les étoiles s'amenuiser. Robin voulut se détendre les doigts et je me rendis compte que je serrais sa main très fort, avant de la relâcher. Elle porta le verre de vin à ses lèvres. Beau millésime, mais ce soir-là il ne lui arracha qu'une moue froncée.

– C'était juste des idées en l'air… Si on changeait de sujet ?

– Si tu permets, j'ai un coup de fil à donner.

– Qui est à l'appareil ? s'enquit Belle Quigg.

Je répétai mon nom.

– Je suis passé chez vous l'autre jour, en compagnie du lieutenant Sturgis.

– Ah, vous êtes l'autre. Vous avez du nouveau à propos de Colin ?

– J'ai quelques questions supplémentaires à vous poser.

À quand remonte l'expérience de Colin comme enseignant ?

– C'était il y a très longtemps. Pourquoi ?

– Nous veillons à ne rien négliger.

– Je ne comprends pas…

– Plus nous en saurons sur Colin et meilleures seront nos chances d'appréhender la personne qui lui a fait ça.

– *Fait* ça ? Vous pouvez dire *qui l'a tué*. Moi, je le dis, et j'y pense. J'y pense tout le temps.

Je restai muet.

– Je ne vois pas en quoi sa carrière d'enseignant a un rapport avec le meurtre. Ça remonte à une éternité. Un fou a tué Colin et Louie, et il n'y a aucun lien avec ce que mon mari a pu dire ou faire.

– Je suis certain que vous avez raison, madame, mais si vous pouviez…

– Colin enseignait en hôpital, pas dans une école. À Ventura State.

Autrefois l'établissement psychiatrique le plus important de Californie, depuis longtemps fermé.

– Quand y a-t-il travaillé ?

– C'était avant notre mariage. On venait de se rencontrer, il m'a raconté qu'il avait été enseignant. Ça remonte donc à au moins vingt-quatre ans.

– À quel type d'enfants handicapés avait-il affaire ?

– Il n'a pas précisé, il a juste parlé d'enfants handicapés. Il n'est pas entré dans les détails et je n'étais pas très curieuse. Je ne m'intéresse pas trop à ces choses-là. Colin m'a expliqué que c'était très mal payé, qu'il avait trouvé une place à la paierie de la municipalité et étudiait pour passer le diplôme d'expert-comptable. Il avait aussi appris que l'hôpital allait fermer. Des années plus tard, il m'a confié que c'était la vraie raison qui l'avait poussé à démissionner, pour ne pas se retrouver sur le carreau.

– Que pensait-il de la fermeture ?

– Il se faisait du souci pour les enfants. Il me disait : « Où iront-ils, Belle ? » C'était tout Colin, toujours à se soucier des autres.

24

Ce chic type de Colin avait menti à son épouse. La fermeture de Ventura n'avait été envisagée que longtemps après son départ. Je le savais pour m'y être rendu quelques semaines avant l'évacuation des lieux, envoyé par un cabinet d'avocats qui représentait les patients de deux services, des enfants en fauteuil, peu autonomes et confrontés à un avenir d'une épouvantable incertitude. J'avais expertisé chaque patient et formulé des propositions de prise en charge, l'État s'étant engagé à trouver des solutions. L'administration n'avait pas tenu ses promesses, très peu de mes recommandations avaient été suivies d'effet.

Quelques années auparavant, alors que Quigg était déjà parti depuis un certain temps, j'avais effectué un stage d'observation à Ventura en complément de ma formation à Langley Porter. Un mois durant, j'avais fait le tour des services de ce qui était alors le plus gros hôpital psychiatrique à l'ouest du Mississippi. Par une belle journée de printemps, j'avais quitté San Francisco au coucher du soleil pour dormir à la belle étoile sur la plage de San Simeon, l'occasion d'admirer les lions de mer qui s'y prélassaient. Reparti à l'aube, j'arrivai à Camarillo en milieu de matinée, me douchai dans les toilettes d'une plage publique, enfilai une tenue correcte et repris l'autoroute 101. J'obliquai vers l'est sur une route mal signalée qui franchissait un ruisseau à sec et longeait ensuite des champs en friche, entrecoupés de bosquets de sycomores, de chênes et d'eucalyptus d'Australie, essence depuis longtemps acclimatée à l'aridité locale. Je parcourus plusieurs kilomètres sans rien croiser qui indique la présence d'un hôpital. Soudain, au détour d'un virage serré, je dus freiner brusquement en découvrant le portail. Acier renforcé peint en rouge, six mètres de hauteur. Un vigile examina soigneusement ma pièce d'identité, m'indiqua d'un air sévère le panneau limitant la vitesse à dix kilomètres/heure et actionna l'ouverture automatique. Au bout d'une avenue ombragée et sinueuse, j'atteignis un parking digne d'un stade. Derrière les innombrables véhicules qui étincelaient au soleil se dressaient les bâtiments enduits de stuc marbré et ornés de moulures, de médaillons, de frontons et de loggias à voûtes cintrées. La plupart des fenêtres étaient munies de barreaux rouille comme le portail. Triste cité.

Plusieurs décennies auparavant, Ventura State s'était honteusement distingué comme un établissement infâme où l'on ne reculait devant rien, dès lors qu'un médecin en décidait. Quantité de sévices s'étaient pratiqués derrière ses murs : lobotomies et autres opérations aventureuses, recours grossier aux électrochocs et à l'insuline, internement forcé des personnes jugées nuisibles, stérilisations contraintes des individus dont on avait décidé qu'ils n'avaient pas à se reproduire. Cela avait duré jusqu'à la Seconde Guerre mondiale, quand le personnel médical avait été mobilisé et envoyé en Europe et dans le Pacifique. Après l'Holocauste, on s'était montré beaucoup plus vigilant quant aux atteintes à la liberté individuelle. Réformé en profondeur, l'établissement s'était refait une réputation grâce à ses méthodes progressistes et humanistes. Pour ma part, j'étais ravi de découvrir un nouvel environnement clinique et de retrouver le sud de la Californie.

Les deux premières journées furent consacrées à une présentation des divers services par une infirmière en chef.

Je faisais partie d'un groupe où se mêlaient internes en psychiatrie, psychologues stagiaires de mon espèce, infirmiers et aides-soignants nouvellement recrutés. Entre les séances, nous avions quartier libre pour explorer le centre à notre guise, à l'exception des « soins spécialisés », un espace enclos situé dans la partie la plus à l'est. Un aide-soignant demanda ce que c'était. Notre formatrice répondit qu'il s'agissait des cas particuliers, très divers, et enchaîna.

Ayant plusieurs heures à perdre avant ma première affectation, je parcourus les lieux, époustouflé par l'ampleur et par l'ambition de l'établissement. Le silence presque recueilli des autres nouveaux qui arpentaient également le domaine m'indiquait que je n'étais pas seul à m'émerveiller. Construit dans les années trente, l'asile d'aliénés de Ventura – très vite désigné comme Ventura tout court – alliait la grâce d'une architecture traditionnelle à l'optimisme du New Deal auquel la Californie doit certains de ses plus beaux édifices publics. Cela donnait vingt-huit bâtiments dans un parc de cent hectares. Les allées de pierre rose serpentaient d'un pavillon à l'autre, les parterres étincelaient de couleurs et les buissons semblaient avoir été taillés aux ciseaux à ongles. On avait choisi comme site une vallée peu profonde entourée de monts au sommet embrumé. Côté ouest, diverses annexes permettaient une vie en autarcie : chambre froide, boucherie, laiterie, potager et verger, bowling, deux cinémas, une salle de concert, dortoirs pour le personnel, poste de police et caserne de pompiers. L'autonomie avait été pensée en partie dans le noble dessein de promouvoir la réinsertion. Par ailleurs, on dissimulait ainsi au reste du comté de Ventura des voisins enfermés pour cause de folie ou de déficience, sans compter les cas particuliers.

J'y passai un mois entier auprès d'enfants moins handicapés que les malheureux que j'évaluerais au moment de la fermeture, mais tout de même incapables de suivre une scolarité normale. Le plus souvent, un facteur physiologique entrait en ligne de compte : troubles épileptiques, lésions dues à une encéphalite, maladies génétiques et des faisceaux de symptômes mystérieux que l'on qualifierait plus tard de troubles du spectre autistique, désignés alors sous une série d'appellations, dont une qui m'est restée en mémoire : dérèglement neuro-social idiopathique.

Je consacrai mes semaines de soixante heures à affiner ma méthode d'observation, procéder à des évaluations et parfaire mes connaissances en psychopathologie infantile, thérapie par le jeu, restructuration cognitive et analyse comportementale appliquée. Surtout, j'y appris qu'il faut rester humble et réserver son jugement. Les thérapeutes en mal d'héroïsme n'avaient pas leur place à Ventura : si une amélioration survenait, elle ne pouvait qu'être graduelle et infime. J'en vins à me fixer une devise qui m'inspirait au quotidien : Sache t'en tenir à des objectifs raisonnables et spécifiques, et sois content de tout ce qui marche.

Si, à première vue, l'hôpital avait tout l'air d'une retraite pastorale coupée de la réalité, j'eus vite fait d'apprendre que le silence exacerbé pouvait à tout moment être rompu par un cri, une plainte ou un craquement sourd, semblable à celui que produit le bois sur la peau nue, en provenance de l'extrémité est du parc. Les soins spécialisés constituaient un îlot au sein de l'établissement, quelques bâtiments grossiers au pied d'une élévation de granit, encerclés d'une grille rouge surmontée de barbelé à lames. Les fenêtres étaient plus petites qu'ailleurs, les barreaux plus épais. Des vigiles effectuaient des rondes à l'intérieur du périmètre à intervalles irréguliers. La plupart du temps, personne ne traînait dehors. Pas une fois je n'y aperçus le moindre patient.

Un jour, j'interrogeai ma tutrice à propos des soins spécialisés. Élégante psychologue aux cheveux gris, Gertrude Vanderveul était américaine mais avait été formée en Angleterre à l'hôpital de Maudsley. Affectionnant tant les tailleurs de qualité que les chaussures pratiques et bon marché, fervente admiratrice de Mahler tout en décrétant que la musique s'arrêtait à Bach, assistante de recherche d'Anna Freud au cours de ses années londoniennes – « une femme charmante mais bien trop attachée à son cher père pour mener une vie sociale conventionnelle ».

Le jour où j'avais abordé le sujet, elle avait décidé que la séance de tutorat se déroulerait dehors pour profiter du temps magnifique. Nous déambulions à travers le parc sous un ciel sans nuages, l'air empreint d'une pureté de linge propre, sirotant un café en même temps que nous passions en revue les cas sur lesquels j'avais travaillé. Ensuite, elle lança la discussion sur les limites de la méthodologie de Piaget et m'encouragea à donner mon avis.

– Parfait, dit-elle. Vous portez un regard aigu.

– Merci. Puis-je vous interroger sur les soins spécialisés ?

Elle resta muette. Croyant qu'elle n'avait pas entendu, je voulus répéter ma question, mais elle me fit taire d'un geste de l'index et nous poursuivîmes notre promenade. Quelques instants plus tard, elle finit par dire :

– Ce service n'est pas fait pour vous, jeune homme.

– Je suis trop novice ?

– Il y a ça, oui. Et aussi que je vous apprécie.

Devant mon silence, elle ajouta :

– Faites-moi confiance sur ce point, Alex.

Colin Quigg en avait-il fait l'expérience ? Étonnante reconversion. Futée, ma Robin. Je ressortis dans le jardin pour lui dire qu'elle venait peut-être de mettre le doigt sur quelque chose, mais elle n'était plus au bord du bassin. J'aperçus de la lumière à la fenêtre de l'atelier et entendis le bourdonnement d'une scie. Je regagnai mon bureau et appelai Milo.

– Quigg n'enseignait pas dans une école, il travaillait à l'hôpital psychiatrique de Ventura.

– Bien, dit-il d'un ton distrait.

– Il a peut-être menti à sa femme quand il lui a expliqué son changement de carrière, aussi j'en viens à me demander s'il n'aurait pas pris peur à Ventura, à cause de quelqu'un ou quelque chose.

Je lui fis part des bruits insolites que j'avais perçus en provenance du service des soins spécialisés, ainsi que du réflexe protecteur de Gertrude.

– Le lien entre Quigg et l'assassin pourrait se trouver là, conclus-je.

– Un patient rancunier ? Ça remonterait à combien de temps, Alex ?

– Quigg a quitté l'établissement il y a vingt-quatre ans, mais notre homme a peut-être la mémoire longue.

– La mèche s'allume après un si long délai ?

– Un premier meurtre et le voilà parti. Sur sa lancée, il repense à la sale époque de Ventura.

– Couic, le prof. Quigg était moins gentil dans le temps ?

– Pas forcément. Pour un individu avec des tendances paranoïaques, un regard de travers a pu suffire, ou n'importe quoi.

– Merveilleux. Toutefois, si l'on excepte que tu soupçonnes Quigg d'avoir menti, il n'y a aucune preuve qu'il ait travaillé au service des soins spécialisés.

– Pour l'instant, mais je vais continuer de creuser.

– Parfait. On se rappelle à mon retour.

– Où vas-tu ?

– Faire la connaissance de la victime numéro cinq.

– Oh non… quand ça ?

– Le cadavre vient d'être signalé. Cette fois-ci, la bonne pioche est pour le central d'Hollywood. Petra a hérité du dossier. Une fille solide, qui m'a tout de même paru secouée. Je suis en route.

– Quelle adresse ?

– Ne t'embête pas. T'imagines le cirque que c'est et tu n'y verras rien de nouveau.

– D'accord.

Il expira.

– Écoute, je ne suis pas certain qu'on me laisse l'enquête. Il paraît que Sa Grandiloquence réévalue la situation. Donc, inutile de gâcher ta soirée. Qui plus est, je dois vérifier une série de tuyaux bidon. Et demain matin à la première heure, je rencontre les familles Usfel et Parnell dans un hôtel près de l'aéroport. Les deux paires de parents en même temps, voilà qui promet d'être joyeux.

Un nouveau meurtre dans la foulée de la diffusion du portrait-robot, cela avait tout l'air d'un défi. J'en vins à réviser mon hypothèse à propos des points d'interrogation. Sans doute Milo avait-il raison. Je m'installai à l'ordinateur et lançai plusieurs recherches en combinant divers mots-clés : hôpital psychiatrique, Ventura, enfant meurtrier, jeunes déséquilibrés, éviscération, point d'interrogation. Cela ne donna rien. Je repensai au croquis de Shimoff : avais-je eu la mémoire titillée parce que j'avais vu le même visage en plus jeune, lors de mon passage à Ventura ? Un patient à qui j'avais eu affaire, ou simplement croisé par hasard ? Un enfant dangereux qui avait su cacher son jeu pour tromper le personnel et rester dans un service ouvert, échappant aux soins spécialisés ?

En milieu hospitalier, personne ne passe plus de temps avec les enfants que les enseignants. Colin Quigg aurait-il décelé chez un garçon profondément perturbé quelque chose qui aurait échappé à tout le monde ? S'en était-il ouvert et avait-il convaincu les médecins qu'un isolement rigoureux était nécessaire ? De quoi engendrer une sérieuse rancune. Toutefois, l'objection de Milo demeurait : Pourquoi attendre si longtemps pour exercer sa vengeance ?

Réponse : Parce que le gosse dangereux s'était mué en adulte vraiment épouvantable et avait passé toutes ces années derrière les barreaux. Désormais libéré, il pouvait jouer les redresseurs de torts. Localiser Quigg, l'épier, l'amadouer par de cordiales salutations pendant qu'il promenait son chien. Si l'ancien élève avait reconnu le maître, Quigg lui n'avait aucune raison de faire le lien entre un adulte vêtu d'une canadienne et l'enfant croisé si longtemps auparavant.

Point d'interrogation : Devinez pourquoi j'ai fait ça ? Ha ! Ha ! Ha !

Sachant ce qu'était le service des soins spécialisés, Gertrude Vanderveul avait veillé à m'en tenir éloigné. *Faites-moi confiance sur ce point, Alex.* Peut-être accepterait-elle maintenant de m'en expliquer la raison.

Je recherchai sa trace sur la toile, à commencer par le répertoire des membres de l'APA et le site de l'ordre des psychologues de Californie, puis j'élargis le champ. Elle ne figurait nulle part. Je repérai tout de même un Magnus Vanderveul, ophtalmologiste à Seattle. Peut-être quelqu'un de sa famille, mais il était trop tard pour le contacter. Je continuai à pianoter, n'obtins que des fausses notes. J'étais énervé quand Robin et Blanche rentrèrent, mais pris sur moi pour feindre la bonne humeur. La chienne perçut immédiatement mon véritable état d'esprit, vint me lécher la main et me caresser la jambe du bout de son museau, petite boule fripée d'empathie. Robin nous rejoignit.

– Qu'est-ce qui se passe ?

Je lui fis part du mensonge de Quigg.

– Il se pourrait bien que tu aies trouvé la solution, lady Sherlock.

– Les enfants les plus effrayants se livraient à quel genre de trucs ?

– Je ne sais pas, ne les ayant jamais vus.

Je lui parlai du service des soins spécialisés, de la sollicitude de Gertrude.

– Elle n'a pas voulu m'en dire plus à l'époque. Je cherche à la retrouver, peut-être sera-t-elle plus loquace.

– Joue sur la fibre maternelle.

– Comment ça ?

– Raconte-lui tout ce que tu as accompli. Qu'elle soit fière de toi, se sente en confiance.

Milo n'avait toujours pas rappelé le lendemain à dix heures. Rien dans les médias à propos de la nouvelle victime, signe que le chef avait sans doute verrouillé l'info. Je composai le numéro du cabinet du Dr Magnus Vanderveul à Seattle. Une femme me répondit.

– Clinique Lasik, le laser au service de votre vue.

Le Dr Vanderveul avait des rendez-vous toute la journée, mais si j'avais des questions concernant la myopie ou la presbytie, on pouvait me faire écouter une présentation.

– C'est très aimable à vous, mais j'ai besoin de parler au Dr Vanderveul en personne.

– À quel sujet ?

– Sa mère est une vieille amie, je cherche à renouer le contact.

– Ça ne va pas être possible. Elle est malheureusement décédée l'année dernière. Le docteur avait pris l'avion pour se rendre aux obsèques.

– J'en suis désolé, dis-je en songeant que je l'étais à plus d'un titre. Où a eu lieu la cérémonie ?

Une seconde de silence.

– Je lui ferai part de votre appel, monsieur. Au revoir.

Je retrouvai l'avis de décès. Elle était morte à Palm Beach, Floride. Je téléchargeai la notice nécrologique publiée dans un journal local. Le professeur Gertrude Vanderveul avait succombé après une courte maladie. On mentionnait son passage à Ventura, qu'elle avait quitté pour enseigner dans une université du Connecticut. Elle avait publié un ouvrage sur la psychothérapie de l'enfant et avait siégé dans une commission réunie par le président sur la question du placement des mineurs. Installée en Floride depuis dix ans, elle y partageait son temps entre du conseil à titre bénévole pour divers services sociaux et la culture des lys, passion de toujours. Veuve d'un chef d'orchestre décédé plusieurs décennies auparavant, elle laissait un fils, le Dr Magnus Vanderveul de Redmond, Washington, et deux filles, le Dr Trude Prosser de Glendale, Californie, et le Dr Ava McClatchey, de Vero Beach, Californie, et huit petits-enfants. Ni fleurs ni couronnes, dons à adresser à la Société de Floride pour le développement de l'enfant.

Trude Prosser pratiquait la neuropsychologie clinique dans un cabinet de Brand Boulevard. Je tombai sur une annonce préenregistrée. Idem au centre d'obstétrique d'Ava McClatchey. Ayant laissé un message aux trois brillants enfants de Gertrude, je sortis courir, doutant qu'ils prennent la peine de me contacter. Quand je rentrai, tous trois l'avaient fait. Je commençai par Trude, presque une voisine. Cette fois-ci, elle décrocha.

– Dr Trude Prosser, annonça-t-elle d'une voix jeune et sympathique.

– Alex Delaware. Merci de m'avoir rappelé.

– Vous avez été l'élève de maman.

Une assertion, pas une question.

– Je l'ai eue comme tutrice lors d'un stage. Elle avait un vrai talent de pédagogue.

– En effet. Qu'est-ce que je peux faire pour vous ?

J'entamai mon explication.

– Maman nous aurait-elle parlé d'un petit monstre d'assassin ? dit-elle. Non, elle n'évoquait jamais aucun de ses patients. Au fait, je préfère vous préciser que j'ai entendu parler de vous par maman. Elle était fascinée par votre parcours. Votre collaboration avec la police.

– Je n'avais pas idée qu'elle était au courant.

– Si, si. Elle a lu un article dans le journal, à propos de l'une de vos enquêtes, et s'est souvenue de vous. Nous étions à table pour le déjeuner, elle a mentionné votre nom. Ça l'amusait follement. Je l'ai eu comme stagiaire, Trude !

Un garçon brillant, esprit très curieux. Je l'ai tenu à l'écart des trucs les plus abominables, mais apparemment ça n'a fait que lui aiguiser l'appétit !

– Une idée de ce qu'elle m'avait caché ?

– J'ai supposé qu'elle parlait des patients les plus dangereux.

– Ceux de l'unité des soins spécialisés.

– Maman estimait qu'ils étaient inguérissables. Que la psychologie et la psychiatrie étaient entièrement démunies face à des troubles de la personnalité d'une telle ampleur.

– Elle-même avait-elle eu à traiter certains de ces patients ?

– Elle n'y a jamais fait allusion. De toute manière, outre la déontologie, elle évitait en général de nous parler de son travail. Compte tenu du grand nombre d'années qu'elle a passées à Ventura, il est possible qu'elle ait travaillé dans le service en question. Combien de temps l'avez-vous eue comme tutrice, Alex ?

– Un mois mémorable.

– C'était une très bonne mère. Nous étions encore jeunes quand papa est mort, elle nous a élevés toute seule. Un jour, une institutrice de mon frère lui a demandé quel était son secret pour avoir des enfants si bien élevés. Avait-elle une recette de psychologue ? (Rire amusé.) En vérité, à la maison nous étions de vrais petits sauvages, mais nous savions jouer la comédie à l'extérieur ! Maman a opiné d'un air grave et lui a répondu : « C'est très simple : je les enferme à la cave, au pain sec et à l'eau. » La pauvre femme a manqué s'évanouir avant de comprendre qu'on la faisait marcher. Bon. Désolée de ne pas pouvoir vous aider davantage.

– Ma question va vous paraître étrange, mais a-t-il jamais été question de points d'interrogation ?

– C'est-à-dire ?

– Un enfant qui aurait dessiné des points d'interrogation. Votre mère n'a jamais rien évoqué de tel ?

– Non. Maman ne parlait jamais de ses patients, point final. Elle était très à cheval sur le secret médical.

– Et un enseignant du nom de Colin Quigg ? Ça vous évoque quelque chose ?

– Colin, comme le poisson ? Cette fois, la réponse est oui. Je m'en souviens parce que c'est devenu un sujet de plaisanterie dans la famille. Mon frère Magnus était rentré pour les vacances, la fac nous l'avait transformé en grande andouille. Quand notre mère a annoncé qu'un Colin devait passer et nous a priés de nous faire discrets, inutile de dire que Magnus l'a pris comme une invite à être lourdingue. Il lui a suggéré de lui servir une salade de thon, que ce brave Colin s'essaye au cannibalisme. Ma sœur Ava et moi trouvions ça hilarant, forcément, même si nous avions passé l'âge de pouffer comme des idiotes. Mais Mag avait cet effet-là sur nous, dès qu'il était là on régressait complètement, et bien entendu cela l'incitait à continuer, à sortir les pires calembours : faudra que Colin se jette à l'eau, avec un prénom pareil, il y a forcément une arête, et je vous en passe. Quand maman a repris son sérieux, elle nous a demandé de ne pas nous montrer avant que le pauvre garçon soit reparti, car il traversait une passe difficile à Ventura et avait besoin d'être réconforté.

– Elle a employé le terme de « garçon » ?

– Hum, c'était il y a très longtemps, mais oui, je pense m'en souvenir précisément. C'était un adulte, bien évidemment, pour être enseignant. Peut-être le considérait-elle comme un enfant du fait de sa vulnérabilité. En tout cas, nous connaissions bien notre mère et ce n'était pas le moment de plaisanter quand elle était en mode praticienne protectrice. Nous sommes allés au cinéma et à notre retour il n'était plus là.

– Quigg n'est jamais revenu chez vous ?

– Pas à ma connaissance. Vous vous demandez si son meurtre ne serait pas lié à quelque chose qui serait survenu à l'époque ? Un patient aux pulsions homicides l'aurait tué après tant d'années ?

– Comme l'enquête n'avance guère, nous explorons un peu toutes les pistes. Vous voyez quelqu'un d'autre qui serait susceptible de me renseigner sur ces années-là à Ventura ?

– Le patron de maman était un psychiatre du nom d'Emil Cahane. Il était directeur adjoint, ou quelque chose du genre. (Elle épela le nom.) Je l'ai rencontré plusieurs fois, en particulier à la fête de Noël. Il est venu dîner à la maison. Plus âgé que maman, il doit avoir plus de quatre-vingts ans.

– Avez-vous connu d'autres élèves de votre mère ?

– Non. Elle ne les invitait jamais à la maison et ne parlait pas d'eux. Avant le jour où elle a évoqué cet article, je n'avais jamais entendu parler de vous.

– Colin Quigg et Emil Cahane sont les seuls collègues à être venus chez vous ?

– Pour le Dr Cahane, c'était à titre amical. Oui, eux seuls.

– Elle vous a donc dit que Quigg traversait une passe difficile.

– Ce qui peut signifier tout et n'importe quoi. Maintenant que j'y réfléchis, pour que maman enfreigne ses principes, c'était certainement sérieux. Vous tenez peut-être une piste. Tout de même, garder rancune si longtemps… mon Dieu, ça fait froid dans le dos !

– Votre frère et votre sœur m'ont aussi laissé un message. Pensez-vous qu'ils auront quelque chose à ajouter ?

– Magnus étant un peu plus âgé, il a peut-être eu un point de vue différent, mais à l'époque il n'habitait plus vraiment à la maison. Ava est la benjamine, ça m'étonnerait qu'elle sache des choses que je ne sais pas, mais essayez quand même.

– Merci d'avoir pris le temps de me parler.

– Merci de m'avoir donné l'occasion d'évoquer maman.

– Je viens d'avoir Trude, m'informa le Dr Ava McClatchey. Au début, je ne me souvenais même pas de ce type, puis ça m'est vaguement revenu quand elle m'a rappelé les calembours idiots de Magnus sur son prénom, mais je n'ai rien de plus à vous dire. Je dois vous laisser, j'ai une césarienne. Bonne chance.

Il ne me restait plus qu'à parler au frère.

– Rien de plus, dit le Dr Magnus Vanderveul. Nous sommes allés au cinéma avant que le type soit là et à notre retour il était déjà reparti. J'ai infligé de nouveaux calembours à maman, Colin avait-il filé parce qu'elle était tout ouïe ? (Il pouffa.) J'ai compris à son expression que j'avais intérêt à mettre la pédale douce.

– Elle était fâchée ?

– Contrariée. D'ailleurs, c'est étonnant. Maman était une vraie superwoman. Il en fallait beaucoup pour la perturber.

25

Je n'avais pas eu l'honneur d'être présenté à Emil Cahane. Le directeur adjoint n'avait aucune raison de s'intéresser à un stagiaire. Avec un peu de chance, nous allions enfin faire connaissance. Cahane, qui ne figurait pas dans l'annuaire, n'était pas membre de la société américaine de psychiatrie, ni d'aucune société psychanalytique ou association médicale. Pas de licence en cours de validité pour la Californie, ni dans les États voisins. Je vérifiai aussi les centres urbains sur la côte Est à forte concentration de psychiatres : rien pour la Nouvelle-Angleterre, New York, la Pennsylvanie, l'Illinois, le New Jersey et la Floride où Gertrude avait pris sa retraite.

Un homme de plus de quatre-vingts ans, je commençais à craindre le pire. Puis je lançai une recherche sur internet et appris que la Commission pour la santé mentale de Los Angeles lui avait décerné, un an et demi auparavant, une récompense pour l'ensemble de sa carrière. Une photo accompagnait l'article. Un vieillard maigre et chenu, nez crochu et sourire de guingois, posture bancale héritée d'une attaque ou d'une maladie. On mentionnait le poste qu'il avait occupé à Ventura et vingt années de bénévolat auprès de jeunes maltraités, de familles d'accueil et des enfants d'anciens combattants. Il avait mené divers travaux de recherches sur les troubles de stress post-traumatique, les traumatismes crâniens fermés et la prise en charge de la douleur. Il avait financé une étude sur les effets psychiques chez l'enfant d'une séparation prolongée d'avec les parents, à la faculté de médecine située de l'autre côté de la ville et où il occupait un poste de professeur clinicien. Là même où l'on m'avait conféré le même titre. Les deux décennies de bénévolat signifiaient qu'il avait dû quitter Ventura quelques années après Colin Quigg.

J'appelai la faculté de médecine, tombai sur une réceptionniste qui me connaissait et lui demandai les coordonnées actuelles de Cahane.

– Voici, docteur…

Une adresse à Encino, Ventura Boulevard. Forcément un bureau, compte tenu du quartier. Toujours en activité alors qu'il ne disposait plus d'une licence en cours de validité ? À quel titre exerçait-il ? Une voix féminine me répondit, ton efficace.

– Cahane et Geraldo. Que puis-je faire pour vous ?

– Je suis le Dr Delaware et je souhaite parler au Dr Cahane.

– Vous êtes au cabinet de Michael Cahane.

– Un avocat ?

– Consultant en entreprise.

– C'est la faculté de médecine qui m'a donné ce numéro.

– La faculté ?… Ah, l'oncle de M. Cahane nous utilise comme adresse postale.

– Le Dr Emil Cahane.

– Vous appelez à quel sujet ?

– J'ai eu le Dr Cahane comme directeur de stage autrefois, à Ventura, et je cherche à reprendre contact.

– Je ne peux pas vous communiquer ses coordonnées.

– Puis-je parler à M. Cahane ?

– Il est en réunion.

– Quand sera-t-il disponible ?

– Si je lui transmettais votre numéro ?

Une invite qui ne souffrait pas la discussion.

– Merci. Et vous seriez aimable de prévenir le Dr Cahane qu'un de ses collègues à Ventura est décédé. Colin Quigg. J'ai pensé qu'il souhaiterait en être informé.

– C'est triste, dit-elle sans aucune émotion. Arrivé à un certain âge, on voit disparaître ses amis.

Le téléphone sonna au bout de neuf minutes. Je décrochai, prêt à servir mon petit laïus à M. Cahane.

– Petra et moi avons prévu une séance de cogitation, annonça Milo. Tu es le bienvenu.

– Où et quand ?

– L'endroit habituel, dans une heure.

Le Café Moghol était désert, à part les deux inspecteurs moroses. Milo n'avait pas touché à sa montagne d'agneau tandoori, ni Petra à sa salade de la mer. Il me salua d'un vague geste qui aurait pu passer pour de l'apathie. La jeune femme esquissa un demi-sourire. Je pris place à leur table. Ancienne dessinatrice dans la publicité avant d'atterrir à la brigade des homicides d'Hollywood, Petra a le regard aiguisé et une discrétion réfléchie que d'aucuns prennent à tort pour de la froideur. Elle est dotée de cette beauté anguleuse qui donne une impression, trompeuse ou non, de confiance et de sang-froid. Elle s'en tient toujours à la même frange pratique, ses beaux cheveux noirs et droits toujours impeccablement coiffés. Son maquillage discret, du meilleur goût, met en valeur ses yeux foncés et limpides. Le plus souvent vêtue d'un élégant tailleur-pantalon noir ou marine, elle est économe de ses gestes et écoute davantage qu'elle ne s'exprime. Bref, elle a tout de la fille qu'on montre en exemple au lycée. D'après les quelques confidences qu'elle m'avait faites au fil des ans, je savais qu'elle n'avait pas eu un parcours si simple.

Ce jour-là, elle avait les lèvres pâles et sèches, les yeux cernés de rouge. Pas un cheveu de travers, mais ses délicates phalanges étaient livides tant elle serrait fort les poings, et une cuticule avait été rongée jusqu'au sang. Elle semblait avoir traversé une longue épreuve. D'avoir vu l'insoutenable. Elle desserra les mains, les posa à plat sur la table. Milo se gratta le nez.

La patronne à lunettes s'approcha dans un froufrou de sari rouge et me demanda ce qui me ferait plaisir. Je commandai un thé glacé. Petra mordilla une feuille de laitue, vérifia machinalement son mobile. Milo se laissa aller à prendre une bouchée d'agneau et grimaça comme si c'était du vomi. Il éloigna le plat, rajusta sa ceinture et recula sa chaise de quelques centimètres, prenant ses distances avec l'idée même de nourriture. Il interrogea Petra du regard.

– Vas-y, fit-elle.

– La victime numéro cinq s'appelle Lemuel Eccles. Un pauvre bougre de soixante-sept ans. Un Blanc sans-abri qui créchait dans diverses venelles, dont l'une où il a trouvé la mort. À East Hollywood, pour être précis, au nord d'Hollywood Boulevard et à deux pas de Western, derrière un magasin de pièces détachées pour automobiles.

– Qui l'a retrouvé ?

– Le service privé de collecte des ordures. Le cadavre gisait près d'une benne.

– Il a subi le même sort ?

Petra tressaillit, marmonna « mon Dieu » et détourna le regard.

– Eccles était connu des flics qui patrouillent le secteur, il avait un épais dossier : mendicité, vols à l'étalage, ébriété sur la voie publique, empoignade avec un touriste. Multiples séjours dans les geôles du comté.

– Un de ces poivrots qui sont une vraie nuisance et ont un abonnement chez nous, grommela Milo.

– Pour lui faire subir ça, nota Petra, c'est que quelqu'un voyait en lui plus qu'une simple nuisance.

– Pas obligatoirement, dis-je.

Tous deux me dévisagèrent.

– Il se peut que des choses qui nous semblent vénielles prennent de l'ampleur dans l'esprit de notre meurtrier. Redresser des torts, réels ou imaginaires, lui procure la justification pour se livrer à ses fantasmes d'investigation corporelle.

– Il éventre les gens qui l'agacent ? dit Petra. Un fou.

– D'où la présence de notre ami, dit Milo en me tapotant l'épaule.

Elle ferma les yeux, se massa les paupières et expira longuement.

– Glenda Usfel l'avait chassé de la clinique, dis-je. On peut aisément concevoir que Vita Berlin, méchante par nature, ait eu maille à partir avec lui. Quant à M. Eccles, qui mendiait avec insistance et devenait agressif sous l'emprise de l'alcool, on imagine bien comment ça s'est joué. Là où la plupart des gens passent leur chemin, notre homme à la canadienne a réagi autrement. Cette partie d'Hollywood Boulevard comprend surtout des commerces et des entreprises. Le soir, il n'y a pas grand monde. Un vieil ivrogne assoupi constituait une proie facile. D'autres blessures à part l'incision abdominale ?

– Des ecchymoses noires et bleues à la lèvre supérieure, répondit Petra.

– K.O. d'un coup de poing, comme pour Quigg, mais de face, Eccles étant ivre ou endormi.

– C'est possible, mais il avait des bleus partout sur le corps, la plupart anciens. Peut-être un problème de circulation lié à l'alcool, ou bien c'est qu'il se cognait souvent.

– Le coup à la lèvre m'a paru plus récent, dit Milo. Je penche pour le K.O. tandis qu'il cuvait.

– Ou bien il a entendu le tueur approcher, dit Petra, a voulu se relever et a été renvoyé illico au pays des songes.

– Bon, soupira Milo. Une fois encore, le comment se précise, mais le pourquoi est loin d'être clair. Je n'écarte pas pour autant ton hypothèse, Alex. Le type qui surréagit à de petits affronts, prétexte pour se livrer à ce qui l'excite. Seulement, ça ne colle pas avec Colin Quigg. À moins que tu n'aies découvert que Quigg était son prof quand il était en culotte courte et qu'il était particulièrement sévère, genre coups de règle métallique sur les doigts.

– Pas tout à fait, mais ça se précise.

Je leur fis part de ce que m'avaient appris les enfants Vanderveul.

– Quigg lui a rendu visite pour qu'elle lui remonte le moral ? dit Milo. Difficile d'en déduire quoi que ce soit.

– Gertrude veillait à ne pas mêler sa vie de famille et son travail. C'est la seule fois qu'elle a reçu un collègue chez elle de cette manière. Donc, ce qui préoccupait Quigg était grave. Et elle a pris soin d'éloigner ses enfants pour qu'ils ne puissent pas entendre.

– Thérapie de choc.

– En tout cas, les conseils n'ont pas été donnés à la légère. Démissionner de l'hôpital, peut-être. Ce que Quigg a fait peu de temps après. Il a changé de métier et a menti à sa femme sur la raison de cette réorientation.

– Quelque chose serait survenu au travail qui l'aurait ébranlé, dit Petra.

– Imaginons qu'il soit tombé sur un patient qui se livrait à des activités inquiétantes et qu'il en ait averti le personnel, dis-je. Si on n'en a pas tenu compte, cela a pu entraîner une profonde remise en cause. Et si on l'a écouté, le patient a peut-être été transféré aux soins spécialisés et Quigg s'est fait un sérieux ennemi.

Je leur décrivis le service isolé et le silence figé qui y régnait, entrecoupé de rares bruits étouffés.

– Si Quigg a obtenu qu'un patient y soit interné, celui-ci aura subi un changement radical de ses conditions d'existence, quittant un lieu de thérapie ouvert pour ce qui était en gros une prison, sans doute pour plusieurs années.

– Le centre principal était si confortable que ça ? s'étonna Milo.

– Les rares services fermés l'étaient pour la sécurité des patients, des individus profondément retardés qui risquaient de se blesser si on leur permettait d'aller et venir librement. Alors qu'aux soins spécialisés le seul but était de se protéger des patients.

– Camisole et murs rembourrés ?

– Je n'ai jamais su ce qui s'y passait car Gertrude m'a tenu à l'écart. Parce que je lui étais sympathique.

– Des enseignants y exerçaient ?

– Même réponse : je n'en sais rien.

– En tout cas, dit Petra, Quigg a vécu une expérience qui l'a poussé à s'en aller. Nous parlons d'un enfant terrifiant de quel âge ?

– D'après les quelques signalements dont nous disposons, le suspect serait un homme dans la trentaine. Sachant que Quigg a quitté Ventura il y a vingt-cinq ans, je vous laisse calculer l'âge du patient à l'époque. L'hôpital a fermé il y a dix ans. S'il y a été interné jusqu'à la fin, il avait donc à peine vingt ans. Un jeune homme très perturbé et en colère que l'on a peut-être lâché dans la nature. À moins qu'on ne l'ait transféré à Atascadero ou à Starkweather, d'où le délai avant qu'il ne passe à l'acte, quand il est enfin sorti.

– Autre possibilité, dit Milo, il est libre depuis un bon moment et il a d'autres meurtres à son actif.

– Il aurait déjà joué les chirurgiens ? fit Petra en secouant la tête. Personne n'a jamais vu de cas similaire, même pas le FBI.

– Tous les meurtres ne sont pas découverts, ma jolie.

– Pendant dix ans, il veille à dissimuler ses prouesses, et soudain il fait ça au grand jour ?

– Ça arrive, dit Milo. Excès de confiance.

– Ou bien l'ennui les gagne et ils recherchent de nouvelles stimulations, renchéris-je.

Milo sortit son portable.

– Il nous faut retrouver ce psychiatre, Cahane.

Il lança une recherche d'adresse, n'obtint aucun résultat.

– À quatre-vingts ans passés, dit Petra, il vit peut-être dans une structure avec assistance.

– Prions pour qu'il ne soit pas trop sénile, grogna Milo.

– Même si ça ne marche pas avec lui, dis-je, d'autres gens seraient susceptibles de nous renseigner, par exemple ceux qui travaillaient aux soins spécialisés.

– Nous pourrions mettre la main sur les dossiers du personnel, suggéra Petra qui sortit un tube de rouge, retoucha ses lèvres et sourit. Fins limiers que nous sommes.

Comme nous quittions le restaurant, leurs portables sonnèrent en même temps. Pas une coïncidence : deux laquais du chef les convoquaient instamment au QG pour une réunion de planning. Nous nous dirigions vers le parking du central de West L.A. quand le téléphone de Petra se manifesta à nouveau. Cette fois-ci, c'était son partenaire Raul Biro qui l'appelait depuis son bureau au poste d'Hollywood. Il avait localisé le fils de Lemuel Eccles, un avocat de San Diego. Compte tenu de la distance, Raul l'avait prévenu par téléphone, mais M. Eccles profiterait d'un déplacement professionnel le lendemain à San Gabriel pour s'entretenir *de visu* avec eux.

– Tu pourrais l'interroger avec nous, proposa Petra à Milo. À moins que tu ne sois pris ailleurs. Et à condition qu'il ne soit pas prévu au planning de nous retirer le dossier.

– Pas gagné, dit-il.

Ils s'éloignèrent, un ours flanqué d'une gazelle. Petra s'arrêta au bout de quelques pas et se retourna.

– Merci pour les pistes, Alex.

Sans ralentir l'allure, Milo lança d'une voix tonitruante :

– Je ne peux qu'approuver !

26

De retour chez moi, je comptais chercher dans le passé de Ventura quelqu'un qui soit susceptible de me renseigner sur les patients du service des soins spécialisés. Sur un curieux garçon en particulier. Si cela échouait, j'insisterais auprès du neveu d'Emil Cahane pour être mis en contact avec le psychiatre. Je venais de m'installer dans mon fauteuil quand mon secrétariat appela.

– J'ai un Dr Angel au bout du fil. Elle dit que c'est urgent.

Donna Angel est une vieille connaissance, nous nous sommes rencontrés au service cancérologie du Western Pediatric, mon premier poste à la fin de mes études. Brillante interne en oncologie, elle s'y était vu offrir une place de médecin titulaire. Depuis que je m'étais installé à mon compte, elle m'adressait quelques patients de temps à autre, toujours avec perspicacité et à bon escient. Je n'avais pas vraiment la disponibilité souhaitable pour prendre quelqu'un de nouveau, mais les enfants cancéreux ont toujours la priorité.

– Passez-la-moi.

– Ça fait plaisir de te parler, Alex.

La voix de Donna, qui rappelle celle de l'actrice Tallulah Bankhead, était plus rauque que jamais. Elle fumait à l'époque où j'avais fait sa connaissance, une habitude prise pendant ses années d'études et dont elle avait peiné à se défaire. Pourvu que l'altération vocale ne signale rien de funeste.

– Maudits gosses ! dit-elle en toussotant. Avec eux, nul besoin d'une boîte de Petri pour cultiver les virus !

– Faut se soigner. Quoi de neuf ?

– J'ai quelqu'un à te présenter.

– D'accord.

– Pas un patient. Pour une fois, c'est à moi de te rendre service.

Elle m'expliqua brièvement.

– Quand ça ? demandai-je.

– Tout de suite, si tu es dispo. Je sens une certaine urgence.

Il me fallut un peu moins d'une heure pour atteindre le croisement Sunset-Vermont. Comme toujours, le Western Pediatric était en travaux. Un nouvel immeuble étincelant émergeait d'un gouffre hérissé de barres d'armature, la façade principale avait eu droit à un ravalement et à du marbre en prime, et tant pis pour le déficit chronique ! Ce complexe constituait un filon de nobles intentions dans le lit rocailleux et asséché d'East Hollywood. Un kilomètre au nord, Lemuel Eccles avait été trucidé et abandonné au pied d'une benne. Ce n'était pas le moment de se laisser aller à des réflexions métaphysiques sur le karma ou le hasard.

Je me garai sur le parking réservé au personnel médical, pris l'ascenseur jusqu'au quatrième étage d'une tour de verre nommée en hommage à un donateur depuis longtemps décédé, souris à la secrétaire du service hématologie-oncologie et frappai à la porte de Donna. Elle m'ouvrit avant même que mon poing ne s'écarte du bois, m'étreignit et me fit entrer. Son bureau était encombré du fatras habituel. Un homme se tenait près de l'une des deux chaises destinées aux patients.

– Docteur Delaware, je vous présente M. Banforth.

– John, dit l'homme en me tendant la main. Merci d'avoir accepté de me voir.

– Ce sera peut-être à moi de vous remercier.

Banforth attendit que je sois assis pour en faire autant. Noir baraqué aux cheveux courts prématurément grisonnants, il avait dans les trente-cinq ans et mesurait un mètre quatre-vingts. Lunettes à monture d'écaille sur un nez court et droit. Pull cachemire marron à col V, pantalon moka, chaussures de sport en daim acajou. Pin's figurant une balle de golf épinglé à la poitrine gauche. Une fine chaîne en or autour du cou avec deux médaillons, les silhouettes d'un garçon et d'une fille.

– Je vais vous laisser tranquilles, dit Donna.

Quand la porte se fut refermée derrière elle, John Banforth soupira :

– Ça me pèse…

Il croisa les jambes, parut insatisfait de cette posture décontractée et les décroisa.

– Bon, on se lance, fit-il en inspirant un bon coup. Comme vous l'a expliqué le Dr Angel, ma fille Cerise est sa patiente. Cerise a cinq ans, on lui a diagnostiqué une tumeur de Wilms au stade trois. Elle a subi l'ablation d'un rein et nous avons bien cru la perdre. Mais elle va beaucoup mieux, elle réagit bien au traitement, et nous sommes tous convaincus, y compris le Dr Angel, que Cerise est promise à une longue vie.

– C'est merveilleux.

– Je ne dirai jamais assez tout le bien que je pense du Dr Angel. Si quelqu'un porte bien son nom, c'est elle ! Mais ça reste une épreuve. Le traitement. L'organisme de Cerise est hypersensible, un rien déclenche une réaction. Il y a quelques semaines, elle a terminé une nouvelle phase et il a fallu l'hospitaliser le temps que les différents taux se stabilisent. Le jour où on a enfin pu la ramener, on roulait sur la voie express en direction de la maison quand elle s'est mise à pleurer parce qu'elle avait faim. J'ai pris la première sortie, celle pour Robertson. Il y avait surtout des fast-foods, puis on a repéré un café qui semblait sympa, le Bijou. Quitte à ce qu'elle mange un morceau, nous tenions à ce que ce soit quelque chose d'équilibré. Et puis, c'était l'heure du déjeuner, ma femme et moi avons décidé d'en profiter pour prendre notre repas. Madeleine est professeur de danse et moi de golf, nous surveillons notre ligne.

– Logique.

– Donc, on s'installe et on commande à manger, mais voilà que Cerise devient grincheuse. On aurait sans doute mieux fait de rentrer à la maison, mais les résultats étaient vraiment bons. Quand votre gosse vient de subir une terrible épreuve, c'est normal de chercher à lui faire plaisir, non ?

– Bien sûr.

– Cela dit, on aurait dû se méfier, car il arrive que Cerise surestime ses forces au sortir d'une phase de traitement. (Ses yeux se mouillèrent.) Elle a souffert le martyre, mais elle veut toujours se montrer forte.

Il sortit son portefeuille et me présenta des photos. Une enfant joufflue aux boucles cuivrées, et la même fillette, à peine plus âgée, chauve et blafarde, ses yeux paraissant énormes au milieu du visage amaigri et où se lisait la question : « Pourquoi moi ? »

– Elle est adorable, dis-je avec une fêlure dans la voix dont je m'étonnai moi-même.

– Vous voyez ce que je veux dire ? Ça vous serre le cœur, vous cédez même si ça n'est pas très raisonnable.

– Forcément.

– Donc, on s'est retrouvés dans ce café et tout se passait bien au début. Puis Cerise est devenue franchement irritable. Elle n'arrêtait pas de geindre. On a cru qu'elle souffrait, mais elle nous a dit que non, sans pouvoir nous expliquer ce qui n'allait pas. Je suis sûr que c'est parfois la stricte vérité. Tout d'un coup, elle nous a sorti qu'elle avait envie d'une glace. Normalement, elle doit d'abord terminer son assiette, mais… (Nouvelle tentative de croisement de jambes, avortée après un moment de gêne.) Oui, nous la gâtons. Notre fils Jared, qui a dix ans, s'en plaint sans arrêt. Mais avec tout ce qu'elle a subi… Enfin, on lui a donc commandé une glace, mais quand on la lui a apportée, Cerise avait changé d'avis, elle n'en voulait plus et a recommencé à se plaindre. La serveuse est venue lui proposer un donut et elle a accepté. (Il essuya son front en nage avec un mouchoir en tissu.) C'est vrai qu'on se laisse manipuler, mais nous nous mettons à sa place, c'est le seul pouvoir qu'elle peut exercer. Quand elle sera tirée d'affaire, il sera toujours temps… En tout cas, là, le moment était visiblement venu de régler et de s'en aller, mais avant que j'aie le temps de sortir mon portefeuille, la femme assise dans le box voisin a bondi comme si on venait de lui mordre les fesses. Elle s'approche d'un pas furieux et lance un regard mauvais, franchement haineux, à notre fille. Une gamine hypersensible comme Cerise, la voilà qui pique sa crise et se met à hurler. Une personne normale comprendrait et s'effacerait. Pas cette dame, qui au contraire a durci son expression, comme si elle voulait briser Cerise, vraiment la briser en deux, vous comprenez ?

– Incroyable.

– Ma femme et moi, on n'en revient pas. La dame me fusille du regard et je lui lance : « Quel est le problème ? » Elle me renvoie : « Vous ! Les gens malades, ça mange à l'hôpital, pas au restaurant ! » Je n'en crois pas mes oreilles, je suis incapable de répondre, mais Madeleine, qui est quelqu'un de très rationnel, cherche à lui expliquer. La femme la coupe d'un geste et lui lance : « Vous êtes sans gêne ! Vous trouvez ça normal de nous infliger votre sale gosse ? » Là, j'ai pété un câble, je ne me contrôlais plus du tout. (Il fixa le sol.) J'aurais dû me raisonner. Je suis un ancien militaire, on m'a appris à supporter la pression.

Mais c'était ma fille qu'elle traitait de sale gosse. On aurait dit que cette femme assemblait des explosifs pour me faire sortir de mes gonds, et j'en étais conscient, mais c'était plus fort que moi. Je ne l'ai pas touchée, je ne suis pas fou à ce point, mais j'ai bondi de ma chaise et je me suis planté devant elle. Croyez-moi, docteur, j'étais à deux doigts de faire une vraie bêtise, heureusement que les réflexes de militaire ont pris le dessus. Mais Madeleine m'a retenu par la main et m'a supplié de laisser tomber. Je me suis raisonné et la connasse est retournée à sa place, mais elle nous regardait avec un petit sourire satisfait, comme si elle avait eu gain de cause. Nous avons vite filé, dans la voiture on était tous silencieux, même Cerise. En arrivant à la maison, elle nous a sorti : « Je fais tout mal. » Pour le coup, Madeleine et moi avons franchement perdu pied. Dès que Cerise s'est endormie pour sa sieste, on s'est effondrés et on a pleuré à chaudes larmes.

– Je suis sincèrement désolé que vous ayez eu à subir cela.

– Oui, sale moment, mais on s'en est remis. Dès le lendemain, Cerise allait très bien, comme si ça n'était jamais arrivé. Vous vous rendez compte ? (Haussement d'épaules.) Faut savoir encaisser les coups, Cerise nous montre l'exemple. (Il porta la main aux pendentifs, caressa l'un et l'autre.) Bon. Vous vous demandez certainement pourquoi j'ai demandé au Dr Angel de vous en parler. En fait, l'idée est venue d'elle. Je lui ai fait part d'autre chose qui se rapporte à l'incident parce que ça me turlupinait. Elle m'a dit : « Je connais un psychologue qui a travaillé ici, qui collabore avec un policier… » Non, je mélange tout, ça ne va pas… (Le troisième essai de croiser les jambes se prolongea, mais Banforth donnait l'impression d'être contraint de se livrer à de douloureuses contorsions.) J'en viens au point qui va vous étonner, docteur. J'y suis retourné.

– Au Bijou.

– Quelques jours plus tard. Je me doute que ça doit

vous sembler insensé, mais j'ai eu envie d'y retourner à tête reposée, en me disant que si par hasard cette femme s'y trouvait, je pourrais tenter de lui expliquer. Pour la faire évoluer, vous comprenez ? Au sujet des enfants malades, la nécessité de se montrer flexible. J'étais décidé à bien me conduire, à me montrer raisonnable quelle que soit sa réaction. Pour me prouver à moi-même que j'étais clair avec ça. (Il détourna le regard.) C'était bête. Que voulez-vous que je vous dise ? Je m'y suis donc rendu et le patron, un type aux cheveux longs avec une boucle d'oreille, m'a reconnu. Il a été très sympa, il s'est excusé de ce qui était arrivé et m'a dit que nous étions toujours les bienvenus chez lui. Je l'ai remercié et je lui ai demandé si cette femme était une habituée, parce que j'aimerais bien un jour lui parler des enfants malades, lui expliquer, tout ça d'un ton très amical. Il m'a dévisagé bizarrement et m'a dit : « Vita ? Elle a été assassinée. » Moi, je lâche : « Merde… Quand ça ? – Quelques jours après votre passage. » Je reste sans voix et je repars. Un peu plus tard, je suis au volant, me rendant au boulot, quand un truc me revient, quelque chose qui s'est passé le jour où cette Vita nous a agressés. Je mets ça de côté, certain que ça n'a aucune signification, mais ça a continué à me trotter dans la tête. J'y pense sans arrêt, à tel point que j'ai fini par en parler au Dr Angel.

Il se tut, mais je restai muet.

– Quand nous avons quitté le restaurant, un autre client est sorti juste derrière nous. Il a commencé à s'éloigner dans la direction opposée, puis il a fait demi-tour et il est venu vers nous. J'ai pensé : « Merde, un autre cinglé » et je me suis dépêché de faire monter Madeleine et Cerise dans la voiture. Quand il s'est approché, j'ai vu qu'il souriait, mais je ne savais pas si c'était amical ou non, parfois on a du mal à dire. J'ai dû me raidir et lui s'en apercevoir, car il s'est arrêté à un ou deux mètres et a fait ça… (Il brandit les mains, paumes en avant.) Genre, mes intentions sont pacifiques. Je suis malgré tout resté sur mes gardes, lui m'a souri et m'a adressé un clin d'œil. Sympathique et en même temps bizarre. Je ne peux pas vous expliquer pourquoi, mais je n'étais pas tranquille. Il m'a décoché une nouvelle œillade, il a fait le V de la victoire et il est parti. J'étais décontenancé, même méfiant, mais je ne pensais qu'à rentrer à la maison pour que Cerise soit au calme. Sauf que, quand j'ai appris que Vita était morte, j'y ai pas mal réfléchi. D'un côté, je me disais : allons, n'importe quoi. C'était juste un mec sympa qui voulait nous réconforter. Oui, mais le V de la victoire ne collait pas. Comme si on faisait partie de la même équipe et qu'on l'avait emporté. Ça n'avait aucun sens. Ça me tracassait vraiment. Et s'il s'était mis en tête d'intervenir pour notre compte ? Non, ce n'est sans doute rien, j'ai tendance à gamberger. J'ai tout de même appelé la police et demandé qui enquêtait sur la mort d'une certaine Vita. On m'a fait patienter, et on m'a enfin répondu que c'était l'inspecteur Sturgis et qu'on allait me le passer. J'ai raccroché, puis je me suis dit qu'on devait garder une trace de tous les appels et qu'on allait me recontacter, mais rien n'est venu.

– Les lignes de la police n'affichent pas le numéro de l'appelant pour ne pas décourager les gens de communiquer des renseignements.

– Oui, c'est compréhensible. Mais bon, je n'arrêtais pas de me dire que ça pourrait être lui l'assassin, un cinglé qui se serait figuré que nous étions du même camp. J'en ai donc parlé au Dr Angel qui m'a fait part de ce hasard étonnant, le fait que vous travaillez avec l'inspecteur en question, et je me suis exclamé : « Waouh, c'est le karma ! Le signe qu'il faut vraiment que je m'en délivre ! » (Petite moue.) Me voici donc, docteur.

– Merci de vous être manifesté. À quoi ressemblait cet individu ?

– Il y a donc un rapport avec le meurtre ? Merde !

– Pas obligatoirement, John. À ce stade, les flics examinent toutes les pistes.

– Ils n'ont pas de suspect ?

– On dispose de divers éléments dont l'importance reste à déterminer. Décrivez-moi cet homme.

– Un type blanc, dans les trente-cinq, quarante ans. Assez épais, visage rond. Voilà.

– La couleur des cheveux ?

– Châtains. Courts, comme s'ils repoussaient après une coupe en brosse.

– Les yeux ?

– Je ne sais pas.

– Il n'a rien dit.

– Non. Juste les clins d'œil et le V de la victoire. Pas franchement des indices. C'est pour ça que j'étais hésitant.

– Votre première impression a été qu'il y avait chez lui quelque chose de bizarre.

– Mais je suis incapable de vous dire pourquoi. Désolé.

Je lui laissai le temps d'y réfléchir. Il secoua la tête.

– Comment était-il habillé ?

– Ce type portait une canadienne alors qu'il faisait chaud… voilà un détail singulier. C'est peut-être ça qui m'a mis la puce à l'oreille.

– Décrivez-moi ce vêtement.

– Il était doublé de peau, je crois bien. Marron, il me semble. L'extérieur était peut-être en tissu ou en suédine, je n'ai pas vraiment fait attention. Ah, autre chose me revient : il avait un livre à la main. Assez gros, comme les manuels qu'ont toujours les étudiants. Mais il n'avait pas une tête d'étudiant.

– Quel genre de livre ?

– Une couverture souple, à la réflexion, c'était peut-être une sorte de magazine. Peut-être des jeux de logique, car il y avait un grand point d'interrogation en couverture.

Mon cœur s'emballa. Je comprenais enfin pourquoi le

croquis d'Alex Shimoff m'évoquait quelque chose. Le lendemain du meurtre, quand Milo et moi nous étions rendus au Bijou, un homme à la bouille ronde s'y trouvait. Installé dans un box derrière les deux mères avec leurs bambins. Devant une assiette d'œufs brouillés accompagnés d'un steak, un crayon à la main avec lequel il résolvait quelque jeu ou problème. Il s'offrait un solide petit déjeuner et un moment de détente, quelques heures après avoir étripé Vita.

– Qu'est-ce qu'il y a ? s'étonna John Banforth.

– Vous avez bien fait de parler.

– C'est lui l'assassin ? Mince…

– Rien n'est sûr, mais c'est une piste et le lieutenant Sturgis s'en félicitera.

– Tant mieux, alors. J'avais peur de vous faire perdre votre temps.

– Vous seriez prêt à travailler avec un dessinateur de la police, pour affiner le portrait-robot ?

– Ça existe encore ? Je m'imaginais que tout se faisait par ordinateur.

– Non, on dessine encore à la main.

– Mon nom y figurerait ?

– Non.

– Bon, d'accord. À condition que ça se fasse pendant un trou dans mon emploi du temps, et que Madeleine ne soit pas au courant. Elle ne sait rien de tout ça, même pas que je vous ai rencontré aujourd'hui.

– Cela s'organisera à votre convenance.

– Parfait, dit-il en me tendant sa carte. Appelez-moi au premier numéro, c'est celui pour mes cours particuliers de golf.

– Merci infiniment.

– Je n'ai fait que mon devoir.

Il atteignit la porte le premier, marqua un arrêt et se tourna vers moi.

– C'était une vraie harpie, cette Vita. Madeleine et moi

l'avions surnommée la méchante. On se lançait de temps à autre : « Je me demande bien à qui la méchante s'en prend en ce moment ! » C'était une plaisanterie, manière d'atténuer le traumatisme. Cela dit, personne ne mérite d'être assassiné.

Sa voix flancha sur le dernier mot.

27

Sur le chemin du retour, je fis un crochet par le quartier où avait vécu Vita Berlin. Je parcourus les rues ensoleillées et les venelles sombres, à l'affût d'un individu trop couvert pour la douceur ambiante. Après quatre circuits infructueux, je me rendis au Bijou. Il était quinze heures passées, l'établissement venait de fermer. Par la devanture, j'aperçus Ralph Veronese qui balayait, ses longs cheveux noués en un chignon qui lui donnait une allure à la fois de samouraï et de fillette. Je frappai au carreau. Sans s'interrompre, il indiqua l'affichette « fermé ». J'insistai et il releva la tête. Il entrouvrit la porte et appuya le balai contre le chambranle.

– Salut.

– J'ai d'autres questions à propos de Vita.

– Vous avez arrêté quelqu'un ?

– Pas encore. Je souhaite vous parler d'un client qui se trouvait ici le jour où nous sommes passés.

Je lui décrivis l'homme à la canadienne.

– Non, ça ne me dit rien.

– Il est venu chez vous au moins à deux reprises.

– Ça n'en fait pas un habitué. La moitié du temps, je suis en cuisine.

– Il était dans ce box d'angle, il a pris un steak accompagné d'œufs brouillés et il avait un magazine de jeux de logique.

– Ah…

– Vous vous souvenez de lui ?

– À cause du magazine. Je me suis dit : encore un campeur qui se croit à la bibliothèque municipale ! Mais il a commandé à manger. Les campeurs, ils se contentent généralement d'un café qu'ils font durer, ils sortent leur ordi et ils râlent quand ils découvrent qu'on n'a pas le wi-fi.

– Est-il passé à d'autres moments ?

– Pas que je sache.

– Vous pourriez vérifier les reçus pour les deux journées où l'on sait qu'il était là ?

– Toutes les pièces sont chez la comptable, je les lui transmets le vendredi.

– Je veux bien que vous l'appeliez.

Il appuya sur une seule touche, s'entretint avec une certaine Amy et raccrocha.

– Elle dit que tout est déjà archivé. Elle peut y jeter un coup d'œil, mais ça prendra du temps.

– Le plus rapide sera le mieux, Ralph.

– Elle me facture à l'heure.

– Envoyez-moi la note.

– Sérieux ?

– Tout à fait.

Il écrivit un texto à Amy.

– Peut-être que vous êtes souvent en cuisine, mais Hedy est toujours en salle. Appelez-la. Si elle ne répond pas, je veux bien son numéro.

– Son fixe est le même que le mien. On envisage de se marier.

– Félicitations.

J'indiquai son portable. Il joignit Hedy, lui expliqua la situation et me tendit l'appareil.

– Le gars qui faisait des jeux de logique ? Je me rappelle très bien, mais je vous préviens, il a réglé en espèces. Ça m'a marquée parce qu'il n'avait que des billets d'un dollar et un tas de pièces, comme s'il avait cassé sa tirelire.

– Qu'est-ce que vous pouvez me dire d'autre sur lui ?

– Hum… il n'a pas laissé une miette dans son assiette, et il n'a pas ouvert la bouche si ce n'est pour commander. Il avait une voix de fillette, haut perchée, qui détonnait avec son physique. Il a plutôt une carrure de rugbyman, vous savez.

– Et pas très porté sur la conversation.

– Il gardait le nez plongé dans son magazine, même en mangeant.

– C'était quel genre de jeux ?

– Aucune idée. Vous pensez que c'est lui qui a tué Vita ?

– Nous souhaitons simplement l'interroger.

– Parce qu'il n'est pas très net ?

– Comment ça ?

– Vous savez, un peu toqué.

– Vous avez eu cette impression ?

– Je ne suis pas psy, mais il paraissait… par exemple, il ne vous regardait pas dans les yeux. Et il marmonnait de sa petite voix flûtée. Comme s'il voulait chuchoter, genre se faire tout discret.

– Pas sociable.

– Exactement. Tout le contraire. Genre, je veux rester dans mon monde à moi. J'ai respecté ça. Dans notre métier, faut être psychologue.

– Avez-vous noté autre chose de bizarre ?

– Ses vêtements. Il fait assez chaud au Bijou, la clim ne fonctionne pas très bien. Pourtant, le gars portait une canadienne doublée de mouton. J'en ai une dans ma penderie, du temps où j'habitais à Pittsburgh. Je ne l'ai pas sortie une seule fois depuis que je suis à L.A.

– Il transpirait ?

– Hum… non, je ne crois pas. Ah, une dernière chose : il a une cicatrice à la gorge, sur le devant. Rien de répugnant, juste une ligne blanche à la base du cou.

– En travers de la pomme d'Adam ?

– Plus bas, dans la partie charnue. Comme une estafilade qu'aurait bien cicatrisé.

– D'autres marques ou signes distinctifs ?

– Pas que j'aie vus.

– Des tatouages ?

– Rien de visible. Il était bien couvert.

– Mis à part la canadienne, comment était-il habillé ?

– Vous pensez vraiment que c'est lui ? Ça fout la pétoche. Et s'il revenait ?

– Vous n'avez rien à craindre, mais si jamais il se présente, appelez le numéro suivant.

Je lui donnai la ligne directe de Milo.

– C'est noté. Comment était-il habillé ? Il devait porter un polo sous la canadienne… désolée, je n'ai pas fait attention. J'ai remarqué le manteau parce que c'était insolite. J'étais surtout concentrée sur les commandes. Je peux vous dire exactement ce qu'il a pris : steak et œufs brouillés, accompagné d'oignons et de champignons. Steak saignant, pas d'indication pour les œufs. Il m'a laissé dix pour cent comme pourboire. Rien que des pièces, mais je ne l'ai pas mal pris. Ce n'était pas fait exprès pour m'embêter.

– Plutôt parce qu'il ne savait pas que ça ne se fait pas.

– C'est exactement ça. Un peu déphasé. Ces gens-là sont à plaindre.

Je m'arrêtai chez un marchand de journaux qu'il m'arrivait de fréquenter, dans Robertson à proximité du carrefour avec Pico. On y vendait principalement des magazines people et porno. Petit choix de jeux et mots croisés dans un coin. Aucune couverture arborant un gros point d'interrogation. Je présentai ma pseudo-carte de consultant au Sikh qui tenait le kiosque et lui décrivis l'individu à la canadienne.

– Non, monsieur. Je ne le connais pas.

Je lui laissai malgré tout la carte de Milo, avec pour consigne d'appeler si l'individu se présentait.

– Il se pourrait qu'il vous achète un magazine de jeux.

Le Sikh sourit comme si ma requête était parfaitement raisonnable.

– Bien, monsieur. Si ça peut vous rendre service.

Pour le récompenser de son attitude positive, j'achetai une revue de design sur papier glacé. Robin aime contempler des demeures de rêve.

De retour dans la voiture, je tentai de joindre Milo puis Petra, en vain. En désespoir de cause, je composai le numéro de Raul Biro, tombai sur sa boîte vocale et raccrochai sans laisser de message. La présence de l'homme à la canadienne au Bijou signifiait-elle qu'il avait longuement traqué sa victime, ou bien s'y était-il trouvé par hasard et avait-il décidé que Vita Berlin méritait d'être supprimée après l'avoir vue tourmenter Cerise Banforth ? Si c'était la deuxième solution, peut-être habitait-il dans les environs. Je fis demi-tour et effectuai une nouvelle ronde dans le quartier, en commençant par la rue de Vita. Stanleigh Belleveaux était dehors, occupé à arroser ses arbustes. Une pancarte « À louer » était plantée dans le gazon devant le bâtiment bleu ciel à un étage. Deux appartements libres. Je roulais très lentement, mais Belleveaux ne releva pas la tête. Je poursuivis vers le sud. Aucun homme vêtu d'une canadienne et, à l'exception d'une jeune femme promenant un bébé dans une poussette, la seule activité était celle des voitures sortant des allées ou s'y engageant. Je vis tout de même une porte d'entrée s'ouvrir et en jaillir une grande perche d'adolescent muni d'un ballon de basket avec lequel il se mit à tirer des paniers. Retour à la normale. Les gens se raccrochent au quotidien.

Il était près de vingt-trois heures quand Milo me rappela.

– Je conserve l'enquête, Petra aussi.

– Félicitations.

– Des condoléances seraient mieux venues. Sa Magnanimité m'a signifié sans ménagements que je ne le méritais pas, mais si on repartait de zéro le dossier risquait de tomber aux oubliettes.

– À la prochaine fête de Noël, il fera le père Noël.

Il ne put s'empêcher de rire.

– Petra et moi savons la vraie raison qui le retient de confier le dossier à une unité plus prestigieuse : tous les enquêteurs vedettes qui ne sont pas en arrêt maladie de longue durée ont droit à un voyage en Arizona aux frais du contribuable pour une conférence sur les cartels de la drogue au Mexique. Powerpoint à gogo. As-tu du neuf ?

Je lui rapportai la visite de la famille Banforth au Bijou, la présence de l'homme à la canadienne et la description que m'en avait faite Hedy.

– Un cinglé qui aime le steak.

– Cette façon de manger, concentré sur sa nourriture, est typique de ce que l'on peut observer en collectivité. Dans les trente-cinq, quarante ans, cela signifie qu'il en avait entre onze et seize quand Quigg enseignait à Ventura.

– Un gamin. Mais tellement effrayant qu'on l'a transféré aux soins spécialisés.

– La piste d'un problème à la thyroïde se précise aussi. La serveuse a remarqué qu'il avait une cicatrice au cou, l'examen interrompu à la clinique de North Hollywood était peut-être pour une visite de contrôle. La première cause d'ablation de la thyroïde est le cancer. Il y a aussi certaines maladies auto-immunes, comme la thyroïdite d'Hashimoto. Quelle qu'en soit l'explication, il serait contraint de prendre un cachet quotidien pour réguler son métabolisme. Le dosage n'est pas simple, si notre homme est SDF, peut-être n'est-il pas suivi comme il faut. Ce qui expliquerait la sensation d'avoir froid et la prise de quelques kilos.

– Le cancer ? Voilà que j'ai affaire à un psychopathe susceptible d'attirer la compassion ?

– Le cancer de la thyroïde est l'un de ceux qui se

guérissent le mieux. Il aurait toutes les chances de vivre jusqu'à un bel âge.

– Sauf qu'il est un peu déréglé.

– D'où le scanner. Pour renouveler son ordonnance, il est obligé tôt ou tard de consulter un médecin. Au vu des symptômes et du manque de suivi, le praticien juge préférable de réaliser un bilan complet pour ajuster le dosage. La clinique de North Hollywood a beau donner principalement dans l'accident, on y traite aussi les maladies. Rien d'étonnant, donc, qu'on l'y adresse pour un examen.

– Il s'y présente pour se faire irradier, irrite le Dr Usfel qui le fiche dehors.

– Elle a mal choisi à qui s'en prendre.

– Mesdames et messieurs les jurés, certes, mon client est un peu susceptible, mais en plus d'être un cinglé confirmé, il a les glandes déréglées et a dû faire face au méchant crabe.

– La charrue avant les bœufs, mon grand.

– Je sais, je sais, commençons par l'interpeller avant que quelqu'un d'autre ne le caresse dans le mauvais sens du poil. Comment puis-je remonter la piste de la thyroïde, Alex ? J'appelle tous les endocrinos des environs ?

– Je doute qu'on accepte de te répondre, mais le grand public n'aura pas les mêmes scrupules. Il faut aussi organiser une rencontre entre Banforth et Shimoff pour affiner le portrait-robot. Si besoin, j'essaierai de fournir quelques indications supplémentaires, comme j'ai vu le bonhomme d'assez près. Avec un nouveau croquis, plus la cicatrice, la canadienne et le magazine avec un point d'interrogation, peut-être que cela suscitera un souvenir chez quelqu'un. Même s'il vit caché, il doit bien se montrer à l'occasion. S'agissant d'un individu qui a fréquenté des établissements spécialisés, j'interrogerais les dispensaires, les structures d'accueil et de réinsertion et les bureaux d'assistance sociale aux alentours des divers lieux où ont été commis les meurtres. Autre chose, il a réglé son repas au Bijou avec de la petite monnaie. Je doute que ce soient les intérêts d'un compte titres.

– Il touche une allocation, ou bien il fait la manche, comme Eccles. Bigre, il l'a peut-être éliminé pour ça. Ils se faisaient concurrence et l'homme à la canadienne n'a pas hésité à recourir à des pratiques déloyales… Bon, je vais réunir Banforth et Shimoff. Je sens qu'on avance, amigo.

– Une dernière chose. Tu devrais faire le tour des marchands de journaux, le magazine de jeux avec un gros point d'interrogation en couverture doit bien se vendre quelque part. J'ai vérifié chez celui à proximité du domicile de Vita, négatif.

– Il y a le gros kiosque dans Hollywood Boulevard, non loin de l'endroit où Eccles a été retrouvé. D'ailleurs, Jernigan m'a appelé pour me communiquer les résultats de l'autopsie. L'ecchymose à la lèvre supérieure a été provoquée soit par un coup de poing, soit, plus probable, par un coup de pied avec une chaussure à bout arrondi. Pas mortel, mais suffisant pour le sonner. Le fils d'Eccles passe demain. Seras-tu des nôtres ?

– Je ne raterais ça pour rien au monde.

28

Âgé de trente-huit ans, Lemuel Eccles junior, surnommé Lee, avait la mâchoire et les épaules carrées. Son regard bleu peinait à se fixer et ses cheveux châtains mi-longs étaient plus clairs aux pointes. Le type même du surfeur vieillissant. Il avait les mains manucurées et arborait un costume anthracite à fines rayures coûtant deux mille dollars au bas mot, une cravate Hermès pourpre et une pochette de soie violette et jaune serin. Avocat spécialisé dans l'immobilier, d'après sa carte.

– Baux et hypothèques ? s'enquit Milo.

– Avant, oui. Aujourd'hui, c'est plutôt évictions et saisies. En gros, je suis un charognard.

Sourire élégant et maîtrisé, mais un peu court. Nous nous trouvions depuis moins d'une minute dans la salle d'interrogatoire et Eccles peinait déjà à détacher le regard de Petra Connor. Compréhensible, d'autant qu'il n'y avait pas de concurrence. Les lèvres de la jeune femme avaient retrouvé du lustre depuis la veille, ses yeux de l'éclat et son teint de la chaleur. Elle portait une simple chaînette en or et de discrets brillants aux oreilles. La coupe de son tailleur noir n'avait rien à envier à celle du costume de l'avocat. Les premières fois qu'elle le surprit à la détailler, elle fit mine de ne pas le remarquer. Elle finit par lui sourire et rapprocher son siège. Elle a une relation sérieuse avec un ex-inspecteur du nom d'Eric Stahl, mais tous les atouts méritent d'être joués. Milo flaira vite l'attirance et laissa Petra mener l'entretien.

– Lee, dit-elle comme si elle savourait ce prénom. Nous tenons à vous présenter nos plus sincères condoléances.

– Merci, dit Eccles en défaisant un bouton de sa veste. C'est gentil. Je sais bien que je ne devrais pas être surpris, vu qu'il menait ce que vous autres policiers appelez une existence à haut risque. Malgré tout, on n'est jamais préparé.

Les yeux de Lee Eccles se voilèrent légèrement. Une boîte de mouchoirs était posée sur la table, mais Petra s'abstint de la lui proposer. Inutile de souligner sa vulnérabilité. Il s'essuya avec sa pochette, prit le temps de la replier avec soin et de la repositionner parfaitement.

– Qu'est-il arrivé au juste ?

– Votre père a été assassiné et nous sommes déterminés à coincer le coupable. Tout renseignement nous sera très utile.

– La première chose que vous devez savoir, c'est qu'il était fou. Au sens propre, j'entends. Une schizophrénie de type paranoïaque. Diagnostiquée il y a très longtemps, juste après ma naissance. Ma mère et lui ont divorcé quand j'avais quatre ans, je le voyais très peu. Il m'a retrouvé après mes études de droit, il a débarqué un jour au cabinet. J'ai commis la bêtise de le ramener à la maison. C'est vite devenu angoissant. Tracy, ma femme, a tout de suite eu peur de lui. Moi aussi, par la suite.

– En quoi vous faisait-il peur, Lee ?

– Sans être violent à proprement parler, la menace planait toujours autour de lui. D'une certaine manière, c'était pire. Cette expression qu'il avait dans le regard, cette manie de devenir subitement silencieux pendant une conversation. Un jour qu'il dormait chez nous, il s'est mis à frapper la cloison, plusieurs coups de poing qui ont fait des trous. Ça nous a réveillés en pleine nuit, on était épouvantés. Quand je suis allé voir ce qui se passait, je l'ai trouvé assis par terre, blotti dans un coin. Il prétendait qu'il avait dû refouler un inconnu. Mais l'alarme était toujours activée et personne ne s'était introduit chez nous. Je suis parvenu à le calmer et je l'ai laissé. Plus tard, je l'ai entendu qui sanglotait dans son lit.

– Quelle épreuve ! dit Petra.

– J'ai compris que ces crises étaient liées à l'alcool. Le problème, c'est qu'il buvait souvent. Tracy et moi avons décidé qu'on ne pouvait plus le recevoir, qu'il fallait couper les ponts. Nous l'en avons informé la fois suivante où il s'est présenté, il a pris la mouche et nous a injuriés. J'ai proposé de lui payer une chambre d'hôtel pour la durée de son séjour, et qu'on se voie la journée. Ça l'a mis hors de lui et il est parti sans décolérer. Il est revenu quelques semaines plus tard et a tenté de s'introduire de force chez nous, alors que je bloquais la porte. Là, j'ai résolu de le faire interner. J'ai essayé à trois reprises. Pour notre sécurité autant que la sienne, il ne devait plus être à la rue, mais soigné dans un cadre surveillé. Chaque fois que je me suis présenté au tribunal, il y avait une de ces bonnes âmes de l'aide judiciaire pour s'y opposer. Un connard qui n'avait jamais rencontré mon père mais prétendait défendre ses droits. Apparemment, ils épluchent la liste des affaires en instance et se pointent pour contester le bien-fondé, ne serait-ce que d'une simple mesure conservatoire limitée à soixante-douze heures.

– C'est insensé, compatit Petra.

– Je vous parle de minables payés aux frais du contribuable, qui connaissent toutes les ficelles juridiques, et sont comme cul et chemise avec ces magistrats à l'encéphalogramme plat qu'ils invitent certainement à déjeuner. Moi qui suis pourtant avocat, je n'ai pas su m'y prendre. Après le troisième échec, j'en ai parlé à un copain spécialiste en droit de la santé. Il m'a répondu : « Ne perds pas ton temps et ton argent. Tant qu'il n'agresse pas quelqu'un, et seulement si du sang est versé, ou ne tente pas de se suicider, rien ne se fera. Et si ça en arrive là, on se contentera de l'enfermer deux jours, puis on le relâchera dans la nature. »

– Pas de danger imminent, dit Petra.

– Foutaises. Le seul fait d'être SDF suffisait à le mettre en danger. Évident. Vous savez ce que j'aimerais faire ? Amener un de ces minables à la morgue pour lui montrer le résultat de son intervention. (Il resserra son nœud de cravate.) Vous savez qui l'a tué ?

Toujours « le », « lui » ou « il ». Jamais « papa », ni « père », ni même « le vieux » ou « le paternel ».

– Non, malheureusement. Et vous, Lee, avez-vous des soupçons ?

– J'aimerais bien. Où est-ce arrivé ?

– Dans une ruelle à proximité du croisement d'Hollywood et Western.

– Mon Dieu, c'est là que je l'ai déposé après l'avoir récupéré au poste.

– Quand ça, Lee ?

– Il y a environ un mois. Il avait été arrêté pour avoir poussé un passant alors qu'il mendiait. Ayant droit à un coup de fil, il m'a appelé. Je me suis dit qu'on le libérerait de toute manière, qu'il m'en voudrait si je refusais de l'aider, alors j'ai versé la caution, je suis passé le prendre et je l'ai déposé où ça l'arrangeait. Plus exactement, là où monsieur a exigé d'être conduit, comme si j'étais son chauffeur. Il a donc été assassiné par là-bas ?

– Avez-vous remarqué dans quelle direction il est parti ? s'enquit Petra.

– Non, je me suis tiré vite fait.

– Vous ne l'auriez pas vu aborder quelqu'un ?

– Non, par contre quelque chose me revient. Probablement un délire de psychotique, mais autant vous en parler. Dans la voiture, il s'est lancé dans une de ses diatribes, comme quoi il avait peur d'un type qui le harcelait. Puis il a déversé sa parano sur moi, j'étais un avocat, les avocats dirigeaient le monde, alors pourquoi je n'étais pas fichu de l'aider ? J'ai proposé de lui trouver un endroit où aller s'il craignait pour sa sécurité, mais ça l'a mis hors de lui, il m'a accusé de vouloir l'enfermer à l'asile. Je n'étais qu'un fumier, comme tous les avocats. Je lui ai répondu : « C'est toi qui dis que quelqu'un t'en veut, moi je cherche simplement à t'aider. » Pour le coup, il s'est refermé comme une huître et m'a entièrement ignoré. Quand on est arrivé là où il le souhaitait, il m'a dit : « Arrête-toi ici. » Il est descendu et s'est éloigné, sans un merci.

– De qui avait-il peur ?

– Croyez-moi, ce n'était qu'un délire. Un vieux délire.

– Comment ça ?

– Ce type n'existe pas. Je l'ai entendu s'en plaindre toute ma vie. D'après ma mère, ça lui a pris quand il a été interné en hôpital psychiatrique.

– Où ça ?

– Un établissement qui a fermé. Ventura State. On l'y avait envoyé pour une durée indéterminée, mais ma mère m'a raconté qu'il était sorti assez vite. À l'époque, on internait plus facilement les gens. Un juge avait ordonné le traitement après que mon père avait mis un coup de poing à un type dans un bar. Au procès, il avait soutenu que le mec cherchait à lui implanter des haut-parleurs dans le crâne.

– Cela remonte à quand, Lee ?

– Voyons, j'avais treize… non, plutôt quatorze ans. J'étais dans l'équipe de base-ball, au lycée. Donc il y a vingt-trois ans. Je me souviens du base-ball parce que je redoutais toujours qu'il me fasse honte en venant assister à un match.

– Quel était ce délire ?

– Pendant qu'il était interné là-bas, l'un des gardiens aurait tué sa femme. Pas ma mère, quelqu'un avec qui il n'était même pas marié, une ivrogne de son espèce qui vivait sous le même toit.

– Où résidait-il avant son hospitalisation ?

– À Oxnard, et nous à Santa Monica. Ça peut sembler une distance rassurante, mais j'avais toujours peur de le voir débarquer, après tout ce que maman m'avait raconté. Elle aussi, d'ailleurs. C'est pour ça qu'elle a préféré déménager dans le comté d'Orange.

– Votre mère aurait-elle précisé le nom de la femme prétendument assassinée ?

– Je me souviens vaguement d'un prénom comme Rosetta, ou Rosita. Je ne sais plus très bien. Mais ne perdez pas votre temps avec ces affabulations. Ça semble inconcevable qu'un gardien puisse empoisonner quelqu'un. Même si cette femme a existé, ce dont je doute, j'ai peine à croire à l'histoire qu'il a sortie à ma mère.

– C'est-à-dire ?

– Rosita vient lui rendre visite et au moment de repartir elle s'effondre sur le parking, morte. Lui s'est persuadé que le gardien l'a fait pour se venger. Pourquoi, je ne saurais vous le dire. Mais bon, voilà qu'il prétend que le même type le harcèle à Hollywood et je suis censé intervenir, vu que je suis avocat.

– Cet individu a un nom ?

– Petty, à moins que ça ne soit Pitty. Mon père était originaire de l'Oklahoma, il avait un accent qui devenait plus prononcé quand il était agité. Il m'explique donc que le type apparaît de temps à autre, se met à le suivre et braque sur lui « son regard de rayon laser » – son expression à lui. L'histoire était déjà ridicule autrefois et ne s'est pas améliorée à force d'être ressassée. Mais bon, autant que vous disposiez de tous les éléments.

– Merci beaucoup, dit Petra. Accepteriez-vous que nous parlions à votre mère, simplement pour compléter les détails ?

– Je ne demanderais pas mieux, car cela signifierait qu'elle est encore en vie. Malheureusement, la maladie de Parkinson en a décidé autrement.

– Je suis sincèrement désolée, Lee.

– Moi aussi. On dit qu'on ne grandit vraiment que le jour où l'on perd ses parents. Franchement, je préférerais être encore immature.

Petra avait perdu son père quelques années auparavant et sa mère était morte en la mettant au monde.

– Oui, j'ai entendu dire ça, murmura-t-elle.

Eccles se leva et vérifia les plis de sa pochette.

– J'imagine que c'est à moi de disposer du corps.

Un agent en tenue l'escorta vers la sortie.

– Il n'a pas idée de l'importance de ce qu'il vient de nous rapporter, dit Petra. Colin Quigg travaillait à l'hôpital à l'époque où Lem Eccles y a été interné. Vous avez visiblement raison, Alex : il s'est passé quelque chose autrefois.

– Pour ces deux-là peut-être, dis-je, mais je ne pense pas qu'il existe un lien entre Ventura State et Vita Berlin ou Glenda Usfel. Cette dernière n'était qu'une fillette à l'époque et Vita a grandi à Chicago.

– Soit, convint Milo. Elles ont eu maille à partir avec l'homme à la canadienne plus récemment. Avec lui, tout le monde a sa chance d'être étripé.

– Eccles Junior en a lourd sur le cœur, dit Petra. Voilà un fils qui en veut à son père, et je dois bien avouer que je le comprends. Malgré tout, il peut s'estimer heureux que le meurtre s'inscrive dans une série, car si c'était un geste isolé, j'en ferais mon principal suspect. Voyant la haine qu'Eccles a suscitée chez son propre enfant, vous imaginez quelle animosité il a pu déchaîner chez un fou meurtrier, surtout s'ils s'étaient connus à Ventura State.

– Quand un fou croise un psychopathe… dit Milo. Et que penser de ce Petty-Pitty-Patty ? S'il existe vraiment, ça complique la donne, vu que le type à la canadienne est trop jeune pour avoir été gardien à l'époque.

– Il se pourrait que l'histoire soit vraie en partie, avançai-je. Eccles a connu un Pitty il y a des années, il s'est persuadé que celui-ci lui en voulait. Longtemps après, repérant qu'on le suit, il ressuscite son croquemitaine personnel.

– Vous croyez à l'histoire du type qui le harcelait ? fit Petra.

– Eccles a été assassiné.

– Comme dit la devise sur certains pare-chocs… lança Milo.

– Laquelle ?

– Même les paranos ont des ennemis.

Petra rit.

– Même si Pitty a réellement existé, poursuivit Milo, Alex a sans doute raison et il n'est pas impliqué. Soit Eccles est retombé dans une de ses fixations de schizo, soit Pitty est une pieuvre en costume trois-pièces ou un autre mirage sorti de son esprit. Quoi qu'il en soit, les témoignages s'accumulent sur l'homme à la canadienne.

– S'il était à Ventura comme patient, suggéra Petra, ça pourrait nous fournir des indications sur ses proches ou les gens avec qui il traînait, des pistes pour tenter de le retrouver. Le psychiatre ne s'est pas manifesté, Alex ?

– Toujours pas.

– J'ai obtenu ses coordonnées juste avant qu'Eccles Junior n'arrive, dit Milo. Via la sécurité sociale. Je ne vous en dirai pas plus.

– Génial, dit-elle. Si on lui rendait visite, Milo ?

– Je ne sais pas trop… rien ne l'oblige à nous recevoir, sans parler de nous lâcher des infos sur un patient. Si on cherche à lui forcer la main, il invoquera le secret médical. Je propose donc qu'Alex fasse une première tentative. De psy à psy.

Petra m'interrogea du regard.

– Il pourrait me rembarrer aussi, mais pourquoi pas ?

Milo me tendit un papier. Adresse à Van Nuys, téléphone fixe.

– En attendant, on va demander à Shimoff d'affiner le portrait avec Banforth et insister pour qu'il soit diffusé, ainsi que les nouveaux renseignements. Moe et Sean écument les kiosques à journaux au cas où quelqu'un se souviendrait d'avoir vendu un magazine de jeux à un connard.

– Raul interroge des sans-abri, dit Petra. Jusqu'ici, il n'a recueilli aucun grief précis contre Eccles. En gros, tout le monde le trouvait pénible de manière générale. Je peux lui suggérer de rechercher un céphalopode en costume, dit-elle en souriant.

– La dernière fois qu'Eccles a été arrêté, dis-je, quand son fils a versé la caution, c'était pour avoir violenté un touriste. Avez-vous lu le procès-verbal ?

– Le résumé. Histoire banale, un quidam aux prises avec un cinglé.

– A-t-on le nom du quidam ?

– Je n'ai pas fait attention. Pourquoi ?

– Ça pourrait avoir son importance. Il existe une chance infime que ce soit l'homme à la canadienne.

– Un cinglé aux prises avec un cinglé ? dit Milo.

– D'une part, un psychotique patenté, de l'autre, quelqu'un qui est capable de maintenir une apparence de contrôle. Quelles étaient les charges ?

– Eccles a demandé de l'argent à un touriste qui a refusé. Eccles s'est mis à l'insulter et l'a bousculé.

– C'est le touriste qui a prévenu la police ?

– Non, un passant. Une patrouille se trouvait à un bloc.

– Imaginez la scène telle que l'ont perçue les agents. Deux versions contradictoires, face à face entre un jeune homme discret et un ivrogne irascible déjà connu pour faire la manche de manière agressive et provoquer des ennuis dans le quartier.

– Notre homme à la canadienne sait jouer les types normaux ? dit Milo.

– Cinq meurtres sans laisser la moindre trace matérielle,

c'est le signe qu'il est organisé et méticuleux, capable d'arriver et repartir sans éveiller les soupçons. Hedy, la serveuse, n'a pas eu peur, il lui a juste semblé un peu excentrique. John Banforth a trouvé son comportement étrange, mais il ne s'en est alarmé qu'après avoir appris le meurtre de Vita. Nous parlons donc d'un individu qui n'a pas l'air menaçant. Comparé aux élucubrations d'Eccles, on devine qui les flics prendraient pour l'agresseur.

– Le monstre dame le pion au maniaque, dit Petra. Okay, je vais lire le PV entier. Et quitte à ne rien négliger, je vais appeler la police d'Oxnard et voir ce que je peux dénicher sur cette Rosetta. (Clin d'œil à Milo.) Fions-nous aux pare-chocs !

Elle nous accompagna vers le parking.

– Les fous, grommela Milo, je les préfère sur l'échiquier.

29

Pris dans un embouteillage sur Wilshire puis Westwood, j'en profitai pour joindre mon secrétariat. Trois appels, aucun d'Emil Cahane. Je composai le numéro obtenu par Milo, mais ça sonna dans le vide. À la maison, je me lançai dans des recherches sur internet. Je finis par dénicher un vieil organigramme du personnel de Ventura State. Directeur adjoint, Emil Cahane n'avait qu'un seul supérieur hiérarchique, le Dr Saul Landesberg. Assez vite, je tombai sur l'avis de décès du Dr Landesberg, datant de quatre ans. Avec Gertrude, deux de chute. Quant à Cahane, rien ne disait qu'il avait encore toute sa tête. De l'histoire ancienne. Pas pour l'homme à la canadienne.

Je passai voir Robin qui travaillait à l'atelier, l'embrassai et caressai Blanche. Bref échange à propos du dîner. Oui, du japonais me tentait bien, pourquoi pas se faire un petit plaisir, par exemple Matsuhisa. Quand je regagnai mon bureau, le téléphone sonnait.

– Devine quoi ? fit Milo. Pour une fois, on n'est pas bredouilles. Le vendeur d'un kiosque dans San Vicente, à Brentwood, a dit à Reed qu'il avait vendu toute une pile de revues de jeux à un type il y a environ une semaine. Malheureusement, il ne se souvient que des magazines, pas du bonhomme. Le type a vidé le rayonnage et a réglé avec de la monnaie et des petites coupures.

– Poursuis vers l'ouest, prends Sunset en direction du

nord et tu te retrouves à l'appartement de Quigg. Quelques kilomètres plus loin, tu arrives à Temescal Canyon.

– De la lecture en vue d'une surveillance prolongée ? Intéressant… Deuxième info : Petra a appris qu'il existait vraiment une Rosetta qui était morte sur le parking à Ventura State. Nom de famille Macomber. Elle habitait dans un lotissement miteux, avait un problème d'alcool et de coke. Eccles était donc parfois en prise avec la réalité. Cela dit, rien de louche quant au décès, crise cardiaque comme cause probable.

– En l'absence de la moindre égratignure, Eccles a cru à un empoisonnement. Elle était réellement là pour lui rendre visite ?

– Le policier à qui Petra a parlé ne savait pas. S'il s'en souvenait, c'est qu'il patrouillait dans les environs à l'époque et avait été alerté par le vigile de Ventura. L'ironie de la situation l'avait frappé, qu'elle calanche à la sortie de l'hôpital, même si c'était un établissement d'un genre particulier. Dernière chose : le nouveau portrait réalisé par Shimoff est bien plus détaillé que le premier conçu avec Wheeling. Je travaille à sa diffusion dans les médias. Merci de nous avoir adressé Banforth. Du nouveau pour Emil Cahane ?

– Toujours pas.

– S'il te rappelle, tant mieux. Sinon, on verra comment procéder. *Sayonara.*

Je repris la liste du personnel de direction à Ventura State, tentai ma chance avec le nom suivant : Helen Barofsky, assistante sociale en chef. Je cherchais sa trace en vain depuis une heure quand mon secrétariat appela.

– Un Dr Cahane a cherché à vous joindre. Il dit que ce n'est pas urgent.

Question de point de vue.

Le numéro qu'elle m'indiqua était identique à celui fourni par Milo. Au bout de sept sonneries, une voix délicate dit :

– Oui ?

– Docteur Cahane ? Alex Delaware, je vous rap…

– Delaware ?

Il m'interrompit d'une voix chevrotante et éthérée. Chaque mot s'achevait en un tremblement, comme un ampli réglé pour produire un léger vibrato.

– Je suis navré, votre nom ne me dit rien.

– C'est normal. J'ai effectué un stage à Ventura il y a très longtemps, sous la direction de Gertrude Vanderveul. Plus tard, quand l'établissement a fermé, j'ai été consulté pour proposer un suivi satisfaisant aux patients du pavillon E.

– Un suivi satisfaisant… des engagements ont été pris… (Soupir.) Mais j'étais déjà parti. Gertrude… Vous avez de ses nouvelles ?

– Malheureusement, elle est décédée.

– Oh, comme c'est triste. Elle était jeune… enfin, relativement. La secrétaire de mon neveu m'a indiqué qu'un certain Quigg était lui aussi mort, mais je ne vois pas qui c'est.

– Colin Quigg.

J'épelai le nom.

– Désolé, ça ne me dit rien.

Pourtant, il m'avait rappelé. Comme s'il lisait dans mes pensées, il ajouta :

– J'ai réagi à votre message car, à mon âge, toute diversion est la bienvenue. Mais bon, je ne vois pas en quoi je pourrais vous aider.

– Colin Quigg enseignait à Ventura à l'époque où vous y étiez.

– Nous avions quantité de professeurs. À notre apogée, nous étions un établissement très progressiste.

– Cet enseignant a été assassiné et la police a des raisons de penser que son meurtre est lié à son passage à Ventura.

Silence.

– Docteur Cahane ?

– Permettez que je digère cela, docteur. La police a des

raisons de le penser, et pourtant ce n'est pas eux mais vous qui me contactez ?

– Je travaille avec eux.

– En quelle qualité ?

– Comme consultant.

– Mais encore ?

– Il leur arrive parfois d'estimer que la psychologie présente un intérêt. Pourriez-vous m'accorder quelques minutes de votre temps pour que nous en discutions ?

– Hum… Si j'appelle la police, Alex, on me confirmera que vous agissez en tant que consultant ?

J'énonçai le nom de Milo, son grade et son numéro personnel.

– Il se fera un plaisir de vous répondre, docteur. C'est lui qui m'a demandé de vous appeler.

– Pourquoi ?

– Vous étiez le directeur adjoint à Ventura à l'époque où Colin Quigg y travaillait, vous aviez accès à toutes sortes de renseignements.

– Concernant les patients ?

– Plus spécifiquement, les patients dangereux.

– Voilà qui est délicat, vous vous en doutez.

– Nous sommes bien au-delà de la jurisprudence Tarasoff. Il ne s'agit plus d'un danger imminent, mais de sévices déjà pratiqués, avec un fort risque de récidive.

– Vous dramatisez, il me semble.

– J'ai vu le cadavre, docteur Cahane.

Après un silence, il demanda :

– Que cherchez-vous au juste ?

– L'identité d'un jeune que Quigg aurait eu comme élève et dont le comportement l'aurait effrayé, peut-être au point de proposer son transfert aux soins spécialisés.

– Et cette personne l'aurait assassiné ? Après tant d'années ?

– C'est possible.

– Vous vous livrez à des suppositions, sans la moindre certitude.

– Si je le savais avec certitude, docteur Cahane, je n'aurais pas besoin de vous parler.

– Les soins spécialisés, murmura-t-il. Y êtes-vous passé au cours de votre stage ?

– Non, Gertrude n'a pas voulu.

– Et pourquoi donc ?

– Parce qu'elle m'appréciait, m'a-t-elle dit.

– Je vois. Nous avons tous à porter des jugements et ceux de Gertrude étaient le plus souvent fondés. Néanmoins, les soins spécialisés n'avaient rien d'un enfer. Loin s'en faut. Les mesures prises pour maîtriser les patients étaient toujours judicieuses.

– Ce n'est pas l'organisation de l'hôpital qui est en cause, docteur Cahane. L'enjeu est de retrouver un assassin redoutable et hautement calculateur, qui passe à l'acte après des années de ressentiment et de fantasmes.

– Pourquoi au juste la police pense-t-elle qu'il existe un lien entre Ventura et le décès de M. Quigg ?

Parce que je le leur ai soufflé.

– C'est complexe, répondis-je. Serait-il possible de se rencontrer ?

– Vous souhaitez avoir le temps de me convaincre.

– Je pense que vous vous laisserez facilement convaincre.

– Pourquoi donc ?

– Le meurtrier a laissé quelque chose sur le cadavre, une feuille sur laquelle figurait un point d'interrogation.

J'entendis la respiration de Cahane, courte et précipitée.

– Je ne conduis plus, finit-il par dire. Ce sera à vous de vous déplacer.

Je me rendis à l'adresse fournie par Milo, un quartier d'Encino situé quelques kilomètres à l'est des bureaux du neveu de Cahane. L'immeuble en question, un losange à un étage décoré d'un stuc framboise, était agrémenté de yuccas, de palmiers et d'agaves en nombre suffisant pour se concocter des margaritas pendant un an. La voie express passait à deux blocs, son grondement évoquant le bâillement d'un ogre de méchante humeur au réveil. La porte d'entrée était fermée, pas verrouillée. L'allée centrale, fraîchement repeinte, était parfaitement entretenue. Cinq appartements en haut, cinq en bas. Cahane résidait au rez-de-chaussée, côté cour. Comme j'atteignais sa porte, le grognement de l'ogre n'était plus qu'un murmure grincheux. Je frappai.

– C'est ouvert.

Cahane était assis dans un fauteuil en cuir râpé qui faisait face à l'entrée. Corps penché sur la gauche, traits encore plus émaciés que sur la photo publiée à l'occasion de la récompense, cheveux blancs plus longs et en bataille, menton et joues blanchies d'une barbe de quelques jours. Longs membres, torse chétif. Il portait, sous une robe de chambre en tissu écossais pelucheux, un pantalon bleu marine à pli et une chemise blanche propre. Pantoufles en chevreau noir, usées mais qui avaient coûté leur prix, contrairement aux chaussettes blanches. Sur un guéridon en acajou étaient posés une tasse de thé encore fumant et un livre – les récits de voyage désopilants d'Evelyn Waugh.

– Ne m'en veuillez pas si je ne me lève pas, dit-il en me tendant une main tremblante. Mes articulations font des leurs aujourd'hui.

Paume fraîche et cireuse, poigne d'une fermeté étonnante, même si le contact fut aussi bref que l'autorisait la correction.

– Non, franchement, je ne me souviens pas de vous, dit-il en secouant la tête.

– Aucune raison que vous…

– Parfois, le souvenir d'un visage se fixe malgré tout. Souhaitez-vous boire quelque chose ? proposa-t-il en indiquant la cuisine au-delà du séjour. J'ai du soda et du jus de fruit, et l'eau est encore chaude dans la bouilloire. Ou du bourbon, si vous préférez.

– Rien, merci.

– Dans ce cas, asseyez-vous.

Aucune hésitation quant au choix : l'unique possibilité était le sofa de brocart bleu contre le mur face au fauteuil de Cahane. Un meuble luxueux mais usé, comme les souliers. Comme le guéridon et le tapis persan qui gondolait sur la moquette bistre. Hormis les ouvertures vers la cuisine et la chambre, les murs étaient entièrement tapissés de bibliothèques disparates dont les rayonnages étaient pleins à craquer, certains sur deux épaisseurs. Un rapide coup d'œil aux titres m'apprit que les goûts de Cahane étaient éclectiques : histoire, géographie, religion, photographie, sciences physiques, jardinage, cuisine, large éventail de romans, satire politique. Deux étagères situées derrière lui étaient consacrées à la psychologie et à la psychiatrie. Des ouvrages de base, moins nombreux qu'on ne pourrait s'y attendre. Un fauteuil confortable, robe de chambre et pantoufles, une tasse de thé à portée de main, de la lecture. Il avait eu les moyens de financer une chaire de recherche, mais se contentait pour lui-même de l'essentiel.

Il s'obstinait à détailler mon visage, comme s'il s'efforçait de retrouver un souvenir. Ou bien il en revenait à ce qu'on lui avait enseigné à l'université : dans le doute, s'abstenir. Je n'aurais été qu'à moitié surpris qu'il me tende une planche avec la tache de Rorschach.

– Docteur… entamai-je.

– Racontez-moi la fin de Colin Quigg.

Je lui décrivis le meurtre, avec le degré de détails dont j'estimais qu'il conviendrait à Milo. Le but était de faire passer l'horreur sans trop en dire et surtout sans dévoiler l'existence des autres victimes, de crainte que Cahane n'en conclue que Ventura n'avait rien à voir avec cette affaire.

– Ce sont plus que de simples sévices, dit-il.

– Le point d'interrogation vous évoque-t-il quelque chose ?

Ses lèvres se retroussèrent vers l'intérieur. Il se frotta le menton.

– Si vous alliez nous chercher le bourbon ? Prenez deux verres.

Propre mais vétuste, la cuisine était aussi peu meublée que le salon. Je trouvai des verres en cristal et du bourbon Knob Creek.

– Un doigt et demi pour moi, dit Cahane. Je vous laisse fixer votre propre dose.

Je me servis un petit fond de liquide ambré. Il me tendit son verre pour que j'y choque le mien, mais aucun toast ne fut porté. Je m'assis et le regardai s'enfiler l'alcool en deux rasades. Il fit à nouveau crisser sa barbe naissante.

– Vous vous demandez pourquoi je vis ainsi.

– Ce n'est pas la première question qui m'a traversé l'esprit.

– Mais ça vous intrigue.

À quoi bon le détromper ?

– Comme beaucoup de gens, poursuivit-il, j'ai consacré une bonne partie de ma vie d'adulte à accumuler les biens matériels. Après le décès de ma femme, j'ai eu l'impression d'étouffer sous les objets, aussi je me suis débarrassé d'une bonne partie de ce que je possédais. Toutefois, je ne suis ni bête ni impulsif, pas plus que je ne suis gouverné par une anhédonie névrotique. J'ai conservé quelques revenus qui font que je suis à l'abri du souci. C'était une expérience, à la vérité. Voir comment l'on réagit à se dépouiller de toute cette profusion rococo que l'on croit désirer. Il m'arrive de regretter ma grande maison, mes voitures, mes œuvres d'art. Mais la plupart du temps, nullement.

Long monologue. Sans doute une manœuvre dilatoire. Je n'avais d'autre choix que l'écouter.

– Vous me placez dans une posture délicate, reprit-il.

Vous vous présentez avec de simples hypothèses. Je vous accorde que les hypothèses se fondent souvent sur la logique, mais le problème, voyez-vous, c'est que vous ne disposez d'aucun fait, et vous me demandez d'enfreindre le secret médical.

– Le secret médical ne s'applique pas obligatoirement à vos fonctions à Ventura.

Contraction des sourcils.

– Que voulez-vous dire ?

– On peut argumenter que les administrateurs ne sont pas soumis aux mêmes obligations que les soignants. Naturellement, si vous avez suivi le patient en question, cette thèse devient contestable.

– Vous voulez bien m'apporter la bouteille ? dit-il en brandissant son verre vide.

Je m'exécutai. Il se servit deux doigts, en but la moitié d'un trait. Son regard était agité. Il ferma les paupières. Ses mains s'étaient mises à trembler. Elles se figèrent soudain et il ne bougea plus. Je patientai. S'était-il endormi ? Il ouvrit les yeux et me fixa d'un air triste. Je me préparai à essuyer un refus.

– Il y avait un garçon… Un curieux garçon…

30

Emil Cahane versa un bon centimètre de bourbon dans son verre. Il contempla le liquide ambré comme si celui-ci recelait autant de promesses que de menaces, y trempa les lèvres délicatement, puis le vida d'un trait comme un pilier de bar. Les yeux fermés, il inclina la tête en arrière. Sa respiration s'accéléra.

– Bien, fit-il.

Mais il laissa s'écouler une minute supplémentaire.

– Donc, un enfant, un garçon singulier, nous a été adressé. Inutile que je vous précise de quel État il venait, cela n'a aucune importance. Là-bas on ne savait pas quoi en faire, or nous étions réputés être l'un des meilleurs établissements. Il est arrivé dans une berline vert pâle, une Ford, escorté par deux policiers. Encadré de ces solides gaillards, il paraissait vraiment tout petit. J'ai tenté de l'interroger, mais il refusait de parler. J'ai décidé de le placer dans le pavillon G. Peut-être vous en souvenez-vous ?

J'y avais passé la plus grande partie de mon stage.

– En service ouvert plutôt qu'en soins spécialisés.

– Il n'y avait aucun enfant en soins spécialisés. J'aurais trouvé barbare d'exposer quelqu'un de si jeune aux adultes qui y étaient internés. Je vous parle de gens ayant commis des meurtres, des viols, des actes de nécrophilie et de cannibalisme. Des psychotiques jugés trop perturbés pour le système carcéral mais tenus à l'écart du monde, pour leur sécurité autant que pour la nôtre. (Il caressa le verre vide.) Ce n'était qu'un enfant.

– Quel âge avait-il ?

Il changea de position dans son fauteuil.

– Il était jeune.

– Préadolescent ?

– Onze ans. Vous voyez que nous étions confrontés là à des circonstances exceptionnelles. Il avait une chambre individuelle dans le pavillon G, un environnement qui mettait l'accent sur le traitement et non l'isolement. Vous vous souvenez de la palette de moyens dont nous disposions. Il tirait bien parti de nos programmes, ne causait aucune difficulté.

– Son crime aurait justifié le placement en soins spécialisés, mais son âge posait problème.

Il me décocha un regard sévère.

– Vous cherchez à me soutirer des détails que je ne suis pas certain de vouloir livrer.

– Je vous sais gré de me parler, docteur Cahane, mais faute de dét...

– Si vous n'êtes pas satisfait de ma prestation, sentez-vous libre de prendre la porte.

Je restai assis.

– Veuillez m'excuser, dit-il. Ceci m'est pénible.

– Je comprends tout à fait.

– Avec tout le respect que je vous dois, docteur Delaware, vous ne pouvez pas comprendre. Vous pensez que je me livre à des circonvolutions à cause de contraintes médico-légales, mais pas du tout.

Nouvelle rasade de bourbon, aussi vite engloutie que les précédentes. Cahane tapota ses cheveux blancs, ce qui eut pour seul effet de décoiffer un peu plus les longues mèches hirsutes. Ses yeux avaient rosi, ses lèvres tremblaient. J'avais devant moi un vieillard tourmenté.

– Je suis trop âgé pour me soucier du système médico-légal. Mes réserves sont purement égoïstes, je ne pense qu'à protéger mes arrières décrépits.

– Vous pensez vous être planté.

– Je ne pense pas, je sais, docteur Delaware.

– Avec ce genre de patient, les certitudes ne…

Il me fit signe de me taire.

– Merci de vouloir me témoigner votre empathie, mais vous ne pouvez pas savoir. Ventura était comme une ville, dont j'étais en quelque sorte le maire, notre directeur n'étant qu'un incapable. Tout passait par moi.

Ses yeux s'emplirent de larmes.

– Malgré tout… dis-je.

– Arrêtez, je vous en conjure. (Le ton aimable, le regard sympathique.) Quand bien même vous seriez sincère et ne chercheriez pas à établir un rapport dans le seul but de vaincre mes défenses, la compassion hors contexte me révulse.

– Parlons du patient. Qu'a-t-il commis à onze ans pour désemparer les autorités de son État ?

– À onze ans, il avait encore tout d'un enfant. Un petit garçon prépubère, avec sa petite voix fluette, ses petites mains si douces, et ses petits yeux si innocents en apparence. Je l'ai pris par la main et je l'ai mené vers la chambre où il vivrait désormais. Sa paume en sueur agrippait très fort la mienne. Il m'a demandé : « Quand est-ce que je pourrai rentrer à la maison ? » Je n'avais pas de réponse réconfortante, mais je ne mens jamais, aussi j'ai eu la réaction naturelle du thérapeute désarçonné, se laisser aller à des propos mièvres et rassurants : il aurait une vie confortable, nous allions prendre bien soin de lui. Puis j'ai changé de tactique, je l'ai bombardé de questions pour ne pas avoir à lui répondre. Quels étaient ses aliments préférés ? À quoi aimait-il jouer ? Il est devenu silencieux et s'est voûté, comme s'il laissait tomber. Malgré tout, il a continué d'avancer comme un bon petit soldat, il s'est assis sur son lit et il a commencé à lire l'un des livres mis à sa disposition. Je me suis attardé, mais il m'ignorait. J'ai fini par lui demander s'il avait besoin de quoi que ce soit. Il a relevé la tête, m'a souri et m'a répondu : « Non merci, monsieur. Tout va bien. »

Cahane grimaça.

– Ensuite, j'ai fait le lâche. Je prenais régulièrement de ses nouvelles, mais je me gardais de tout contact direct. Officiellement, cela ne faisait pas partie de mes attributions. J'avais un poste administratif, je ne suivais plus aucun patient. Mais la raison véritable était, bien entendu, que je n'avais pas de solution à lui offrir et ne tenais pas à me le voir rappeler.

– Vous étiez perdu face à son cas.

Plutôt que de réagir à mon propos, il dit :

– Je suivais son évolution. De l'avis général, il réagissait bien mieux qu'on ne s'y attendait. Vraiment aucun problème.

Il empoigna les accoudoirs du fauteuil, tenta de se lever mais retomba et afficha un sourire douloureux. Quand je voulus l'aider, il secoua la tête.

– C'est bon, dit-il en se dressant péniblement. Un petit passage aux toilettes.

D'un pas chancelant, il disparut par l'ouverture entre les bibliothèques. Au bout de dix minutes, j'entendis la chasse d'eau et le robinet du lavabo. Quand il revint, il avait repris des couleurs, mais ses mains tremblaient toujours autant. Il se rassit dans le fauteuil.

– Donc, le garçon allait bien, puis ça n'a plus été le cas. On m'en a informé.

– Colin Quigg.

– Un responsable m'a prévenu, lui-même averti par un interne qui le tenait d'un enseignant. (Il soupira.) Oui, votre Quigg. Un de ces jeunes gens à l'idéalisme fiévreux, qui s'imaginait avoir trouvé sa vocation.

– Qu'a-t-il signalé ?

– Une régression sévère du comportement.

– Retour à ce qui avait motivé le transfert du garçon à Ventura.

– Mon Dieu, fit Cahane avec un rire étrange.

– Il montrait une curiosité pour l'anatomie ?

Le vieillard plaqua ses mains l'une contre l'autre, marmonna quelque chose.

– Quel crime avait-il commis à l'origine ? insistai-je.

Cahane agita l'index. Je m'attendais à des reproches, mais le doigt se recourba, revint vers son propriétaire et s'enfonça dans une oreille.

– Il a tué sa mère. D'une balle dans la nuque pendant qu'elle regardait la télé. Comme c'était le week-end, elle n'était pas attendue à la ferme où elle nettoyait les granges. Elle n'avait pas de vie sociale, vivait seule avec son fils dans le Kan… dans une caravane au bout d'un champ, à côté de la ferme.

– Il est resté auprès du cadavre.

Hochement de tête.

– Quand il a été certain qu'elle était morte, continuai-je, il a fait usage d'un couteau.

– Plusieurs couteaux de cuisine. Aussi des outils pour travailler le bois. Un cadeau de Noël de sa mère. Il s'est servi de la pierre à aiguiser sur laquelle elle préparait les volailles qu'elle rapportait parfois pour leur dîner. Elle les égorgeait devant lui, ne laissait rien perdre, conservait le sang pour faire des saucisses. Quand la police est enfin arrivée, la puanteur était insoutenable. Mais ça ne semblait pas le déranger, il n'affichait aucune émotion. Sidérés, les flics ne savaient pas où l'emmener et ils ont fini par l'enfermer dans une pièce à la clinique du coin. La prison du comté était bondée, on n'a pas voulu prendre le risque de le mettre avec des adultes. Lui ne se plaignait pas, un garçon très poli. Un peu plus tard, quand une infirmière lui a demandé pourquoi il était resté avec le cadavre, il a répondu qu'il voulait apprendre à mieux la connaître.

Je lui décrivis les blessures que l'homme à la canadienne avait infligées à Quigg.

– Les policiers qui nous l'ont amené nous ont laissé des photos de la scène de crime dans la caravane, murmura-t-il. Quand le remords me prend, je n'ai qu'à me rappeler ces images et je plonge pour de bon dans le désespoir. Le domicile était une vraie porcherie, un capharnaüm indescriptible, mais pas sa chambre. La chambre du garçon était bien rangée. Il en avait décoré les murs avec des schémas d'anatomie. Il en avait accroché partout. J'étais stupéfait qu'un enfant si jeune ait pu se les procurer. La police n'avait pas eu cette curiosité, mais j'ai tellement insisté qu'ils se sont renseignés. Il y avait un médecin, un généraliste que le garçon voyait trop peu souvent, qui s'était pris de sympathie pour lui. Ce charmant enfant qui s'intéressait à la biologie. Peut-être en ferait-on un médecin...

– Que savez-vous de la mère ?

– Une femme solitaire, qui travaillait dur. Elle était arrivée là un jour, avec son garçon de deux ans. J'ignore d'où elle venait. On l'avait embauchée pour nettoyer les granges et elle n'était plus repartie. La caravane se trouvait au bout d'un champ de blé appartenant au fermier, elle y logeait gratis.

– A-t-on relevé des signes de préméditation ?

– Il l'a abattue pendant qu'elle regardait son émission préférée. Je n'en sais pas davantage.

– A-t-il exprimé des remords ?

– Jamais.

– Comment a-t-on découvert le meurtre ?

– Le lundi, elle n'est pas venue travailler. C'était la première fois que ça lui arrivait, une femme très fiable, toujours ponctuelle. Comme elle n'avait pas le téléphone, un garçon de ferme est allé voir. Il a senti la puanteur, il a entrouvert la porte de la caravane et il a vu le cadavre. Le garçon était assis à côté, en pleine exploration. Il s'était préparé un sandwich au beurre de cacahuète. Sans confiture. (Sourire.) Les policiers notent ce genre de détail dans leurs rapports. Sur place, on a relevé de curieuses taches sur les schémas dans la chambre du garçon, sans que les enquêteurs parviennent à se les expliquer. À mon avis, il voulait comparer ce que disait la science et ce qu'il... ce qu'il avait palpé. Apparemment, il s'intéressait particulièrement aux intestins.

– Il se formait lui-même à la biologie. Comme le Kansas se sentait dépassé, vous en avez hérité.

– Plusieurs établissements ont été sollicités mais ont refusé. J'ai accepté par arrogance. Je suis certain que vous connaissez le passé de Ventura State, les choses épouvantables qui s'y sont pratiquées au nom de la médecine. Quand j'y suis arrivé, tout cela était terminé, sans quoi je n'aurais pas accepté le poste, et nous jouissions d'une réputation méritée pour nos méthodes d'avant-garde. (Il me détailla.) Lors de votre stage, avez-vous vu quoi que ce soit pour le démentir ?

– Nullement. J'ai beaucoup appris.

– Heureux de vous l'entendre dire. Heureux et fier. Pour le jeune garçon, on estimait aussi qu'il ne serait jamais en sécurité au Kansas. Un trop grand battage médiatique.

– Comment les soupçons de Quigg ont-ils été éveillés ?

– Je suis sûr que vous n'avez pas oublié la beauté du parc.

Quel rapport ? J'acquiesçai.

– Le qualificatif de « pastoral » était souvent employé à tort et à travers, poursuivit-il. Une faune et une flore abondantes.

– Des animaux. Il en prenait au piège afin de poursuivre ses investigations.

– Des bêtes de petite taille. D'après l'analyse des squelettes, des souris, des écureuils et des lézards. Une couleuvre et même un chat errant. Des oiseaux, aussi. Nous n'avons jamais su comment il s'y prenait pour les attraper. Il a agi en cachette pendant plusieurs mois. Il avait choisi un endroit tranquille derrière une remise isolée, s'y livrait à ses expériences, enterrait les restes et faisait place nette. Il avait obtenu l'autorisation de sortir deux fois par jour, une heure avant le déjeuner et une heure avant le dîner. Au vu du nombre de cadavres, nous avons calculé qu'il devait s'occuper d'un animal par jour.

Place nette. L'expression m'évoqua le sol impeccable autour du corps de Colin Quigg.

– Comment a-t-il été découvert ?

– Le jeune Quigg, qui soupçonnait quelque chose, a décidé de le suivre un soir. Le spécimen du jour était un bébé taupe.

– Qu'est-ce qui lui avait mis la puce à l'oreille ?

– Le garçon communiquait de moins en moins, il était même devenu renfrogné. Quelqu'un d'autre aurait-il dû s'en apercevoir ? Peut-être bien. Que voulez-vous que je vous dise ?

– Les enseignants et les infirmières passent davantage de temps avec les patients que nous autres soignants.

– Certes. Quoi qu'il en soit, les nouveaux faits rendaient nécessaire un changement radical d'approche, mais nous hésitions entre plusieurs solutions. Certains membres de l'équipe, dont Colin Quigg avec une insistance particulière, militaient pour un transfert immédiat aux soins spécialisés. D'autres s'y opposaient. (Son regard se tourna vers la droite, dans le vide.) J'ai écouté chacun et j'ai annoncé que je m'accordais un délai de réflexion. L'air de délibérer. À la vérité, j'étais incapable de prendre une décision. En partie parce que j'étais démuni face aux problèmes que présentait son cas, mais pas seulement. Ma propre vie était un désastre. Je venais de perdre mon père, ayant postulé à Harvard et à UC San Francisco, j'avais essuyé deux échecs, et mon mariage battait de l'aile. Nous avions toujours connu des difficultés, mais j'ai aggravé la situation en ayant une relation avec une femme belle et brillante, ce qui n'excuse rien, bien évidemment. Tentative pitoyable pour me réconcilier avec mon épouse, je l'ai emmenée en croisière sur le canal de Panamá. Sous couvert de me montrer attentionné, ce n'en était pas moins un geste égoïste : j'avais toujours rêvé d'emprunter le canal.

Il s'empara de son verre, se ravisa et le reposa brutalement.

– Vingt-quatre jours sur le paquebot, précédés de quinze jours sur la côte de Caroline du Nord, berceau de la famille d'Eleanor. J'ai été absent de l'hôpital quarante-trois jours et quelqu'un en a profité pour s'occuper du garçon. Le psychologue qui était venu me soumettre les inquiétudes initiales de Quigg. Il partageait l'avis de ce dernier, considérait que l'enfant ne guérirait jamais, qu'il était vicié. Son expression à lui. Un homme sot et autoritaire, excessivement confiant en ses maigres capacités. J'avais depuis longtemps des réserves à son sujet, mais il avait d'excellentes références, même si elles avaient été obtenues à l'étranger. En tant que salarié de l'État, il bénéficiait d'un statut protecteur et n'avait jamais commis la moindre faute pouvant justifier son renvoi.

Les doigts tremblants de Cahane s'enfouirent dans ses cheveux.

– Jusqu'à cet épisode. Et voilà où cela nous conduit aujourd'hui, ajouta-t-il, le regard absent. Moi, je voguais sur un paquebot, je faisais bonne chère, je dansais et j'admirais les eaux du canal. (Il se servit du bourbon, en renversa un peu et fixa les gouttes sur sa manche.) Mon Dieu…

– Le garçon a été transféré aux soins spécialisés.

– Si seulement il n'y avait que ça ! Ce psychologue, cet imbécile trop sûr de lui, a décidé tout seul, sans éléments concrets ni la moindre concertation, que les problèmes du garçon étaient avant tout de nature hormonale. Un dérèglement glandulaire, voilà comment il a formulé les choses. Comme dans les manuels de médecine de l'époque victorienne. Il a préparé les papiers voulus et a envoyé le garçon dans une clinique de Camarillo où un chirurgien peu regardant l'a opéré.

– Ablation de la thyroïde.

Cahane releva brusquement la tête.

– Vous êtes au courant ?

– Un témoin a décrit une cicatrice au cou.

Il empoigna le verre à deux mains et le jeta maladroitement. Il atterrit sur la moquette et roula.

– Une thyroïdectomie complète sans la moindre justification ! Après une semaine de convalescence, le garçon a été placé au service des soins spécialisés. Le charlatan soutenait qu'il avait agi dans l'intérêt de l'enfant, pour tenter de réguler son comportement après que tout le reste avait échoué. Mais j'ai toujours soupçonné qu'il y avait une part de vengeance basse et méchante.

– Tu aimes opérer, petit ? Tiens, regarde ce que ça fait !

– Ce crétin s'était attaché à l'une des créatures victimes des expériences du garçon. Un chat errant qu'il nourrissait de temps en temps. Bien entendu, il s'est inscrit en faux. À mon retour, j'ai été horrifié d'apprendre ce qui était arrivé et furieux que mon équipe ne soit pas intervenue. Mes collaborateurs ont tous soutenu que cela s'était fait à leur insu. J'ai pris le connard entre quatre z'yeux, on s'est longuement expliqués et j'ai décidé sa mise à la retraite immédiate, avec la promesse de prendre ma plume illico s'il osait postuler dans un autre hôpital d'État. Il a commencé par protester, puis monsieur a pleurniché et a tenté de négocier, avant de se livrer à un chantage lamentable : il n'avait fait qu'agir sous ma responsabilité, donc je me retrouverais aussi sur la sellette. Je lui ai dit « chiche ! » et il s'est dégonflé. De toute manière, il était très âgé, pas loin de quatre-vingts ans… (Sourire.) Plus jeune que je ne le suis aujourd'hui. On ne se dégrade pas tous à la même vitesse.

– Vous avez parlé de références à l'étranger. Où précisément ?

– En Belgique.

Ma poitrine se contracta.

– L'université de Louvain ?

Cahane acquiesça.

– Un petit crétin maniéré avec un accent germanique ridicule, qui portait des nœuds papillon grotesques, se gominait les cheveux et paradait comme s'il était sorti de la cuisse de Freud.

– Comment s'appelait-il ?

Question superflue.

– Shacker. *Berrrhn-hard* Shacker. Ne perdez pas votre temps à le rechercher, il est tout à fait mort. Une crise cardiaque le lendemain de son renvoi, il s'est effondré sur le parking de l'hôpital. Le stress a sans nul doute été un facteur, mais les sandwichs qu'il apportait comme déjeuner ont aussi dû y être pour quelque chose, de la charcuterie bien grasse et des tartines de beurre.

– Qu'est-il advenu du garçon ?

– L'ai-je retiré des soins spécialisés ? Cela ne semblait pas souhaitable, compte tenu des signes annonciateurs de la puberté et de la gravité de ce qu'on lui avait fait subir. J'ai préféré lui aménager un espace au sein du pavillon des soins spécialisés. Pas de cellule à barreaux, mais une pièce avec verrou qui avait servi de débarras et qui disposait d'une fenêtre avec une belle vue sur les montagnes. On a repeint les murs en bleu, une teinte gaie, et on a installé un vrai lit, mieux qu'un simple lit de camp. On lui a mis de la moquette, une télé, un poste de radio et une chaîne hi-fi, avec un tas de cassettes. Il était confortablement installé.

– Vous l'avez maintenu en soins spécialisés parce que vous redoutiez une escalade dans la violence.

– Pourtant, il a démenti mes craintes, docteur Delaware. Il est devenu un adolescent agréable et docile, qui consacrait ses journées à la lecture. Pour le coup, j'avais adopté une approche plus interventionniste, je passais le voir régulièrement pour m'assurer que tout se passait bien. J'ai consulté un endocrinologue pour ajuster son traitement. Il réagissait favorablement à la thyroxine.

– A-t-il bénéficié de soins psychiatriques ?

– Il ne le souhaitait pas et ne montrait aucun symptôme. Après ce qu'il avait subi, je ne voulais surtout pas de mesure coercitive. Ce qui ne veut pas dire qu'il n'était pas suivi. Nous avons tout fait pour prévenir une régression.

– Il n'avait plus accès aux animaux.

– Il était toujours sous surveillance pendant ses moments de loisir et confiné à l'enceinte des soins spécialisés. Il avait un panier de basket à sa disposition, il faisait de la gymnastique ou il se promenait. Il se nourrissait correctement et prenait soin de sa personne, niait avoir la moindre hallucination ou le moindre délire.

– Qui le supervisait ?

– Des surveillants.

– Un surveillant en particulier ?

– Non.

– L'un d'eux ne s'appelait pas Pitty ou Petty ?

– Je ne connaissais pas leur nom. Pourquoi ?

– Ce nom a été cité.

– À quel sujet ?

– Un meurtre.

– Celui de Quigg ?

– Oui, mentis-je.

– Un duo de meurtriers ? dit Cahane en me fixant.

– C'est possible.

– Pitty... Petty... non, ça ne me dit rien.

– Qu'est devenu le garçon à la fermeture de Ventura ?

– Je n'y étais plus.

– Vous n'avez aucune idée ?

– J'avais déménagé ailleurs.

– À Miami ?

Il voulut prendre son verre, se rappela qu'il l'avait lancé.

Serra fort les paupières, comme sous le coup d'une douleur, les rouvrit et me regarda droit dans les yeux.

– Qu'est-ce qui vous fait penser ça ?

– Gertrude s'était installée à Miami et il arrive que les hommes suivent les femmes belles et brillantes.

– Gertrude. Vous a-t-elle parlé de moi ?

– Pas nommément, mais elle m'a laissé entendre qu'elle était amoureuse.

Nouveau mensonge, éhonté et manipulateur. On utilise les armes qu'on peut.

Il soupira.

– Non, je suis venu vivre à Los Angeles. Ce n'est que des années plus tard que je me suis rendu à Miami. J'ai frappé chez elle à l'improviste, espérant qu'elle était toujours seule. Je lui ai ouvert mon cœur. Elle m'a rejeté avec douceur. Certes, nous avions eu une merveilleuse aventure, m'a-t-elle dit, mais c'était de l'histoire ancienne, il n'était pas souhaitable de revenir en arrière. J'étais foudroyé, mais j'ai encaissé sans broncher et je suis rentré ici par le premier avion. Incapable de me fixer, j'ai pris un poste dans le Colorado, un travail lucratif et dénué d'intérêt. J'ai vite démissionné, mais à peine de retour à L.A. que je remettais ça. Au bout du quatrième épisode semblable, j'en ai eu assez d'être un robot juste bon à rédiger les ordonnances. J'ai décidé de me contenter de ma retraite et j'ai donné à peu près tout ce que je possédais. À force de générosité, je suis maintenant obligé de compter. D'où le palace où je vis désormais. (Il eut un petit rire.) Narcissique invétéré, il faut toujours que je me vante !

– Où pensez-vous que le garçon se soit retrouvé après la fermeture de Ventura ?

– De nombreux patients des soins spécialisés ont été transférés vers d'autres établissements.

– Lesquels ?

– Atascadero, Starkweather. Nul doute que certains ont

terminé en prison. Notre système est ainsi fait, punir avant toute chose.

– Aidez-moi à bien cerner la chronologie. Le garçon est arrivé à Ventura en quelle année ?

– Il y a un peu plus de vingt-cinq ans.

– Il en avait onze.

– Presque douze, à un ou deux mois près.

– Combien de temps a-t-il passé en service ouvert ?

– Un an et quelques mois.

– Il avait donc treize ans au moment de l'opération et de son transfert aux soins spécialisés.

À peu près en même temps que Colin Quigg quittait Ventura et abandonnait l'enseignement. Une décision provoquée par l'horreur de ce qu'il avait vu derrière l'ancienne remise, ou par le remords de ce que ses soupçons avaient entraîné ? Quoi qu'il en soit, Quigg l'avait chèrement payé.

– Comment s'appelait le garçon ?

Cahane se détourna.

– Docteur, il me faut un nom. Avant que d'autres personnes ne meurent.

– Moi, par exemple ?

Si peu narcissique !

– Oui, c'est possible.

– Ne vous inquiétez pas pour moi, docteur Delaware. Si vous avez raison et qu'il a tué Quigg par vengeance, je ne pense pas courir le moindre danger. Car c'est Quigg qui a tout déclenché, sans lui rien ne serait arrivé. Alors que, pour ma part, j'ai tout fait pour venir en aide au garçon et il m'en a été reconnaissant.

– Une chambre agréable.

– Un environnement qui le protégeait des autres patients.

– Qu'est-ce qui vous permet de croire à sa gratitude ?

– Il m'a remercié.

– Quand ça ?

– Quand je lui ai annoncé mon départ.

– Quel âge avait-il ?

– Quinze ans.

– Il avait déjà passé deux années aux soins spécialisés.

– Oui, *stricto sensu*, mais dans la réalité il avait droit à son propre service personnalisé. Il m'a remercié, docteur Delaware. Il n'a aucune raison de s'en prendre à moi.

– En présumant qu'il soit rationnel.

– Avez-vous des éléments concrets pour supposer que je sois en péril, docteur Delaware ?

– Nous parlons là d'un individu hautement pertur…

– Vous cherchez à me soutirer des renseignements, me coupa-t-il avec un sourire narquois.

– Il ne s'agit pas de vous. Cet homme doit être appréhendé. Il me faut un nom.

J'avais haussé le ton, durci ma voix. Sans raison apparente, Cahane se détendit.

– Auriez-vous l'amabilité d'aller vérifier si je n'aurais pas laissé mes lunettes dans les toilettes, Alex ? Je compte passer l'après-midi en compagnie de Spinoza et de Leibniz. La question de la rationalité et tout ça.

– Dites-moi d'abord…

– Jeune homme, je n'apprécie pas le flou. Aidez-moi à retrouver un peu de cohérence visuelle et peut-être poursuivrons-nous cette conversation.

Je gagnai les toilettes. Un espace confiné, carrelage blanc aux joints crasseux. Une serviette grise élimée accrochée à la paroi en verre bullé d'une douche. Odeurs de vieille eau de Cologne, de savon bon marché et de canalisations défectueuses.

Aucune paire de lunettes à l'horizon. Une chose blanche et anguleuse reposait sur la cuvette des toilettes. Une feuille de papier pliée façon origami, les froissures et les pliages approximatifs trahissant une main mal assurée. Une sorte d'animal trapu. Les bords dentelés indiquaient que la feuille avait été arrachée d'un cahier à spirale. Je le repérai dans le panier en osier à gauche du siège, où se trouvaient également quelques numéros de *Smithsonian* et un pamphlet philosophique. Les pages du cahier étaient toutes vierges.

Je dépliai la feuille. Au centre, des lettres capitales au stylo bille noir, interrompues par l'hésitation en plusieurs endroits :

GRANT HUGGLER
(Le garçon curieux)

Je retournai précipitamment dans le séjour de Cahane, la feuille à la main. Le grand fauteuil en cuir était vide. Cahane n'était plus là. À gauche des toilettes, une porte close. J'y frappai. Pas de réponse.

– Docteur Cahane ?

– J'ai sommeil.

J'actionnai la poignée. Verrouillée.

– Vous n'avez rien d'autre à me dire ?

– J'ai sommeil.

– Merci.

– J'ai sommeil.

31

Le nouveau croquis d'Alex Shimoff fut montré au journal de dix-huit heures. Un présentateur blasé précisa que le suspect portait une canadienne et souffrait peut-être d'insuffisances thyroïdiennes. Durée totale de la diffusion : trente-deux secondes.

Je fis un arrêt sur image. Ce portrait était beaucoup plus ressemblant, une large figure impassible. C'était bien l'homme que j'avais aperçu au Bijou, replié sur lui-même dans un box d'angle, tout près des jeunes mères avec leurs bambins.

– Il a l'air vide, dit Robin. Comme si quelque chose lui faisait défaut. Peut-être que Shimoff a manqué d'éléments.

– Au contraire, dis-je.

Elle me dévisagea. Je lui avais déjà confié en partie ce que Cahane m'avait appris. Je choisis d'en rester là. Blanche nous regarda à tour de rôle. Pensifs et immobiles l'un et l'autre.

– Onze ans, murmura Robin.

Sur ce, elle quitta la pièce.

Milo, aux abonnés absents toute la journée, appela une heure après la diffusion. Mes recherches sur internet concernant Grant Huggler n'avaient rien donné.

– Tu étais devant le poste ? dit Milo. Sacré progrès, non ? Son Exaltation a daigné user de son influence car, pour le citer : « Au point où nous en sommes, autant retourner le merdier pour masquer la puanteur ! » Quoi qu'il en soit, nous tenons un bon portrait dont même Shimoff se satisfait. Ça commence tout juste à s'animer au standard, pour l'instant c'est plus calme que la première fois, peut-être que le public n'a plus rien à nous confier. Moe a tout de même obtenu un tuyau qui mérite d'être vérifié. Une femme qui n'a pas voulu donner son nom, selon laquelle un individu ressemblant au type à la canadienne s'est fait prescrire un traitement contre l'hyperthyroïdie dans un dispensaire d'Hollywood. Elle a raccroché dès que Reed lui a demandé lequel. Un dispensaire à Hollywood, cela colle avec un type à la rue, et c'est par là-bas que traînait Lem Eccles. Petra a contacté quelques établissements, tous fermés pour la soirée. Elle doit les rappeler demain. Si Dieu est d'humeur généreuse, nous obtiendrons un nom.

– Dieu te veut du bien. Notre homme s'appelle Grant Huggler.

– Quoi ?

Je lui racontai la visite chez Cahane.

– Il t'a laissé le fichu nom dans les chiottes ? Pourquoi un tel cinéma ? Pour se donner l'illusion qu'il n'est pas une balance ?

– Un pliage, genre origami. Une mise en scène, tout en cherchant à s'en abstraire. Cahane est un type compliqué, qui dépense beaucoup d'énergie à s'autojustifier.

– Fiable ?

– Je crois qu'il m'a dit la vérité.

– Grant Huggler. Onze ans il y a un quart de siècle. Il en a donc trente-six aujourd'hui, ce qui correspond aux signalements. Pas un nom très courant. Voyons s'il est inscrit chez nous… Tiens, tiens… type caucasien, un mètre quatre-vingts, cent sept kilos, interpellé à Morro Bay il y a cinq ans pour s'être introduit par effraction chez un médecin, probablement dans l'intention d'y commettre un cambriolage. J'en déduis qu'on l'a pincé alors qu'il s'apprêtait à faire main basse sur des substances stupéfiantes, logique pour un SDF atteint de troubles psychiatriques. Il a plaidé coupable, la détention provisoire couvrait la peine d'emprisonnement. Voici sa photo. Cheveux longs, barbe hirsute. Le visage sous cette prodigieuse pilosité m'a l'air dodu. Quel regard étrange ! Des yeux éteints, qui semblent contempler le grand vide.

– Pas d'arrestation antérieure ?

– Non, c'est tout. Un peu léger comme casier pour un type qui est devenu éventreur en série.

– Morro Bay est situé près d'Atascadero, indiquai-je. L'un des établissements où les patients dangereux ont été transférés à la fermeture de Ventura State. Une première infraction il y a cinq ans, cela signifie peut-être qu'il était interné jusque-là. Ce qui ferait vingt ans d'enfermement.

– Le temps de bien mariner.

– Et de fantasmer.

– Il a dû avoir droit à un traitement, non ?

– C'est possible.

– Je dis ça parce qu'il est peut-être devenu accro à ses médocs, d'où la tentative de s'en procurer chez un médecin. Cela dit, à sa sortie, il a sans doute été suivi quelque part en externe, l'occasion de s'approvisionner légalement.

– À condition qu'il se rende aux consultations. Et puis l'addiction aux psychotropes est assez rare. Je pencherais plutôt pour une drogue à usage récréatif. Et je parie qu'il ne s'est soumis à aucun suivi médical, au moins pour la simple raison qu'il préfère éviter les salles d'attente.

– Une petite phobie médicale ? Oui, ça se conçoit chez quelqu'un à qui on a ouvert le cou sans raison. D'ailleurs, peut-être qu'il cherchait à chourer des médicaments pour s'épargner la salle d'attente.

– L'angoisse du milieu médical pourrait expliquer son attitude tendue dans la salle d'examen de Glenda Usfel.

Ajoute l'irritabilité due à un déséquilibre hormonal et le tempérament brusque d'Usfel, et tu te retrouves avec une situation explosive. Mais il n'a pas réagi de manière impulsive, tout au contraire. Il a su attendre son heure, planifier, la traquer avant d'agir. J'imagine qu'avoir passé la majeure partie de sa vie dans un environnement hautement structuré peut instiller la patience et une singulière persévérance.

– Lui retirer un organe sans aucune justification, grommela-t-il. Faire ça à un gosse. Barbare. Maintenant, il est sorti et pratique la chirurgie à sa façon.

– Pour venger les torts d'hier et d'aujourd'hui. Je serais curieux de connaître le nom du chirurgien qui l'a opéré. Cahane a simplement su me dire que le cabinet se trouvait à Camarillo.

– Une autre victime avant qu'il ne vienne à L.A. ? Aucun crime similaire n'a été signalé nulle part.

– En tout cas, le psychologue qui a organisé la thyroïdectomie a connu, lui, une curieuse fin. Cahane n'a pas perdu de temps pour le renvoyer dès son retour, et le type est mort le lendemain, sur le parking de l'hôpital. Apparemment d'une crise cardiaque. Ça te rappelle quelque chose ?

– La compagne de Lem Eccles. Rosetta. Mon Dieu… Lem Eccles était toqué mais ne divaguait pas ?

– Ce n'est pas tout, mon grand. Le psychologue en question s'appelait Bernhard Shacker.

– Comme celui qui a évalué Vita Berlin pour Well-Start ? Qu'est-ce que c'est que ce bordel ? Un vol d'identité ?

– Je ne vois que ça. L'homme à qui j'ai parlé avait une bonne quarantaine, alors que le psychologue de Ventura en avait quatre-vingts quand il a passé l'arme à gauche. Le vrai Shacker était belge, or j'ai remarqué un diplôme d'une université belge dans le cabinet de l'imposteur. Comme il voyait que je m'y intéressais, il a évoqué sa « période catholique ». Avec Photoshop, pas très compliqué de pondre un beau diplôme.

– Un charlatan qui a pignon sur rue à Beverly Hills.

– Je me demande s'il n'aurait pas à son actif d'autres transgressions que le fait d'exercer sans licence. À deux, nettement plus facile de commettre les meurtres.

– D'où tu nous sors ça ?

– Eccles craignait un gardien à Ventura. Huggler a beau être l'exemple type du marginal asocial, cela n'exclut pas que quelqu'un ait su gagner sa confiance. Une personne rencontrée à Ventura.

– Un autre cinglé, employé comme gardien ? Et qui se fait maintenant passer pour psy. Nous voilà bien !

– Avoir arpenté pendant des années des services où l'on a pu s'imprégner du jargon, voilà qui donnerait un avantage pour jouer la comédie. Eccles a été interné à Ventura à la même époque que Huggler, pour avoir agressé un type dans un bar. Pourquoi veux-tu qu'il ait changé de comportement pendant son séjour ? Il a dû s'y montrer pénible et violent. De quoi se mettre à dos un gardien. Mais le gardien a eu l'intelligence de ne pas s'en prendre à lui, de se venger sur la seule personne qui lui rendait visite : celle qu'Eccles considérait comme sa femme. Elle a bel et bien été empoisonnée. Fort de cette première réussite, le gardien a réservé le même sort à Bernhard Shacker.

– Tu me gonfles, je te bute. Un second lascar à prendre avec des pincettes ?

– Un point commun sur lequel nouer une relation. D'après Cahane, Huggler était docile et coopératif. Néanmoins, pour sa sécurité, on le supervisait pendant ses temps de loisir. Dès qu'il quittait sa chambre, il était sous escorte. Et si ce rôle avait toujours été confié au même gardien, à tel point qu'un lien se serait créé ? Le type qui se fait passer pour Shacker avait la vingtaine à l'époque, l'âge idéal pour prendre sous sa coupe un adolescent isolé. La relation s'est cimentée quand il a supprimé celui qui avait fait subir à Huggler l'ablation injustifiée. Si l'attachement était très fort, qui sait si le mentor n'a pas suivi Huggler à Atascadero, y postulant quand son protégé y a été transféré.

– Aujourd'hui, ils se déplacent ensemble.

– Depuis au moins cinq ans. Si c'est le cas, Huggler n'est pas à la rue. Il est à l'abri chez le tuteur qu'il s'est choisi. Lequel jouit d'une situation confortable à Beverly Hills. Et charge peut-être Huggler de soumettre à sa curiosité particulière les patients qui lui déplaisent. Exemple, Vita. Huggler a certes assisté à la scène avec la famille Banforth, mais je ne l'imagine pas en justicier. Je pense plutôt qu'il se trouvait au Bijou parce qu'il suivait Vita depuis un certain temps. Le motif ? Vita avait insulté le faux Dr Shacker. Je le sais parce qu'il m'a confié qu'elle l'avait quasiment traité de charlatan. Jamais aucun patient ne s'était conduit ainsi. Il en était perturbé. C'est la seule fois au cours de notre rencontre qu'il a baissé sa garde de praticien.

– Quelle langue de vipère, cette Vita. Pitty est sans pitié. Un instant… (Cliquetis de clavier et de souris.) Aucun Pitty ni Shacker dans nos fichiers, ni dans celui du permis de conduire. Je n'obtiens que le cabinet dans Bedford.

– Je propose qu'on arrête un plan ce soir. Demain, on lui rend visite.

– Oui, analysons l'analyste. S'il est dangereux à ce point, on ferait mieux d'envoyer l'armée.

– Mon idée serait que je lui parle, avec toi en soutien.

– Quel angle d'attaque ?

– Je lui demande si autre chose lui est revenu à propos de Vita. Si je sens une ouverture, j'évoque à nouveau l'accusation de charlatanisme, en insistant. Sinon, j'aborde le sujet des autres victimes, je lui demande s'il a des lumières. Quand tu fais parler les gens, des choses leur échappent.

– Laisse-moi appeler Petra, voir ce qu'elle en pense.

Six minutes plus tard :

– La pauvre, elle était en tête à tête avec son chéri au

restaurant L'Oise à Brentwood. Pas très loin de chez toi. Ça te dérange si on débarque dans… disons une heure ?

– Aucun problème.

– Demande quand même à Robin.

– C'est bon.

– Qu'en sais-tu ?

– Elle t'adore.

– Une faute de goût qui m'étonne de sa part. À dans une heure.

32

Petra fut bientôt là, un sac en papier à la main. Elle portait un fourreau sans manches en soie marine et des sandales rouges à talons. Rang de perles élégant et rouge à lèvres plus foncé que de coutume. C'était la première fois que je la voyais en robe.

– On a interrompu votre soirée en amoureux ? se désola Robin.

– La femme fait des projets et Dieu s'en moque !

Petra se baissa pour caresser Blanche, laquelle se mit aussitôt sur le dos et se vit récompenser d'un massage.

– Nous en étions au plat de résistance, précisa Petra. J'ai pris le dessert à emporter.

– Un café ? proposai-je.

– Corsé, si vous n'y voyez pas d'inconvénient.

J'optai pour du Kenya, dosage musclé. Les femmes prirent place autour de la table et Petra sortit les barquettes qu'elle avait apportées : une sélection de cookies, quatre parts de gâteau au chocolat.

– C'est carrément de la livraison à domicile, dit Robin.

– J'en ai pris pour tout le monde, comme vous sacrifiez votre intérieur paisible à la force obscure !

Un tambourinement sur la porte d'entrée annonça l'arrivée de Milo, le pas pesant. Il était muni d'un sachet en papier kraft graisseux et taché de sucre.

– Qui a braqué une pâtisserie ? demanda-t-il en fronçant les sourcils.

Robin huma l'air.

– Ce roi mage-ci nous apporterait-il des churros en offrande ?

– Ça me semblait une bonne idée, dit-il en posant le regard sur le gâteau au chocolat.

– Sans farine, dit Petra.

– Je n'ai rien contre la farine, mais pourquoi pas ?

Il posa les churros et engloutit une bouchée de gâteau avant même que ses fesses n'atteignent la chaise. Blanche s'approcha et se frotta le museau contre son mollet.

– Mais oui, mais oui, fit-il en daignant la caresser derrière l'oreille.

Elle se mit à ronronner comme une chatte.

– Je sais, faut surtout pas que j'arrête, grogna-t-il.

Robin prit sa tasse et se dirigea vers la porte du jardin, suivie de Blanche.

– Bonne chance ! nous lança-t-elle.

Personne ne chercha à la retenir. Par bienveillance.

– Le faux psychologue serait le comparse de Huggler et le Pitty dont Eccles prétendait qu'il le harcelait ? dit Petra.

– Une hypothèse de travail, petite, dit Milo. Mais je le sens bien. S'il a volé une identité, pourquoi pas une autre ? Je n'ai trouvé aucun Pitty dans nos fichiers, ce n'est peut-être qu'un surnom. Ou bien Eccles délirait complètement et nous faisons fausse route.

Elle se tourna vers moi.

– Quelle impression vous a fait l'imposteur quand vous l'avez rencontré ?

– Un homme cordial, professionnel. Les diplômes requis affichés aux murs. Il ne s'est départi de son rôle qu'une seule fois, pour se plaindre que Vita ait laissé entendre qu'il était un charlatan. Sur le moment, je n'y ai vu que des bavardages entre collègues.

– Apparemment, Vita avait vu juste. Je me demande parfois si les méchants n'ont pas un flair particulier. Peut-être parce qu'ils perçoivent une menace chez tout le monde.

– Mais vois où ça les mène une fois qu'ils sont élus ! dit Milo.

– Très juste. Selon vous, Alex, elle a été tuée parce qu'elle l'avait insulté ?

J'opinai du chef.

– L'un dégaine, l'autre s'en donne à cœur joie. Nous avons deux individus qui agissent de concert, des strates de pathologie qui se nourrissent mutuellement. À la base, on trouve la fascination de Huggler pour la plomberie du corps humain, dont je suis bien incapable de vous dire d'où elle vient. Il est normal pour les enfants de s'interroger sur le fonctionnement de l'organisme et chez certains cette curiosité peut perdurer et trouver un prolongement professionnel. Cela donne des mécaniciens, des ingénieurs, des anatomistes, des chirurgiens. Chez une infime minorité, l'intérêt vire à l'obsession et s'enchevêtre à la sexualité de manière effroyable.

– Dahmer, Nilsen et Gein[1], cita Petra.

– Tous ont été décrits comme ayant été des enfants atypiques, mais aucun n'a eu une enfance horrible. Le meurtre de sa mère par Huggler laisse entendre que son éducation a été tout sauf optimale, mais cela ne suffit nullement à expliquer son geste. Pour une raison ou une autre, un court-circuit s'est produit dans son cerveau et il a commencé à lier la gratification sexuelle et le fait de plonger les mains dans des boyaux visqueux. Enfermé la majeure partie de sa vie, il était un sujet d'observation tout désigné et je suis

1. Célèbres tueurs en série.

prêt à parier que son observateur le plus assidu et le plus perspicace n'a pas été un médecin. Ce fut un jeune homme qui occupait un poste déconsidéré. Quelqu'un qui n'était pas convié aux réunions de service, mais qui aspirait à la reconnaissance et avait le temps d'être attentif à quantité de signes intéressants.

– Les médecins vont et viennent, dit-elle, alors que les gardiens passent huit heures d'affilée dans le service.

– Et le gardien en question avait sans doute un flair aiguisé pour les dépravations, un sujet qui le touchait personnellement.

– Ses propres déviances.

– Phéromones de psychopathes, dit Milo. On se reconnaît entre monstres.

– Pitty, appelons-le ainsi, dis-je, a longuement observé Huggler, jusqu'à devenir expert. Il a sympathisé avec l'enfant et une relation mentor-disciple s'est développée. Le garçon se trouvait enfin face à quelqu'un qui comprenait ses pulsions au lieu de les condamner. Pitty se chargeait peut-être de lui procurer des animaux avec lesquels s'amuser.

– Qu'y gagnait Pitty ?

– L'adulation, la soumission ou bien le simple fait d'avoir un alter ego avec qui communiquer. Compte tenu de la jeunesse de Huggler et de son apparente adaptation, il avait bon espoir de sortir à l'âge adulte. Mais Colin Quigg est venu tout gâcher en exerçant lui-même son sens de l'observation. Huggler a subi une opération injustifiée et a été transféré aux soins spécialisés. S'il est en liberté depuis seulement cinq ans, c'est qu'il a dû être transféré dans un autre hôpital, sans doute Atascadero, où il aura subi un internement à la dure. La relation avec ce type prétendument attentionné était son seul lien avec la réalité.

– Pitty le suit, la réalité de Pitty devient la sienne ? dit Petra. Cette opération, quel exemple inouï de maltraitance par une institution ! On pourrait presque y voir un prêté pour un rendu : on lui ouvre le cou, lui tord le cou à d'autres. D'ailleurs, pourquoi ne leur tranche-t-il pas la gorge ? Ce serait une vengeance plus symbolique, non ?

– Je pourrais vous échafauder des théories jusqu'à demain matin. Peut-être évite-t-il d'égorger pour ne pas appuyer là où ça fait mal, façon de parler. À la vérité, il est possible qu'on ne comprenne jamais ce qui alimente le moteur de Huggler.

– Ventura ferme, dit Milo. Le mentor suit son disciple, lequel finit par sortir, et son mentor le façonne en arme létale. C'est ta deuxième strate ?

– Oui, l'arme qui frappe les personnes à qui l'un ou l'autre garde rancune. Pitty n'est peut-être pas du genre à se salir les mains, mais s'il est bien l'être narcissique, avide de pouvoir, froid et calculateur que je pense, il aura soif de vengeance pour des affronts que la plupart d'entre nous balaierions d'un revers de main.

– Faut-il tabler sur quelque chose de sexuel entre eux ? s'enquit Petra.

– Peut-être, mais pas nécessairement. Il est possible que ni l'un ni l'autre n'ait de vie sexuelle au sens conventionnel.

– Les gens qui m'agacent, fit Milo, je leur adresse mon jeune camarade et il s'en sert pour ses expériences d'anatomie.

– Et le jeune camarade s'en donne à cœur joie, dis-je. C'est la troisième strate. La parfaite collaboration qui satisfait aux besoins de chacun. Prenons le cas de Vita Berlin. Une femme insupportable, hargneuse, qui semait la méchanceté partout où elle passait. Comme tous les bourreaux, elle avait l'art de repérer qui ferait une bonne victime. L'homme qu'elle connaissait sous le nom de Dr Shacker semblait la cible parfaite : physique anodin, comportement affable, psychologue de métier. On nous imagine comme des gens patients, pondérés dans leur jugement. Songez aux personnages de thérapeutes au cinéma : la plupart du temps, on nous dépeint comme des poltrons distraits. Vita n'avait pas d'autre choix que de rencontrer cette mauviette si elle voulait toucher son indemnité, mais elle ne laisserait pas passer l'occasion de se défouler. D'emblée, elle résiste et lui envoie des piques, et elle finit par le traiter ouvertement de charlatan. Malheureusement pour elle, il est tout sauf pondéré. Je ne serais pas surpris que la condamnation à mort soit tombée dès que l'injure a franchi les lèvres de Vita.

– Il confie ça à Huggler, dit Milo. Une opération des plus simples, vu que le faux Shacker avait l'adresse et le téléphone, et pouvait fournir un signalement.

– Et malgré ses réticences, renchéris-je, Vita avait peut-être laissé échapper quelques renseignements au cours de l'évaluation avec Shacker, des éléments qui ont facilité la traque. Huggler a été aperçu près des poubelles du bâtiment de Vita. À mon avis, il les a fouillées et il est tombé sur les bouteilles vides, en a déduit qu'elle buvait souvent, en solitaire. S'il y avait des cartons à pizza, ça a pu lui donner une idée pour son guet-apens. De manière générale, les habitudes de Vita n'étaient pas compliquées à cerner, vu qu'elle sortait peu, excepté pour faire ses courses et manger de temps en temps au Bijou.

– Crois-tu que Pitty ait pris part au meurtre ?

– Peut-être qu'il tenait les victimes en respect avec un pistolet, ou jouait les guetteurs. Deux complices, ça expliquerait l'absence de résistance, même de la part d'une furie comme Vita.

– Avec son caractère, dit Petra, ce n'était pas gagné pour le coup de la pizza. Elle aurait pu être à peu près sobre et faire un esclandre, non ?

– « Désolé, madame. Je me suis trompé d'adresse… » dis-je. Huggler repart et ils attendent une autre occasion.

– Eccles qui somnolait dans une ruelle, dit Milo, c'était un jeu d'enfant. Idem pour Quigg.

– Si nos suppositions concernant Quigg sont fondées, dit Petra, c'était lui la cible principale, le responsable tout désigné des malheurs de Huggler. Avec une telle rancœur, pourquoi attendre cinq ans pour l'éliminer ?

– Peut-être qu'il y avait d'autres cibles non moins importantes, Shacker par exemple, une liste qu'ils cochent dans l'ordre.

– Ou encore, dit Milo, le chirurgien qui lui a tranché la gorge.

– Oh… dis-je.

Tous deux me dévisagèrent.

– Huggler a été interpellé à l'arrière d'un cabinet médical où il s'apprêtait à entrer par effraction. La police a supposé qu'il voulait se procurer des narcotiques. Et s'il existait un lien plus personnel entre Huggler et le médecin ?

– Traque au chirurgien ? dit Milo. Le seul problème, c'est que l'arrestation s'est déroulée à Morro Bay, soit à cent cinquante kilomètres de Camarillo où a eu lieu l'opération.

– Les gens déménagent.

– Le même chirurgien aurait été installé à proximité de deux hôpitaux où Huggler a été interné ?

– J'y ai réfléchi. Peut-être que Huggler lui a été amené en vertu d'un arrangement qui existait avec Ventura, une sorte de consultant externe. Quand Ventura a fermé, le type a mis en place un système similaire avec Atascadero.

– Un médecin qui n'a pas réussi dans le privé, dit Petra. Lui-même a peut-être certains problèmes.

– Seules les questions d'éthique ne lui posent pas de problème, dis-je.

– Vivre aux crochets de l'hôpital public ? dit Milo. Après tout, pourquoi pas.

Petra sortit son iPhone, joua de l'index et fit défiler du texte.

– C'est quoi ? demanda Milo.

– Mes notes.

– Tu es passée au tout-numérique ?

– Je pioche certaines données du registre d'enquête pour y réfléchir à la maison… Voici. Huggler a été interpellé à la clinique chirurgicale Bayview, comté de San Louis Obispo. Déjà, c'est la bonne spécialité.

Ils me suivirent dans mon bureau où j'effectuai une recherche sur la clinique Bayview. Rien dans l'annuaire. Toutefois, une télé locale de San Louis Obispo avait diffusé un reportage, quatre ans auparavant, sur la disparition d'un certain « Louis Wainright, chirurgien en poste à la clinique Bayview. Wainright, âgé de cinquante-quatre ans, a été aperçu pour la dernière fois il y a onze jours, alors qu'il marchait avec son chien dans les collines au-dessus de San Luis Obispo. Son SUV a été retrouvé sur un parking destiné aux promeneurs, mais ni lui ni Ned, son braque allemand à poil court, n'ont été vus depuis. »

Ailleurs, il était question des recherches qui n'avaient rien donné, menées par les forces de l'ordre et une patrouille de scouts. J'obtins la photo de Wainright : un barbu à la mine sévère, cheveux gris, puissante mâchoire et peau burinée.

– Un petit air d'Hemingway, dit Petra. Il promenait son chien, comme Quigg. Et notre jeune ami est attiré par les bêtes.

– On va déjà s'assurer que Wainright n'a pas réapparu, dit Milo.

Il appela la police de Morro Bay, tomba sur un officier du nom de Lucchese qui se souvenait de Wainright car celui-ci lui avait enlevé un fibrome graisseux dans le dos.

– Bon chirurgien ?

– Pas vraiment. J'ai gardé une cicatrice en bourrelet. Et le type n'était pas franchement à l'écoute, genre je charcute et je me tire. Mais j'ai fait appel à lui parce qu'il avait un accord avec notre assurance-maladie.

– Des hypothèses sur ce qui lui est arrivé ?

– Il faisait une randonnée dans un coin assez escarpé. Il s'est probablement fracturé la jambe, ou il s'est évanoui, ou il a fait une crise cardiaque ou une attaque, enfin vous voyez. Coincé dans un endroit inaccessible, il est mort soit sur le coup, soit d'hypothermie ou de déshydratation. Puis les pumas ou les coyotes, voire les deux, lui ont fait un sort.

– Vous n'avez jamais envisagé la piste criminelle ?

– Aucune raison. Pourquoi vous intéressez-vous à lui, lieutenant ?

– Un ancien patient de Wainright est soupçonné dans une affaire de meurtre.

– Ah bon ? Qui ça ?

– Un ancien patient interné à Ventura State et à Camarillo, quand Wainright y bossait.

– Un timbré ? Ça ne manque pas à Atascadero, et j'imagine que l'un d'eux aurait pu connaître Wainright. Mais ces types-là ne sortent jamais, ils sont le cadet de nos soucis. (Il gloussa.) C'est encore la meilleure thérapie : les enfermer et jeter la clé !

– Wainright travaillait à Atascadero ?

– À temps partiel, répondit Lucchese. Encore un arrangement. Mais il n'y a pas eu la moindre évasion à l'époque de sa disparition, aucune alerte, pas le moindre problème. Je veux bien me renseigner pour vous, mais je doute d'apprendre quoi que ce soit.

Milo le remercia et raccrocha.

– Mon Dieu, murmura Petra.

– Shacker a été le premier, dis-je. Et dès que Huggler est sorti, ils se sont occupés de Wainright. L'interpellation a juste retardé les choses, sans décourager notre duo. Un an plus tard, Wainright y passait à son tour.

– Facile de le traquer pendant ses randonnées, dit Milo. Comment pouvait-il craindre la vengeance d'un patient traité près de vingt ans auparavant ?

– Même l'arrestation de Huggler ne lui aurait pas mis la puce à l'oreille. Peu probable qu'il se souvienne de son nom, s'il l'avait jamais connu. Quand bien même, la police de Morro Bay pensait avoir affaire à un junkie qui voulait se procurer de la came, aucune raison de communiquer l'identité du suspect interpellé au chirurgien. Et puis pourquoi Wainright ferait-il le lien entre un adulte et un enfant opéré deux décennies auparavant ?

– Le chirurgien devient le patient, dit Petra. Dingue. Combien d'autres victimes allons-nous retrouver ?

– Si Huggler et son mentor ont su patienter avant de se faire Wainright, Quigg et Dieu sait qui encore, quelle urgence y avait-il à supprimer Shacker ?

– Shacker, Pitty s'en est occupé tout seul, dis-je. Une manière pour lui de faire ses preuves et de cimenter le lien avec Huggler. Il lui fallait frapper fort et vite.

– Regarde un peu ce que j'ai fait pour toi, mon pote ! dit Petra.

– D'autant que le temps pressait. Shacker était âgé, il venait d'être renvoyé et risquait de déménager. Pitty a donc eu recours à une technique qui lui avait bien réussi quelques mois plus tôt.

– L'empoisonnement, dit Petra. La compagne d'Eccles. Ça fait deux personnes qui tombent raides mortes quelques instants après avoir quitté l'hôpital. Quel type de poison permet un dosage aussi précis ?

– Pas forcément un poison en tant que tel, dis-je. Pour un homme de l'âge de Shacker et avec ses habitudes alimentaires, une forte dose de stimulant cardiaque a pu faire l'affaire. Quant à l'amie d'Eccles, alcoolique et accro à la cocaïne, elle avait aussi le cœur fragile.

– Pas de poison à proprement parler, dit Milo, ça signifie des analyses toxicologiques négatives. (Il se leva, arpenta la pièce en se caressant le lobe de l'oreille droite.) Tout ce que tu avances se tient parfaitement, Alex. Mais à moins que l'un des deux monstres ne passe aux aveux, je vois mal ce qu'on pourra coller au mentor, mis à part l'usurpation d'identité et l'exercice illégal de la psychologie. Et le disciple pourrait bien s'en sortir également : il n'a laissé aucune trace, nous n'avons que des témoignages équivoques et le V de la victoire adressé à John Banforth, qui peut donner lieu à diverses interprétations.

– Il faut mettre la main sur eux et les séparer. Huggler est susceptible de craquer.

– Fasse que Dieu nous ait mis sur écoute ! dit Petra. Moi, la chronologie me pose un autre problème. Si Pitty en a eu assez de se faire cracher dessus par Eccles et s'est vengé sur sa copine, pourquoi attendre autant d'années avant de s'en prendre au cracheur lui-même ?

– Peut-être a-t-il trouvé plus jouissif de voir Eccles souffrir que de le supprimer. Parce que Eccles savait très bien ce qui était arrivé, mais ne pouvait rien y faire.

– Qui prêterait attention aux divagations d'un déséquilibré ? dit Milo.

– Pitty comptait peut-être se faire Eccles à sa sortie, dis-je, mais Eccles a disparu dans la nature et Pitty n'a pas réussi à le retrouver. Quant à expliquer pourquoi Eccles n'a pas cherché à se venger de Pitty, c'est peut-être sa maladie mentale qui l'en a empêché : il était trop perturbé et confus pour mettre au point une stratégie.

– Ou tout simplement il a pris peur et a préféré disparaître, suggéra Petra.

– Et Pitty tombe sur Eccles à Hollywood des années plus tard, par hasard ? dit Milo.

– Pas une si grosse coïncidence que ça, objectai-je. Tu as reçu un tuyau selon lequel Huggler s'est rendu dans un dispensaire d'Hollywood. Ce quartier attire les marginaux et les gens de passage. Shacker s'offrant un cabinet à Beverly Hills, je supposais qu'il devait loger dans les beaux quartiers. Mais peut-être qu'il est obligé d'économiser pour se le payer et que Huggler et lui louent une chambre à la semaine.

– Dans mon secteur, dit Petra. Réjouissant.

– On peut continuer à pondre des scénarios toute la soirée, dit Milo, mais pour l'instant on n'est même pas certains que Huggler a été transféré à Atascadero, ni que Pitty, dont ce n'est probablement pas le nom, l'y ait suivi. Il ne nous reste qu'à filer le faux psy, l'arrêter pour usurpation d'identité et voir ce que ça donne. Le quartier commerçant de Beverly Hills est peu étendu, il va falloir la jouer discret, autrement dit effectifs supplémentaires et profil bas. Je vais convier Moe et Sean, et les hommes que le central de Beverly Hills voudra bien me prêter, à condition qu'ils acceptent de coopérer. Et je ferais bien signe à Raul, si tu es d'accord.

Petra joignit son partenaire.

– C'est bon, dit-elle.

– Au fait, vous avez pu obtenir le PV pour la dernière arrestation d'Eccles ? demandai-je.

– Tout à fait. La personne qui a porté plainte ne s'appelait pas Pitty, ni rien d'approchant. Ed quelque chose.

– Quelle adresse a-t-il fournie ?

– Vous pensez vraiment qu'il pourrait s'agir de Pitty ?

– Pour une raison ou une autre, Eccles s'est emporté en le voyant.

Nouvelle consultation de l'iPhone.

– M. Ed Loyal. (Elle lut l'adresse et le téléphone, plissa les paupières.) Main Street, à Ventura. Un quartier commerçant, non ?

– Surtout, Camarillo est tout proche, un peu au sud.

Elle saisit l'adresse dans le GPS.

– Il n'y a là qu'un vaste parking, les gars.

Elle composa le numéro de téléphone qu'Ed Loyal avait fourni à la police. Numéro non attribué. Après vérification, la ligne n'avait jamais existé.

– Ed Loyal, ça sonne faux, observa Milo.

– Ce n'est pas un nom, renchéris-je. C'est ainsi qu'il se perçoit. *Aide loyale.*

33

Milo pianota sur le clavier de mon ordinateur avec le sérieux d'un enfant absorbé par un jeu vidéo. Ed Loyal n'avait ni adresse, ni permis de conduire, ni casier judiciaire.

– Quelle surprise ! maugréa-t-il.

Il appela Maria Thomas qui s'agaça d'être dérangée chez elle et rechigna à prévenir le chef. Après une entrée en matière pleine de tact, Milo en vint à insister d'un ton doucereux, avant d'en arriver à des menaces à peine voilées. Comme souvent les bureaucrates, Maria Thomas manquait de volonté face aux interlocuteurs déterminés. Milo eut le chef quelques minutes plus tard et en fut réduit à l'écouter, la mine impassible. Ensuite, ce fut au tour d'un inspecteur galonné de Beverly Hills nommé Eaton de le joindre. Comme Milo voulait se justifier, l'autre l'interrompit.

– L'ordre vient directement de mon boss. Vous croyez que j'ai le choix ?

Quand Milo eut raccroché, Petra dit :

– J'aimerais bien être lieutenant, un jour.

– C'est comme si tu rêvais d'avoir des rides !

À six heures le lendemain matin, nous n'étions pas moins de huit à épier l'immeuble de Bedford Drive où un individu non encore identifié se faisait passer pour le Dr Bernhard Shacker. Le jour dessinait des marbrures jaunes dans le ciel gris satin de Beverly Hills qui émergeait à peine du sommeil. Un camion de livraison passait de temps à autre. À l'exception de quelques joggeurs et des maîtres esclaves du système digestif de leur adorable toutou, les trottoirs étaient déserts.

La police de Beverly Hills connaissait l'adresse en question pour y avoir interpellé, trois ans auparavant, un chirurgien esthétique et son épouse, tous deux coupables de violences conjugales.

– Scène de ménage dans la salle d'attente, nous avait dévoilé l'inspecteur Roland Munoz. Belle panique pour les clientes anorexiques liftées de partout !

Nous étions en place depuis une heure quand le concierge déverrouilla la porte d'entrée en laiton. Les locataires disposaient de leur propre clé et d'un code, leur permettant un accès sept jours sur sept et vingt-quatre heures sur vingt-quatre. Toutefois, Munoz et son collègue Eaton, chargés d'une planque qui promettait d'être fructueuse en heures sup, n'avaient noté aucun mouvement depuis vingt et une heures la veille, après avoir vu sortir au compte-gouttes les ultimes soignants harassés, parmi lesquels ne figurait pas Shacker. Les voitures de patrouille qui étaient passées une fois par heure au cours de la nuit n'avaient signalé aucune activité aux abords de l'immeuble. Pas de certitude absolue, certes, mais on était à peu près sûr que l'usurpateur d'identité ne s'était pas encore présenté.

La porte à l'arrière du bâtiment, qui s'ouvrait elle aussi avec une clé, était surveillée par Sean Binchy depuis une camionnette empruntée à la compagnie d'électricité. Munoz s'était joint à lui, un homme au tempérament jovial et ravi de cette opération qui le changeait des fausses alertes au cambriolage chez de riches hystériques. Sans parler des chats perdus : la semaine précédente, une habitante de North Linden Drive avait appelé le 911 pour signaler la disparition de Melissa. À entendre sa voix paniquée, le dispatcheur avait cru à une adolescente en danger, pas à un angora bloqué en haut d'un arbre.

Le centre médical ne disposait pas d'un parking, mais les médecins et leurs assistants bénéficiaient d'un tarif préférentiel au parking payant situé deux numéros plus loin et qui ouvrait à six heures et demie. De si bonne heure, il restait toutefois quantité de places disponibles aux parcmètres, mais seules sept voitures en avaient profité pour l'instant. Milo vérifia les numéros d'immatriculation, rien d'intéressant. Nous stationnions dans Bedford Drive côté est, à une vingtaine de mètres de la porte d'entrée en laiton, installés dans une Mercedes 500 gris métallisé aux vitres fumées. Milo l'avait réquisitionnée à la fourrière du LAPD ; l'ancien propriétaire était un dealer en ecstasy de Torrance. L'intérieur était impeccable : cuir de vachette noir, acier brossé, revêtement blanc soyeux au sol et au plafond, dont la moindre peluche avait été aspirée pour l'enquête. À la forte odeur de détergent se mêlait celle des cacahuètes enrobées de miel que Milo grignotait. Il m'avait conseillé de m'habiller à la mode de Beverly Hills.

– C'est-à-dire ?

– Lâche-toi un peu pour te fondre parmi les m'as-tu-vu.

Je m'étais contenté d'un jean et d'un pull-over gris, orné du nom d'un couturier italien, que j'étrennais pour l'occasion. Un cadeau offert dix ans auparavant par la sœur que je ne vois jamais. Dans un vêtement griffé, je me fais l'effet d'un imposteur. Milo avait opté pour un jogging bleu roi dont les larges bandes de lamé argent évoquaient des coulures de mercure. Logo surdimensionné aux manches et sur une cuisse, un chanteur hip-hop qui m'était inconnu. Milo flottait dans l'accoutrement, pas un mince prodige. Les nombreux plis, bouchons et bourrelets auraient rendu jaloux un sharpeï. J'étais parvenu à tenir ma langue jusque-là, mais ne pus m'empêcher de lancer :

– Bravo !

– Pourquoi ?

– Tu t'es lâché sur les enchères à la vente des fonds de placard de Suge Knight.

– Hum. Je l'ai eu à un prix très intéressant chez Barneys. Aux soldes privés pour VIP, je te prie. Si ce genre de détail te semble pertinent.

– Dans mon domaine, tout est signifiant. Comment as-tu obtenu un sésame ?

– Le directeur du magasin a eu un accident de voiture, Rick lui a sauvé son nez.

Une silhouette svelte passa sur le trottoir, jolie foulée. Vêtue d'une culotte de cycliste et d'un sweat noir, Petra achevait un deuxième tour du pâté de maisons. Le rôle que lui avait assigné Milo ne la changeait guère de sa routine matinale et elle s'en acquittait avec entrain. Près du carrefour de Wilshire, un sans-abri vêtu de guenilles d'un gris marronnasse n'avait pas l'air de savoir où aller, dodelinant de sa tête coiffée d'un bonnet de ski. Il lança un regard au soleil matinal, traversa hors des clous et marcha vers l'est. Moe Reed s'était porté volontaire pour ce rôle.

– Un garçon soigné comme toi ? s'était étonné Milo.

– Je l'ai déjà fait l'an dernier, boss. Pour surveiller une crapule à Hollywood.

– Je vous assure qu'il était très convaincant, était intervenue Petra.

– Parfait. On va te procurer des fringues miteuses.

– Pas besoin, j'ai conservé celles de l'autre fois.

– Tu les as lavées ?

– Bien sûr.

– Tant pis pour l'authenticité. C'est bon, à toi de jouer !

Les septième et huitième membres de l'équipe étaient des agents en tenue du central de Beverly Hills, deux femmes qui passaient en voiture toutes les dix minutes. Le second portrait-robot de Grant Huggler réalisé par Shimoff était fixé à la plage avant de leur véhicule de patrouille, ainsi que le signalement du faux Dr Shacker tel que je l'avais fourni. Une forte présence policière n'avait rien d'étonnant dans ces quartiers riches : le temps moyen d'intervention n'excède pas les trois minutes et les habitants sont toujours rassurés de constater qu'on veille sur eux.

Quelques voitures s'engageaient dans le parking payant, à présent ouvert. Treize véhicules supplémentaires avaient profité des places encore disponibles dans la rue. Les numéros ne donnèrent rien, mis à part une femme domiciliée dans South Doheny Drive et qui en était à six cents dollars de contraventions impayées, toutes pour mauvais stationnement. Ce matin-là, sa Lexus était conduite par une femme asiatique en tenue blanche d'employée de maison, venue chercher une commande à emporter au délicatessen du coin. Toujours aucun signe de l'un ou l'autre suspect à huit heures, quand les patients commencèrent de franchir la porte en laiton à double battant. Toujours rien à neuf heures, dix heures, dix heures et demie. Milo bâilla et se tourna vers moi.

– Tu démarrais tôt, quand tu avais ton cabinet ?

– C'était variable.

– En fonction de quoi ?

– Le nombre de patients, les urgences, les dépositions au tribunal. Peut-être se contente-t-il d'expertises médicales. Avec des horaires tranquilles.

– Un escroc doublé d'un assassin recruté par des compagnies d'assurances ? dit-il en souriant. J'imagine la lettre de motivation !

Il descendit, marcha jusqu'au déli, commanda quelque chose et détailla les trois clients au comptoir. Au bout de quelques minutes, il nous rapporta des bagels et du café bouilli. Le silence se prolongea, entrecoupé de bruits de mastication et de déglutition. À onze heures, Milo eut un nouveau bâillement et s'étira.

– Bon, ça suffit.

Il contacta Reed par radio et lui signifia de déplacer ses guêtres trouées de Wilshire à Bedford où il pourrait surveiller l'entrée. Puis il informa les autres membres de l'équipe qu'il allait jeter un coup d'œil à l'intérieur.

– Je t'accompagne, dis-je. Je pourrai te signaler Shacker.

Il y réfléchit.

– D'accord, même si je doute de l'y trouver.

Comme nous traversions l'entrée à moquette bleue et boiseries en chêne, son jogging flottant lui valut quelques regards amusés. Mon chandail griffé n'avait rien de drôle en soi, mais deux jeunes infirmières me sourirent et pouffèrent dès que je leur eus tourné le dos. Deux apprentis clowns, rien de tel pour détendre l'atmosphère.

Je suivis Milo dans l'escalier jusqu'au palier du premier où il entrebâilla la porte et scruta rapidement le couloir. Le 107 était tout proche. La plaque au nom de Shacker n'était plus là. Milo s'approcha et observa le panneau attentivement. Il me fit signe de le rejoindre. Des traces de colle étaient visibles. Dépose récente.

– Shimoff est trop bon dessinateur, grogna-t-il. Le fumier aura reconnu la figure de son prodige à la télé et décidé de se terrer.

Il informa les autres que les suspects n'allaient sans doute pas se présenter, leur commanda de rester malgré tout en place. Au rez-de-chaussée, aucun gérant parmi les occupants listés. Un employé de la pharmacie nous vint en aide au moyen d'une carte de visite soigneusement rangée. Nourzadeh Immobilier, bureau dans Camden Drive, à deux pas de là. Carte au nom d'Ali Nourzadeh, le directeur. Absent, mais Milo obtint une secrétaire au bout du fil. La jeune femme qui se présenta dix minutes plus tard portait un pull cachemire rouge à col bénitier et poignets brodés de strass, un fuseau noir et des talons de dix centimètres.

L'anneau qu'elle avait à la main retenait plus de clés qu'il n'en fallait pour dévaliser un quartier tout entier.

– Je suis Donna Nourzadeh. Quel est le problème ?

Milo exhiba son badge, indiqua les traces de colle.

– À moins que vos panneaux n'aient tendance à se décrocher, on dirait que votre locataire a filé.

– Mince. Vous êtes sûr ?

– Non, mais on n'a qu'à vérifier à l'intérieur.

– Je ne suis pas certaine que ce soit autorisé.

– Pourquoi donc ?

– L'occupant a des droits.

– Pas s'il abandonne les lieux.

– Nous n'en savons rien.

– Il suffit d'entrer pour en avoir le cœur net.

– Hum…

– Depuis combien de temps avez-vous le Dr Shacker comme locataire, Donna ?

– Ça fait sept mois.

Peu de temps avant l'expertise de Vita Berlin pour Well-Start. Où l'on avait négligé de vérifier son CV, peut-être appâté par un tarif avantageux.

– Bon locataire ? demanda Milo.

La jeune femme prit le temps d'y réfléchir.

– Nous n'avons jamais reçu aucune plainte et il a versé six mois d'avance.

– Ce qui fait quel montant ?

– Vingt-quatre mille.

Milo fixa le trousseau de clés.

– Il a fait quelque chose de mal ? s'enquit Donna Nourzadeh.

– C'est fort probable.

– Il ne vous faut pas un mandat ?

– Comme je vous l'ai dit, dès lors que le Dr Shacker a vidé les lieux, vous êtes seule responsable et votre autorisation suffit.

– Hum…

– Pourquoi vous n'appelez pas votre patron ?

Elle suivit son conseil, eut un court échange en farsi, puis choisit une clé et la tendit vers la serrure. Milo l'arrêta d'un index puissant, posé sur son menu poignet.

– Il est préférable que je m'en charge.

– Et je fais quoi en attendant ?

– Vous vaquez à vos occupations.

Il lui prit la clé et elle se dépêcha de disparaître.

La salle d'attente exiguë et blanche n'avait pas changé depuis que j'y étais passé. Même trio de fauteuils, mêmes magazines. Même musique new age en sourdine, une sorte de solo de harpe réalisé par ordinateur. Quant aux deux voyants, le rouge était allumé. En consultation.

Milo sortit son 9 millimètres, s'approcha de la porte intérieure et frappa. Pas de réponse. Nouvelle tentative, même résultat. Sa main enserra la poignée qui tourna en grinçant. Il se positionna à gauche de la porte.

– Docteur ?

Toujours rien. D'une voix plus forte :

– Docteur Shacker ?

Un air de flûte succéda à la harpe, arpège nasillard et vibrato grossier. Cela tenait de la plainte mécontente et geignarde. Du bout du pied, Milo poussa le battant de quelques centimètres. Attendit, agrandit l'entrebâillement pour pouvoir jeter un coup d'œil.

Un renflement de la taille d'une cerise lui déforma soudain les joues. Ses dents s'entrechoquèrent et il rangea son revolver. Il me fit signe d'entrer avec lui.

34

Des voilages obstruaient la fenêtre donnant sur Bedford Drive. Le faible éclairage de la lampe à abat-jour conférait un aspect grisâtre aux murs bleu canard. Le bureau en noyer était nu. Les diplômes étaient toujours accrochés. Le pseudo-psychologue n'en aurait plus besoin dans son nouveau rôle.

Dans la pénombre, le tableau d'inspiration cubiste figurant du pain et des fruits semblait terne et miteux. Les deux fauteuils scandinaves avaient été rapprochés pour un entretien plus intime.

L'un d'eux était inoccupé, tandis qu'un objet reposait sur son vis-à-vis. Milo alluma le plafonnier pour mieux voir. Un bocal rempli d'un liquide transparent et visqueux était appuyé au dossier. À l'intérieur flottaient deux formes rondes et grisâtres. Milo se ganta, s'accroupit et s'en empara. L'un des globes pivota, nous dévoilant d'autres coloris. Du bleu pâle, et en son centre un cercle noir. À l'opposé sur la sphère, des filaments rosés qui faisaient penser à des vermisseaux. Quand il fit tourner le récipient, la deuxième chose oscilla et nous vîmes qu'elle présentait les mêmes teintes, les mêmes franges.

Une paire d'yeux. Des yeux d'être humain. Tels deux gros oignons grelot s'agitant dans un cocktail monstrueux.

Milo reposa le bocal où il l'avait trouvé et demanda par radio une équipe de la police scientifique, en urgence. Pendant qu'il prévenait les autres, je remarquai un détail qui clochait. Le cadre le plus imposant, celui qui figurait pile au centre derrière le fauteuil du praticien, avait été altéré. La première fois que je l'avais vu, il exhibait le diplôme attestant que Bernhard Shacker avait obtenu son doctorat à l'université de Louvain. Une feuille blanche cachait désormais cet objet de fierté. Je m'avançai précautionneusement. La colle se devinait au pourtour du verre, parce que le papier avait gondolé. Un rectangle blanc, pourvu d'un unique message :

?

35

Un enquêteur du coroner du nom de Rubenfeld se chargea du bocal.

– Jamais rien vu de pareil, dit-il. Il y a une première à tout.

– Peut-on estimer depuis combien de temps ils sont conservés là-dedans ? demanda Milo.

Rubenfeld plissa les paupières.

– Si ça datait, la décoloration serait sans doute plus avancée, mais c'est difficile à dire. (Il agita doucement le liquide.) La partie amputée a un peu terni. Vous voyez ce qui ressemble à des plumes ? Ce sont de petits vaisseaux sanguins. Les globes ont un aspect légèrement caoutchouteux, non ? Il pourrait s'agir de spécimens de laboratoire.

– Ça, pour être des spécimens… Mais je doute que ça vienne d'un labo.

L'enquêteur s'humecta les lèvres.

– À mon niveau de salaire, vous savez, on n'est pas qualifié pour dater les morceaux de corps. Le Dr Jernigan saura peut-être vous en dire plus. (Il contempla les deux fauteuils.) Il y a une chose dont vous pouvez être à peu près sûr. Avec des iris de ce bleu, votre victime est certainement quelqu'un de blanc.

– Merci pour le tuyau.

Milo n'avait pas attendu l'arrivée de la police scientifique pour obtenir les caractéristiques physiques figurant sur le permis de conduire du Dr Louis Wainright : yeux bleus, acuité ne nécessitant pas le port de verres correcteurs.

– Au moins, pas besoin de brancard, dit Rubenfeld en secouant délicatement le bocal.

Milo apprit de Donna Nourzadeh qu'une équipe de cinq personnes se chargeait du ménage en semaine. Toutefois, l'entretien n'était plus assuré dans l'immeuble depuis trois jours en raison d'un contretemps.

– Un problème de planning. Maintenant, lieutenant, si vous permettez que j'y aille…

Il la laissa partir et se tourna vers moi.

– Le monstre a déposé le bocal au cours des dernières soixante-douze heures.

S'il a décidé d'exhiber les yeux, songeai-je, c'est qu'il s'attendait à être démasqué. Par le point d'interrogation, il confirmait son implication dans les meurtres. Il nous narguait, avec aplomb. Parce qu'une nouvelle phase commençait pour lui ?

Quelles que soient ses intentions, l'homme qui se faisait appeler Shacker s'était livré à un ménage soigneux. L'aspirateur avait été passé sur la moquette qui ne livra que quelques miettes de pain. Toutes les surfaces avaient été essuyées, jusqu'aux endroits où des empreintes sont souvent oubliées. Les techniciens se décourageaient alors que les opérations touchaient à leur fin. Soudain, une jeune femme poussa un cri victorieux et brandit le ruban adhésif qu'elle venait de décoller du verre d'un diplôme, celui accroché à gauche du doctorat recouvert du point d'interrogation. L'inscription de Shacker à l'ordre des psychologues, date retouchée avec Photoshop et papier de qualité : un faux convaincant, même vu de près. La technicienne tendit le ruban à la lumière : bel échantillon de crêtes et de plis, relevé sur le coin supérieur droit.

– On dirait un pouce et un index, dit-elle. Comme si quelqu'un s'était appuyé.

J'indiquai le verre voisin.

– Peut-être pour garder l'équilibre pendant qu'on collait cette feuille.

– Ou bien ce ne sont que les empreintes d'une femme de ménage, dit Milo.

– Allons, lieutenant, soyez positif !

– D'accord. J'ai cotisé pour ma retraite, avec un peu de chance je vivrai assez vieux pour en profiter un tantinet. Ça vous va ?

Les empreintes étaient répertoriées dans AFIS, le nom de leur propriétaire tomba à dix-neuf heures treize. Sean Binchy se déplaça pour livrer l'information à Milo, au Café Moghol où celui-ci présidait une réunion autour d'une table encombrée de victuailles. Petra, Moe Reed, Raul Biro et moi-même étions présents, tous tenaillés par une de ces faims compulsives, née de la frustration et de l'abattement. Nous engloutissions l'agneau, le riz, les lentilles et les légumes sans vraiment y goûter. Milo lut la fiche, eut un rictus carnassier et la passa aux autres.

James Pittson Harrie, type caucasien, quarante-six ans, avait fourni ses empreintes lors de son recrutement à l'hôpital de Ventura State, il y avait un peu plus de vingt-cinq ans de cela. Je reconnus sur la photo du permis de conduire, qui datait de cinq ans, le visage souriant, mine de lutin et joues roses, du faux psychologue que j'avais rencontré. Les cheveux étaient un peu plus longs, le coup de peigne un rien négligé. Un mètre soixante-cinq, soixante et un kilos. Contrairement à beaucoup de gens, il n'avait pas menti sur ses mensurations. Le sens de l'honnêteté chez une crapule ? En guise d'adresse, une boîte postale à Oxnard.

– J'ai déjà vérifié, précisa Sean. C'est le comptoir d'un transporteur, situé dans un centre commercial. Toujours en activité, mais ça fait bien six ans qu'ils ne louent plus de boîtes aux particuliers, autrement dit, Harrie a fourni une fausse indication. À mon avis, il habitait aux environs et a menti pour brouiller les pistes.

– Camarillo est juste au sud d'Oxnard, fis-je remarquer, et la ville de Ventura, où il a également fourni une fausse adresse sous le pseudo d'Ed Loyal, juste au nord.

– Toujours sur la côte, dit Biro. Retour au bercail ?

J'acquiesçai.

– Son dernier véhicule immatriculé est une Acura bleue vieille d'une quinzaine d'années. Il a cessé de payer les vignettes, son permis n'est plus valide. Je lance quand même un avis de recherche ?

– Et comment ! dit Milo. Bon boulot, Sean ! Ça te dit de manger un morceau avec nous ?

– Merci, mais je préfère travailler… (Il rougit.) Euh, je ne dis pas que vous ne fichez rien…

– Vas-y, mon garçon. Sois productif.

Sean ne demanda pas son reste.

Petra examina le portrait de James Pittson Harrie.

– D'où le surnom de Pitty. Nous tenons enfin un nom et un visage. On peut supposer que ce genre d'individu ne voit pas d'inconvénient à conduire sans permis. S'il a été assez bête pour garder la même voiture sans changer ses vieilles plaques, l'avis de recherche de Sean pourrait porter ses fruits.

– Où diable ces deux-là se planquent-ils ? grommela Milo en faisant craquer ses phalanges.

– Comme l'a souligné Raul, les villes côtières reviennent toujours. Ce qui ne les empêche pas de descendre jusqu'ici pour y commettre leurs forfaits, et même de s'attarder dans le coin.

– Si Harrie a suivi Huggler à Atascadero, dis-je, il a peut-être laissé une adresse où faire suivre son courrier quand il en est parti.

L'appel à l'hôpital d'Atascadero ne donna rien : deux employés et leur supérieur décrétèrent que les dossiers des anciens membres du personnel ne seraient consultables qu'à l'ouverture des bureaux le lendemain.

– Quand bien même, n'y comptez pas trop, déclara le responsable. Nous avons un problème de place, tout n'est pas conservé.

Il fallut déranger Maria Thomas chez elle une fois de plus, et quelques minutes plus tard le directeur du personnel d'Atascadero rappelait, étant parvenu par miracle à se procurer le dossier de Harrie en dehors des horaires de bureau. Milo lui demanda de tout faxer au restaurant, au numéro qu'indiqua la patronne en sari. Il posa quelques questions supplémentaires à son interlocuteur, griffonna des notes illisibles, le remercia et nous livra le résultat dès qu'il eut raccroché.

Quand il avait postulé à Atascadero, James Pittson Harrie avait prétendu être titulaire d'une licence en psychologie de l'université d'Oregon, à Eugene. Après l'obtention de son diplôme, il avait travaillé pendant un an comme technicien dans une clinique vétérinaire, puis il avait déménagé à Camarillo où il avait posé sa candidature comme technicien en psychiatrie à Ventura State.

– Des quadrupèdes aux bipèdes, dit Petra. Peut-être qu'ils enlèvent les chiens pour Harrie qui les aime.

– La question est : Il les aime pour en faire quoi ? dit Moe Reed.

– Beurk !

Milo reprit sa lecture.

– On ne l'a pas embauché comme technicien mais comme concierge, un poste qu'il a tenu pendant treize, quatorze mois. Il a été promu agent de surface de premier échelon. Contrairement au technicien de surface, l'agent est chargé de surveiller, pas de balayer… Apparemment, il n'est pas allé plus haut. Il a obtenu son transfert à Atascadero dans le cadre d'un recrutement spécial : le personnel dont on s'était séparé à la fermeture de Ventura était prioritaire à l'embauche dans les établissements publics de Californie. Là-bas, son vœu a été exaucé : il y est entré comme technicien en psychiatrie, échelon un. Le responsable du personnel m'assure qu'il n'y a aucune trace des services précis auxquels il était affecté, mais Harrie a dû donner satisfaction, vu qu'il avait atteint l'échelon trois quand il a démissionné il y a cinq ans. Soit peu de temps avant la sortie de Grant Huggler. Par contre, devinez qui est resté ? Le Dr Louis Wainright. Il était consultant à mi-temps à Atascadero, où il pratiquait des opérations en externe. Il avait bénéficié du même transfert prioritaire.

– Huggler a été arrêté aux abords de la clinique de Wainright combien de temps après la démission de Harrie ?

Milo plissa les yeux pour déchiffrer ses propres hiéroglyphes.

– Trois jours, on dirait. Ils n'ont pas attendu pour se mettre au boulot.

– Je prends les paris sur le nom de celui qui a versé la caution de Huggler, dit Reed.

– Et ils ne s'attaquent à Vita Berlin que quatre ans plus tard, nota Petra. Trop long, il y a forcément eu une victime supplémentaire entre-temps.

– Un autre médecin qui aurait participé à l'opération de Huggler ? suggéra Reed. L'anesthésiste, ou une infirmière ?

– On n'a pas retrouvé de cadavre car, à l'époque, Huggler et Harrie dissimulaient encore leurs prouesses, dis-je. Je me concentrerais sur les disparitions dans la zone entre Morro Bay et Camarillo, toute personne travaillant dans le secteur de la santé.

– Wainright devait avoir une clientèle en libéral à Camarillo, qu'il a sacrifiée pour préserver son accord avec l'État, dit Milo. Sans se douter qu'il leur facilitait la tâche.

– Ils ont tout de même attendu la sortie de Huggler, dit Petra. Quinze ans, ça fait long.

– Il était essentiel que Huggler soit impliqué, dis-je. Voyez-le comme une thérapie.

– Je me demande si ce sont les yeux de Wainright, dit Biro en alignant des lentilles avec sa fourchette.

– Un volontaire pour contacter la famille du chirurgien et leur expliquer pourquoi on aurait besoin d'un échantillon d'ADN ? lança Petra.

– Pire encore, dit Reed, on fait l'analyse et on découvre que ce ne sont pas ses yeux à lui.

– Trêve de bavardages, les petits, déclara Milo. Rassasié, Raul ?

Biro contempla son assiette.

– Oui, j'ai terminé.

– Tu te charges de contacter les polices locales, en partant de Morro Bay vers le sud ? Toute disparition non élucidée d'une personne employée dans le secteur de la santé, survenue entre la dernière randonnée du bon docteur Wainright et le meurtre de Vita Berlin.

– Tout de suite.

Il s'installa à l'écart, dans un coin tranquille. La femme au sari arriva, un plateau en argent à la main.

– Des fax pour vous, lieutenant.

– Miam, le dessert.

Il parcourut les documents, les tendit à Petra qui les feuilleta et fit passer. Sur la photo de son dossier à Atascadero, James Pittson Harrie était un jeune homme au front entièrement dissimulé par d'épais cheveux raides. Le reste du visage était en grande partie recouvert d'une barbe fournie. Hippie en uniforme. Quant au patient Grant Huggler, sa chevelure était encore plus longue et une barbe irrégulière cachait le bouton du col de chemise.

– Wainright a été vu pour la dernière fois en montagne, dit Reed. Ces deux types ont une tête de montagnard. Ils ont pu camper sur place, en attendant de le cueillir.

Milo compara le cliché plus ancien et la photo du permis de conduire de Harrie.

– Il a adopté un look plus sage pour être crédible comme psy à Beverly Hills, a même décroché des expertises. Mais il devait déjà bien se débrouiller avant de louer son cabinet, pour être capable d'aligner vingt-quatre mille dollars en espèces. Peut-être qu'il avait une clientèle ailleurs, ou une autre escroquerie.

– Ou tout simplement il touche une pension, dis-je. Avec vingt ans d'hôpital public, il doit avoir droit à une belle retraite. Peut-être même qu'il a touché une prime pour départ anticipé. Huggler, lui, a droit à toutes sortes de prestations sociales. S'ils ont été raisonnables, ils ont pu accumuler un joli pactole. Et s'ils vivent aux crochets de l'État, les chèques leur sont forcément adressés quelque part.

Milo composa le numéro de Maria Thomas, laissa sonner en tapotant les doigts sur la table.

– Tu vas décrocher, bon sang ?

Prière non exaucée. Nouvel appel, nouvel échec.

– Qui as-tu essayé en deuxième ? demanda Petra.

– Sa Pesanteur.

– Tu as son téléphone personnel ?

– Un portable auquel il daigne parfois répondre.

Les renseignements lui fournirent le numéro de l'administration des retraites et pensions, à Sacramento. Fermé jusqu'au lendemain matin. Il jura, enfourna une bouchée. Biro revint à notre table.

– J'ai une piste intéressante. Une certaine Joanne Morton, disparue il y a dix-huit mois. Partie en randonnée dans les collines de Camarillo, pas très loin de l'endroit où était situé Ventura. Jamais revue. L'affaire n'a pas été jugée prioritaire, puis on a privilégié la piste du suicide car Joanne Morton était dépressive. Son troisième divorce l'avait beaucoup affectée. C'est l'ex qui a signalé la disparition, mais on l'a vite rayé comme suspect : il vit à Reno et avait un alibi solide.

– Pourquoi a-t-il alerté la police ? s'étonna Petra.

– Inquiet pour elle. Ils s'étaient quittés en bons termes. Il a expliqué qu'elle était fragile, qu'il redoutait qu'elle ne se soit suicidée. J'oubliais de préciser : elle était infirmière en chirurgie, bossait en intérim.

– Si elle avait aidé Wainright à mutiler le gamin, dit Reed, ça pourrait expliquer ses problèmes psychologiques.

– Un chien l'accompagnait pour sa randonnée ? s'enquit Milo.

– Ça n'est pas précisé dans le rapport.

– Le toutou n'est pas une condition nécessaire pour se faire charcuter, dit Petra. C'est juste un bonus pour les meurtriers. Dix-huit mois. Ils ont une liste qu'ils cochent.

– Un an et demi, fit Reed, ça laisse largement le temps pour quelqu'un d'autre entre Wainright et Morton. Aussi entre Morton et Berlin.

– Ou bien ils ont commencé lentement et augmentent progressivement la cadence, dis-je. Parce qu'il ne s'agit plus de se venger.

– Il s'agit de quoi, alors ? demanda Milo.

– De s'amuser.

Tout le monde resta silencieux un moment.

– Moe, finit par dire Milo, toi et Sean et tous les collègues compétents disponibles allez reprendre le porte-à-porte dans le voisinage de chaque scène de crime, avec le portrait de Shimoff et la photo du permis de conduire de Harrie. Petra, toi et Raul pourriez rechercher la clinique où, selon notre informatrice anonyme, Huggler aurait obtenu son ordonnance. Si ça ne donne rien, retournez à la clinique de North Hollywood et faites pression sur Mick Ostrovine pour obtenir le dossier médical de Grant Huggler. Nous savons que ce dernier s'y est rendu pour un examen et je ne crois pas aux dénégations du directeur. Moi, je rappelle le service des pensions dès la première heure demain matin et je vois s'ils versent quelque chose à l'un ou l'autre de nos cinglés. Si j'obtiens une adresse, on se réunit pour planifier une descente, sans doute avec le soutien du SWAT. Je vais aussi interroger Jernigan au sujet des yeux : si elle me confirme qu'une analyse ADN peut être envisagée, je prends contact avec la famille de Wainright.

Il appela le central et se fit communiquer les renseignements figurant sur le permis de conduire de l'infirmière Joanne Morton.

– Yeux marron, dit-il après avoir raccroché. Ce ne sont pas les siens. Des questions ?

Sans attendre la réponse, il se leva, épousseta son pantalon et lança des billets sur la table. Comme nous nous apprêtions à sortir notre portefeuille, il nous arrêta d'un geste.

– Allons, chef, protesta Reed. C'est toujours vous qui régalez.

– Remboursez-moi en résultats.

36

Petra et Raul se répartirent le travail : pendant que lui se chargeait des dispensaires où Grant Huggler aurait pu obtenir son ordonnance, elle tenterait sa chance auprès de Mick Ostrovine qui serait peut-être plus sensible à la manière douce qu'à une nouvelle dose de flic viril.

Ostrovine commença par soupirer, se plaignit d'être dérangé à nouveau et lui opposa le principe du secret médical. Malgré tout, il rendit les armes plus vite qu'elle ne s'y attendait.

– Bon, d'accord. Venez voir, puisque vous y tenez.

Petra le rejoignit de son côté du bureau comme il ouvrait un listing à l'écran.

– Voyez ?

Il se rapprocha d'elle, son eau de Cologne infecte dégageant des effluves de vieux whiskey. Liste alphabétique des patients, pas de Huggler.

– Et un James Harrie ? I-E, pas *y*. Peut-être avec l'initiale P entre le prénom et le nom ?

Long soupir théâtral. Ostrovine cliqua.

– Rien, comme vous pouvez constater. Je l'ai déjà dit à vos collègues, la clinique n'a rien à voir avec cette histoire.

– Je ne demande qu'à vous croire, Mick, mais M. Huggler est bel et bien venu chez vous pour un scanner.

– J'ai déjà expliqué ça l'autre fois. Comme il n'a pas subi l'examen, nous n'avons pas de dossier.

Elle le gratifia de son sourire le plus sincère.

– Par acquit de conscience, Mick, j'aimerais montrer une photo de M. Harrie et un portrait de M. Huggler à votre personnel.

– Vraiment, on est débordés.

La horde entraperçue en salle d'attente prouvait que le lascar ne mentait pas.

– Je sais, Mick, mais je vous en serais très reconnaissante.

Elle commença par lui montrer les deux visages. Aucune réaction pour la photo, mais il cilla devant le croquis. Elle se rassit pour lui permettre de chercher ses mots.

– Quoi ? fit-il, agacé.

Son charme féminin perdrait-il de son effet ?

– Vous n'avez jamais vu cet individu ?

– Ni dans ce monde ni dans un autre.

Les deux visages ne donnèrent rien auprès du personnel. Margaret Wheeling elle-même, qui s'apprêtait à préparer un sans-abri à la mine endormie en vue d'une IRM probablement fort coûteuse, parut indécise à la vue du nouveau dessin de Shimoff.

– Peut-être bien.

– Quand vous avez parlé au lieutenant Sturgis, dit Petra, vous étiez certaine de l'avoir vu.

– C'est que mon dessin était différent.

Comme si c'était elle l'artiste.

– Celui-ci ne ressemble pas à l'homme qui s'est accroché avec le Dr Usfel ?

Wheeling plissa les paupières.

– Il faudrait que je mette mes lunettes.

Pour injecter des matières radioactives aux patients, voir flou ne lui posait aucun problème.

– Je vous en prie, madame.

Wheeling expira longuement, puis roula les yeux. Encore une comédienne. On se serait cru dans un camp de vacances pour gamins cabotins passionnés de comédie musicale. Lunettes sur le nez, cette idiote restait plantée là, sans rien dire.

– Madame Wheeling ?

– Je crois que c'est lui. Peut-être. Ne m'en demandez pas plus. C'était il y a longtemps.

– Et cet homme-ci ? C'est un ami de Huggler.

Dénégation emphatique.

– Là, je peux vous répondre clairement : jamais vu.

Dès qu'elle fut sortie de la clinique, Petra fit son rapport à Milo.

– Bon boulot, petite. Continue.

Elle fronça les sourcils à ce compliment immérité.

Au troisième dispensaire, le Centre de soins gratuits d'Hollywood, Raul Biro parvint jusqu'à la réceptionniste bénévole. C'était là une installation rudimentaire, cloisons à roulettes et matériel médical d'allure fatiguée, au sous-sol d'une église dans Selma, tout près du carrefour avec Vine. Une belle église catholique, un vieil édifice à moulures et dont la porte en chêne devait peser au minimum une tonne. Elle ressemblait, en plus petit, à Sainte-Catherine de Riverside où le jeune Biro avait accompagné ses parents à la messe.

Au sous-sol, ce n'était plus l'élégance raffinée qui prévalait. L'endroit était humide et dépourvu de fenêtres, éclairé de façon inégale par des ampoules nues – quand elles n'étaient pas cassées – suspendues à des rallonges mal agrafées au plafond. Là où les blocs gris des murs n'étaient pas apparents, c'était le plâtre blanc qui s'effritait. Des affiches gondolées étaient scotchées au petit bonheur la chance, relayant des messages dans un espagnol administratif sur les MST, la vaccination et la nutrition. La salle d'attente n'était pas une pièce en tant que telle, mais un simple espace aménagé, délimité sur trois côtés par des empilements de longues tables pliantes en bois. La moitié des chaises de jardin étaient occupées par des femmes, toutes hispaniques, qui gardèrent les yeux baissés et firent mine de ne pas avoir remarqué son arrivée. Comme il s'approchait du bureau, son costume beige impeccable, sa chemise blanche et sa cravate en soie à motifs cachemire vert olive lui valurent quelques regards admiratifs. Mais à peine eut-il sorti son badge que l'une d'elles laissa échapper un petit cri étouffé et toutes les têtes reprirent leur posture inclinée. Sans doute accueillait-on ici des sans-papiers. Il aurait voulu leur crier qu'il n'était pas *La Migra*. Un point pourrait jouer en sa faveur : un Blanc comme Huggler ne passerait pas inaperçu en ces lieux. Croiser les doigts.

La réceptionniste, latino elle aussi, avait dans les vingt-huit, trente ans. Fausse blonde, mise soignée, courbes plus que généreuses là où ça compte. Pas de badge nominatif, pas de sourire accueillant. Raul prit néanmoins un air avenant pour lui expliquer ce qu'il cherchait. Les traits de la jeune femme se verrouillèrent aussitôt.

– Nos médecins sont tous bénévoles, ça n'arrête pas d'aller et venir. Je ne vois pas à qui vous pourriez parler.

– Au médecin qui a vu Grant Huggler, par exemple.

– Je ne sais pas qui c'est.

– Vous parlez du médecin ou de Huggler ?

– Les deux. Je ne connais ni l'un ni l'autre.

– Vous pourriez vérifier dans vos dossiers ?

– Nous n'avons pas de dossiers.

– Comment ça ?

– Je vous dis, nous n'avons aucun dossier.

– Comment pouvez-vous fonctionner sans l'historique des patients ?

– Il existe des dossiers, mais les médecins les emportent avec eux.

– Pourquoi donc ?

– Ce sont leurs patients, pas les nôtres.

– Allez, soyons sérieux…

– Je vous assure que ça fonctionne comme ça, depuis toujours. Nous ne sommes pas un établissement de soins officiel.

– Vous êtes quoi, alors ?

– Un espace.

– Un espace ?

– L'église se contente de mettre à disposition un espace où l'accès aux soins peut s'organiser.

Ça sonnait comme une réponse toute faite. Oui, à l'évidence on accueillait ici des clandestins. Des gens terrorisés, souffrant de Dieu sait quelles maladies, qui n'osaient même pas s'aventurer dans les hôpitaux du comté où, pourtant, l'on ne posait pas de questions. Il lança un regard aux femmes qui attendaient et continuaient toutes de faire comme s'il n'était pas là. Aucune n'avait l'air très malade, mais allez savoir. Sa mère venait de lui parler d'une amie qui avait attrapé la tuberculose pendant une visite à sa famille à Guadalajara. De ce ton qu'elle prenait toujours pour lui raconter ce genre d'histoire, comme si Raul avait le pouvoir d'empêcher de tels malheurs.

– Vous ne conservez aucun dossier ici ? dit-il.

– Rien du tout.

– Ça m'a l'air assez mal organisé, mademoiselle…

– Au contraire, c'est parfaitement bien organisé, répondit-elle sans indiquer son nom. Ça nous permet d'être polyvalents.

– C'est-à-dire ?

– Dès que l'église a besoin de la place pour d'autres activités, il suffit de tout déplacer.

– Les médecins utilisent souvent les lieux ?

– À peu près tous les jours.

– Donc, ce n'est pas si souvent que ça qu'il vous faut tout déplacer.

Moue indifférente. Raul se pencha vers elle et dit, en un demi-murmure :

– Vous avez beaucoup de malades qui attendent, pourtant je ne vois pas de médecin.

– Le Dr Keefer va arriver.

– Quand ça ?

– Bientôt, mais il ne pourra pas vous aider.

– Et pourquoi ?

– Il est nouveau. Hier, c'était son premier jour. Donc il ne connaît pas votre monsieur dont j'ai oublié le nom.

– Huggler.

– Drôle de nom.

Il la dévisagea avec insistance.

– Je ne le connais pas.

Il lui montra sa carte de visite.

– J'ai déjà vu votre badge, dit-elle. C'est bon, je vous crois. Vous êtes de la police.

– Lisez bien ce qui est écrit.

Moment d'hésitation.

– Oui…

– Brigade des homicides. C'est ma seule préoccupation, résoudre des meurtres.

– Okay.

– Si drôle que vous paraisse son nom, Grant Huggler est soupçonné d'avoir commis plusieurs crimes atroces. Il faut absolument l'arrêter avant qu'il n'en commette d'autres.

Il eut un regard en direction des femmes qui attendaient, façon d'insinuer qu'elles pourraient être ses prochaines victimes. La réceptionniste cilla. Il lui montra le portrait-robot. Elle fit non de la tête.

– Je ne le connais pas. Nous ne voulons pas de meurtriers ici. Si je l'avais déjà vu, je vous le dirais.

– Vous êtes la seule réceptionniste ? Comment vous appelez-vous ?

– Leticia. Non, on est un tas de bénévoles.

– Combien, au juste ?

– Je ne sais pas.

Il sortit un agrandissement de la photo du permis de conduire périmé de James Pittson Harrie.

– Et lui ?

Biro eut la surprise de la voir blêmir.

– Qu'est-ce qu'il y a ?

– C'est un médecin.

– Quelle spécialité ?

– Les troubles mentaux. Un thérapeute. Il s'est présenté un jour, il a posé des questions, et on ne l'a plus revu.

– Quel genre de questions ?

– Il voulait savoir si on travaillait avec les compagnies d'assurances. Soi-disant qu'il avait une longue expérience dans ce domaine, se proposait de prendre en charge des patients blessés dans un accident ou victimes d'une chute. Je lui ai répondu qu'on ne s'occupait pas du tout de ça. Il m'a laissé sa carte, mais je l'ai jetée sans même regarder son nom.

– Pourtant, vous vous souvenez de lui.

– C'est rare qu'un médecin vienne démarcher ici.

– Quelle était son attitude ?

– Une attitude de docteur.

– Mais encore ?

– Pas de sentiments. Je ne l'avais pas pris pour un de ceux-là, mais il devait en être.

– C'est-à-dire ?

– Un magouilleur de l'indemnisation. On a souvent des gens qui rabattent pour des avocats peu scrupuleux.

– Dans l'idée d'exploiter vos patients.

Acquiescement. Elle ne chercha pas à nier qu'il s'agissait effectivement de « leurs » patients.

– M. Harrie s'est donc présenté comme un psychologue ?

– Ou un psychiatre, j'ai oublié. C'est faux ?

– Oui.

– Ah.

– Comment a-t-il réagi à votre refus ?

– Il m'a juste remerciée et m'a remis sa carte.

– Et cette visite remonte à quand ?

– Il y a longtemps. Plusieurs mois.

– Combien ?

– Je ne sais pas, cinq ou six.

– Pourtant, vous vous en rappelez.

– Comme je vous ai dit, c'était inhabituel. Et puis, c'était un Blanc. On en voit très peu, mis à part les sans-abri d'Hollywood Boulevard.

Raul ouvrit son dossier et lui montra la photo de Lemuel Eccles.

– Comme lui ?

– Oui, c'est Lem. Il passe de temps en temps.

– Il consulte à quel sujet ?

– Il faudrait demander ça à son médecin.

– Qui est-ce ?

– Le Dr Mendes.

– Prénom ?

– Anna Mendes.

Raul maintint le cliché devant le visage de Leticia qui détourna le regard.

– Donc, Lem se fait soigner ici, mais ce type blanc, dit-il en troquant la photo pour le croquis, vous ne l'avez jamais vu ?

– Exact. Ils se connaissent, ou quoi ?

– On peut dire ça.

– L'autre aussi, le psychologue ?

– Que pouvez-vous me dire de plus sur Lem ?

– Juste qu'il passe ici. Il peut se montrer difficile, mais la plupart du temps ça va.

– Difficile comment ?

– Nerveux, un peu tendu. Il parle tout seul. Comme s'il était fou.

– Comme ? fit Biro.

– Ce n'est pas à nous de juger.

– Vous auriez la liste des autres réceptionnistes ?

– Non, et je ne sais pas qui elles sont, vu que quand je suis là, c'est à leur place.

– Toutes bénévoles.

– Oui.

– Pour quelle association ?

– Pas une association. C'est un travail d'intérêt général.

Elle était trop âgée pour être envoyée par l'aumônerie d'un lycée, n'avait pas du tout une tête de racaille, sans parler de repris de justice.

– Vous le faites à quel titre ?

– C'est pour un cours de questions urbaines. Je suis en dernière année à Cal State L.A.

– Vous pensez qu'on pourra me fournir une liste à la réception de l'église, au rez-de-chaussée ?

– Possible.

– Bon. Je vais vous laisser ma carte, comme M. Harrie, mais je vous demande de ne pas la jeter.

Elle marqua une hésitation.

– Prenez-la, Leticia. Bien agir, ce n'est pas qu'une affaire de bénévolat.

Elle en resta bouche bée, mais Biro grimpait déjà les marches. L'une des patientes dit quelque chose en espagnol, trop bas pour qu'il comprenne, mais aucun doute quant à l'émotion exprimée : pur soulagement.

En haut, il croisa un jeune homme en blouse blanche, une boîte sous le bras. M. Keefer, interne en médecine à County General, qui trouvait le temps pour du bénévolat malgré les semaines de quatre-vingt-dix heures.

– Salut, docteur. Auriez-vous déjà croisé ce type ?

– Non, désolé, répondit Keefer qui s'engageait déjà dans l'escalier.

La réception était fermée à clé, le chœur et la nef de

marbre blanc étaient déserts. Dans la voiture, Raul obtint le numéro d'une Anna Q. Mendes, médecin à Boyle Heights. Il tomba sur une secrétaire qui s'exprimait en espagnol et se montra fort réceptive, peut-être parce que lui-même avait adopté la même langue, allez savoir. Quelques instants plus tard, une voix féminine et chaleureuse prenait le relais.

– Dr Mendes. Que puis-je faire pour vous ?

Elle écouta les explications de Biro.

– Le patient qui avait subi une thyroïdectomie ? Oui, c'est moi qui l'ai envoyé pour une scintigraphie. Il est venu pour renouveler son ordonnance, mais l'historique était incomplet. Son traitement m'a paru sous-dosé et son dernier examen du cou commençait à dater. Il était récalcitrant, mais son thérapeute m'a aidée à le convaincre.

– Son thérapeute ?

– Un psychologue l'accompagnait, je dois dire que j'ai été impressionnée d'un tel engagement. D'autant que le psychologue avait son cabinet à Beverly Hills et que Huggler n'avait visiblement pas les moyens de s'offrir ses services.

Biro s'étonnait de la facilité avec laquelle le Dr Mendes lui communiquait les renseignements. Pas la moindre réticence. À se demander si ce n'était pas elle l'informatrice anonyme.

– Le psychologue a-t-il précisé son nom ?

– Oui, mais je ne m'en souviens pas.

– Le Dr Shacker ?

– Vous savez, je crois que c'est ça. Il a tout à fait convenu que davantage de données étaient nécessaires pour optimiser le traitement. En attendant, j'ai très légèrement augmenté la dose et j'ai rédigé une ordonnance pour trois mois.

– Que pouvez-vous me dire d'autre sur Huggler ?

– Si vous êtes de la brigade des homicides, c'est qu'il a commis un meurtre, non ?

Biro n'avait pas précisé pour quel service il travaillait. Qui plus est, Huggler aurait pu être tant la victime que l'agresseur. C'était bien elle l'informatrice, aucun doute possible.

– Ça en a tout l'air, répondit-il.

– Mon frère a été tué il y a six ans. Des types en voiture l'ont abattu à la kalachnikov, dans son sommeil. Les crétins s'étaient trompés d'adresse.

– Toutes mes condoléances.

– Les salauds n'ont jamais été arrêtés. C'est pour ça que je vous parle. Si quelqu'un commet un meurtre, il doit payer. Malheureusement, je n'ai pas grand-chose à ajouter.

– Quel était le comportement de Huggler ?

– Calme, passif. Le regard fuyant. C'est à peine s'il a ouvert la bouche. D'ailleurs, il était tellement silencieux que j'ai pensé à des troubles mentaux avant même que le psychologue ne se joigne à nous.

– Cette attitude pourrait-elle être liée à l'ablation de la thyroïde ?

– Pas du tout. S'il souffre d'hypothyroïdie comme je le pense, ça pourrait induire un manque d'énergie, une certaine lenteur, une prise de poids, mais pas de manière significative. Aussi la sensation d'avoir froid, le premier indice qui m'a mise sur la voie. Il portait une canadienne doublée de mouton, un vêtement bien trop chaud pour le temps qu'il faisait. Mais je n'ai pas pu confirmer mon diagnostic car il n'est jamais revenu avec les résultats des examens.

– Doit-on s'attendre à une aggravation des symptômes ?

– Non, pas s'il prend ses médicaments. Même avec l'ancien dosage, il était loin d'être affaibli. J'ai vérifié sa tonicité qui était très bonne, même excellente. Il a les muscles bien développés. Habillé, ça ne se voit pas. Il a l'air grassouillet.

– Il se couvre parce qu'il a froid.

– À moins que ce ne soit le symptôme d'un trouble mental. Ça arrive.

– Puisque vous abordez le sujet, on m'a confié au dispensaire que Lem Eccles était votre patient.

– Oui. Pourquoi ? Il lui est arrivé quelque chose ?

– Il est mort.

Après un silence :

– Et Huggler est impliqué ?

– Peut-être.

– Incroyable… Si vous voulez savoir si je les ai vus ensemble au dispensaire, la réponse est non.

– Vous pourriez vérifier dans vos dossiers s'ils ont consulté le même jour ?

– Je le ferais volontiers si j'étais à mon autre cabinet, à Montebello, où je conserve les archives du dispensaire.

– Étrange comme organisation, fit Biro. Que les médecins soient obligés de trimballer les dossiers de leurs patients.

– Super-pénible, mais ils y tiennent. Comme ça, ils se contentent de fournir un local, ne sont pas un établissement de soins en tant que tel.

– Au cas où La Migra exigerait des renseignements.

– Pas très subtil ! s'esclaffa Anna Mendes. Je ne me mêle pas de ces histoires. Moi, je soigne les patients, sans me soucier de politique.

– Vous y intervenez bénévolement.

Nouveau rire, plus prononcé.

– Vous avez eu l'impression qu'il y avait beaucoup d'argent à se faire ? Oui, je suis bénévole. J'étais boursière à l'Immaculée Conception et le diocèse m'a aidée pour mes études de médecine. Quand on me demande de rendre service, je le fais volontiers. Alors, qu'a fait au juste ce Huggler ?

– C'est assez atroce.

– Alors je préfère ne pas savoir. J'ai été formée à County General où j'ai été servie en atrocités. J'espère sincèrement que vous allez le coincer et si jamais je le revois, vous serez le premier averti.

– Deux autres choses. Vous avez dit que le Dr Shacker vous avait rejoints après. Huggler est donc arrivé seul ?

– Oui et non. Shaker s'est présenté quelques minutes plus tard, en expliquant qu'il avait eu du mal à se garer. J'ai eu la nette impression qu'ils étaient venus ensemble. Bon, j'ai des patients qui attendent…

Se garer. Détail anodin pour le Dr Mendes, mais le cerveau de Biro avait réagi au quart de tour : un véhicule, prometteur pour l'avis de recherche.

– Une dernière question. Pourquoi avez-vous adressé Huggler à la clinique de North Hollywood ?

– C'est le Dr Shacker qui l'a suggéré. Vous devriez l'interroger, il semblait très attentionné envers Huggler. Cela dit, ça risque d'être délicat pour lui à cause du secret médical. Moi aussi, en principe, mais pour un meurtre, c'est différent.

Raul appela ensuite Petra pour la mettre au courant.

– Il y a fort à parier que Shacker ait repéré Eccles au dispensaire, dit-elle. Je vais interroger de nouveau les agents qui ont interpellé Eccles, au cas où quelque chose d'autre leur reviendrait sur Ed Loyal. Et puis, sachant que c'est Harrie qui a suggéré North Hollywood, un psy qui pond des expertises et une clinique qui donne dans l'expertise complaisante, il semble évident que mon charme a moins agi sur Ostrovine que je n'imaginais et qu'il nous fait des cachotteries. Tu te sens de jouer les flics méchants ?

– Si je me sens ? Vivement qu'on y soit !

En route vers la Vallée, il contacta Milo et lui fit son rapport.

– Bien joué, petit. Continue.

Je venais d'arriver à son bureau. Il fit rouler son fauteuil en arrière.

– T'as vu comment j'encourage la jeunesse ?

– Admirable.

– Entre nous, tant qu'on ne met pas la main sur les deux cinglés, ce qu'ils ont appris ne vaut pas tripette.

Il me fit un résumé succinct. J'avais quant à moi veillé tard, occupé à ressasser quelques questions. À passer en revue mon bref entretien avec James Harrie, au cas où quelque chose m'aurait échappé. Autant je pouvais concevoir qu'un Huggler accueille volontiers les attentions d'un Harrie, autant je peinais à voir ce que Harrie en retirait. Dès lors que cet individu calculateur avait su s'y prendre pour se venger à sa manière, pourquoi augmenterait-il les chances d'être démasqué en s'associant à un personnage aussi profondément perturbé ? En gros, il avait joué les parents adoptifs pendant vingt ans. Quelle était la contrepartie ? Si les questions mineures s'étaient vite résolues, le tableau d'ensemble restait flou et je ne pouvais me départir du sentiment d'avoir fait plusieurs fois fausse route.

– La piste des pensions n'a rien donné ? demandai-je.

– La caisse de retraite certifie qu'aucune pension d'aucun organisme public n'est versée à un James P. Harrie, de même qu'aucun Grant Huggler ne touche la moindre allocation. J'ai essayé toutes les orthographes imaginables, connaissant les fantaisies de l'Administration. J'ai même fait une recherche avec le nom de Shacker, vu qu'il a travaillé dans le public, me disant que Harrie s'était peut-être attribué sa retraite en même temps que son identité. J'ai fait chou blanc. Finalement, peut-être avons-nous affaire à deux crapules aux idées libérales, qui veulent réussir au mérite.

– As-tu une idée du montant que ça pourrait représenter ?

– D'après l'estimation que j'ai pu obtenir, quelqu'un ayant le parcours de Harrie pourrait toucher une pension de trois ou quatre mille, selon la pénibilité et l'incapacité qu'il aura fait valoir. Quant à Huggler, c'est difficile à dire sans savoir ce qui lui a été accordé. Pour qui sait manœuvrer le système, il existe une foule d'allocations, rien que des acronymes, la bonne soupe aux pâtes alphabet. Ça pourrait se chiffrer à deux mille par mois.

– S'ils font cagnotte commune, c'est peut-être soixante ou soixante-dix mille dollars par an qu'ils engrangent, nets d'impôts. Je les vois mal s'en priver, mon grand, même si Harrie a des rentrées comme faux psychologue. Il a sorti une coquette somme pour louer son cabinet, il avait forcément de l'argent de côté. Et s'il avait usurpé d'autres identités, en plus de celle de Shacker ? Pour lui et pour Huggler ?

– Il suffirait d'un contrôle avec recoupement des numéros de sécu pour que le pot aux roses soit découvert.

– Peu probable. Mais bon, admettons. Je te réponds qu'ils ont pu agir en toute légalité, s'adresser au tribunal pour obtenir un changement d'identité. Pour Huggler, ce serait forcément intervenu au cours des quatre dernières années, vu qu'il a été arrêté sous son vrai nom aux abords de la clinique de Wainright.

– Soyez aimable d'adresser les chèques à Jack l'Éventreur et à son jeune ami le tueur du Zodiaque ? Ces fichus ordinateurs acceptent sans broncher ? Génial.

Il joignit le greffier d'une juridiction d'appel avec qui il avait sympathisé, raccrocha d'un air abattu.

– Devine quoi ? Plus besoin de recourir au tribunal pour changer de nom. Il suffit maintenant d'utiliser régulièrement son nouveau sobriquet dans ses rapports avec l'Administration et le changement finit par être pris en compte dans la base de données du comté.

Il ouvrit un tiroir d'un geste brusque, y piocha un cigarillo qu'il fit rouler entre ses doigts sans en retirer le plastique.

– Mais tu as entièrement raison, ils ne vont pas cracher sur de l'argent aussi facile.

Son portable entonna une mélodie de Satie.

– Sturgis ! aboya-t-il, avant de rugir : Quoi ?

Son visage s'empourpra.

– Holà, Sean. Recommence depuis le début, en détail.

Il écouta un long moment, prenant des notes d'une main rageuse qui déchira le papier par deux fois. Quand il raccrocha, il avait le souffle précipité.

– Quoi ? dis-je.

Il secoua la tête, s'en prit au téléphone avec ses deux pouces.

L'image s'afficha bientôt sur le minuscule écran du portable, voyeurisme pixélisé en noir et blanc. Des chiffres en en-tête, l'indication du temps qui défilait et le matricule du terminal embarqué d'un véhicule de patrouille du shérif de Malibu.

Six heures treize. Malibu. Pacific Coast Highway. Montagnes à l'est, on se situe donc au nord du quartier de Colony, au-delà duquel la cité balnéaire retrouve des paysages préservés.

Le shérif adjoint Aaron Sanchez justifie le contrôle d'une Acura, un modèle datant de quinze ans. Rien à voir avec l'avis de recherche, le numéro d'immatriculation correspond à des plaques volées au centre commercial de Cross Creek. Procéder avec prudence, situation délictuelle.

Six heures quatorze. Sanchez réclame des renforts, puis intime l'ordre par son haut-parleur :

– Veuillez sortir du véhicule, monsieur. Les mains sur la tête.

Rien.

Sanchez :

– Veuillez descendre immédiatement, monsieur, et mettre…

La portière s'ouvre côté conducteur. Un petit homme maigre apparaît, en jean et sweat. Il pose les mains sur sa tête. Calvitie naissante, mal dissimulée d'un coup de peigne.

Le shérif adjoint Sanchez sort à son tour de sa voiture, arme au poing, braquée sur l'individu.

– Avancez vers moi, lentement.

L'homme lui obéit.

– Stop.

L'homme s'arrête.

– Allongez-vous par terre.

L'homme fait mine de se baisser, mais se retourne soudain en s'emparant d'un objet glissé dans la ceinture de son jean. Il s'accroupit et vise le policier.

Sanchez tire à cinq reprises. Sous les impacts, la frêle silhouette se gonfle comme une voile. L'homme s'écroule.

Au loin, les sirènes s'amplifient. Les renforts, trop tard. La scène s'est jouée en moins d'une minute.

– Salopard ! lâche Milo. L'avis de recherche a été lancé, on a retrouvé la voiture et Sean a été appelé, comme c'était lui qui en avait fait la demande.

– C'était une arme véritable qu'il avait à la main ?

– Un 9 millimètres. Non chargé.

– Suicide par flic interposé.

– Le shérif a immédiatement songé à cette hypothèse parce que ça n'avait aucun sens pour Harrie de réagir ainsi simplement pour une affaire de plaques volées. En plus, au premier coup d'œil, il ne transportait rien d'illicite : des fruits et des légumes, du bœuf séché, de l'eau minérale, le tout provenant sans doute d'une cahute en bord de route. Puis on a découvert dans le coffre d'autres armes, des munitions, du ruban adhésif, de la corde, des menottes et des couteaux.

– Le kit du violeur assassin.

– Et on a relevé des taches sur le tapis qui ressemblent fort à du sang. En revanche, aucun signe d'un éventuel complice.

– Parce que Huggler attend à la maison que Harrie rentre du marché. Quelque part au nord de l'endroit où Harrie a été interpellé.

– Ça fait une vaste étendue. Que t'inspire le kit ?

– Aucune de nos victimes n'a été ligotée et les femmes n'ont pas subi d'agression sexuelle. Je parie sur une série de victimes distinctes.

– Les jeux auxquels Harrie s'adonnait en solo.

– Plutôt avec Huggler en soutien.

– Putain.

– Voilà qui clarifie une zone d'ombre. Harrie qui prend Huggler sous sa coupe par altruisme, ça ne tenait pas. Il s'est rapproché de cet enfant perturbé car tous deux partageaient une fascination pour la domination et la violence. Leur relation, c'était en quelque sorte la thérapie alternative de Huggler. Pendant que les équipes à Ventura et Atascadero s'évertuaient à mettre en place un programme de soins, Harrie le sabotait en encourageant Huggler dans ses pulsions. Et en lui apprenant à dissimuler ses mauvais penchants. Quand Huggler a été transféré, Harrie l'a suivi. Et quand Huggler a enfin retrouvé la liberté, ils ont entamé une nouvelle existence à deux.

– Une relation saine, aux bases solides, grommela-t-il. Dommage que ce pauvre Harrie ait passé l'arme à gauche avant qu'ils puissent faire la tournée des talk-shows.

37

Sean Binchy rappela pour préciser la localisation de la confrontation : James Pittson Harrie avait été abattu à Malibu, à 5,27 kilomètres au nord du quartier huppé de Colony. La ville balnéaire se prolongeait bien au-delà, une vingtaine de kilomètres où pouvait se terrer le duo, si ce n'est plus loin encore.

– Je les vois mal crécher sur le sable ou s'offrir un ranch dans les collines avec vue sur la mer, dit Milo. En supposant qu'ils jouent toujours les montagnards, ce ne sont pas les coins paumés qui manquent dans les hauteurs.

– Je suis certain qu'ils touchent des pensions ou des allocations, dis-je. L'un ou l'autre est obligé de sortir de temps à autre pour se procurer des espèces. Donc, des gens les ont aperçus. Mon esprit fait une fixation sur les cités côtières au nord de Malibu. Nous savons que Harrie a eu recours à deux fausses adresses au moins, le parking dans Main Street à Ventura quand il s'est fait passer pour Ed Loyal et la boîte postale à Oxnard sur son permis de conduire. Cette région l'attire.

– Moi, je veux attirer Huggler dans une geôle avant qu'il ne sévisse davantage. Dès que les médias s'empareront de la mort de Harrie, ce qui est inévitable car un homicide commis par un flic est toujours un sujet brûlant, il va prendre la poudre d'escampette.

– À condition que Huggler ait accès aux médias.

– Pourquoi voudrais-tu qu'il n'y ait pas accès ?

– Harrie a peut-être pris soin d'être le seul lien entre lui et le monde extérieur.

– Ce pauvre Grant est privé de MTV ? Il a le nez plongé dans ses magazines de jeux en attendant que Harrie lui confie une nouvelle leçon d'anatomie visant à rééquilibrer les choses ? Quand bien même, Alex, le garçon finira par s'inquiéter en constatant que son mentor ne rentre pas. S'il cède à la peur, il pourrait se dévoiler et se laisser cueillir facilement. Par contre, si c'est la rage qui prime, d'autres personnes vont y perdre la vie. Harrie ne se trimballait peut-être pas avec la totalité de leur arsenal dans son coffre. Un cinglé armé jusqu'aux dents, je préfère ne pas y penser.

Équilibrer les choses. Déséquilibres. Mon cerveau s'emballa, marqua un soudain arrêt. Une agréable sensation m'enveloppa, de clarification. Le titillement aux confins de mon esprit avait enfin disparu.

– Tu es parti ailleurs, dit Milo.

– L'expression que tu viens d'employer, rééquilibrer les choses, m'a rappelé une phrase de Harrie quand je l'ai rencontré. Il m'a interrogé sur mon travail avec la police, puis m'a confié qu'il n'était pas attiré par ce que la vie a de plus sombre. Ce qu'il a appelé les « épouvantables déséquilibres ». Il mentait, bien évidemment, et je pense même qu'il s'est amusé à mes dépens en y glissant une allusion au principe directeur qui guide les meurtres depuis le début : rétablir l'équilibre en dénouant symboliquement le passé. Peut-être doit-on s'en inspirer pour cibler les recherches : entamons-les là où tout a commencé.

– Ventura State. Tu les vois retourner là-bas ?

– Oui, si Harrie pensait que cela pouvait contribuer au traitement de Huggler.

– Tu disais que le traitement consistait à l'encourager à jouer avec des boyaux.

– En effet, mais j'ai négligé un aspect : Harrie en est venu à se prendre pour un véritable thérapeute. Comme tous les psychopathes, il surestime ses propres capacités. Nul besoin d'obtenir un diplôme quand on est déjà plus intelligent que n'importe quel psy. Il s'est contenté d'apprendre le jargon pour être convaincant dans son rôle. Et quitte à se lancer dans la profession, autant démarrer au plus haut niveau : à Beverly Hills, là où l'heure de divan coûte les yeux de la tête. Il s'est fait une spécialité des évaluations pour les assureurs, car c'est lucratif et peu supervisé, et surtout c'est du court terme sans visées cliniques. Les patients passent trop peu de temps avec lui pour devenir soupçonneux et on ne lui demande pas de soigner qui que ce soit.

– Vita s'est méfiée.

– Elle a peut-être flairé quelque chose, ou bien elle n'a fait qu'être elle-même. Globalement, Harrie a trompé son monde et j'imagine à quel point ça devait flatter son ego. Ce qui l'a conduit à se prendre pour un thérapeute d'exception. Avec un seul patient à sa charge, mais de longue haleine. Depuis cinq ans, il est non seulement question de vengeance et de pulsions sanguinaires, mais aussi d'un programme que Harrie a concocté pour Huggler : recouvrer l'équilibre en réglant d'anciens traumas. Et quel meilleur moyen d'y parvenir qu'un retour triomphal à l'endroit même où l'on vous a dépouillé de tout contrôle ?

– Rompre les cous et arracher les tripes au nom du recentrage sur soi, maugréa-t-il. L'hôpital a fermé il y a des années. Qu'y a-t-il à la place ?

– Si on se renseignait ?

Il pianota sur son clavier. Quelques minutes suffirent pour établir un historique succinct, grâce à une association de sauvegarde du patrimoine. À l'origine, il était prévu de conserver les bâtiments et d'en faire un campus universitaire. Cela avait traîné, faute de budget. Six ans auparavant, un groupe de promoteurs avait racheté la propriété à un tarif très avantageux et y avait aménagé une résidence baptisée « Hameau des Mouettes ». Milo consulta leur site.

– Habitat luxueux pour retraités exigeants ? Je vois mal nos garçons là-dedans.

Je fis défiler le texte.

– Il est aussi précisé : « niché dans un cadre sylvestre ». S'il y a des bois, notre duo a pu y trouver refuge.

Il se leva d'un bond, ouvrit la porte de son cagibi, fit quelques allers et retours dans le couloir, revint. Des deux mains, il dessina une fenêtre imaginaire par laquelle il feignit de regarder, mime dénué de poésie.

– Le temps m'a l'air idéal pour une petite virée. En route !

38

Il nous fallut à peine cinquante minutes pour atteindre Camarillo, grâce à Milo qui garda la pédale au plancher.

Même sortie sur la 101 que tant d'années auparavant, même route bordée de vieux arbres. Même sentiment d'arriver en un lieu étrange, sans repères ni certitudes, prêt à être surpris. Le champ autrefois abandonné aux fleurs sauvages était devenu une plantation : des citronniers alignés par centaines, pas un fruit au sol. Plusieurs pancartes en bordure du verger, avec le logo d'une coopérative d'agrumes. Le ciel était d'un bleu pastel trop parfait. Sans que Milo ralentisse, je scrutai l'espace entre les rangées d'arbres, à l'affût d'une présence humaine. Rien, si ce n'est un tracteur à l'arrêt.

Un kilomètre plus loin, une enseigne nous apparut. Belles lettres bleu turquoise, surmontées de trois oiseaux dessinés, tout sauf indolents :

HAMEAU DES MOUETTES
Résidence aménagée.

Un peu au-delà, un portail bleu ciel, guère plus haut qu'un mètre cinquante, chevillé à des piliers enduits de stuc couleur crème. Conçu pour rassurer de manière superficielle, rien à voir avec la grille rouge sang de l'hôpital psychiatrique et ses six mètres. Empêcher de sortir n'est pas la même chose qu'empêcher d'entrer.

Le vigile dans la cahute textotait. Il releva la tête au coup de klaxon de Milo, sans pour autant délaisser son portable, et ouvrit son carreau. Ses lèvres se plissèrent à la vue du badge du LAPD.

– On ne vous a pas appelés…

– Non, mais peut-on entrer ?

Le vigile y réfléchit. Il se remit à pianoter sur son portable, dut s'y reprendre à deux fois pour appuyer sur un bouton de la console devant lui. Le portail s'ouvrit enfin.

La rue principale – allée des Mouettes – montait en serpentant une pente de plus en plus accentuée. De petits immeubles se dressaient des deux côtés. Le paysagiste n'avait pas fait dans l'originalité : dattiers, pruniers pourpres, parterres de succulentes exigeant peu d'entretien et bordant la chaussée comme du cachemire vert. Les bâtiments étaient tous identiques : architecture néo-hispanisante, stuc du même ton crème que les poteaux à l'entrée, toits d'une matière composite rouge qui s'évertuait à passer pour de la tuile authentique. Les différences avec Ventura n'étaient pas mineures. Dorénavant, point de barreaux aux fenêtres. Et plus personne ne circulait à pied. Du temps de l'hôpital, il avait régné une animation tranquille dans le parc où allaient et venaient le personnel et les patients à risque faible. Curieusement, l'impression d'enfermement était plus forte au Hameau des Mouettes.

Milo roulait au ralenti depuis une centaine de mètres quand je reconnus enfin un bâtiment d'origine : l'imposante réception où j'avais été accueilli. « Club-house des Hippocampes » annonçait un panneau planté dans le sol. Plus loin, ce furent d'autres constructions datant de l'époque de Ventura : la Brise marine – une salle pour les joueurs de cartes – et l'Écume de Mer, un lieu de rencontre. Les anciens locaux hospitaliers – pavillons, services de soins et autres – s'intégraient parfaitement au nouvel ensemble, miracle de la chirurgie esthétique.

Nous aperçûmes enfin une présence humaine : des couples chenus, tenue décontractée et teint hâlé, qui se promenaient tranquillement. J'en étais à me demander s'ils connaissaient la fonction originelle de ces lieux quand un rouquin qui flottait dans son blazer marine en synthétique et son pantalon kaki dont dépassaient des souliers à semelle crantée s'avança au milieu de la voie et nous barra le passage. Milo s'arrêta. L'homme nous observa, puis s'approcha côté conducteur.

– Rudy Borchard, responsable de la sécurité.

– Milo Sturgis, LAPD. Enchanté.

Présentation réciproque des badges. Celui de Borchard était nettement plus imposant que celui de Milo, une étoile dorée digne d'OK Corral. Wyatt Earp n'aurait sans doute jamais porté un insigne aussi voyant – à quoi bon fournir une cible généreuse ?

– Bien… fit Borchard d'une voix hésitante, comme s'il n'avait pas mémorisé le reste du scénario.

Il porta l'index au nœud de sa cravate à clip, réflexe protecteur. Trop longs par endroits et trop courts ailleurs, ses cheveux teints avaient une couleur de citrouille oubliée sur le feu. Sa moustache d'une semaine formait comme un saupoudrage de poivre de Cayenne sur sa lèvre bouffie.

– LAPD ? Ici, ce n'est pas L.A.

– Ni le Far West, rétorqua Milo.

Les yeux de Borchard fléchirent de confusion. Il bomba le torse par compensation.

– Nous n'avons signalé aucun problème.

– Certes, mais…

– Voyez-vous, coupa Borchard, la tranquillité de nos résidents est primordiale. Je vous parle de retraités aisés, qui tiennent à se sentir au calme et en sécurité.

– La sécurité est aussi notre objectif, Rudy. Nous recherchons un suspect qui pourrait se trouver dans les environs.

– Un suspect, ici ? Je ne pense pas, les amis.

– Pourvu que vous ayez raison.

– Dans les environs ou carrément chez nous ?

– Tout est possible.

– Non, je vous assure. Personne ne pénètre ici sans mon autorisation.

La facilité avec laquelle nous avions franchi le contrôle le démentait.

– Tant mieux, dit Milo, mais nous aimerions malgré tout jeter un coup d'œil.

– C'est qui, votre suspect ?

Milo lui montra le portrait-robot de Huggler.

– Non, pas chez nous. Ce type n'a jamais mis les pieds ici.

Milo maintint le dessin sous le nez de Borchard qui recula.

– Je vous dis que non. M'a tout l'air d'un bon à rien. On aurait vite fait de le repérer. Soyez gentil, rangez-moi ça. Je ne tiens pas à ce qu'un de nos résidents souille sa culotte.

– Gardez-le, Rudy. Si vous voulez l'afficher, ce serait parfait.

Borchard prit la feuille, la plia et la mit dans sa poche.

– Il a fait quoi au juste, ce minable ?

– Il a tué un tas de gens.

Borchard inspira plusieurs petites bouffées, les taches rousses sur sa lèvre tremblaient.

– Vous plaisantez ? Je me garderai bien d'afficher ce portrait ! S'il est question de meurtre, quelqu'un nous fera une crise cardiaque à coup sûr.

– Si Grant Huggler s'introduit ici, Rudy, vous aurez bien pire qu'un infarctus.

– Faites-moi confiance, ça ne risque pas.

– Vos conditions de sécurité sont très strictes ?

– Plus strictes que les dessous d'une religieuse. Croyez-moi, on est au taquet.

– Combien d'entrées y a-t-il ?

– Vous avez vu la seule.

– Il n'y a que l'entrée principale ?

– En gros.

– Et en détail ?

– Il y a une entrée de service à l'arrière, dit Borchard en pointant le pouce vers l'est, mais elle est réservée aux livraisons. C'est verrouillé en permanence et sous vidéo-surveillance. Nous maîtrisons parfaitement les flux entrants et sortants.

– À quoi est utilisée l'entrée de service ?

– Aux grosses livraisons. Les plus petites passent par l'entrée principale. Tous les paquets sont contrôlés.

– Quelle est la procédure ?

– Les résidents nous laissent une procuration pour UPS et FedEx. L'adresse est soigneusement vérifiée et le paquet remis en main propre. Ainsi, personne n'est dérangé. Ça fait partie du service.

Un coup de klaxon retentit derrière nous. Un couple âgé s'impatientait dans une Mercedes blanche. La femme affichait un air stoïque, mais le mari marmonnait.

– Vous feriez mieux de vous ranger, dit Borchard.

Milo se gara et nous descendîmes. L'ample salut de Borchard fut ignoré par les deux occupants qui tournèrent au croisement suivant, vers la rue de la Brume-de-Mer.

– Je vous souhaite une belle journée, messieurs, dit Borchard.

– Vous entendez quoi par grosses livraisons ? s'enquit Milo.

– Vous savez, tout ce qui est livré en gros. Nous sommes comme une petite ville, les commerces se font sans cesse approvisionner, le club-house et les restaurants, nous en comptons deux, un convivial et un plus chic. Nous avons plus de huit cents résidents.

– Le club-house se trouvant dans cette direction, dis-je, il doit exister un accès pour permettre aux camions d'arriver par l'arrière, directement à l'aire de livraison.

– Exact. Vous imaginez les semi-remorques traversant le parc, le revêtement bousillé et le raffut ?

– Où passe la voie de service ?

– Elle coupe à travers.

– À travers quoi ?

– Le reste du site.

– Il existe une partie non aménagée ?

– Exact. Ce sera la deuxième phase.

– Quand sont prévus les travaux ?

Borchard fit la moue.

– Et comment accède-t-on à la voie de service sans passer par l'entrée principale ? demanda Milo.

– J'imagine que vous avez emprunté Lewis en quittant la voie express ? La prochaine fois, prenez la sortie d'avant, puis vous tournez deux ou trois fois et vous vous retrouvez sur des chemins de ferme. Mais faites-moi confiance, personne ne peut s'introduire par là. Et quand bien même, il n'y a nulle part où se cacher. En plus, chaque appartement est équipé d'un bouton d'alarme, les résidents peuvent même disposer d'un bip portable, moyennant supplément.

– La voie de service coupe donc par l'arrière et aboutit à une aire de chargement.

– Toute une série d'aires, vous voulez dire. Il y a toujours du monde. Croyez-moi, votre minable se ferait repérer en moins de deux. Qu'est-ce qui vous fait penser qu'il est dans le coin ?

– Il a vécu ici.

– À Camarillo ? C'est grand.

– Pas en ville, Rudy. Ici.

– Ah bon ? Un de ceux-là…

– C'est-à-dire ?

– Un fou. À l'époque où c'était un asile.

– Les résidents sont au courant ? demandai-je.

Il sourit.

– Ça n'est pas mis en avant dans la brochure, mais

forcément, certains d'entre eux le savent. Les gens s'en moquent. C'était il y a longtemps. Aujourd'hui, tout est normal et tranquille. Et puis, pourquoi voudriez-vous qu'un timbré revienne là où il a été enfermé ? Ça n'a aucun sens, sur le plan psychologique.

Milo réprima un sourire.

– Si vous le dites, Rudy. Vous êtes combien à la sécurité ?

– Cinq, en me comptant. C'est plus que suffisant. Il ne se passe jamais rien ici. L'asile, on en rigole bien. Par exemple, quand on déterre des trucs.

– Comment ça ?

– Pendant les travaux de jardinage. Quand on retourne la terre pour les plantations, par exemple. On tombe sur des choses.

– Comme quoi ?

– N'allez pas imaginer les indices d'un crime. Des cuillers, des fourchettes, des gobelets. Marqués du V de l'hôpital. Une fois, on a retrouvé une sangle et des boucles qui provenaient sans doute d'une camisole.

– Et vous en faites quoi quand vous tombez dessus ?

– Pas moi, les équipes de jardinage. On me les apporte et je m'en débarrasse. Vous croyez quoi ? Rien que des cochonneries. (Il consulta sa montre.) Votre maniaque n'est pas ici, mais je saurai l'accueillir s'il se pointe.

Il déboutonna le blazer trop grand et nous laissa entrevoir un Glock dans son étui.

– Beau pétard, dit Milo.

– Et je sais m'en servir.

– Vous étiez dans l'armée ?

Borchard rougit.

– Non, je m'entraîne régulièrement.

– Vous pourriez nous montrer la voie de service ?

– Vous plaisantez ?

– C'est juste histoire de prouver à notre chef qu'on a fait ça sérieusement.

– Ah, les chefs ! Je sais ce que c'est. Bon, d'accord, mais c'est vraiment à l'opposé, trop loin pour y aller à pied.

– Dans ce cas, prenons la voiture.

Borchard contempla le véhicule banalisé.

– Je ne tiens pas à monter à l'arrière. Les résidents pourraient mal l'interpréter.

– Promis, je ne vous passerai pas les menottes.

– J'aime bien votre humour. Ou pas. (Il tâta l'arme sous sa veste.) Vous y tenez vraiment ?

– Maintenant qu'on s'est déplacés depuis L.A.

– Vous pourriez vous offrir un taco au poisson en ville et raconter à votre chef que vous avez fait le nécessaire.

Sourire de Milo.

– Bon, d'accord. Une seconde…

Il se pressa d'intercepter un homme qui s'approchait, marchant à l'aide d'une canne. Borchard, tout sourire, lui fournit quelque explication. L'homme finit par s'éloigner en marmonnant, sans lui laisser le temps de terminer sa phrase. Borchard nous lança un regard qui en disait long, disparut derrière un virage feuillu et réapparut quelques instants plus tard au volant d'une voiturette de golf.

– En voiture !

Milo prit place à côté de lui, moi sur la banquette arrière. Le revêtement des sièges était bleu turquoise à motifs de hérons verts.

– Messieurs, je vous accorde cette faveur entre collègues. Croyez-moi, votre cinglé n'a pas pu se cacher dans un dix tonnes. Tous les fournisseurs sont répertoriés, les flux entrants et sortants notés scrupuleusement. Maintenant, si les tunnels étaient toujours en service, ce serait une autre histoire, mais comme ce n'est pas le cas, je vous assure que vous faites fausse route.

– Quels tunnels ?

– Ah, je m'attendais à cette réaction ! pouffa Borchard. Je vous fais marcher ! Oubliez, ce n'est rien.

– Il n'y a pas de tunnel ?

– Aucun, tous ont été bétonnés.

– Si on les a bouchés, c'est qu'il y en a…

– Vous comprenez ce que je veux dire : on ne peut plus y circuler.

Milo se retourna vers moi et je secouai la tête.

– Voyez-vous, dit Borchard, à l'époque il existait des tunnels entre certains bâtiments de l'hôpital. Pour déplacer du matériel, j'imagine. (Rire accentué.) Peut-être qu'on y faisait courir les fous ! Pour l'exercice ou en guise de punition, je ne sais pas. Mais bon, quand les promoteurs ont racheté la propriété, le comté a exigé que les tunnels soient obstrués avec du béton, en cas de tremblement de terre. Vous voulez que je vous montre ?

– Pourquoi pas ? répondit Milo, l'air de rien.

– Pour la visite complète, c'est plus cher ! gloussa Borchard.

Il donna un coup d'accélérateur et fit rapidement demi-tour. Nous devions bien faire du huit kilomètres heure. Il s'arrêta un peu plus loin, à la hauteur de l'allée des Grandes-Marées, une rue adjacente menant à un groupe d'immeubles. Il nous fit signe de descendre, écarta des buissons et s'accroupit. Une plaque métallique circulaire s'insérait dans le sol. Semblable à une plaque d'égout surdimensionnée, peinte en marron et dépourvue de toute inscription, environ deux mètres de diamètre, percée de deux trous.

– Regardez, c'est épatant…

Il inséra un index dans un trou et tenta de soulever. La plaque ne bougea pas. Il tira plus fort.

– Ça doit être coincé…

– Vous voulez de l'aide ? proposa Milo.

– Non, non, non…

Borchard s'y prit à deux mains et devint écarlate. La plaque se souleva enfin d'un ou deux centimètres. Il la lâcha et une sorte de mécanisme pneumatique prit le relais jusqu'à ce que le disque se retrouve perpendiculaire au sol. Borchard se positionna sur le rond de béton en dessous et sauta comme un gosse sur un trampoline.

– C'est du solide ! Béton et barres d'armature jusqu'au fond pour résister le jour où ça tremblera pour de bon.

– Combien d'ouvertures de ce genre y a-t-il, Rudy ?

– Allez savoir. La plupart sont enterrées, sous les bâtiments. C'est seulement dans les parties paysagères qu'on en découvre. Moi, j'en connais quatre, toutes aussi solides que celle-ci. (Nouvelle série de sauts.) Le cinglé qui passe par les tunnels, ça ferait un super-film. Malheureusement, ceci n'est que la réalité. Dites, vous tenez vraiment à voir la clôture à l'arrière ?

– Qu'est-ce que vous voulez que je vous dise ? fit Milo, l'air embêté.

– Je me doutais un peu de la réponse.

Au son du moteur pétaradant de la voiturette, notre hôte prit l'allée aux Mouettes, puis le chemin des Étoiles-de-Mer qui nous mena à l'arrière du site. La voie de service, étroit ruban d'asphalte, franchissait un haut portail grillagé. Une caméra de vidéosurveillance était fixée au montant droit. Par l'ouverture, on apercevait un bout de ciel bleu, de champ marron et de montagnes mauves. À droite et à gauche, toutefois, seul était visible l'azur au-dessus d'une haie de ficus mesurant bien six mètres. Plantés serrés, les arbustes constituaient un rideau de verdure infranchissable. Je me penchai pour tenter de voir sur le côté, mais Borchard tourna et longea la haie qui délimitait au sud le pourtour de la zone aménagée. Au bout de quelques minutes, nous atteignîmes un embranchement, la voie de service partait dans trois directions.

– C'est bon ? Satisfaits ?

– Où mènent ces voies ? demanda Milo.

– Nulle part… enfin, celle-ci mène au club-house, celle-là

au centre de loisirs, en gros, elle est utilisée par la blanchisserie qui gère les serviettes, et la dernière dessert La Mer, le restaurant chic où l'on ne sert qu'à dîner, ainsi que le Café des Mouettes qui est juste à côté, où les trois repas sont assurés, et qui compte également un salon de thé où l'on peut manger sur le pouce… après tout, autant que je vous montre.

Trois aires de livraison, verrouillées. Pas un camion à l'horizon. Malgré les assurances de Borchard quant à l'animation, pas le moindre employé dans les parages.

– Une journée calme ? dit Milo.

– C'est toujours calme, dit Borchard avec une note de regret.

Il fit demi-tour et repartit en sens inverse. Au moment où nous passions devant le portail annexe, Milo dit :

– Arrêtez-vous un instant.

Il descendit et jeta un coup d'œil par le grillage. Revint, la mine impassible.

– Alors ? fit Borchard. Vous voyez bien que c'est désert. Aucun fou ne se cache par ici. C'est bon, je peux y aller ?

– Vous conservez les enregistrements de la vidéosurveillance ?

– Je savais que vous alliez me poser la question. L'autonomie est de vingt-quatre heures, inutile d'archiver quoi que ce soit vu qu'il ne se passe jamais rien. Allez, je vous ramène. J'ai déjà trop de résidents curieux qui commencent à se poser des questions.

– Qu'allez-vous leur dire ?

– Que vous êtes des inspecteurs du comté venus vérifier le respect des normes antisismiques. D'ailleurs, on est parfaitement en règle.

De retour au véhicule banalisé, Milo demanda à Borchard les indications pour atteindre la partie qui restait à aménager.

– Comme je vous ai expliqué.

– Et sans reprendre la voie express ?

Borchard se caressa les cheveux.

– Oui, c'est faisable. En repartant, vous tournez à gauche, puis encore à gauche. Mais c'est beaucoup plus long, vous allez faire un grand détour. Faut que vous alliez jusqu'à un champ d'artichauts. En tout cas, en ce moment, c'est de l'artichaut. Ça arrive qu'ils plantent autre chose. Quand c'est de l'oignon, faites-moi confiance, ça se sent ! Vous dépassez les artichauts et vous continuez, jusqu'à ce que vous atteigniez un vaste espace où il n'y a rien, comme vous venez de voir par le portail. (Il se gratta une incisive de l'ongle de l'index.) C'est comme ça que vous saurez que vous y êtes : c'est encore plus désert qu'ici.

39

Après avoir un peu tourné en rond, nous atteignîmes enfin le champ d'artichauts. Ils n'étaient pas encore à maturité, mais la récolte promettait d'être abondante. Une silhouette solitaire se tenait à l'extrémité sud, postée en sentinelle sur un chemin de terre surplombant un fossé d'irrigation. Petit homme au teint mat, il sirotait un soda marron foncé. Tenue de travail grise, chapeau de paille à large bord. Il n'esquissa pas le moindre geste quand Milo s'arrêta à un mètre de lui. Un épouvantail vivant. Efficace : pas un oiseau à l'horizon. Il se retourna enfin en nous entendant descendre. Sa boisson était mexicaine, du Jarritos Tamarindo. Sa chemise comportait deux poches à rabat ; l'une était vide et l'autre déformée par un demi-sandwich, une charcuterie quelconque, inscriptions en espagnol sur la cellophane.

– *Hola, amigo !* dit Milo.

– *Hola !*

– Reconnaissez-vous cette personne ?

L'homme secoua la tête quand il lui présenta le portrait de Huggler. Même réaction pour la photo de feu James Pittson Harrie.

– Vous voyez quelquefois passer des gens ?

– Non.

– Jamais ?

– Jamais.

– Okay. *Gracias.*

L'homme nous salua en soulevant son chapeau et reprit son poste d'observation, tournant le dos à la voiture. Milo consulta les notes qu'il avait griffonnées à partir des vagues indications de Borchard, roula environ cinq cents mètres, tourna et s'arrêta.

– Il faut croire que ce cher Rudy n'avait pas tort.

Il fredonna les sept premières mesures de « Plenty of Nothing » en se frottant l'œil du poing. Une vaste étendue broussailleuse se déployait à l'ouest de la haie de ficus et de l'entrée de service du Hameau des Mouettes, des hectares de ronces et de mauvaises herbes qui atteignaient souvent un à deux mètres. S'y mêlaient de hautes herbes blanchies au soleil et des fleurs sauvages accommodées à la sécheresse, leurs feuilles grises et rabougries. Le sol nu rocailleux transparaissait ici et là, jonché de ferraille rouillée et de gravats hérissés de grillage sectionné. Au fond se dressait une seconde haie de ficus, mesurant deux ou trois mètres de plus que celle à l'arrière du Hameau. Il s'agissait de la partie orientale de l'ancien hôpital, là où se dressait autrefois le service des soins spécialisés. Au-delà du mur de verdure, les contreforts semblaient de gigantesques plantes tubéreuses. L'ambiance était morose dans la voiture. L'échec de mon hypothèse signifiait que Huggler pouvait se trouver n'importe où.

– Dommage, fit Milo en allumant un cigarillo. On a tenté le coup.

Il recracha une volute âcre par sa vitre et prit des nouvelles de l'équipe, à commencer par Petra. Les agents qui avaient interpellé Lemuel Eccles convenaient que le plaignant Ed Loyal pourrait bien être Harrie, mais ils s'étaient focalisés sur l'agresseur et ne pouvaient donc le certifier. Raul Biro, pour sa part, avait fait pression sur Mick Ostrovine qui avait enfin dit toute la vérité. Oui, le Dr Shacker avait adressé des patients indemnisés à North Hollywood. Non, il n'avait pas touché de pots-de-vin, pas plus que les autres professionnels qui intervenaient. Chez Well-Start, on ne répondait même plus au téléphone.

– Ça m'étonnerait fort qu'il n'y ait pas de pots-de-vin, dit Biro. J'ai enfin découvert à qui appartient la clinique : des Russes basés à Arcadia. Ils facturent des milliards à la Sécu. Mais je ne vois pas l'intérêt de creuser cette piste, à moins que le crime organisé n'ait trempé dans notre affaire.

– Ne parle pas de malheur, soupira Milo.

– Je me suis fait la même réflexion. Je ne vois pas ce qu'on peut espérer de plus de ce côté-là, lieutenant.

– Prends ta soirée. Invite ta copine au restau.

– Pas de copine ce mois-ci.

– Eh bien, trouve-toi quelqu'un. C'est moi qui régale.

– En quel honneur ?

– Tu fais ton boulot sans râler.

– Je n'ai pas accompli grand-chose pour cette enquête.

– Et alors ? Considère-le comme une avance.

Amusé, Biro raccrocha. Milo appela ensuite les services du coroner. Jernigan était absente, mais elle avait autorisé son assistant à lui communiquer les résultats de l'autopsie de James Pittson Harrie. La victime avait eu le cœur et les poumons transpercés par cinq balles tirées avec l'arme de service du shérif adjoint Aaron Sanchez, toutes blessures potentiellement mortelles. Aucune pièce d'identité sur le cadavre, mais les empreintes correspondaient à celles que Harrie avait fournies vingt-cinq ans auparavant lors de son recrutement à Ventura. Le sang relevé dans le coffre de l'Acura provenait de trois individus distincts, deux de groupe A et un de groupe O. Les analyses ADN prendraient un certain temps, mais le sexe féminin était déjà établi. Milo posa son portable et contempla le champ envahi par la végétation.

– Un petit tunnel nous aurait bien rendu service. Tu n'en avais pas entendu parler pendant ton stage ?

– Non.

– D'ailleurs, qu'est-ce qui t'a amené ici ?

– Je voulais apprendre.

– Ce qu'il y a dans la tête des gosses comme Huggler ?

– Les patients que j'ai vus n'étaient pas dangereux, loin s'en faut.

– Ils allaient mieux après leur passage ici ?

– Ils vivaient mieux.

– Hum.

Il ferma les yeux, étira ses longues jambes et se cala contre l'appui-tête. Garda cette posture un long moment. S'il n'avait tiré une bouffée de cigarillo de temps en temps, on aurait cru qu'il dormait. Je pensais à cet enfant atypique, enfermé dans sa chambre individuelle. Milo s'ébroua soudain comme un chien qui a pris la pluie et il écrasa son mégot dans le cendrier dont la municipalité proscrit l'utilisation.

– On va faire un tour à Camarillo, vérifier les postes restantes, les motels miteux et autres endroits susceptibles d'accueillir des squatters. Ensuite, on célébrera notre échec chez Andrea à Ventura. As-tu déjà goûté à leur poisson ?

– Robin et moi sommes allés observer les baleines l'an dernier. Le restaurant est à côté de l'embarcadère.

– Rick et moi avons aussi fait la sortie en mer. Le seul cétacé que j'ai vu, c'est quand je me suis regardé dans le miroir des toilettes.

Je laissai échapper le petit rire que l'on attendait de moi. Il cracha une miette de tabac par sa fenêtre. Au moment où il mettait le contact, quelque chose bougea au loin.

40

Une chose floue, en mouvement. Une tache qui apparaissait par intermittence, sautillant au milieu de l'étendue broussailleuse. Nous étions trop éloignés pour jauger à quelle distance de la haie de ficus cela se situait. Tantôt la forme bondissait au-dessus de l'herbe rase, tantôt elle disparaissait dans la végétation plus épaisse. En l'air puis en bas, visible puis cachée. Les rayons de soleil lui conféraient par moments des contours dorés. Le coloris se précisa. Une silhouette fauve. Un animal. Trop gros et trop peu furtif pour être un coyote. Il approchait d'un pas nonchalant. Un chien. Qui continuait d'avancer parmi les fourrés sans se soucier de notre présence.

Milo descendit et j'en fis autant. Je le suivis jusqu'au bord du champ d'où l'on put mieux distinguer la bête. Un chien de belle taille, qui avait indéniablement des gènes de golden retriever, même si le museau fin et allongé excluait le pure race. Une oreille dressée, l'autre repliée. Il s'arrêta pour faire pipi. Sans lever la patte, rien qu'une brève et machinale inclinaison du bassin. Puis il repartit, tête baissée. Il avançait, s'arrêtait, reniflait sans but précis. Peut-être obéissait-il à un atavisme de chien de chasse. Nous le suivions sans nous cacher. Il se redressa, huma l'air. Se tourna vers nous. Yeux doux, museau grisonnant. Aucune trace de nervosité.

– Ravi de faire ta connaissance, Louie, dis-je.

Nouvelle pause pipi. Suivie peu après d'une station assise plus longue et besogneuse pour déféquer. Quand cela fut fait, Louie tapota la terre et reprit sa promenade.

Une deuxième silhouette apparut bientôt sur la droite, surgie elle aussi de nulle part. Ce chien-ci semblait très âgé, boitillant et peinant à rattraper Louie. Il entrecoupait ses pas claudicants de pauses vacillantes. Au bout de quelques secondes, l'animal parut pris d'une convulsion et partit à la renverse. Il se débattit, geignit et parvint à se relever, tout tremblant. Louie se retourna, puis rejoignit l'éclopé qui restait planté là, le poitrail agité. Louie lui lécha le museau. Revigoré, son compagnon fit quelques pas.

Les chiens atteignirent une partie dégagée où on les voyait parfaitement. Je m'engageai sur le champ à la suite de Milo. Tous deux avaient les côtes saillantes sous la peau. Là où Louie n'était que maigre, l'autre était carrément émacié, son ventre encore plus creusé que celui d'un lévrier. Un abdomen anormal au regard de la race. Du corps musclé il ne restait qu'une peau blanchâtre tachetée de marron et déployée sur un squelette effilé. La tête conservait sa noblesse : brun élégant, oreilles repliées, belle ossature, yeux inexpressifs mais toujours vifs à se porter dans telle ou telle direction. Le dos, déformé par l'âge et la malnutrition, comportait une seule tache. Un braque allemand à poil court.

– Et voici Ned, dis-je. Le compagnon de randonnée du Dr Wainright. Disparu depuis des années.

– Ils dissèquent toutes sortes de bestioles mais épargnent ces deux-là ? s'étonna Milo.

– Une grande énigme, les garçons et leurs bêtes.

Ned marqua un nouvel arrêt, le souffle court, peinant à garder l'équilibre. Louie le caressa du museau et se plaça à côté de lui, suffisamment près pour permettre au vieux chien de prendre appui contre son flanc. Ils poursuivirent leur exploration, Louie soutenant Ned dès que celui-ci flanchait. Et chaque fois qu'il parvenait à maîtriser ses gestes, le braque se voyait récompenser d'une papouille. La thérapie comportementale, version canine.

Un quart d'heure durant, nous observâmes leurs zigzags à travers champ. Ils ne s'intéressaient pas au véhicule banalisé, garé à l'écart. Louie releva une fois la tête pour nous regarder à nouveau, mais de manière détachée, sans aucune crainte. Une créature confiante.

– Ils sont affamés, dit Milo. Si eux sont là, lui aussi, forcément.

Il scruta l'horizon, portant la main à son holster.

– Allez, mon cinglé, montre-toi. Sinon, je t'envoie les services vétérinaires !

Les chiens continuèrent d'errer sans but apparent. Le braque s'accroupit et mit très longtemps à faire ses besoins, tandis que son jeune compagnon attendait patiemment. Puis Louie le soutint à nouveau dans leur trek éprouvant. À un moment, tous deux disparurent parmi les broussailles. Vingt minutes plus tard, ils n'avaient toujours pas reparu.

Milo me fit signe de le suivre. Nous nous engageâmes dans la végétation, l'attention fixée sur l'endroit où nous les avions aperçus pour la dernière fois. Pour atténuer le bruit, nous ouvrions le passage de nos bras avant d'avancer. Un arrêt tous les dix pas pour s'assurer que personne ne nous épiait. Aucun signe de Louie et Ned, ni d'aucune autre créature.

Au bout d'une cinquantaine de mètres, les herbes hautes s'interrompaient. Nous nous trouvions face à un espace dégagé, sans forme précise, à une vingtaine de mètres de la haie de ficus. De la terre brune, parfaitement aplanie et nettoyée. Comme autour du cadavre de Colin Quigg. Deux séries d'empreintes de pattes traversaient cette zone désherbée. Milo s'accroupit et pointa un endroit à gauche des traces canines. Le dessin d'une semelle. Plusieurs, même, en grande partie brouillés par les chiens. Je pus distinguer la forme d'un talon. Comme un boomerang découpé dans la terre. Les pieds se dirigeaient vers la route. Quelqu'un avait quitté les lieux.

La piste de Louie et Ned s'interrompait au bord d'un trou. Pas un orifice irrégulier, mais un cercle parfait. Environ deux mètres de diamètre, bordé de métal rouillé. Une bouche béante, au niveau du sol. Du fait de l'inclinaison du champ et de la végétation, elle n'était visible que de près. Une entrée de tunnel semblable à celle que nous avait montrée Borchard. Ici, point de plaque à ouverture pneumatique.

Milo m'intima de rester en arrière, sortit son revolver, s'approcha et risqua un coup d'œil. Le bras armé se figea et la tête de Louie émergea du trou. Pantelant, il affichait un sourire benêt. Le Glock ne l'impressionnait nullement. À l'invite de Milo, il sortit en agitant la queue. Il se mit sur le dos, geste théâtral de soumission. Milo lui caressa le ventre de sa main libre. Louie ferma les yeux, aux anges. Une brave bête certes peu futée, mais qui avait eu fière allure autrefois. À présent, il avait le poil râpé et grisonnant aux pointes.

Milo lui indiqua de s'asseoir et, dès que l'animal eut obéi, retourna vers le trou sur la pointe des pieds. Un bruit s'en échappait, chuintement mouillé amplifié par le boyau souterrain. L'oreille pointue de Louie se dressa, mais il garda le bassin posé sur les pattes arrière. Les sons se précisaient : une respiration sonore, des raclements. Ned le braque sortit la tête. Il observa Milo, puis moi et Louie. Sans doute rassuré par le calme de son jeune camarade, Ned se laissa tomber et appuya le museau sur le rebord. Milo me fit signe de venir, me remit les clés du véhicule et m'expliqua ma mission.

L'homme chargé de veiller sur le champ d'artichauts n'avait pas bougé. Je me garai à quelques mètres pour l'avertir de ma présence, m'approchai dans son dos et dis :

– Pardon…

Il se retourna comme s'il m'attendait, porta la main au bord de son chapeau. Il tenait toujours la bouteille de soda, désormais vide, mais n'avait pas touché au sandwich dans sa poche. Je sortis un billet de vingt dollars et pointai le casse-croûte.

– *¿Para esto ?* demanda-t-il en arquant les sourcils.

– *Si.*

Il me le tendit.

– *Gracias.*

Je voulus lui donner le billet, mais il secoua la tête.

– *Por favor,* insistai-je en glissant l'argent dans la poche de sa chemise.

Avec un haussement d'épaules, il reprit sa surveillance.

Grâce à la nourriture, Milo put attirer les deux chiens loin du trou. Tandis qu'il se chargeait de Louie, je retins Ned par la peau du cou, ce qui est beaucoup dire ; la pauvre bête, qui avait dû peser dans les trente kilos, n'en faisait même plus la moitié. Je le soulevai délicatement et j'eus la sensation de porter un tas de brindilles. En chemin vers la voiture, il pivota la tête et je vis qu'une de ses orbites ne présentait plus de convexité, simplement recouverte d'une pellicule d'un gris bleuté.

– T'es super, Ned, dis-je.

Il gémit, me gratifia d'un coup de sa langue sèche et fétide. Milo n'eut qu'à poser doucement l'index derrière l'oreille de Louie pour le guider. Les deux chiens furent placés à l'arrière de la voiture, la vitre entrouverte pour qu'ils aient de l'air. Le sandwich se limitait à une portion chiche de charcuterie et du pain blanc, mais ils ne firent pas la fine gueule. Milo le répartit équitablement en petites bouchées qu'il leur présenta à tour de rôle. Louie mastiquait plutôt bien, mais le braque n'avait plus que quelques dents et était donc obligé d'utiliser les gencives. Ils eurent aussi droit à un peu d'eau minérale en quantité raisonnable, provenant des bouteilles que nous avions apportées pour nous. Ned s'allongea sur le dos et se lova contre la portière. Louie posa une patte sur le flanc de son copain et tous deux s'endormirent, ronflant à l'unisson en un rythme de valse des plus comiques.

Milo sortit et verrouilla les serrures. Je le suivis vers le champ et me postai à côté de lui, tourné vers l'entrée du tunnel.

– Une seule série de pas, dit-il. En supposant que ce sont ceux de Harrie, quelle est la probabilité pour que Huggler soit en dessous ?

– Entre bonne et très forte. Il commence à vraiment s'inquiéter que l'autre ne soit toujours pas rentré du marché, mais il n'a nulle part où aller.

– On va donc présumer qu'il est en bas. Le problème, c'est qu'on n'a aucun moyen de savoir où débouche le tunnel. Tu imagines si Borchard se trompe ? S'il existe des issues non bouchées au Hameau des Mouettes et que Huggler y débarque ?

– Fais-moi confiance, je gère la sécurité et ça ne peut pas arriver.

Il rit, redevint sérieux.

– Tu avais vu juste, c'est une histoire d'équilibre. On ferait peut-être mieux de suivre leur exemple, fit-il avec un regard en direction des chiens. Au bout de l'ignorance, le bonheur.

Il se remit au volant et orienta le véhicule face au champ, les roues avant dans l'herbe. Grant Huggler n'aurait qu'à se diriger vers la route pour nous repérer à coup sûr. Si toutefois il restait aux abords de sa cachette, la topographie qui dissimulait l'entrée du tunnel jouerait en notre faveur. Et si je me trompais et qu'il s'était absenté, qu'il revienne de n'importe quelle direction, nous lui fournirions de parfaites cibles. Milo se posta à gauche de la voiture, et je me tins à côté de lui.

– C'est parti, fit-il. Tu veux bien surveiller nos arrières de temps en temps, que je puisse me concentrer sur ce qui se trouve devant ?

– Pas de problème.

– Si, nous avons plein de problèmes, mais nous savons les résoudre.

Un oiseau passa dans le ciel, une mouette qui s'éleva et finit par disparaître à l'ouest. De nouveau un calme immobile.

– Maudit paysage d'aquarelle, grommela Milo.

– Le tunnel est situé à l'emplacement des soins spécialisés, dis-je.

– Retour à son cher bercail… (Regard à l'intérieur du véhicule.) Il faudra montrer ces pauvres bougres à un vétérinaire.

Une longue pétarade s'échappa de l'habitacle. Un pet de Louie, en *ré* mineur.

– Je te comprends, mon vieux. Malheureusement, le véto devra attendre son tour.

– Le moment est venu de convoquer la police des humains ?

– Ce serait la procédure habituelle, non ? dit-il en dévoilant ses gencives. Mais voilà, quels renforts sont les mieux adaptés ? Si j'appelle la police de Camarillo et que je leur décris la situation, ils pourraient se montrer coopératifs. Tout comme ils pourraient n'en faire qu'à leur tête et avoir la main lourde, vu qu'on est sous leur juridiction.

– Faire appel au SWAT, par exemple ?

– Ou à un de ces négociateurs chevronnés, voire les deux ensemble. La moitié du temps, ça foire. Soyons francs, il est à peu près impossible de dissuader quelqu'un qui est décidé à tirer sa révérence. Alors, avec un cinglé comme Huggler, à supposer qu'il soit bien là... bon sang, pourvu qu'il soit terré dans son tunnel... ce n'est pas d'avoir suivi un stage en tractations et cajoleries qui aidera, non ?

– En effet.

– S'ils optent pour la manière forte, je ne pourrai pas les en empêcher et ça virera au siège qui traîne en longueur, jusqu'à ce que Huggler tombe sous leurs balles, comme Harrie. Et quelques flics en prime, pour peu qu'il ait un arsenal à sa disposition. Un tunnel à entrée unique, c'est un vrai cauchemar. Le gaz lacrymogène pourrait être une solution si la galerie est peu profonde, mais s'il a la place de reculer, ça compliquerait les choses. (Il se frotta les joues.) Personnellement, j'en ai rien à cirer de Huggler, mais j'ai besoin de l'interroger. Lui seul pourra me dire pourquoi Harrie se trimbalait avec un kit de viol, combien de cadavres il nous reste à trouver, à qui appartenaient ces globes oculaires.

Il rappela Petra, l'informa de l'existence du tunnel, la chargea d'avertir les autres, puis de gagner Camarillo en compagnie de Reed, Binchy ou Biro, celui qui était le plus proche d'elle.

– Mais restez en ville. Je vous ferai signe si j'ai besoin de vous.

– Vous êtes où précisément ?

Il lui indiqua l'endroit.

– Je connais une pizzeria correcte dans le coin, dit-elle. Eric et moi y mangeons quand nous faisons une virée shopping aux magasins d'usine.

– Eric aime le lèche-vitrines ?

– Moi, oui. Lui, il fait semblant. Bon, j'arrive le plus vite possible. Bonne chance.

Comme Milo raccrochait, Louie fut pris d'un nouvel accès de flatulence.

– Eh bien ! C'était à quoi, ce sandwich ?

– Une sorte de mortadelle.

– Si l'attente se prolonge, je sens que je vais regretter de le leur avoir laissé…

41

La première heure s'écoula lentement et la deuxième stagna pour de bon. Plongés dans un sommeil entrecoupé de flatulences et de moments de torpeur, les chiens n'auraient pas déparé dans une chambrée d'étudiants camés.

– J'en connais qui ont tout compris, maugréa Milo qui s'autorisa un somme.

Comme j'avais les yeux grands ouverts, ce fut moi qui le repérai. Au même endroit où nous avions aperçu les chiens, une silhouette différente. Plus haute, se tenant debout, enveloppée dans un vêtement marron au col clair. Elle fit quelques pas, s'arrêta. Repartit et stoppa à nouveau. Elle se dirigeait dans une direction qui n'était pas la nôtre. Ça se présentait bien.

Un léger coup de coude à Milo qui se réveilla et scruta le champ. Il s'empara de son arme, sortit et repoussa délicatement la portière, sans enclencher le pêne. Il s'avança en silence, se posta derrière de hautes herbes qui le dissimulaient en grande partie et épia l'homme à la canadienne. Celui-ci marchait en gardant le regard fixé au sol. Son allure était déterminée mais saccadée, entrecoupée d'arrêts sans but apparent. Comme une machine mal huilée. Son Glock dans la main droite, Milo se servit de la gauche pour écarter les broussailles. Le dos voûté, il s'engagea dans la végétation.

Je patientai un instant, puis baissai davantage la vitre ; une ouverture trop étroite pour que les chiens y glissent la tête, mais suffisante pour bien aérer l'habitacle. Comme les deux bêtes demeuraient prostrées dans leur somnolence, je m'autorisai à descendre. J'optai pour une trajectoire en biais par rapport à la traque de Milo, qui me permettrait de rester derrière l'homme à la canadienne. Nous formions les trois sommets humains d'une sorte de triangle.

Concentré sur l'objectif, Milo avançait sans se douter de ma présence. Quand il m'aperçut enfin, il se figea. Me gratifia d'un regard insistant, sans se donner la peine de me faire signe de rebrousser chemin. Conscient que ça serait inutile.

Il repartit et moi aussi, mon allure calquée sur la sienne. Notre suspect continuait de serpenter sans but apparent. Tête baissée, perdu dans son monde. Crâne nu et pâle, récemment rasé. Milo et moi n'étions plus qu'à trente mètres de lui, bientôt ce fut vingt. Je ne cherchais plus à être discret, je ne m'embarrassais plus d'écarter les herbes pour atténuer le bruit de frottement. L'homme marquait de fréquents arrêts pour scruter l'horizon au nord. Peut-être cherchait-il les chiens qui se promenaient souvent par là-bas. Ou bien il s'orientait en fonction de sa propre logique mystérieuse. J'accélérai le pas, gagnai du terrain par rapport à Milo. Celui-ci se raidit quand il en prit conscience, ce qui me procura quelques précieuses secondes. Je les mis à profit pour me précipiter vers l'individu. Il déambulait toujours, mains dans les poches, épaules rentrées. J'en étais réduit à trotter. Il s'arrêta, releva l'arrière de la canadienne et se gratta les fesses. Il ne m'avait toujours pas repéré.

Mon pantalon s'accrocha à une ronce plus coriace que les autres et un craquement sonore se fit entendre quand je tirai dessus pour me dégager. L'homme se retourna et me vit. Il n'esquissa aucun geste. Je le saluai du bras, comme un vieil ami que j'aurais croisé par hasard. Il restait bouche bée, son visage flasque tremblait comme un aspic de volaille. Je m'approchai, tout sourire, gesticulant de plus belle.

– Salut, Grant ! Ça faisait longtemps !

Ses joues se contractèrent. Il écarta les jambes, planta fermement les pieds et agita les bras. Un visage bouffi aux traits aplatis, où ne transparaissait ni réflexion ni perplexité, ni aucune des contraintes mesquines de la bonne santé mentale. Un air de pure terreur. C'était donc là le croquemitaine, l'apparition cauchemardesque, le cruel messager de la nuit qui avait semé la panique et le malheur. Il demeurait figé, paralysé par la peur dans sa canadienne trop grande au col effiloché, au cuir graisseux et râpé comme les chiens, sac informe par-dessus une chemise blanche et un jean crasseux. J'étais arrivé à moins d'un mètre.

– Salut Grant, moi c'est Alex…

Moulinant des deux bras, il tituba à reculons.

– Tu n'as rien à craindre de moi, Grant…

Il ouvrit la bouche, ses lèvres formèrent un O. Aucun son ne s'en échappa dans un premier temps, puis un couinement, semblable à celui des souris engluées dans des pièges et sur lesquelles s'écrasait le pied botté de mon père. Il pivota pour s'enfuir. Se jeta dans les bras d'un grand gaillard armé. De sa main libre, Milo retourna Huggler, lui empoigna le bras gauche, le lui ramena dans le dos et lui passa une menotte. Conformément à la procédure pour les suspects costauds, il avait accroché deux paires ensemble. Huggler renifla et se mit à pleurer. Son bras droit pendait le long de sa cuisse. Les deux mains occupées, Milo ne savait comment s'y prendre avec le membre récalcitrant.

– Passe la main droite dans ton dos, Grant.

Huggler se relâcha, comme s'il allait lui obéir, mais le bras resta figé. Je voulus m'avancer, mais Milo m'en dissuada d'un signe de tête et répéta l'ordre. Huggler avait les joues ruisselantes de larmes. Et il gardait la même posture. Milo rangea le Glock dans son holster, lui prit le poignet gauche à deux mains et le tordit violemment. Le bras droit de Huggler se soumit enfin, se replia et passa dans son dos. Milo tenta de lui mettre la seconde menotte, mais la corpulence de Huggler et l'épaisseur de la canadienne faisaient qu'il manquait encore quelques centimètres. Quand Milo força pour rapprocher les deux mains, Huggler poussa un cri de douleur.

– Ne t'inquiète pas, Grant, dit Milo.

Un de ces mensonges dont les policiers ont le secret.

– Vraiment ? fit Huggler d'une voix haut perchée, enfantine.

– Ça y est presque, petit. Voilà…

On n'était plus qu'à quelques millimètres du but quand les épaules de Huggler s'agitèrent comme celles d'un rhinocéros réveillé malencontreusement. Pris de court, Milo sentit son pied déraper. L'espace d'un instant, il s'attacha à garder l'équilibre. Huggler en profita pour se retourner et lui attraper la tête entre ses mains énormes, lisses et glabres. Le visage inexpressif, il imprima une torsion, dans le sens des aiguilles d'une montre. De la part de Milo, la réaction la plus efficace aurait sans doute été de saisir son arme. Toutefois, quand de puissantes mains vous prennent la tête en étau et cherchent à la faire pivoter, quand vous comprenez qu'il en faudra peu pour vous rompre la moelle épinière et priver votre cerveau du nectar qui lui insuffle la vie et y engendre les pensées, vous vous en prenez à ces mains. Faire que ça cesse. Milo planta les doigts dans les paluches assassines, tira dessus et les griffa, jusqu'au sang. Impassible, Huggler continuait à tordre. Patient, les yeux secs. Le réconfort du familier. Une routine bien rodée, aux résultats prévisibles : torsion dans un sens, puis dans l'autre, et le corps qui soudain n'offre plus aucune résistance. On l'étend délicatement. On s'assoit et on attend de pouvoir entamer l'exploration.

Milo n'arrivait pas à se dégager. Il avait les yeux exorbités et le visage écarlate. Il s'était déplacé en se débattant, de sorte que son arme m'était cachée. Pouvais-je espérer m'en emparer et parvenir à tirer sans le mettre en danger ? Je réagis moi aussi d'instinct, me précipitai dans le dos de Huggler et lui décochai un puissant coup de pied derrière le genou. Une attaque qui suffit souvent à réduire de solides gaillards en éclopés criards. Huggler ne broncha pas, parvint à tourner la tête de Milo d'un degré supplémentaire, lui arrachant une plainte. Je m'en pris à l'autre genou. Autant gifler le tronc d'un chêne. Je plongeai les mains sous le col de mouton synthétique, tentai de comprimer la carotide. Sa peau était moite, impossible d'assurer une prise. Le cou de Milo pivota encore un peu, nouvelle progression dans la rotation fatale. Je sentis la pomme d'Adam de Huggler, descendis mes pouces un peu plus bas, jusqu'à la cicatrice qu'il gardait de l'opération par laquelle on l'avait privé d'une glande parfaitement saine. Je plantai mes deux ongles dans la chair. Il hurla, lâcha Milo. Il recula en vacillant et porta les mains à son cou. Je lui assénai un coup de poing au plexus et lui fis un croc-en-jambe en le poussant de toutes mes forces. Se tenant toujours le cou, il tomba et son dos heurta violemment le sol. Il gisait là, vulnérable. À son tour.

Haletant, ses yeux verts en proie à une peur qui tardait à s'en effacer, Milo chercha son revolver à tâtons, dut l'empoigner à deux mains tant il tremblait et pointa la masse sans défense de Huggler. Celui-ci aperçut l'arme, détacha les mains de son cou enflé et rosi. Il toussa, sourit. Se releva en position assise et se jeta en avant.

Milo lui tira une balle dans la chaussure gauche. Huggler contempla son pied. Sa petite bouche, assez délicate, s'entrouvrit de stupeur. L'extrémité de la basket crasseuse rougissait. La menotte à son poignet gauche émit un cliquetis quand il fut saisi de tremblements. Il observait le sang s'écouler de ce qu'il restait de son gros orteil. Captivé. Les mystères du corps humain.

Milo le retourna sans ménagement, ramena son bras droit dans son dos sans se soucier de lui déboîter l'épaule et put enfin menotter les deux poignets. Huggler resta sur le ventre. La terre prenait une teinte violacée à l'endroit où le sang continuait de goutter. Faible débit, seules des veines étaient touchées. Huggler voulut dire quelque chose, mais le sol étouffa ses mots. Il tourna la tête de côté.

Milo inspira une bouffée d'air. Il se toucha la joue, grimaça. Son regard fuyait le mien. Il s'éloigna de quelques pas. Une mouette passa dans le ciel. Peut-être la même qu'avant, curieuse du raffut.

– Waouh ! lâcha Huggler.

– Qu'est-ce qu'il y a ? dis-je.

– Mon pied. J'aimerais bien le voir, s'il vous plaît.

42

On venait d'apporter sa pizza à Petra quand Milo l'appela. Elle n'y toucha pas et arriva neuf minutes plus tard. En route, elle s'était occupée des affaires courantes : réclamer une ambulance, contacter la police de Camarillo avec qui elle avait dû user de tout son charme, sans compter quelques éléments dévoilés à bon escient, pour calmer le jeu. Elle observa Huggler qui était assis par terre, poignets menottés et chevilles ligotées, son pied blessé bandé avec l'un des chiffons propres que Milo garde toujours dans le coffre. Depuis le temps qu'il a affaire à des cadavres, il sait comment s'équiper pour le sanglant. Huggler avait le cou de plus en plus enflé et violet. Il toussait beaucoup, mais respirait correctement. Les marques de doigts sur le visage de Milo n'étaient plus que des taches informes. Petra sentit qu'il s'était passé quelque chose. Je perçus l'animation de ses pupilles tandis que son cerveau cherchait à comprendre. Elle eut l'intelligence de ne pas poser de question.

Huggler n'avait pas réagi à son arrivée, toujours aussi passif. Il regarda Milo et dit d'un ton plaintif :

– Hum… monsieur ? Je pourrais ravoir de la bouillie ?

– Pardon ?

Huggler contempla le chiffon imbibé de sang.

– Vous pourriez retirer le bandage ?

– C'est trop serré ?

– Euh…

– Quel est le problème ?
– Je veux regarder.
– Regarder quoi ?
– L'intérieur.
– Comment ça, l'intérieur ?
Huggler fit la moue.
– À l'intérieur de moi.
– Désolé, dit Milo. Il faut le garder.
Il trouvait le moyen de s'excuser envers celui qui avait failli lui rompre le cou.
– Bon. Okay.
Le visage de Huggler reprit sa pose figée, lisse et sereine. Je pensai à ses victimes. Ce grand disque pâle avait été la dernière image à imprimer leur rétine avant l'extinction finale des lumières.
Petra, pourtant douée pour garder son flegme, avait été déstabilisée par la requête de Huggler. Le front plissé, elle se détourna de nous et contempla la splendeur du ciel. Elle prit un chewing-gum dans son sac et le mâcha vigoureusement. M'en proposa un que j'acceptai. Comme je m'apprêtais à mastiquer, la douleur irradia mon visage tout entier. Chaque muscle et chaque nerf étaient à vif, d'avoir été si longuement crispés.
Milo consulta sa montre, jeta un coup d'œil à la basket de Huggler. Le chiffon avait encore rougi, mais le prisonnier avait assez bon teint et ne semblait pas en état de choc.
– Ça va ?
Huggler acquiesça.
– Vous avez une sacrée force dans les mains.
– C'est ce qui m'a sauvé contre toi, Grant.
– Les autres fois, fit Huggler d'un air interloqué, ça m'avait toujours réussi.

Les urgentistes de Camarillo installèrent Huggler sur un brancard avec menottes et entraves. L'inspecteur, un certain

Ramos qui avait les cheveux blancs, pria le conducteur de patienter pendant qu'il s'entretenait avec Milo. À mesure qu'il apprenait les détails de l'affaire, sa défiance se mua en curiosité professionnelle, puis en sympathie.

– On dirait que vous nous avez rendu un fier service. Combien de victimes, au juste ?

– Six au minimum, sans doute davantage.

– Une situation délicate. En trente années de métier, jamais je n'ai connu ça.

– Il ne tient qu'à vous que ça ne soit pas votre problème, à moins que vous ne souhaitiez vous compliquer l'existence dans un élan de masochisme.

– Vous souhaitez gérer la totalité du dossier.

– Comme c'est nous qui avons commencé, autant terminer le travail. Rien que la paperasse, ça va occuper à plein temps.

Ramos sourit et sortit un paquet de Winston. Milo accepta la cigarette offerte et fuma avec son collègue.

– Votre argumentation a du bon, fit Ramos. On fait comment ? On le soigne, puis on vous le livre dans un camion de la Brinks ?

– Une cage serait préférable, dit Milo en effleurant son visage meurtri du bout des doigts.

Nos regards ne s'étaient toujours pas croisés depuis l'arrestation de Huggler. J'avais veillé à me tenir en arrière pour ne pas exacerber la gêne.

– Je vais en parler à mon chef, dit Ramos. Paresseux comme il est, je ne pense pas qu'il y verra d'objection.

– Tous les moyens sont bons, dit Milo. Les aspects juridiques seront examinés de près. Mon service contactera le vôtre.

– C'est ça, et on se fait une bouffe. Six cadavres ? Il serait peut-être préférable que ce fumier soit accompagné ? Juste par précaution. (Il lança un regard en direction de l'ambulance.) Franchement, il ne paye pas de mine. Le gosse qui n'était jamais retenu pour les parties de foot.

– Ça fait partie de son charme.

– Parce qu'il est charmant ?

– Pas vraiment.

– Ma pire affaire, dit Ramos. Avant, c'était une enquête qui m'est tombée dessus il y a un peu plus de trois ans. Une mère qui a tiré une balle dans la tête de son gamin parce qu'il parlait trop. Elle a pris un flingue et elle l'a buté. Je vous parle d'un gosse de douze ans. La mère avait un look d'institutrice. (Nouveau regard à l'ambulance.) Là, rien à voir. Vous m'ôtez une sacrée épine du pied. Je viens avec vous, informa-t-il le secouriste. Ainsi que l'agent Baakeland, dit-il en faisant signe à un policier baraqué.

– Faudra se serrer, dit le secouriste.

– On survivra, dit Ramos. C'est précisément le but. Tiens, qui voilà ?

– Les services vétérinaires, dit Milo.

– Ah, oui, c'est pour eux, dit Ramos en regardant les chiens, toujours endormis. Dommage qu'ils ne puissent pas parler !

Avoir accès au tunnel en toute légalité ne fut pas chose aisée. En l'absence de preuve qu'un crime y avait été commis, le procureur adjoint John Nguyen estimait qu'un mandat était probablement nécessaire.

– Probablement ? releva Milo.

– Une zone grise. Dans ce genre de situation, mieux vaut se tromper par excès de prudence.

– John…

– La seule solution est de contacter le propriétaire des lieux pour obtenir son consentement.

– C'est un promoteur.

– Il ne te reste qu'à l'appeler.

La société À la Mer était basée à Newport Beach, Californie, et Coral Gables, Floride. Personne ne répondit aux deux bureaux, ni au numéro de l'assistance téléphonique. Milo laissa un message, puis s'approcha de l'ouverture du tunnel, s'accroupit pour regarder et se releva.

– Trop sombre. On n'y voit que dalle.

– Ils ont retiré la plaque, mais il doit y avoir une trappe un peu plus bas.

Il rappela John Nguyen.

– Je n'arrive pas à les joindre. Un juge à me recommander ?

– Les mêmes que d'habitude.

Les quatre premiers magistrats que Milo contacta, d'ordinaire coopératifs, étaient absents.

– Camarillo ? bougonna le cinquième. Appelez quelqu'un sur place.

– Un nom à me souffler ?

– Quoi, vous me prenez pour un imprésario ?

Milo sortit la carte de Rudy Borchard, composa rageusement le numéro. Jura et raccrocha.

– Plus personne ne répond au téléphone ! La semaine prochaine, on nous promet des robots pour nous torcher le cul !

Il s'exprimait en ma présence, mais pas à moi directement.

– Ça va s'arranger, dit Petra.

– Facile à dire quand on est svelte et jolie !

Il regagna la voiture d'un pas traînant, s'y installa. Quand je pris place côté passager, il fit semblant de dormir. Son portable sonna et il mit du temps à répondre.

– Oui, Maria… Tout à fait, Maria. Je leur ai parlé et la totalité du dossier est pour nous… Pourquoi ? Parce que c'est comme ça… Si tu le dis, Maria…

À peine la conversation terminée, le téléphone sonnait à nouveau. Il l'éteignit et reprit son faux somme. Je descendis. Petra s'approcha, huma l'habitacle.

– Ça sent le chenil.

– Faut que je change de déodorant, grogna Milo en ouvrant les yeux.

– En parlant d'odorat, dit-elle, on dirait vraiment que la terre a été retournée. Si on faisait venir un chien capable de repérer les cadavres ?

– Dès qu'on aura le fichu mandat.

– C'est vraiment étrange, me dit Petra. On vient d'élucider une grosse affaire et on est là à se tourner les pouces.

– Dans ce cas, faisons quelque chose. On pourrait mettre du ruban autour du trou, voire sur tout le périmètre de la zone dégagée.

– De quelle quantité de ruban dispose-t-on ?

– Pas assez.

Le portable de Milo entonna un air de Mendelssohn.

– Maudits technocrates ! Quoi, maintenant ? aboya-t-il en mettant le haut-parleur.

– Je vous demande pardon ? s'étonna une voix masculine profonde.

– Qui êtes-vous ?

– Je suis Norm Pettigrew, je rappelle le lieutenant Sturgis qui a laissé un message.

– Sturgis à l'appareil. Vous travaillez pour À la Mer ?

– J'en suis le directeur adjoint, chargé de coordonner les activités. Que puis-je faire pour vous ?

Milo lui expliqua la situation.

– Incroyable, dit Pettigrew. Nous ignorions tout de la présence de ces squatteurs, et de l'existence de ce tunnel. Nous pensions les avoir tous condamnés.

– On dirait que l'endroit a été défriché pour y accéder.

– Qui aurait pu connaître l'existence de ce tunnel, lieutenant ? Et que venait-on y faire ?

– Bonnes questions, mentit Milo sans vergogne.

– Eh bien, ne vous privez pas pour y descendre et y faire ce que vous devez.

– Merci, monsieur.

– Naturellement, lieutenant, notre compagnie préférerait ne pas être mêlée à cette affaire.

– Je ferai de mon mieux.

– Permettez que je sois encore plus clair : nous vous serons reconnaissants de toutes les complications que vous pourrez nous épargner. Connaissez-vous Laguna Beach ?

– J'y suis allé il y a un certain temps.

– Nous y avons monté un projet. Résidence de luxe avec vue sur la mer. Il y a deux appartements témoin parfaitement équipés, plus que convenables pour un séjour de courte durée. S'agissant de vous, un fonctionnaire loyal, compétent et soucieux de préserver l'ordre public, je suis certain que nous pourrions arranger quelque chose. Vous et madame, un week-end tous frais compris. Et même un deuxième, si vous vous y plaisez. Un magnifique restaurant italien est sur le point d'ouvrir.

– Très tentant.

– Les Villas du Rivage, c'est le nom de cette résidence. Appelez-moi personnellement, je me chargerai d'organiser ça.

– Merci, monsieur. Et merci d'autoriser les investigations.

– Pas de problème. Pour Laguna, je suis tout à fait sérieux. Offrez-vous un séjour en bord de mer, à nos frais.

Pettigrew raccrocha.

– La seule fois qu'on m'a proposé un cadeau, dit Petra, c'était un dealer. Un fix de crack pour que je le laisse filer.

– Tu aimes le bord de mer ?

– Oui. Pas vous ?

– Trop paisible. Bon, les enfants. Si on jouait les spéléos ?

43

Une échelle métallique nous mena à une dalle de béton quelques mètres plus bas, à peine assez large pour y tenir à trois. Une ampoule grillagée était fixée à l'entrée du tunnel qui partait sur la gauche, boyau de ciment dans lequel Milo parvenait tout juste à se tenir droit. Une plaque métallique semblable à celle que nous avait montrée Borchard en barrait le passage. Une légère pression suffit pour qu'elle s'ouvre en un sifflement. Un couloir vide, long de cinq ou six mètres. Aucun système d'aération apparent, et pourtant il y faisait frais et sec, une atmosphère étonnamment agréable. Ça ne sentait pas la mort, on décelait tout juste une vague odeur de moisi et de roche, et les premiers effluves de transpiration à mesure que nous avancions. Milo et Petra n'eurent pas besoin d'allumer leurs lampes torches : disposées tous les deux ou trois mètres, les ampoules grillagées baignaient le tunnel d'une lumière crue et jaune héritée de l'hôpital psychiatrique, grâce à un circuit électrique oublié mais toujours en état de marche. Le sol était propre comme la terre en surface.

Une nouvelle bouche circulaire se présenta, dont la plaque était en position ouverte. Un peu au-delà, une pièce sur la droite. Une vieille enseigne émaillée était vissée à la pierre, marquée d'une inscription en lettres gothiques : « Réserve hospitalière – biens non périssables. » Un espace de six mètres carrés environ. Au sol, deux futons soigneusement roulés, de part et d'autre d'une paire de meubles de rangement arborant toujours l'étiquette Ikea. Sur celui de gauche étaient posés un réveil à piles, deux paires de loupes de lecture, un tube de lubrifiant, une boîte de mouchoirs et trois livres : *Introduction à la psychologie, La Psychologie de l'anormal* et *Leçons de psychopathologie criminelle.* Dans chacun des trois tiroirs, quelques vêtements masculins taille S (dont certains avec une étiquette de pressing agrafée) et une plaquette de bois de cèdre contre les mites. Le meuble de droite était encombré de quatre piles d'une vingtaine de revues et de magazines. Uniquement des jeux de lettres et de logique : mots croisés, anagrammes, sudokus, kakuros, énigmes, mots mêlés, acrostiches. De ce côté-ci, les habits étaient de taille XL : sweats, tee-shirts, caleçons, chaussettes de sport. Un cagibi attenant, où la température était plus fraîche, comprenait deux toilettes chimiques, les unes propres et les autres infectes. Bouteilles d'eau minérale alignées contre le mur. Serviettes blanches empilées sur une table de bridge. Par terre, encore sous plastique, des rouleaux de papier hygiénique, taille collectivité. Dans un angle, deux cartons de nourriture : cookies, pain de mie, céréales, viande séchée, spaghettis et chili en boîte. Et aussi trois gros sacs d'aliments pour chiens.

– Ils étaient bien installés, dit Petra. Très cosy.

Un détail attira mon attention derrière les provisions. Je pointai l'index. Milo souleva un carton à pizza. Sur l'emballage marron, immaculé et non déplié, figurait la caricature du chef jovial, bedonnant et moustachu. *Mamma mia ! Bon appétit !* Trois autres étaient glissés au même endroit.

De retour dans le tunnel, je suivis Milo et Petra par une troisième ouverture pneumatique. Nous arrivâmes bientôt à une dernière pièce. « Sans issue » annonçait une plaque émaillée à l'extrémité de la galerie.

– Un peu superfétatoire, dit Petra en tapotant le mur de pierre auquel on l'avait apposée.

– Un fabricant d'enseignes qui a su graisser des pattes, nota Milo.

– Voilà bien mon lieutenant ! dit-elle alors qu'elle n'était pas sa subalterne. Cynisme et sagesse.

Milo pénétra dans la salle et s'approcha de l'unique meuble. Un bureau simple, de la même marque que les tables de nuit.

– Un effort méritant pour soutenir l'économie suédoise, marmonna-t-il en ouvrant le tiroir du haut.

Celui-ci contenait des papiers, une mine d'or pour enquêteur. Des liasses de reçus se rapportant à diverses allocations et pensions versées par l'État de Californie, comtés de Santa Barbara et Ventura, adressées à une boîte postale de Malibu, aux environs de Carbon Beach, et promptement encaissées dans une agence de la Bank of America. Les montants variaient entre mille deux cents dollars et près du double. Le bénéficiaire était un certain Lewisohn Clark.

– Quel nom excentrique ! dit Petra.

– Prononce-le à voix haute, suggérai-je.

– Ah… dit-elle après l'avoir fait.

– *Lewis and Clark*[1], dit Milo.

– De grands explorateurs, dis-je.

Rangés à part, d'autres reçus visaient un versement mensuel de trois mille huit cents dollars et quatorze cents, adressé à la même boîte postale. Un récent courrier du service des retraites annonçait une augmentation d'un peu moins de cent quatre-vingts dollars pour le mois suivant, du fait de l'indexation sur le coût de la vie. Le bénéficiaire de la retraite : Sven Gally.

Milo consulta son calepin.

1. L'expédition conduite par Lewis et Clark en 1804 fut la première à traverser les États-Unis d'est en ouest, jusqu'au Pacifique.

– Ce sacré Harrie ne s'est pas embêté : il a fourni son propre numéro de sécurité sociale.

– Comme quoi l'Administration n'est pas très curieuse, dit Petra. Svengali[1], dit-elle en inspectant un reçu, la mâchoire crispée. Je préfère le savoir mort.

Sous les liasses, une boîte en simili croco vert foncé nous dévoila d'autres secrets. Des clichés polaroïds fanés de jeunes femmes ligotées et terrorisées. Pour chacune, la même séquence atroce : la corde passée autour du cou, les yeux tétanisés par la peur, le regard sans vie et la bouche ouverte. Sous les photos, une liasse d'articles obtenus sur internet. Des disparitions de jeunes filles, huit en tout, classées par ordre chronologique. La première, étudiante à UC Santa Cruz, avait été enlevée dix ans auparavant pendant qu'elle visitait Carmel. L'affaire la plus récente était une ado en fugue, seize ans, originaire du New Hampshire, aperçue pour la dernière fois cinq mois auparavant sur Ocean Avenue où elle faisait du stop, non loin de l'embarcadère de Santa Monica. Il nous fut aisé de mettre un nom sur chaque visage.

Dans le tiroir du bas, Milo trouva une autre boîte, celle-ci en chagrin gris esquinté, posée sur des feuilles. Il appuya sur un bouton et le couvercle se souleva. Elle contenait du matériel chirurgical, chaque instrument rangé dans un emplacement à sa forme et doublé de velours vert. À l'intérieur du couvercle figurait l'inscription, en petites lettres dorées : Chiron-Tuttlingen. Les papiers en dessous semblaient vierges, mais Milo en prit un malgré tout. Au dos figurait l'inévitable point d'interrogation, parfaitement centré.

– La question ne se pose plus, mon salaud, maugréa-t-il. Allez, il est temps de ressortir.

1. Personnage d'un roman de George Du Maurier, figure du manipulateur qui exerce son emprise sur les autres à des fins maléfiques.

– Bonne idée, se félicita Petra. Moi aussi, j'ai besoin de respirer.

– Ce n'est pas ça, petite, dit-il en brandissant son mobile. Il n'y a pas de réseau.

En route vers la sortie, je me rapprochai de Milo et le fixai jusqu'à ce qu'il croise mon regard. Il hocha la tête, puis s'éloigna.

Quand le labrador noir et le springer arrivèrent enfin, la nuit était tombée. Grâce à l'intervention d'Arthur Ramos, des projecteurs avaient été installés sur-le-champ. Leur maître, une civile du nom de Judy Kantor, était basée à Oxnard où elle élevait ces deux races et dressait des chiens de concours.

– L'obscurité leur convient bien, expliqua-t-elle. Ils sont moins distraits. Où est-ce ?

– Cette zone dégagée, dit Milo.

– C'est tout ? fit Kantor. Pas d'arbres ? Pas d'eau ? Pas de broussailles ? Trop fastoche. S'il y a quoi que ce soit, ils vous le trouveront. (Elle frappa dans ses mains.) Hansel ! Gretel ! Allez, montrez-nous que vous avez du flair !

Elle les mena le long du périmètre, puis les laissa explorer librement. Au bout de quelques instants, les chiens s'étaient assis, à trois mètres l'un de l'autre. Judy Kantor marqua les emplacements et leur fit signe de continuer. Ils indiquèrent deux nouveaux endroits, mais cette fois-ci ne bougèrent plus.

– C'est tout, lieutenant.

– Nous pensons qu'il pourrait y avoir jusqu'à huit victimes, dit Milo.

– S'il y avait une autre tombe aux environs, ils vous la signaleraient, à moins qu'elle ne soit vraiment très profonde. Ou peut-être que les corps sont superposés.

Milo la remercia. Les chiens eurent droit à leur récompense et le trio repartit, visiblement ravi.

Les cadavres n'étaient pas empilés. Quatre squelettes intacts, enterrés à moins d'un mètre de profondeur.

– Tous d'un petit gabarit, nota Petra. Pas besoin d'un anthropologue pour reconnaître des jeunes filles.

44

Il fallut malgré tout recourir à l'anthropologie pour analyser les ossements. Le rapport du Dr Liz Wilkinson, l'amie de Moe Reed, arriva sur le bureau de Milo neuf jours plus tard. Les squelettes présentaient certaines ressemblances avec les quatre victimes les plus récentes dont James Harrie avait conservé les photos. La denture permit l'identification de deux des jeunes filles et l'on put différencier les deux autres par la longueur du fémur. Wilkinson estimait que deux d'entre elles avaient probablement accouché. Il n'en fut pas question lors des entretiens avec les parents, inutile d'aborder le sujet. Milo veilla à faciliter le transfert des ossements et assista aux obsèques des quatre victimes.

Les fouilles entreprises dans le champ, en profondeur et sur un périmètre plus large, ne donnèrent rien, ni cadavre supplémentaire ni le moindre indice.

Les corps du Dr Louis Wainright et de l'infirmière Joanne Morton restaient introuvables. Les yeux laissés au cabinet du faux Dr Bern Shacker étaient trop abîmés par le formol pour qu'on puisse pratiquer une analyse ADN. Le Dr Clarice Jernigan jugeait qu'ils ne provenaient pas obligatoirement d'une victime, qu'il pourrait très bien s'agir de spécimens anatomiques comme on en vend à l'intention des optométristes et ophtalmologistes. Forte d'une longue expérience de pathologiste, elle a le cœur endurci. Néanmoins, il nous arrive à tous de nous voiler la face.

Il n'existait qu'un seul vendeur de pizza entre Santa Barbara et Malibu à utiliser des boîtes comme celles retrouvées dans le tunnel, une cahute à Oxnard fréquentée principalement par les gens circulant sur la 101. Aucun des employés n'avait remarqué de vol d'emballages. Une adolescente qui y travaillait en soirée les week-ends était à peu près certaine de reconnaître en James Harrie un client occasionnel, un monsieur très aimable. Brillante lycéenne, elle se souvenait avec quasi-certitude de ce qu'il commandait, toujours la même chose : une petite au fromage, et une grande champignons pepperoni.

Dans l'attente des suites judiciaires, Grant Huggler avait été interné à l'hôpital de Starkweather, dédié aux criminels atteints de pathologie mentale. C'était un patient modèle, mais le diagnostic était tout sauf simple. L'avocat commis d'office et le procureur adjoint John Nguyen m'avaient chacun fait savoir qu'ils envisageaient de me convoquer à la barre comme expert si un procès devait avoir lieu. Je leur avais exprimé mes réserves sur le sujet et ils n'avaient pas insisté. Sans pour autant abandonner l'idée, en bons professionnels du prétoire. L'incertitude m'était supportable. Milo m'avait demandé – par deux fois, distraction inhabituelle – si je pensais que Huggler serait jamais présenté à un tribunal ou resterait confiné à l'isolement.

– Et pourquoi on ne lui trouverait pas un asile au Kansas ? On leur doit bien ça !

Les deux fois, je lui avais répondu que je ne me sentais pas de jouer les pronostiqueurs.

Pour ma part, je reste un peu tendu, même si je fais bonne figure en compagnie de Robin et de Blanche. Mon comportement et mes paroles font illusion, je joue la comédie de la vie normale. Les cauchemars ont cessé, pour l'essentiel. Malgré tout, je repense souvent aux yeux dans le bocal, aux quatre filles dont le corps n'a pas été retrouvé.

À Louis Wainright et à Joanne Morton. Belle Quigg n'a pas souhaité reprendre Louie, expliquant à Milo que chaque jour était déjà une épreuve difficile. Louie et Ned ont finalement été adoptés par des mormons d'Ojai, une famille de douze enfants qui recueille avec générosité de vieilles bêtes éclopées et abandonnées. Aux dernières nouvelles, les deux compagnons ont repris du poids et il arrive même que Ned ait l'énergie de jouer.

J'ai refusé plusieurs patients qui m'ont été adressés, ce qui me laisse davantage de temps pour courir et écouter de la musique dans des genres très variés, du Steve Jai comme le sixième concerto brandebourgeois de Bach. Tous les jours, je m'enferme dans mon bureau où je fais mine de travailler. En fait, je brasse des pensées, puis je m'efforce de ne plus penser à rien. J'envisage de me réessayer à l'autohypnose, ou d'apprendre une nouvelle technique de méditation pour me vider l'esprit. Je me dis que je pourrais rencontrer les parents des quatre filles qui demeurent disparues. Ou parler aux enfants, aujourd'hui adultes, du Dr Louis Wainright. Personne ne s'est manifesté au nom de Joanne Morton, ce qui me perturbe plus qu'il ne le faudrait. Je m'interroge sur ce qui a pu engendrer un Grant Huggler, un James Harrie. À ce stade, je ne suis pas certain de souhaiter des réponses.

DU MÊME AUTEUR

Double Miroir
Plon, 1994
« Pocket », n° 10016

Terreurs nocturnes
Plon, 1995
« Pocket », n° 10088

La Valse du diable
Plon, 1996
« Pocket », n° 10282

Le Nid de l'araignée
Archipel, 1997
« Pocket », n° 10219

La Clinique
Seuil, 1998
et « Points », n° P636

La Sourde
Seuil, 1999
et « Points », n° P755

Billy Straight
Seuil, 2000
et « Points », n° P834

Le Monstre
Seuil, 2001
et « Points », n° P1003

Dr la Mort
Seuil, 2002
et « Points », n° P1100

Chair et sang
Seuil, 2003
et « Points », n° P1228

Le Rameau brisé
Seuil, 2003
et « Points », n° P1251

Qu'elle repose en paix
Seuil, 2004
et « Points », n° P1410

La Dernière Note
Seuil, 2005
et « Points », n° P1493

La Preuve par le sang
Seuil, 2006
et « Points », n° P1597

Le Club des conspirateurs
Seuil, 2006
et « Points », n° P1782

La Psy
Seuil, 2007
et « Points », n° P1830

Double Homicide
(coécrit avec Faye Kellerman)
Seuil, 2007
et « Points », n° P1987

Tordu
Seuil, 2008
et « Points », n° P2117

Meurtre et Obsession
Seuil, 2010
et « Points », n° P2612

Habillé pour tuer
Seuil, 2010
et « Points », n° P2681

Jeux de vilains
Seuil, 2011
et « Points », n° P2788

Double meurtre à Borodi Lane
Seuil, 2012
et « Points », n° P2991

Les Tricheurs
Seuil, 2013
et « Points », n° P3267

L'Inconnue du bar
Seuil, 2014
et « Points », n° P4050

DANS LA MÊME COLLECTION

Brigitte Aubert
La Ville des serpents d'eau

Parker Bilal
Les Écailles d'or

Lawrence Block
Heureux au jeu
Keller en cavale

Cilla et Rolf Börjlind
Marée d'équinoxe

C.J. Box
Zone de tir libre
Le Prédateur
Trois Semaines pour un adieu
Piégés dans le Yellowstone
Au bout de la route, l'enfer

Jane Bradley
Sept Pépins de grenade

David Carkeet
La Peau de l'autre

Gianrico Carofiglio
Les Raisons du doute
Le Silence pour preuve

Lee Child
Sans douceur excessive
La Faute à pas de chance
L'espoir fait vivre

Michael Connelly
Deuil interdit
La Défense Lincoln

Chroniques du crime
Echo Park
À genoux
Le Verdict du plomb
L'Épouvantail
Les Neuf Dragons

Thomas H. Cook
Les Leçons du Mal
Au lieu-dit Noir-Étang…
L'Étrange Destin de Katherine Carr
Le Dernier Message de Sandrine Madison

Arne Dahl
Misterioso
Qui sème le sang
Europa Blues

Torkil Damhaug
La Mort dans les yeux
La Vengeance par le feu

Knut Faldbakken
L'Athlète
Frontière mouvante
Gel nocturne

Dan Fante
Point Dume

Karin Fossum
L'enfer commence maintenant

Kirby Gann
Ghosting

William Gay
La Demeure éternelle

Sue Grafton
T… comme Traîtrise
Un cadavre pour un autre – U comme Usurpation

Oliver Harris
Sur le fil du rasoir

Veit Heinichen
À l'ombre de la mort
La Danse de la mort
La Raison du plus fort

Charlie Huston
Le Vampyre de New York
Pour la place du mort
Le Paradis (ou presque)

Joseph Incardona
Aller simple pour Nomad Island

Viktor Arnar Ingólfsson
L'Énigme de Flatey

Thierry Jonquet
Mon vieux
400 Coups de ciseaux et Autres Histoires

Mons Kallentoft
La 5e Saison
Les Anges aquatiques

Joseph Kanon
Le Passager d'Istanbul

Jonathan Kellerman
Meurtre et Obsession
Habillé pour tuer
Jeux de vilains
Double Meurtre à Borodi Lane
Les Tricheurs
L'Inconnue du bar

Hesh Kestin
Mon parrain de Brooklyn

Natsuo Kirino
Le Vrai Monde
Intrusion

Michael Koryta
La Nuit de Tomahawk
Une heure de silence

Volker Kutscher
Le Poisson mouillé
La Mort muette
Goldstein

Henning Mankell
L'Homme qui souriait
Avant le gel
Le Retour du professeur de danse
L'Homme inquiet
Le Chinois
La Faille souterraine et Autres Enquêtes
Une main encombrante

Petros Markaris
Le Che s'est suicidé
Actionnaire principal
L'Empoisonneuse d'Istanbul
Liquidations à la grecque
Le Justicier d'Athènes
Pain, éducation, liberté

Deon Meyer
Jusqu'au dernier
Les Soldats de l'aube
L'Âme du chasseur
Le Pic du diable
Lemmer l'invisible
13 Heures
À la trace
7 Jours
Kobra

Sam Millar
On the Brinks
Les Chiens de Belfast
Le Cannibale de Crumlin Road

Dror Mishani
Une disparition inquiétante

Håkan Nesser
Le Mur du silence
Funestes Carambolages
Homme sans chien

George P. Pelecanos
Hard Revolution
Drama City
Les Jardins de la mort
Un jour en mai
Mauvais Fils

Louis Sanders
La Chute de M. Fernand

Ninni Schulman
La Fille qui avait de la neige dans les cheveux
Le Garçon qui ne pleurait plus

James Scott
Retour à Watersbridge

Romain Slocombe
Première Station avant l'abattoir

Peter Spiegelman
À qui se fier ?

Carsten Stroud
Niceville
Retour à Niceville

Joseph Wambaugh
Flic à Hollywood

Corbeau à Hollywood
L'Envers du décor

Don Winslow
Cool
Dernier Verre à Manhattan

Austin Wright
Tony et Susan

RÉALISATION : NORD COMPO À VILLENEUVE-D'ASCQ
IMPRESSION : NORMANDIE ROTO IMPRESSION S.A.S À LONRAI
DÉPÔT LÉGAL : MARS 2015. N° 119086 (1500574)
Imprimé en France

6 MAI '15 PA-A
A3
KEL
fp